莫言作品

怀抱鲜花的女人

The
Woman
with
Flowers

浙江出版联合集团

浙江文艺出版社

懷抱鮮花的女人

莫言

莫言2012年诺贝尔文学奖获奖证书

诺贝尔奖晚宴致辞（原稿）

尊敬的国王陛下、王后陛下，女士们，先生们：

我，一个来自遥远的中国山东高密东北乡的农民的儿子，站在这个举世瞩目的殿堂上，领取了诺贝尔文学奖，这很像一个童话，但却是不容置疑的现实。

获奖后一个多月的经历，使我认识到了诺贝尔文学奖巨大的影响和不可撼动的尊严。我一直在冷眼旁观着这段时间里发生的一切，这是千载难逢的认识人世的机会，更是一个认清自我的机会。

我深知世界上有许多作家有资格甚至比我更有资格获得这个奖项；我相信，只要他们坚持写下去，只要他们相信文学是人的光荣也是上帝赋予人的权利，那么，"他必将华冠加在你头上，把荣冕交给你。"（《圣经·箴言·第四章》）

我深知，文学对世界上的政治纷争、经济危机影响甚微，但文学对人的影响却是源远流长。有文学时也许我们认识不到它的重要，但如果没有文学，人的生活便会粗鄙野蛮。因此，我为自己的职业感到光荣也感到沉重。

借此机会，我要向坚定地坚持自己信念的瑞典学院院士们表示崇高的敬意，我相信，除了文学，没有任何能够打动你们的理由。

莫言2012年诺贝尔奖晚宴致辞（原稿片段）

墨綠長裙金黃頭髮懷抱鮮花是鬼魅

妖狐心女菩薩膝前黑犬狀甚油滑、

種情我見猶憐沒拴住心猿意馬只一吻

你靈蓋玉四大禍惹下本有樣會逃脫都

又藕斷絲連牽掛到底把災星引回了

家人仰馬翻鸞飛蛋打生死相依合二為一理在一

起算了罷這故事是人生寓言抑或童話

仿沁園春詞牌述「懷抱鮮花的女人」故事　莫言

作者题词

题《怀抱鲜花的女人》

墨绿长裙，金黄头发，怀抱鲜花。是鬼魅妖狐，仙女菩萨？

膝前黑犬，状甚油滑。楚楚神情，我见犹怜。

没拴住心猿意马。只一吻，倒霉蛋王四，大祸惹下。

本有机会逃脱，却又藕断丝连牵挂。到底把灾星引回了家。

人仰马翻，鸡飞蛋打。生死相依，合二为一，埋在一起算了罢。

这故事，是人生寓言，抑或童话？

仿沁园春词牌述《怀抱鲜花的女人》故事。

莫言

目 录

筑　路

一

从八隆河大堤上走过来一支队伍,筑路工都停了手里的活儿,眯着眼睛看。那是一群个头参差不齐、衣服破破烂烂的孩子。当头的一个个子最高,双手举着一杆红旗。下河堤时,旗手把红旗招扬,旗上的一排黄字亮了几下,又藏到折皱里。孩子们下河堤时,推推搡搡,嘻嘻哈哈地笑着,像一群小狗崽子在鸣叫。

孩子们在河堤外的空地上排起队伍来。大家听到他们为争位置前后吵吵嚷嚷。

"大锁,大锁,你别站在我前边。"

"永乐,你不是靠着我。"

"……"

队伍终于排好,举红旗的男孩说:"奏乐!"

大铜鼓小铜鼓大钹军号一齐响起来。

举旗男孩从地上拔出旗来,大声喊着:"就这样,就这样,跟我走。"

他双手擎着旗在头前带路,队伍跟着他走。临近工地时,他转过身,倒退着,高声喊唱:"下定决心——一二!"

队伍里嘴巴闲着的孩子齐声高唱:

下定决心——不怕牺牲——排除万难去争取胜利——下定决心!不怕牺牲!排除万难!去争取胜利!

如此循环往复几十遍。

孩子们的队伍一直开到被压路礅子碾得平展光滑的路基上,原地踏着步,鼓乐齐鸣着,语录歌继续唱着。那些敲钹打鼓的孩子们的脸上都流下了一行行汗水,一张张小脸都脏得可爱。

举旗男孩下令:"停住!"

孩子们都巴不得停住,一接到命令,立即停止鼓吹歌唱,有的抬袖子擦汗,有的张着口喘气。持钹女孩把大钹放在地上,双手交替揉着被钹绳勒出了深痕的手背。

举旗男孩往路基上插旗,插了半天也插不进去。他有点失望,四下看看,发现路外的松土,便跳过去,把旗插上。

举旗男孩郑重其事地走到那群呆傻一般的筑路工面前,严肃地说:"我是马桑小学革命委员会副主任兼马桑小学毛泽东思想宣传队队长高向阳,找你们的负责人说话。"

筑路工们被高向阳的气势唬住了,互相转着眼珠看一阵,无人敢说话。

高向阳有点气恼,说:"你们的负责人是谁?"

筑路工无人说话。

高向阳打了一个喷嚏,喷出了两道鼻涕,他用力一搋鼻子,又把两道鼻涕吸了回去。

这时,一个小个子民工说:"我们队长在窝棚里睡觉呢。"

高向阳说:"快去叫他。"

小个子民工飞快地向窝棚跑去。

男孩迎着慌慌张张跑过来的一个高个子男人走去,两人对面后,中间隔着一步距离。男孩伸出一只手,说:"我是马桑小学革命委员会副主任兼马桑小学毛泽东思想宣传队队长高向阳。"高个子男人愣了一会儿,才如梦初醒般弯下腰,伸出两只大手,捧住男孩的小手,使劲摇着,满脸堆笑地说:"高主任,高队长,失迎失迎。"

"你是负责人吗?"高向阳把双手插到裤兜里,斜着眼问。

"是是是,郭司令委任我为筑路队代理队长。"

"贵姓?"男孩冷冷地问。

"贱姓杨,杨六九。"

"杨队长,我代表马桑小学革命委员会,对革命民工同志们宣传毛泽东思想,请你组织观看演出。"

杨六九说:"革命民工同志们,往前靠靠,看革命小将们演出。"

民工们都懒洋洋地往里凑了凑。

高向阳走到自己队伍前,指挥着鼓乐队演奏一番,然后,把流出来的鼻涕吸进去,面对民工们说:"伟大领袖毛主席教导我们说:'我们的文学艺术都是为人民大众的,首先是为工农兵的,为工农兵而创作,为工农兵所利用的,句号。'马桑小学毛泽东思想宣传队演出现在开始。第一个节目:《老两口学〈毛选〉》。"

一个女孩从裤兜里摸出一条白羊肚子毛巾,蒙在头上,好像那条毛巾有巨大的重量似的,她的腰像老太婆一样伛偻起来,脸上也表现出了饱经沧桑的老年人那种凄凉表情。她对身旁的一个胖墩墩的男孩说:"大贵,快化装,队长都报了幕了。"

男孩满脸通红,说:"俺不演了,叫人家大人笑话。"

宣传队队长高向阳涨红着脸,跑到队伍里,气汹汹地说:"怎么搞的! 你们干什么吃的!"

"他不演了,他怕羞!"女孩说。

"宣传毛泽东思想还怕羞? 你姥姥家是富农,叫你来宣传,是团结你哩。"高向阳对大贵说。

大贵的小圆脸白了,站着老老实实的,像受贫下中农训斥的"四类分子"一样。

"快上台!"高队长说。

"他还没扎腰带呢!"女孩说。

"快扎!"高队长催促。

一个男孩和那个女孩各扯着一根麻绳的一头,拦腰把大贵捆住。他们用力一勒,大贵的身体往上一耸,又用力一勒,大贵的身体又往上一耸。女孩把绳子头绞在一起,打了一个结,说:"罗锅下腰,上。"

男孩罗锅着腰,女孩也罗锅着腰,蹒蹒跚跚着走到离筑路工三五步远的地方停下。

女孩子喊:"老头子,快点吃啊,吃完了好学《毛选》。"

男孩满脸汗水,结结巴巴地说:"老婆子……俺今天抬了一天石头,累了,赶明儿再学吧。"

女孩说:"不行不行,毛泽东著作是个宝,什么毛病都治好,现在你还有点累,学完一篇就不累了。"

男孩说:"老婆子,别着急,等俺折根草棒剔剔牙。"

男孩做剔牙状。

女孩问:"剔完了吗?"

男孩做剔牙状。

女孩问:"剔完了吗?"

"完了。"男孩说。

男孩和女孩边表演边唱起来:

收了工,吃罢了饭,老两口儿坐在窗前,对着月亮学《毛选》。……

一个节目完毕,民工们都拍掌祝贺。

连演了七八个节目后,民工们都迷迷糊糊地睡过去了。一个弯腰如弓的老汉走到杨六九身边说:"老杨,开饭啦。"

杨六九对高向阳说:"高队长,咱是不是先吃饭?"

高向阳说:"是宣传毛泽东思想重要还是吃饭重要?"

"当然宣传重要。吃饱了宣传更有劲。那老两口学《毛选》,不也是'收了工,吃罢了饭'才学吗?"

高向阳说:"那好吧,演出到此结束!"

民工们在杨六九的指挥下鼓掌。

孩子们在高向阳率领下喊口号:

向革命民工学习!向革命民工致敬!修好无产阶级革命路!

孩子们又整齐队伍,鼓角齐鸣,沿着来路去了。

二

晚上,杨六九从马桑镇西头那一片葵花地里穿过来,走上八隆河南堤,过了河上那道瘦瘦的石桥,他站在八隆河北堤上发呆。适才红得可怜的月亮已经发了白,地上的万千景物都被月光照着,变得神秘朦胧,奇形怪状。八隆河水往东流。河南岸马桑镇里这时已寂静无声。镇子罩在月光下,薄雾氤氲。空气缓缓流动,挟带着细细的声音和淡淡的香气。镇西头响起几声雄壮低沉的狗叫。他气愤又惆怅,晃晃荡荡下了堤。

堤外的碱土荒原一望无际,在死样的寂静中,荒原深处,恍惚有汹涌的浪潮声。月光愈加白亮起来,筑路工地上的铁制工具都熠熠生辉。那个足有半人高的钢筋水泥压路碌碡睡在路中央,像一匹威武的大兽。筑路工们睡觉的三角状窝棚用苇席覆盖,细长光滑的苇眉子亮成一片,长长的窝棚挺像条大银鱼。有一道昏黄的灯光从窝棚洞口射出来。

窝棚中间开一个洞,进去,又向两边各开一个洞。他弯着腰站在三个洞之间的狭小天地里,几十双鞋子里发出的臭味儿熏得他脑袋发胀。马灯光一摊一摊地涂在他露肘吐肩的黑色单衣上。他身上沾满黄色的泥土。

有两个民工在灯影下玩扑克牌,他拨拉了两下他们的头,说:"还不困觉?累轻了你们!"

玩扑克牌的两个民工一个瘦小,支棱着一脑袋猪鬃样的好头发;

另一个瘦长,坐在地上,像一根木桩子。

他们俩怔着眼看着杨六九,脸上表情都如大梦方醒。瘦长个子说:"又去马桑镇上打野食了吧? 小心让镇上的男人宰了你。"

"谁敢?"杨六九说,"老子是筑路队代理队长,深夜去马桑镇访贫问苦。"

瘦长个子嘻嘻儿笑,说:"你甭嘴硬,惹出乱子来,郭司令回来,不剥了你的皮才怪。"

"老子跟郭司令是八拜兄弟,要不他老人家进县办事会让我代理队长? 你呀,来书,屎毛不懂。"杨六九说。

"你懂个屎毛!"来书说。

"啰嗦什么? 还要不要牌啦?"小瘦子说。

"要。"来书又伸手摸了一张牌。

"孙巴子,"杨六九对小瘦子说,"公安局正在抓赌,你小子胆大只管赌!"

"谁赌啦? 不兴爷们儿闹着玩玩?"孙巴急呛呛地辩解着。

"郭司令回来,我只要一歪嘴,就有你的好戏唱。"杨六九说。

"得了吧,杨六九,赌钱也比你溜老婆门子光彩。郭司令回来要收拾先收拾你。让你代理队长,真他妈的输了眼色,你还不如我。"来书说。

杨六九骂着来书,爬进窝棚里去。一溜竖躺着的男人有的在打鼾,有的在说梦话。杨六九背着灯光,不知压着了谁的肚子,那人哎哟一声,懵懵懂懂折起身,眼睛没睁就抡起了拳头,杨六九急忙躲闪,那人的拳头打在盖顶的苇席上,席棚上抖落一阵细如烟雾的沙土,痒痒地钻进鼻孔。杨六九扑到自己的那一线被两边人挤得更窄的地盘上,扒掉衣服挂在席棚肋条上垂下来的白铁丝弯钩上;然后,用力把身体塞下去。四月老春初夏,窝棚里有些恶浊气,他舒服地躺着,睡不着,感到腿下有物在蠕蠕地运动,悄悄伸手摸去,摸到一个谷壳大小的物,肉乎乎的,生怕是个会蹦的,便用两个指肚用力地捻了一会儿,又移到两个大拇指甲之间,用力一挤,听得噗唧一声响,心里感到满足和不足,于是又伸手去摸索,屡摸屡有,两个大拇指甲渐渐变了色。镇上雄壮的狗叫声再起,其他的狗配合着叫了一阵。狗一叫他就缩回手,身上不痒了,心脏却焦躁得仿佛皱皮的碱嘎渣儿。

鞋堆里,两个瘦人正赌得热闹,吊在窝棚脊椎上的马灯投下一个磨盘大的圆圈,葱绿色的小飞虫把灯罩子碰得啾啾叫。

"三十点!"瘦长个子干涩的声音里透出压抑不住的喜悦,"小孙,亮牌,我是三十点,你除非摸到三十一点,你那臭手,不会摸到三十一点。"

八隆河水活泼的流动声传进杨六九的耳朵,他的心好像要离开他跳到河南岸,像一匹跳蚤,跳进镇西头那家小院里,躲开那匹凶恶的大狗,去咬那个女人的白肉。

小孙不欢畅地喘着气,眼睛用力挤眨着看手中的牌,一滴鼻涕在鼻尖上挂着欲下不下,眼泡里两汪水欲流不流。瘦长个子把细脖子探过去,说:"亮牌呀,亮牌比生孩子还难呀! 7、7、老 K、小 5,你他妈的这不是早就抓冒了顶了吗? 还捂着盖着的,死了不埋能放几天? 你又输啦,六十一支,三盒零一支。"

"你耍赖了。"小孙怒气冲冲地说。

"你怎么不当场抓住我? 不会凫水别埋怨那个玩意儿挂藻菜!"来书说。

"不是耍赖你怎么会把把都赢?"

"怨你的技术,怨你的臭狗屎运气。"

"再赌一盘,你妈的。"小孙的嗓子沙沙响,像个处在变声期的男孩子。

"孙巴,别赌啦,再赌连你老婆都要给来书赢去了。"杨六九在黑影里说。

"我不服! 来书赖人。"小孙怒吼。

"吵吵什么? 都什么时候了,还让不让困觉啦? 阎王不在家,小鬼上屋笆!"有人在黑暗中说。

"让老杨来给我们作证,输就输吧,怨我赖人。"来书说。

"老子没闲功夫给你们作证。"杨六九说,"赶明儿要是干起活来装熊我可不饶你们。"

杨六九闭上眼睛,干麦秸草的热气和香气穿透半边被子包裹着身体。他感到浑身疲软,蒙眬中又听到那大狗的叫声,睡意消逝干净,心里蹙起皱纹,眼前活活地跳动着那条大公狗,它的毛像黑色绸缎,光滑明亮,狗眼灼灼。它站在马桑镇西头那三间土坯草屋三面黄土矮墙构成的小院门口狂吠着,隔着一道紫蜡条编成的栅栏门,杨六九还是感到胆战心惊。

他躲在小院门外那丛老茶叶树稀稀朗朗的暗影里。公狗用力冲撞着堵门的栅栏,发出稀里哗啦的声响。有时,公狗后腿立起,把两只前腿扶在栅栏上,伸出狰狞的大头,狗牙明利如刀,在月下闪烁,杨六九心跳出一片声响,冷汗淋漓。他逃出茶树阴影,转到土墙与房檐交接处,手扳墙头,提起身子往里望。大公狗立即追过来,一蹿数尺高,好像要上墙,墙头上的细草刷刷地响,泥土一点点往下掉。屋子里死一般地静,灯光照着窗,窗上印着一个迷人的大影子,一动不动,仿佛在谛听什么。他抠下一块土坷垃,对准窗上的影子温柔地投过去,坷垃打得窗纸响,那影子依然不动,他压低嗓门喊一声:"大嫂!"话刚出口,就觉到狗嘴里热烘烘的气息喷到手背上,不由自主松了手,滑下墙来,听到屋门嘎吱一声响,公狗有节奏地狂吠着,有女人声在院里:"骚狗!趴着去。"这时,村里似乎有嘈杂的人语,他弯腰逃走,不顾发出沉重的脚步声。摔进了一条沟。爬上沟。跳过一条沟。像狗一样地窜进一块庄稼地里。磕磕绊绊跑了半天,蹲下大一口小一口地喘气。不是庄稼的一片葵花,粗茎大叶,正接着露水欢长。清澈如水的月光泻下来,处处都是皎洁晦暗。他通体汗湿,心撞得胸痛。听着镇子里狗叫声平息下来,才站起身,绕着大圈子,走桥过河,弯腰进窝棚。

他恨死了这条狗。狗站在女人面前,挡住他,女人站在狗后,含义不明地笑。你这个骚母狗!他暗暗地骂。白荞麦、豆腐荞麦,亲儿,你想死我啦!他恨不得咬白荞麦一口,他认为她是在耍自己的大头,要是真有意,她该把公狗拴起来呀,骚母狗!想起白荞麦那白嫩脸上淋漓的风情,他痒得百爪搔心,适才跌下墙头落荒而逃的惊惧早飞到爪哇国里去了。心里灼热像生着炭炉,对白荞麦的恨,犹如浇着热水的冰凌,淋淋漓漓地化了。

来书在马灯下说:"孙巴,你又输了,七十六支,快四盒了。我可不要九分钱一盒的,要劈拉腿放枪的。"他知道"劈拉腿放枪"是"红舞"牌香烟。"红舞"牌香烟盒上画着一个红色娘子军,穿着小裤衩,一条腿直立着,一条腿平举着,脖子挺着,胸脯绷得又高又硬,扎煞着胳膊,手里举着一支拴红绸子尾巴的盒子枪。

"你一定捣鬼了。"小孙恼怒地说。

"你怎么不当场攥住我的脖子呢?空口无凭说我捣鬼,你是输红了眼儿啦?要不要我让你两盘?"来书说。

"再赌!谁要你让。"小孙说着,用两只手黏滞地洗牌,来书动了一下,挡住了他的视线。

那白荞麦嗓子颤颤悠悠的,一个字出口要拐上二十八道弯,走起路来腰拧得像麻花一样,两瓣屁股像两个塞饱了肉馅的水饺,脸上鼓鼓着两个红腮帮子,一口糯米银牙,只有两个门牙是鸭蛋青色的,这两个牙生得奇怪,马生犄角牛孵蛋。半个月前,她一出现在筑路工地上,就把杨六九的魂儿勾走了。

杨六九躺着似睡非睡,身子飘起来,或重如泰山,或轻如鸿毛。按照某个刁钻古怪儿说的降狗法术,他烧熟了一个萝卜,放到冰水里浸一下,提着萝卜尾巴,躲躲闪闪地来到白荞麦家的黄土墙外,隐身茶树丛中,故意发声逗狗,黑狗狂吠狂跳,他把萝卜扔到狗嘴边,狗怒咬萝卜,便摘不下嘴来了。狗牙粘在热萝卜里,全部烫掉,痛得个杂种遍地打滚。他大模大样地进院子,对着躺在墙角上翻白眼的黑狗吐了一口痰。他高叫亲亲肉肉荞麦妹妹开门迎接情郎哥哥杨六九，准备着吐吐纳纳，云云雨雨，与你做成了一处。白荞麦把门开开，全身白得滑溜，像一条白鳝鱼。他伸手去抱，白荞麦从腰间摸出一把乌黑的剪刀，双眼圆睁，柳眉倒竖，杨六九呀，你这大胆的贼子，赔我的狗来！……

　　杨六九一惊而起，浑身冷汗津津，见黑被子上稀稀落落地亮着几点月光，八隆河里呜咽的水声亲切可人，马桑镇上传来那大狗深沉的叫声。原来是南柯一梦。孙巴和来书还在马灯光下摸三十一点赌烟卷。他懒得说他们，都是一样的人，谁愿意干什么就干什么，趁着郭司令进城去办事。也许郭司令就不回来了，那他就要永远领导这个筑路队了。想到此他感到害怕，这条路要筑到哪里去，筑到何年何月，筑起来干什么，是跑飞机还是跑火车，他和筑路工们都不知道，也许郭司令知道。一年前他被那个女人吓破了苦胆，逃离家乡来筑路，天下大乱，干到哪天算哪天。这个碱土荒原大得没个边涯，太阳刚出时，照得碱土如雪。也不知哪路神仙把筑路的木桩早就定好了，好像几十年前就定好的。木桩子都有些朽，漆写的红字都黯淡了。大家沿着那木桩只管修。郭司令剑眉虎目，肩膀倾斜。不知又有什么新政策下来，只知道他要去县城平反，他原先是指挥红卫兵的司令。郭司令临行时说：杨六九，我走后，你代理筑路队长，谁敢偷懒磨滑就给我狠揍。这一段路修得好。离施工点远了，明天就搬家，搬到马桑镇后去。当时他说：郭司令，我杨六九紧跟您干革命。郭司令说：王八蛋一个。

　　筑路队在马桑镇后安营扎寨。杨六九一大早就把郭司令传给他的铁哨子吹得尖响。筑路工睡眼惺忪地起来，眼睛半睁半闭着喝玉米面糊子，啃玉米面大窝头，就着腌萝卜疙瘩。吃饱了喝足了，七长八短地走向工地，有人高唱：忽听到张老九要俺改嫁，这件事难坏了虎儿的妈。有人深深地打个哈欠，伸展懒腰，生锈的骨节克啷克啷地响。杨六九新官上任,脖上悬着哨子,挺不自在地在工地转了一圈,说几句不咸不淡的话,便悠悠逛逛到伙房窝棚。伙房窝棚在住宿窝棚西南二十米处,向北开着一个大洞。杨六九站在伙房洞口回望工地,见筑路工们全都弯着腰下死劲干活。那天的活儿是挖土修路坯子,一方方黑土像老鸹一样从沟里往应该是路的地方飞。来书是个使锹的好手,他那张铁锹秀气得像个挖耳勺,轻马快刀,把一张锹使得飒飒生风。筑路队三十几个人都在挖土,黑土像群鸦一样往应该是路的地方飞。杨六九听人说这儿是个古战场,韩信和项羽在这儿打过大仗,杀得尸横遍野血流成河。筑路工挖出过锈蚀的铜剑和乌黑的陶罐。他感到当官确实胜过为民,代理队长也可以倒背着手不挖土。

炊事员老刘不在,伙房里烂糟糟的,一股股的霉味和酸味扑鼻。老刘不知从哪里捡来的那条独眼小狗在灶旁歪着头叫了两声。"独眼,你想咬我吗?"他说。

炊事员老刘罗锅着腰担着两桶水从河堤上飞一般下来,马桑河堤高陡,老刘立脚不稳,冲到杨六九面前。

"老刘,你该去镇上买点儿肉来给大家改善,多少日子没沾荤腥,拉屎都不溜脱啦。"

刘罗锅挑着水进窝棚,面孔与地面呈一个很小的锐角,两道目光从下边低低地射上来,扫了杨六九一脸冷灰。老刘不说话,脖子前伸着,像老公鸡一样进了伙房。杨六九在后边跟着,看到他扁担不下肩就把两桶水倒进了大水缸。缸里水光潋滟,映出一片苇席。缸里的水伸着舌头,几道水流溢出缸唇。还剩下半桶水,缸里倒不下,老刘就把它倒进锅里。锅里焦糊着一层锅巴,水把锅巴泡得酥响,并吐出一串串小气泡。

"老刘,你讲讲卫生,把这锅好好涮涮。"杨六九说。

老刘拉过一柄大铁铲,递给杨六九,闷声闷气地说:"你来吧。"

"我要你干呢!"杨六九说。

老刘抬头时连背也抬起来,盯着杨六九,忽发一声奇笑,竟如鸥
鹚夜啼一般严肃。杨六九吃了一惊,倒退半步,惊视着老头儿在一瞬
间变得年轻了许多的脸,心里隐隐似有刺扎着。其实无法猜测老头
的年龄,他双眼极有神采,虽是驼背,但手脚麻利得要死。他把一扇
笼屉搬上锅,铺上一块焦黄的湿布,手挖湿面如鸡啄米粒,那一个个
拳大的窝窝头便飞一般地往笼屉上蹦。

"你笑什么?"杨六九惊魂未定地问。刘罗锅只顾做窝窝头,好像
没听到他的问话。杨六九抚摸着挂在脖子上的铁哨子,又说:"知道
不,老刘,我奉郭司令之命代理筑路队长呢,你可要弄点好的给我
吃。"他蹭到刘罗锅用棍子支起的木板铺前,用力捶两下铺,一腚坐上
去,木板铺咯咯吱吱地叫着。"老罗锅,你的待遇比我这个代理队长
还高,我要去钻窝棚滚草窝子,你老儿子睡单间房木板床,好汤好饭
先由你吃够,饿不死米仓里的耗子就饿不死你。"杨六九倚在老刘的
铺上,絮絮叨叨地说。老刘马不停蹄地制造窝窝头,又去择一堆老得
结了蒺藜的菠菜,像架机器。杨六九的话变成毫无意义的自言自语,
越说越寡淡,终于休歇。他有些迷迷糊糊,觉到柔软的西南风正从八
隆河对岸吹过来,席棚也挡不住风里挟带的稼禾苦香。他唱:呀呀
呀呀好一派北国风光哪。

"师傅,要不要豆腐?"正唱着,忽听见窝棚外一个女人在问话,
"豆腐喽,师傅,买豆腐喽。"

杨六九歪在刘罗锅铺上,看到那女人脖颈之下肥滚滚的身体,爱
得垂涎,不由自主地腾身下铺,踩着老刘摘下的破烂菠菜茎叶,钻出
了伙房。那女人侧面对着阳光,两只眼睛蓝汪汪的,像小母牛一样撩
人。杨六九用眼睛剥掉了女人印着白菊花图案的淡绿色褂子,听到
自己耳朵里嗡嗡响,感到热血一股股往脸上冲。

"师傅,要豆腐吗?"

"我不是师傅,我是筑路队的队长。"

"哟,队长呀!您看看俺的豆腐,又白又嫩,还有筋骨,经得起煎,

经得起炒,掉到地上都摔不破。"女人是挑着挑子来的,说着话,她弯着腰掀起盖豆腐的蚊帐布,托起一方,在手掌上颠簸着,豆腐在她手上呱唧呱唧响着哆嗦。

"不酸吗?"杨六九眼睛迷离着问。

"不酸,队长。"

"这么白嫩的豆腐怎么会不酸?"

"队长,酸了不要钱,要不信我切一块让您老人家尝尝。"女人从挑子上抽出一把雪亮的刀子来,切了一角豆腐,用刀尖挑着,送到杨六九面前。

"你让我尝吗? 你?"

那女人眼珠子转了转,嘴角浮起两片笑,憨态可掬地说:"队长您可真会开玩笑,豆腐都送到您嘴边了,还说俺不让您尝。"

杨六九一低头,把那块豆腐吞了,黄色的牙齿上沾着星星点点的白豆腐渣,卷唇一笑说:"好酸!"

"您说酸就酸,队长是金口玉牙。"

"真的吗? 你要个价吧!"

"用黄豆换是一斤黄豆两斤豆腐,用钱买是一斤豆腐两毛五分钱。"

"太贵了。"

"我的大哥队长哟! 俺一个妇道人家,做点豆腐不是容易的,您多少也得让俺赚俩辛苦钱。"

"一斤两毛吧。"

"工人阶级领导一切,您还差那三分五分的钱? 您指头缝里漏漏就够俺打壶酱油,买斤咸盐。"

"看你一张甜嘴招人爱,两毛五就两毛五,老刘,老刘,出来买豆腐,一挑子我们全包了。"

老刘出来,像木人一样,杨六九让他找杆秤把豆腐称称,女人说:"不用称,一挑子四十斤,光多不少,老大叔,不用称。"

杨六九帮女人把豆腐搬进伙房,女人跟在他身后,磨磨蹭蹭地说:"大哥头上一棵草。"她伸手把杨六九蓬乱的头发上沾着的一棵麦秸草摘下来,用两个指头捏着,一口气吹掉,然后开颜一笑,一张脸像熟裂了的红石榴。杨六九狠狠地瞪了女人一眼,就催着老刘开箱付款。老刘不情愿地从铺下拖出一个生满红锈的铁匣子,从腰带上解下一把黄澄澄的大钥匙,抖颤颤地开了铁匣上的大铜锁,数出一堆油滋滋的毛票。那女人手指沾着唾沫,一张张地数,数了两遍,把钱包在一块手帕里,说:"大叔,大哥,您明儿个还吃豆腐吧,俺送货上门。"杨六九说:"你送来就是。"

女人走了,杨六九一直目送她上了河堤,风过,女人的衣服像蝴蝶翅膀一样在身上飘动。老刘又是一声奇笑,杨六九不敢直视他阴鸷的目光,便蹲下去摘菠菜的黄叶。仅摘了一棵,他就跳出窝棚,吹响了哨子。在哨声中,筑路工们直腰发愣,他又高呼:休息半点钟——休息半点钟。筑路工们听到他喊,便放下铁锹,有尿的就地撒尿,会抽烟的蹲下抽烟,不会抽烟的就地躺下,让阳光晒进鼻孔。

他正要去工地上转转,却见那卖豆腐的女人又来了。豆腐女人身后,紧跟着一个年龄在十八九岁左右的姑娘。姑娘细高挑儿,脸上有一种招人怜的凄惨神色。她的衣服上补满补丁,但洗得很干净,杨六九怀疑她是戏中的人物下了凡。

豆腐女人老远就打招呼,说回家路上碰到这姑娘要来卖韭菜支援工人老大哥,吃了韭菜快快筑路。她怕见生人,娘在炕上病着,一个一个地等着钱用。她家的韭菜长得好,她白天黑夜地从八隆河里挑水浇园,肩上压脱了十五层皮,这旱得出火的年头,长出这一掐冒白水的嫩韭菜不是件容易事,你们就买了这篓子韭菜吧。

杨六九说:"不行了,有了菠菜啦。"

豆腐女人说:"菠菜炒豆腐,豆腐要变苦,菠菜要变涩,还是韭菜好,绿韭菜白豆腐,搭配在一起,让人看看都眼馋。"

"老刘,买吗?"杨六九问。没听到应声,回头看见罗锅老刘把腰用力抬着,一双眼盯着姑娘,脸上皱纹挤成团,激动得化不开。

"买,买……"老刘低下头去,像是要哭的孩子一样,嗓子紧得说不好话。

"回秀,谢谢叔叔大爷。"豆腐女人教导着姑娘。

姑娘低眉顺眼地说:"谢谢叔叔大爷。"

老刘开铁匣子时,那柄大钥匙抖得厉害,怎么都塞不进锁眼里去。

第二天那女人又来卖豆腐,那姑娘又来卖韭菜。杨六九与豆腐女人磨牙斗嘴,那女人若即若离,一会儿装憨,一会儿又拿话来挑。杨六九被她撩拨得如同拉开的弓箭,触之即发。豆腐女人姓白名荞麦,家住马桑镇西头第一户。杨六九问她有没有男人,她说男人在部队里当营长,吓得杨六九烟飞火灭,那女人又笑嘻嘻地说男人开着飞机跑到台湾去了,杨六九说你是在守活寡啦,她长叹一声说就是守活寡。

刘罗锅子盯着回秀姑娘,脸上的表情令人害怕。这老家伙,也是贼心不退,老有少心活该死……

两只蟋蟀在窝棚的边角上吐噜吐噜地叫着,孙巴和来书还在马灯下兴致勃勃地赌牌。一连十几天韭菜豆腐,筑路工们吃出了一些名堂。前天,白荞麦豆腐挑子后边跟来了一条黑毛大公狗,它满怀敌意地看着杨六九。小孙到伙房里找水喝,狗见了他就把颈毛直立起来,后腿上的肌肉绷得紧紧的,呜呜地低鸣着发威风,小孙轻蔑地看着大黑狗,没一点胆怯的意思。杨六九听人风言风语地说过,这小孙是个偷狗贼,牛也偷,马也偷。看他那模样像个没及长大就老了的孩子。这个筑路队里没个好人,来书也不是个好东西,看他玩起牌来那股子精明劲儿。我呢?杨六九想,我是个好人吗?想起那个死女人他就感到毛骨悚然,难道真是个起尸鬼?也许是我救了她一条命,这种事古来就有。都是让穷给逼的,要不谁肯去干这种事。郭司令更不是个玩意儿。小孙前天说:杨六九,你被那肥女人迷住了,我被那

条肥公狗迷住了,只要你敢做主,我就弄来它煮了。他说:你这个熊
样儿,这条狼一样的狗不活撕了你才怪。小孙说:老虎我也能钓来。
众人都笑。来书说:杨六九,你拿着大伙的钱买路,你吃那女人的白
肉,让我们吃豆腐。

"还要不要牌啦?"小孙说。

杨六九把身一翻,侧面向西,从来书偏到北侧的背闪出来的空间
里,看到了小孙那张得意洋洋的脸。

"还要不要啦?"小孙的脸辉煌生动,两只间距很小的黑眼睛挤在
一起,使他的脸上表情如一只喜欢溜墙根的疯疯傻傻的小公狗。

"要一张。"来书身子一晃动,把小孙的脸遮了一半,射进窝棚的
灯光在杨六九面上交剪了一下。来书背又北移,小孙又露出脸。从
小孙的脸上,杨六九看到了来书狡诈阴沉的目光,小孙的目光随着来
书的脸走。来书脖子前探,像一匹在河里饮水的马。杨六九看到有
一只手,在来书背后闪了一下。来书的身体纹丝不动,脖子依然前
探,好像在审视着什么。

小孙说:"还要不要了?"

来书说:"不要了,亮牌吧!"

小孙急不可耐地把牌亮出来,说:"三十一点! 难道你也抓了三
十一点?"

来书盯着小孙的牌认真地看,杨六九看到来书背后又有一只手
闪动了一下。来书说:"你咋呼什么? 抓个三十一点有什么难? 你数
数我的牌!"来书肩膀一抖,把牌摔在小孙面前。

"7,7,8,1,1,4,3,"来书说,"你算算多少点? 三十一点,和牌。
你这臭手,到哪里来赢牌,和了就算让你。"

小孙的嘴一咧一咧地像要哭。他低头看牌,抬头看来书。

"你记清楚,四盒零八支啦。"

来书话音刚落,杨六九就见小孙青蛙般耸身前跳,传来拳头打在
脸上的沉闷声响。来书怪叫一声,捂着脸仰倒在乱鞋当中。小孙掀

着他的大腿。从他屁股下掏出两张牌,嘴里嚷一通荤话,仇恨难以平息,又扑到来书身上,乱撕乱抓,骂声不绝。来书猛一个翻身,抖掉小孙站起来,头撞窝棚肋条,马灯晃动,黄光扫荡。来书弓着腰,抓住小孙,小孙也抓住来书,两个瘦人纠缠成一团,像盘结在一起的蛇。

杨六九赤裸裸地跳起来,踩得窝棚里鬼哭狼嚎。西侧那半窝棚里也有人惊醒,都在嘈嘈切切地叫骂。杨六九蹿到马灯下,弯腰踢着缠成一团虚虚实实地翻动着的孙巴和来书,也不知踢得谁重。忽听来书惨叫一声,像刀子捅进了腹。一盘蛇开了,来书的长身子弯曲成对虾,脸色蜡黄。小孙目光炯炯地蹲着,嘴里流着黑血,一只胳膊却直插进来书裤裆里,攥着来书的要害,来书憋得直翻白眼。杨六九用力把小孙打倒,剥开那只手,来书获得解放像条死蛇一样摆在鞋里,身体短了不少。

杨六九插在他们中间,说:"快他妈的困觉,等郭司令回来宰了你们。"

筑路工都醒了,骂声如潮。一个个弯腰出棚洒水,回来还骂。伙房里那匹独眼小狗汪汪地叫,显得滑稽可笑。杨六九心里一动,说:"小孙,你和来书把大家伙吵醒了,要你们立功赎罪。"

两个瘦人斗鸡般互相看着。

"去把那条大黑狗弄来,给大家油油肠子。"杨六九说。

窝棚里一片喜声,齐齐地夸小孙。

小孙说:"要去老子一个人去,不跟这个老奸鬼做一路。"

来书说:"吹你娘的臊皮。"

"小孙只会吹,早就听说你偷鸡摸狗有绝招,狗毛鸡毛都没见你弄一根回来。"

小孙向黑暗中人轻蔑地一嗤鼻子,说:"杨头,你敢保证吃了狗肉都不向郭司令汇报?"

"谁会那样没良心?你只管去。"

"去吧。"

小孙爬进窝棚,拿出一包东西塞进腰里,说:"杨头,你陪我去伙房拿点东西。"

杨六九穿上裤子,光着背,钻出窝棚,小孙跟在他身后,小狼一样,两只眼一闪一闪地发绿光。钻进伙房,杨六九摸火点着灯,看到刘罗锅幽灵般的眼睛正明亮着,便说:"老刘,别吱声,让小孙去为大伙办点好事。小孙你要什么?"

小孙说:"早晨吃的油条。"

"油条还有吗? 老刘?"杨六九问。

"滚!"老刘说。

"别火,老刘,大家都是一路货,趁着郭司令不在,能干什么就干什么吧,你也别假装正经。"杨六九说着,把吊在窝棚壁上那个铁桶摘下,摸出一根油条给小孙。

小孙说:"杨头,我是去干活,要先喂饱肚子。"他伸手进桶,抓了两大把油条,说:"等着吃狗肉吧。"

月光照得遍地皎洁,那匹大狗在河南岸那个小院里,梦呓一样叫着。小孙跑上河堤,脚下悄无声息,一会儿就不见了踪影。

三

自从见了那瘦骨伶仃的回秀姑娘,刘罗锅子就觉得脑袋里出了毛病,就像那年在东北大森林中错吃了一种金黄色的蘑菇,千千万万的幻象和念头蝗虫一样袭来,咬得他遍体伤痕,心如蜂巢,处处漏血进气。他感到一举手一投足都失去了准确感,手脚都像借了别人的安在自己身上。缸里的水沸沸流流,锅里的水滚成岩浆,锅沿上留下铲子都抢不掉的白色污渍,笼屉糊了,窝头生了,豆腐炒韭菜咸得不敢进口,筑路工说他把卖盐的打死了,说他的魂被狐狸精勾走了。杨六九提醒他不要癞蛤蟆想吃天鹅肉,勾引白荞麦这样的半老婆子还情有可原,勾引回秀这样的可怜巴巴的黄花姑娘是年轻小伙子的任务,老胡羊吃嫩草,该当千刀万剐。刘罗锅的心被杨六九的话划了一刀,流着盐水一样浑浊的血,他举起菜刀向杨六九砍去,杨六九抱头逃命。

回秀姑娘的皮色、身腰、细长而忧伤的眼睛都是那么样地像煞了一个人。她一出现在窝棚门口,他就如中了枪子儿、挨了闷棍儿,混混沌沌,觉得土地都倾斜了,紧接着就有一股灼热的气流上冲头顶。杨六九和高乳肥臀的白荞麦打情骂俏,卖韭菜的回秀姑娘在阳光下像火把一样燃烧着,他被烤得毛发焦枯,眼珠凝固。卖韭菜姑娘非常像他的带着女儿跟人跑了的老婆。当年为了查找老婆,他跑遍了三个县,后来找到了。他记不清那个村子是不是叫马桑镇,那时候是提心吊胆,被人赶得凄惶,好像落荒的走狗……

杨六九走时没掩那扇用一张苇席四根木棍绑成的门,伙房窝棚不规则的门口像个缺齿的大嘴敞开着。从窝棚南壁那两个拳大的破洞里,射进两大道月光,一道落在他的胸口,一道落在地上,照明了小狗的脑袋。小狗蜷伏着,睡睡醒醒,不时哼哼几声,好像怀念狗娘。弓腰使他无法仰卧,他侧卧着。忘却多年的情景历历出现在眼前,睁着眼能看到,闭着眼看得更清楚。

那时,他还是个三十岁刚出头的年轻人,闯关东回来,攒下了五百元钱,也算买也算娶了一个十八岁的俊俏姑娘。娶来的姑娘紧锁眉头,脸上无笑容。那时他的腰就有点儿弯了,在长白山抬大木头压的,压得脊椎骨都"喀吧喀吧"响。他知道自己年龄大模样不强,委屈了这个漂亮姑娘,便千方百计地俯就抚慰,天长日久,鹅卵蛋子石头也被他捂热了,孵出小鹅来了。她为他生了个女孩,干巴得像个木头棍一样的一个女孩,起名叫鲤嫚,因为女人分娩那天他在河里用三股叉叉到一条四斤三两重的鲤鱼,用鲤鱼熬了一锅鱼汤给生孩子生累了的女人喝。有了孩子,女人脸上渐渐见笑。他是干过重活的人,手脚强健得出名,他把老婆孩子像金丝雀一样养在笼里,风吹不到雨淋不着,女人奶着娃子,胸脯见高了,脸上身上都长肉。他说,鲤她娘呀,你要给我生个儿子呀! 女人不回答,笑嘻嘻地看着孩子在怀中吃奶。有时,她故意把奶头扯出,娃娃就急匆匆地乱拱乱拱……回秀像她,跟她出嫁时难辨真假,也是瘦高挑儿,脸上犹犹豫豫的让人看着可怜。一转眼就是一十八年,鲤嫚活着也该有这么大啦。天下事,一台戏,也许就是亲闺女来了? 做梦吧! 背运的刘罗锅子你休做美梦! 那个村子不叫马桑镇,也没记得村后有条八隆河。县份倒是对,离他的家四百多里。那时候天下一家,走到哪儿吃到哪儿,吃饭不要钱,粮食遍地。他从黄豆地里跑过时,焦干的豆粒从豆荚中"噼噼啪啪"爆出,豆粒迸得老高老远……鲤嫚的肚脐下边有块指甲盖那么大的黑痣。人说,女人身上要是没痣没瘊子就是个骡子。老婆背上有七个瘊子,她跟他好那阵儿说,她生来就是个吃苦的命,七个瘊子要她天天背着,"人背瘊子,穿不上裤子;瘊子背人,骡马成群"……

　　那道月光不知什么时候从胸口移到他的脸上,顺着光道看去,月中阴影如树,眼睛里感到冰一样的凉。后半夜的荒原把白天蓄积的那点热度挥霍光了,碱土的腥味儿愈加重浊,河水呜呜咽咽,像个女孩在低泣。筑路工们睡觉的窝棚里有喊喊喳喳的低语声。这群人都让清汤寡水给熬煎苦了。他也不愿意天天豆腐韭菜。杨六九天天买那女人的豆腐,他就跟着买回秀的韭菜。何况有钱也买不到肉。回秀总是跟在白荞麦身后,怯怯的像个跟脚的小狗。上级给筑路工每天补助五毛钱,不知道郭司令去哪儿领来;上级配给筑路工每天两斤玉米面二两白面,郭司令不知从哪里弄车拉来。郭司令信任他,让他卡着筑路队的钱绳子。他在长白山大森林里扛木头时就知道了男人们聚在一起的故事,后来又南山采石,北海造桥,漂流半生。那段用五百元钱买到的幸福生活一眨眼就过去了。他忘了这条路从何时筑,也不知道这条路要筑到哪里去。月光愈加清凉地冻着他的眼,他的目光顺着金光大道向上爬,又一次通到月上去,看到了那些树一样的阴影……

十八年前他被分到南山去采铁矿石一去就是三个月,去时是初夏时节,刚打完麦场,玉蜀黍偶有秀出缨缨来的。他的女人关起大门在院子里洗澡,他抱着孩子在屋里往外看。女人洗澡用一个黑瓦盆,用一条带绿格子的苏联毛巾。她用毛巾蘸了水,弯臂举到脖子后,清水顺着脊梁沟,簌簌地往下流,背上的痦子像北斗七星。水珠儿在女人滑溜的肉体上站不住,像从荷叶上往下滚,像从小鸭子背上往下滚。女孩嘴里吮着手指头,咯咯咯笑响了喉咙……他从南山回来时,山沟里的柿子叶红得像血一样艳丽,他走着山路,一闪一闪地想着女人和孩子。三个月不见,孩子会叫爹了吧。走着山路他不觉累,心里有火一样的思念催动着两条快腿。从南山到家有二百五十多里,他日头冒红起步,蹿到村头时才小半夜。中午时到一个食堂里去吃了一顿大地瓜,蹲下就吃,无人过问。那年头人都像半傻,脸上都挂着死相,人人都相识,人人都陌生。他好像在一个乱嚷嚷的大集上走,人摩肩接踵,互不相问,各自忙碌。走到村头上,他舒服地喘一口气,一撮火跑到家门,大门没了他都没看见,从门洞里跳进院子,他想和女人开个玩笑,见房门洞如一张口,房门也没有了,他这才大吃了一惊。在星光朦胧的院子里,他喊了一声鲤她娘,竟无人回答,再喊时,却有几只野猫从屋子里蹦出来上了院墙,排着队翘着尾巴上了房,在房脊上叫着徜徉。他的心凉透了,鼻子里灌满了破败院落里那种腥乎乎的淤泥气息。

鲤他娘!鲤他娘!他绝望地叫着冲进屋去,屋子里灰味重浊,潮湿的老鼠在梁头上唧唧乱叫,跳蚤像子弹往他脸上碰。他从兜里取火划着,看到屋里破破烂烂,箱柜板凳犹在,但都落上了铜钱厚的灰尘,灰尘上清晰地印着老鼠的脚印。火柴灭了,眼前黑得如墨,一只蝙蝠从门洞里飞进来,和梁头上的老鼠吵成一团。他又划着火柴,火光照见地上几块破碗的碎片,照见晾衣的线绳上悬挂着一块婴儿尿布。他找到油灯点起来,端着灯遍屋查看。他开了箱柜,他的衣服还在,女人孩子的衣服全没有了。他揭开粮缸,半缸杂粮上铺了一层鼠屎,中间有破棉絮,他挑一下棉絮,几个红色的小肉蛋蛋滚出来,吱吱细叫着在鼠屎上蠕动,他的胃紧缩了一下,一阵呕吐上了喉。他慌忙移开眼,看着立在墙角上被打去了铁头的农具。他颓然坐在地上,像一堵被大水泡酥了的墙,再也站不起来。灯盏歪倒在地上,火燃着油,油烧着地,燃成一条弯弯曲曲的小蛇,整所房子都在火中跳舞。油干火灭,黑暗罩下来,他躺在地上想,完了,家,甜蜜的家,老婆一定是熬不住青春,跟着人跑了,连孩子也抱走了。泪水沿着他的积满灰垢的脸上热乎乎的停停行行地流下去……

马桑镇西头那条熟悉的大狗又叫了一阵,紧接着照例是镇上的瘟狗应和着叫几声,之后,一切又都沉默。圆月青青白白地偏向西南方向的高天,真正是后半夜了。刘罗锅子脸上潮湿,他不敢肯定自己流了泪。十几年来,他的心被风沙抽打得粗糙坚硬,针都刺不进去,卖韭菜姑娘却轻而易举地剥掉了他心上的硬痂,使他的心纤细柔软,像刚蜕壳的蝉。他坐起来,把罗锅腰支在麦秸草编成的枕头上,点上一锅烟吸。苦苦甜甜地思想了十几天,脑袋瓜子又迷糊又清晰。那个人儿就站在面前,还是像当年那么年轻俊秀,眼泪汪汪地说:鲤她爹,不怨我呀!他一睁眼,什么都没有了,洞口空对着冰凉的碱土荒原。女人的头发搔得他面孔发痒,一双柔软的手在他胳膊上胸脯上摩挲着。一睁眼,两道月光幽幽地照亮地面,小狗眼中泪花闪烁。

他躺在家里的地上,感到身体正沿着一道裂缝往地里漏下去。他想跳起来,想挣扎,可不知道腿和胳膊到哪儿去了。他累瘫了。在跑山路蹭大道时心里想着女人孩子并不觉累,老婆孩子没了,累也袭上来,他想这样躺着死去也好。平明时分,他艰难地爬起来,像婴儿学步一样蹒跚着走出院子。村里像遭了兵变,树木都被拦腰斩断,村后几个大炉子里黑烟冲天,一群人在急急忙忙地搬动着柴草。他走进二婶家,二婶家里住满了外县口音的人。他走进六叔家,六叔家门窗拆除，屋里搭着地铺，一个昏花眼的老头儿在缝补破鞋。他终于碰到一个熟人，熟人说村里人都搬到西村去住了。他跑到西村去找老婆孩子，村里人告诉他，两个月前来了一群外县人，人群里有一个白面书生，蓝卡其制服领子上别着三个亮晶晶的回形针，胸前的口袋里插着一支自来水笔。有人看见他老婆跟那小伙子一起往东北方向走了，小伙子抱着女孩，女人跟在后边，胳膊肘上挎着一个通红的大包袱。听罢村里人一席话，他心里充满怒火，发誓要把女人抓回来，把那个胆敢拐走活人妻的小伙子砸死。他向村里领导报了案，领导让他先去南山采矿石。他应着，从食堂里包上几块干粮，拔腿走南方，走出三五里，就在丰产的苍黄荒野上拐了弯，奔着东北方向去了。他日夜兼程跑，在一条河沟里灌了一肚子凉水，啃了一块干粮。第一夜，他寻一块玉米地睡了。第二天又走出一百里，夜里又宿在野外。第三天，他突然感到到了目的地了。两天来他像猎狗一样追着味儿跑，走大路还是走小路根本来不及想，女人身上那股腥腥的奶味引着他走，女孩的哭声隐隐就在他前头响，而现在，一切都消失了。他知道到了，女人和孩子就藏在附近的村子里。赶到这里时，车轮大的红日冉冉落下，北边有土高炉，火苗子烧红了半边天，遍地流火，大地像凝结的钢铁一样严肃。两天中他看到遍野的丰产景象，熟透了的庄稼多半老在地里，路口常常碰到整包的棉花、黄豆，一堆堆的地瓜，无人管无人问。庄稼人珍惜粮食的天性使他心痛，一个个青蓝色的阴森念头在他思想的森林里闪电般亮起，一种大难临头万民涂炭的预感使他战栗不止，仿佛，他丢妻去女，不过是这场灾难的前奏。日头落山了。前面这个村庄里只有两只大烟囱在冒炊烟。烟囱是用红砖砌成，最上头收口处是一根瓷管子，酱紫的颜色，焦黄色的浓烟黏滞地涌出，没有风，烟柱拔起数十米高方散开，像两棵并着长高的钻天鱼鳞松。他知道村里尚未开饭，他可以进村等吃饭，无人收他的饭票。他不敢进村显影，钻进一块玉米地里，从肩头上卸下包袱，铺在地上。两个干巴窝窝头的洞眼里已经有了些馊气。他从窝窝头洞眼上拿下鼻子,又嗅到在干枯的玉米秸秆味道中有鲜鲜的葱韭气息。趁着紫色的天光巡睃,果然在一株玉米根旁发现几墩野胡蒜。他小心翼翼地连根拔起,野胡蒜茎叶嫩绿,蒜头儿有花生米大小。抖抖土,择出几棵,就着窝窝头他有滋有味地吞咽。玉米早就老熟了,玉米棒子一律垂头挂着,缨缨络络都干燥成死人胡须毛发一样的东西。一阵微风吹过,使玉米林里喊喊喳喳地疯响。吃过两个窝窝头,他还是觉得腹里上空下洞,中若无物。顺手撕下一个棒子,剥开皮,用指甲掐掐籽粒,早干成铁豆子一样,无法再生吃。他在玉米地里躺着,一勾新月出来又进去。星光闪烁,寒露成霜。他只穿一件破烂单衣,冷得牙齿打战,只好起来活动着取暖。他走出玉米林,望见路边有一个黑乎乎大物,悄悄地靠了前,原来是废弃的破砖窑。窑周围丛生着衰败的野草,一些半截砖头磕磕绊绊地碰着他的脚趾。他正要进窑里去避寒,忽听到里边传出抽抽搭搭的哭声。他吃惊不浅,立住脚,蹲下去,一动也不敢动。秋风一缕缕吹过,植物瑟瑟地响着,星星亮得出刺。窑里哭声清晰,是个女子。他心里狐疑惊惧,听到一个压低了的男人语声:"别哭了,妹子。"后来他想,那女人也许叫"麦子",这地方的人"麦"、"妹"叫成一个腔口。那女人却哭得更加响亮起来,吸溜吸溜像喝汤一样。"咱们跑了吧。"那男子说。"跑到哪里去?"女人带着哭腔问。"下关东!""没盘缠。""咱爬火车。""我害怕,听人说东北有熊瞎子舔人。""你就知道怕、怕,不跑,甘心嫁给他?""俺娘花了人家的钱,我要是跑了,他们会把俺娘打死。""那你说怎么办?""我嫁给他,咱俩偷着相好。""我不愿意这样,这样担惊受怕,到什么时候算个头?""那么,哥,咱一块死了吧。""怎么死?""喝毒药,我带来了毒药。""不,不,妹子,咱还是跑吧。""我不跑。""非要死……死就死吧……"那男子哈哈笑几声,就呜呜地哭起来……他摸出一块砖头,想扔进窑里去惊醒这对迷了心的鸳鸯,但又怕砖头进了窑,惊不醒鸳鸯倒砸死个情种,便放下砖头,用力挖起一把掺杂着煤渣子的干土,对着窑口捽进去。细土唰唰拉拉打进窑去,窑里的哭声戛然止住。一会儿,两条黑影从窑里一前一后钻出来……

多少年后,他还常常想起这把土。这种事一辈子碰不上几次。两个年轻人走后,他钻进了那个破窑洞,摸摸索索地寻到一块麦草编成的苫头,苫头上似乎还留着年轻人体温。他铺着苫头睡着了。睡得全身僵硬,醒来时已是红日照遍窑壁。他出了破窑,寻一块靠近道路的高粱地钻进去,蹲下,等待着机会。路上过去了几个成年人,他没敢出头。后来,他看到从村子里走出来一男一女两个孩子,女孩子牵着一只黑山羊,跳跳蹦蹦往这儿走。男孩背着一个花眼的篓子,手里提一把弯弯的镰刀,一边走,一边洪亮地歌唱:"马桑镇,三里长,范西路相好着霞她娘,霞她爹是头老绵羊,咿呀哎嗨哟——马桑镇,二里宽,范西路搂着霞她娘的肩,霞她爹好心酸,咿呀哎嗨哟——"他从高粱地里一跳出来,男孩子把没唱完的野歌子咽到肚里去,退后半步。女孩子叫一声,松了羊缰绳。黑山羊伸头吃着路边的黄草。"小孩,去放羊?""我割草,妹妹放羊。""都大同社会了,还放什么羊?""我爹爹是社长。""噢,社长家的羊。"他从高粱棵上撕下一个绿色尚未褪尽的小叶子递给山羊,山羊好奇地闻闻他的手,把叶子从他手里抽去,嚓嚓地吃下去。男孩问:"你是干什么的?""我是炼钢铁的。""你像个狗特务。"男孩说。"你长大了是一个好兵,去解放台湾。"他讨好地说。女孩说:"嘀嘀哒,嘀嘀哒,北京来电话,要我去当兵,我还没长大,等我长大啦,台湾解放啦。"他说:"解放不了,等着你呢。""春儿,走。"男孩说。他说:"小孩,慢走,我跟你打听个人——你们村里,有一个瘦瘦的女人吗? 带着一个瘦瘦的小女孩,两个多月前从外地来的。""我不知道。"男孩摇摇头,狡黠地说。"我知道!"女孩说。"小春!"男孩喊。"那个女孩叫鲤鱼!"女孩说。"小春,你又多说话。"男孩说。他从烟口袋上撕下一个滑石猴递给男孩,说:"小兄弟,告诉我,我是公安局的,那个女人是特务,你告诉我她住在哪儿。"男孩畏畏缩缩地接了滑石猴,说:"你别跟人说是我说的,啊,她住在伙房后边,门前有个大水湾,湾里有水,俺娘在湾里洗碗时常跟她说话呢,俺娘让我们叫她小婶婶。"

他缩进高粱地,兴奋得毛发直立,恨不得插翅飞进村里……

忽听到窝棚外杂沓的脚步声如群牛出栏,他歪歪头,看见几十个人影子在地上交叉成一片黑白错落的花样,一个小精灵扯着一根银光闪闪的丝线,丝线连着那匹大黑狗。

刘罗锅下了铺,趿拉着鞋走出窝棚。小孙牵着狗过来了,众人激动得用力呼吸。小孙手里银亮的线儿一松,毛色鲜亮的大黑狗便跳起来,四爪腾空,腹下的白毛亮得像一道电。小孙机灵地一拐弯,狗扑空落地。小孙又把丝线扯紧,狗仰起头,从肚子里吐出啊呜啊呜的低鸣。狗如吞食了苦药的孩子在呻吟。

"来呀,他娘的,你们来打呀,打死它。"小孙尖尖地喊叫着。

"快去抄家什!"杨六九喊一声,人群散开。纷纷跑动,拿来了铁锹、十字镐,重新聚拢。

"围成圆圈!"杨六九说,"别让狗日的跑了。"

几十个人端着铁器,慢慢地往里逼,小孙松着丝线,退出圈外。狗蹲坐在地上,伸着脖子,尾巴愤怒地扫着地上的碱土和月光。那两只痛苦的狗眼里绿光如磷,脊上的狗毛像浪头一样翻滚着。圈子渐渐收小,人们都小心翼翼地挪步,都等着有人打第一下。狗哀鸣不止,使人心软。它对着一个个高大的身影颤抖着,愤怒又使它跃起,它的前爪触到一块胶泥般的肉,便着力一撕,一个人鬼叫一声,翻滚着去了。狗回头又向另一个人扑去,腾空而起时那根连结着它的咽喉的银线又拽紧了,它在空中缩起了身子,重重地跌在地上,就在它落地的瞬间,狗头上一道暗影带着尖啸飞下来,紧接着响起铁器击碎头骨的闷声。空气中弥漫开血腥气。那个被狗撕了的男人在一边哼哼唧唧,杨六九说:"你个笨蛋!"

小孙蹲在人圈外,像个黑黑的小坟头。那根丝线弯弯曲曲地把他和死在地上的黑狗联系在一起……

他不顾一切地想立即就扑进村子里去,把老婆孩子抢出来,把那胸前插钢笔的小伙子打成残废,省了他再去勾引人家妻女。空中盘旋飞翔鸣叫着的鸟儿把一摊热乎乎的粪便黑白分明地丢在他的脖子上。他仰起眼来,透过高粱叶子缝隙往上看,牙齿像咬着鸟头一样用力咀嚼。鸟儿欢唱着奔向青天白日,在澄澈的大气中变得焦黄如弹丸。鸟儿飞走后,他撕一个叶子擦去脖子上的鸟屎,心里的怒潮稍稍平息。抽一锅旱烟,捆扎紧鞋带子,又把腰带使劲煞了煞。他恍然觉得自己的腰只剩下一把粗细,肚子里却鼓鼓胀胀,不知道饿滋味。田野疏疏朗朗地有干活的人,他沉住气,对着村子正中那两根红砖烟囱走去。

村子里寂静和平,村后的土高炉里响着火声和一浪高一浪低的人呼。这村里还有些树活得黄叶凋零,尚有鸡狗在走动。在烟囱后边有一个蚌壳状的大水湾,湾里生着几墩蒲草,嫩黄色的叶子折倒在水里沤着,中心的绿叶还紧硬地挺着,几枝蜡烛状的橙色蒲棰指着青天。他察看地势,沿着湾边走,偶一低头,见水中一个瘦如猿猴,知是自己脱了人形,心中一阵酸楚。湾里水清澈见底,水底沉着厚厚一层米粒,黏黏糊糊的像蛤蟆的卵块。从伙房里出来两个中年妇女。

他硬硬头皮,拐出墙角,走到两个女人面前,问:"两位大嫂,借光啦!有一个外县来的女人,家住哪儿?"两个女人面面相觑,一个瘦脸的摇摇头,说:"不知道。"两个女人转身就走。走在后边那个女人扎一个小髻,半大解放脚,面孔很善,回头对他使个眼色,向湾子北面那个垒着间小门楼的院子噘了噘嘴巴。他登时明白了,闪身墙角去,待两个女人拐弯进伙房,便几步蹿到那个小门楼前,推一把门,门是闩着的推不开。打量了一眼院墙见只有人头多高,便伸手攀住,将身一提,就上了墙头,扑通跳进院子,立脚未稳,就听到屋子里有孩子的笑声,继而听到女人的笑声。他感到有一柄锋利的剃头刀子把胸膛划开了,身体浸泡在黏稠的黑血里。他像在浑水中游泳一样费力地往屋里冲,薄薄的门板在肩膀两边响亮地分开。他一眼就看到曾经是他的女人现在是别人的女人在炕上跟女儿打着滚嬉戏。三个月不见,她好像更俊俏了。女人定了一瞬,面孔像电光中的云朵一样抖动着。他的眼睛寻找着那个脖领上别回形针的小伙子,没有。他跳上炕,揪住女人的长发用力一带,她就躺在地下了。"跟我走!"他压住声音吼。"不,你这个野狗!"女人恨恨地说。"走不走?不走我就杀了你!""你杀吧,你杀了我吧!"这时他听到急促的打门声,便对准女人的腹部踩了一脚,她的腹柔软得似乎拔脚不出。女人惨叫一声滚到桌子底下去了。他从炕上捅起一条被单子,把哇哇哭叫的女孩用被单包住往腋下一夹,出门时顺手从灶旁捞起一张掏灰耙,闪到大门后,听到擂鼓般的打门声,看着大门在撞击中哐哐响动。门哗啷大开,那个果然眉清目秀的青年率先跌进来,他举起掏灰耙,对准白净的面皮砍过去。他听到沉闷的肉响,俊俏青年捂着脸嚎到一边去。门外一群七粗八细的身体挡着他,他挥舞着掏灰耙冲上去,人群往两边张开,他从中蹿出,两边的房屋树木都旋转着向他倾斜……

"老刘,起来帮忙呀! 等会儿狗肉熟了你吃不吃?"杨六九说。

来书把死狗吊在窝棚立柱上。这条狗死后更显得高大健美。它的粗尾巴像扫帚一样戳着地,白眼珠子翻着,嘴里是白土黄泥,肚皮上的白毛沾着污血。在昏昏的灯下,狗头上的裂缝里往外跳着一粒粒的血珠,艳艳有樱桃红。小孙把刀在水缸的沿上翻来覆去蹭了几下子,舀勺子水冲冲刀刃,张口叼住刀背,挽了挽袖子,然后,把住狗腿,捏捏关节,把刀子在狗腿上转几圈,只手一折,狗爪子断下来,丝丝缕缕地还牵连着几条白筋络,用刀一划,甩手就把一只狗爪子投在地上。又伸手把住一条狗腿。片刻工夫,四只狗爪子全卸下来。大黑狗举着四条残腿,一条尾显得长大。大家都看得发呆,一齐夸小孙的好手段。小孙比准狗嘴,从下巴正中开刀,一直划到尾根,来书把划出的狗肠又塞进去,用根生火劈柴堵住。又剥狗头皮,剥得狗眼漆黑凶险,仿佛有两道森森的凉气侵入。剥掉狗头皮,又剥狗腿皮,然后就如脱裤子一般,把张狗皮褪下来,露出了一棱一棱的狗肉腱子在狗脊的两侧,狗脊梁上的环节像一串山楂糖葫芦……

他疯跑着,胸口憋得难以出气,一些鸡在他面前上树跳墙,咯咯惊叫,后面人声嘈杂,齐喊:"截住他!"跑出村头,他感到胸口的压力稍稍减弱,心脏如拳头捣着胸肋,咽喉里有一团火苗,脖子上有一道绳索。在坑坑洼洼的土路上,他的身体在跑动中颠簸着,腋下被单中包裹着的女儿像老头一样咳嗽着,被单子沉甸甸地下坠,他把被单子往上一提,感到一条小腿在腰上踢了一下,被单里的女儿发出一声嘶哑的哭。

鲤嫚! 现在他还敢肯定,听到女孩的哭声时心里并没难过,两行泪却一下子涌了出来。女儿在呜呜噜噜地好像叫娘。他的腿似被乱麻缠住,跑不动了。稍一迟疑,就听得脑后喊声如炸雷一般:"截住他——抓特务呀——! 拿住人贩子啊——!"路前方听到喊声的人,挥舞着农具包抄过来,他扔掉掏灰耙,双手抱紧女儿,一头钻进了一片高粱地。高粱叶子利刃般地割了他眼,他像熊瞎子一样乱撞,腿把半焦干的高粱秸碰倒,绊断,脱落的高粱米雨点般四射,秫秸上的白粉下落飘扬。脚步声、碰撞声、喘息声、心跳声、追者的喊声、采食高粱米的灰鸽的惊飞声、女儿的疯哭声,汇成一支箭,把他的耳朵射穿了。

他被一棵粗壮的高粱绊倒了,怀中的孩子摔出老远,并且那么脆地响了一声,响了一声之后便无声无息。他的心一下子死了。完了! 他想,完了,孩子死了! 孩子死了,他不想跑了,他跪起来,膝行向前,膝下压着高粱秸。他急急地剥开被单子,模糊的眼瞳里跳进了女孩的脸又红又紫像个严霜中的柿子。他用力擦眼,眼里雾退,幻觉般发现孩子的嘴唇在哆嗦。女儿眼角上挂着两滴血,血也在哆嗦。鲤嫚鲤嫚! 我的女儿。他用粗糙笨拙的手指擦去女儿眼上的两滴血,手指感觉到了血热。女儿的脸渐渐变白,嘴动鼻皱,又发出了嘶哑的哭声,从那大张开的生着八个牙齿的小嘴里。周围的高粱棵子又哗啦啦响起来,他惶恐地用大手压住女儿的嘴,女儿的小脸蛋在他手中抽搐。他的肠胃一阵痉挛,嗓子里有苦涩的东西上蹿,手不由自主地松了。他从高粱秸秆缝隙里看到几条碧绿的人腿,抢起女儿又疯跑起来。他没有力量睁眼,全不辨方位,跑得凌乱无意,腿脚如弹簧。

他又栽了一个大筋斗。什么东西重重地绊了他。他睁开眼寻找宝贝,却"啊"了一句,全身像抽了骨头般软了。在他的脚下,赤裸裸躺着一男一女。男黑女白,紧紧地搂抱着,身体辗倒了高粱。从他和她嘴里身上,散发出一股令人窒息的剧毒农药的臭气。他战战抖抖地起来,掉头就走,正如飞蛾扑火一般,与追他的人撞个满怀。他听到头上一阵风下来,上下牙咯噔咬死了。紧接着腰上又着了重重一击。一床被单从头上盖下来,白云一样舒展,通红的高粱穗子齐齐地落了地……

"老刘,起来烧火煮狗肉,你这个老混蛋,坐吃现成!"

四

工地上一大早就热闹起来,衣如飞鹑的筑路工们粗鲁地叫嚷着,一张张油嘟噜的嘴都变得轻捷灵活,一条条胳膊都紧张准确地动着,劳动卓有成效。工地上少有的欢腾。这是狗肉催的,肚里阵阵生热,胳膊上的肌肉发痒,浑身紧张,有力量无处发泄,人们流着汗,嗨嗨哼哼地从胸中往外吐着气,赤裸着的膀子上涂上太阳的光彩。

孙巴负责熬煮沥青。大家都不愿干这活,大家宁愿去拉水泥磙子,也不愿被沥青火烤死,被沥青烟熏死。郭司令在时就封孙巴为"烧锅大将"。小孙对火焰有一种说不清的依恋。他喜欢看火看烟,火与烟在他眼里变幻无穷,生出许多花样。他的一颗心在火苗上跳动,火愈旺他愈感到激动、感动,浑身痒得如生了疥癣,只有在火前烤着才舒服。烧着火看着火,他仿佛进入半昏迷状态,从他的辨别不清年龄的脸上,漾出溢出婴孩般的圣洁表情;从他的微微发黄的瞳仁里,射出一道道美丽的光线。

孙巴子连自己也不知道生于何年何月,他从记事时就感到肚里缺食,后来不缺食了几年,他吃得挺胖;后来又缺食了,他饿得很瘦。他一直瘦下来。无师自通地他学会了偷鸡钓狗,兔子不吃窝边草,村里人明知道他的底细,但都不嫌他。有一个双腿不齐的姑娘嫁给他成了他的老婆。新婚之夜,他拿着一根细铁丝,去结了冰的大水湾子里套来一只不知谁家的大白鹅回来,褪掉毛,开了膛,取了肚肠,煮熟了,捣一钵子蒜泥蘸着,与新娘一夜吃了一只鹅。吃过鹅不久,女人就怀了孕,足月后产下一个女孩,女孩出生时口里就有两颗牙。

大锅里的沥青开始融化了,嗞嗞的叫声强烈起来,满锅里有白烟跳动,断断续续,一股股上升。小孙伸出长长的铁钩子在小锅里抓挠几下,成结的沥青破碎,黄火缩一下头,声音暂停,几条强烟钻出,烟里挟带着豆粒大的火星,冲打大锅有声,很短的冲烟后,像放了一个闷炮,一团烈火便突出来,把整个大锅都包了起来。燃烧时产生的气体形成涡流在锅上旋转,火舌像风中卷动的旗帜波波地响成一片。小孙手挂炉钩子立着,弓腰咧嘴见齿,脸像黄金般端庄华贵。

爆响的火声把杨六九的目光吸了过去,他用带着敬慕的眼遥望着辉煌的偷狗英雄,禁不住发声喊:"孙巴,好样的!"

"孙巴真是好样的!"拉着压路磙子的筑路工们随着杨六九喊。

小孙在赞扬声中,微笑着看火,看烟。火和烟在他看来都是有生命有灵性的物体,与他对话交流,在他眼前咂唇咋舌,搔首弄姿。火舌像红马黄牛,烟是牛尾马鬃,下拂上扫,抓搔着轻清宇宙。烟火更像狗,像一匹矫健凶猛疯狂骁勇的大公狗。

昨天夜里,要不是那狗在他腿上咬了一口,他真不忍心毁了它。这样的狗多少年也难碰上一条,他钓住它后就想放了它。但它咬了他的腿肚子,他下了狠心。

从伙房里出来,连头也不回就上了河堤,走过桥,石桥在月下白得真像匹马。他把剩下的一根油条揣进裤兜子,同时用手按了按腰里别着的油纸包包。站起来他往镇上走,一近镇边果然就看见有三间草屋孤零零地蹲在镇子西头。他听着自己细弱的脚步声在背后跟着自己走,心里稍稍有点躁,到底是有几年不干这营生了,心中有点虚。他绕到草屋前面去,屋里已熄了灯,皎皎月光照得窗户灰白黯淡,泥墙上黄光泛泛。他在院墙外蹲下,一步步向小院门口靠拢。他一点都没听到自己这种蹲行发出了什么声音,但黑狗还是被惊动了。狗爪子把栅栏门抓得哗啦啦响,狗叫声像打鼓般空洞。镇子里的狗们尖声细嗓地跟着叫。他想不通自己为什么走到哪里遭哪里的狗咬,几年没沾狗了,身上难道还有狗腥气?也许是吃狗肉多了,狗腥气都渗到骨头里去了。黑狗狂吠不止,咆哮如虎。他早有准备,撕了半根油条扔进院子,狗扑着油条去了。狗吃油条时,他摸出那个塑料纸包剥开,一根银亮的尼龙细线在他手里抖扯着,细线的尽头拴着一个带倒刺的大鱼钩,他把半截油条套到鱼钩上。狗扑过来,口里发出乞食的和蔼低鸣,他又把半截油条扔进院子,狗欢快地追着油条划出的昏黄闪光去了。他伸手进栅栏门,心里祈祷着栅栏无锁。摘开那个铁套环,他轻轻推开歪歪扭扭的柴门,只推开一条仅能出狗的窄缝。他倒退五步,身体对着那道缝等候着。狗果然从那道缝里大模大样地伸出庞大的头,他准确地把藏着鱼钩的油条扔到狗头下,狗愉快地把油条吞了。它好像品咂滋味,频频地点着头,这时他不动,待到狗脖子抻了两抻,狗口里吐出两声咳嗽时,他把手中的尼龙线一下子扯紧了。尼龙线有五米多长,终端拴着一根光滑的小木棍,他用手握住木棍,尼龙线从他的中指和食指缝里流出来。他感到这道细线沉重的力量,心里有下意识的恐怖。他马上安慰自己,不会断的,尼龙线能经得起满满一桶水。从狗的喉咙深处传出一阵狼一样的嚎叫,他用力一顿尼龙线,狗立即哑巴了,只把一个头昂起低下,左晃右晃,像要把嘴里的舌头甩出来。他轻蔑地笑了。那个藏在油条里的鱼钩子上有两个尖锐的倒牙,挂在肉上摘都摘不下来,多少狗都因为贪这一口食而上了钩,白白地把肉给人吃了,把皮给人卖了,把骨头给人熬了胶,大狗小狗都是一样。他只有一次出于无奈才钓了一条没长成的小母狗,那狗肉囊囊的,连一点咬头都没有,那张小狗皮薄得像封窗纸,一捅一个透明的窟窿。钓了那条小狗后,他心里腻歪了好多天,好像欺负了一个小孩子一样内疚。后来他钓的都是正儿八经的大狗,但他钓过的狗都没有这条狗英俊魁梧。这条狗潇洒倜傥,叫起来有嗡嗡回响的铜钟声。

工地上阳光明媚,拉大碌子镇压路面的人全都弯腰如弓,很韧地走着,背后的绳子绷得瑟瑟抖动发出弓弦声。杨六九带头喊出吭哧吭哧的号子,像连绵延宕的沉重叹息。

狗在柴门的缝隙里摇头摇尾,愤怒地咆哮着,身上的毛扎煞着,眼睛绿着。他扯紧尼龙线,用力一拽。狗的脖子上仰,狗嘴像炮口一样朝着他的手。他用力扯着,狗不情愿地挪出来,仿佛瘦弱的钓竿上挂着一条肥胖的大鱼,他牵出黑狗,类似愚蠢地笑一笑,打量着狗脸上怒不可遏又疼痛难忍的表情。狗眼绿得出蓝火星子,狗牙上寒光闪闪。他感到一线寒冷的月光穿透肌肤进入骨髓,扯线的手指有些痉挛,灰白的脑子里生出模糊朦胧的不祥之感。他痉挛的手举着不敢懈怠,牵着黑狗倒退着走。他想到从前那些狗,只要一吞了钩,就由他像牵羊羔一样乖乖地牵走,远人看见还以为是走狗紧随着主人在漫步呢。这条黑狗使他不敢回头正走,一转身,他就感到背后的凉气彻透骨髓。他扬手抬臂牵着尼龙线,使狗头保持着斜射星月的姿势,他已经不敢直着看狗眼,胆战心惊地一步步退着走路,狗沉着冷静地一步步跟他走。他的脚后跟被绊了一下,尼龙线松了,黑狗放平了头。在一瞬间他看到狗眼亮得发蓝。狗像一条跃出水面的大乌鱼,滑到他面前。他要不是机灵地一跳笃定要被它扑倒在地。

他撩拨着锅里的沥青火,心里感到后怕。大锅里半是汩汩的沥青汁液半是漂浮在汁液之上的沥青坨子,火与烟一齐响。要不是机灵地一跳,早就被那畜生扑倒了。那样就不是狗进了众人肚子而是他自己进了狗肚子。他经常梦见自己被一群野狗撕了,心肝涂在地上,蓝色的肠拖出老远老远。尽管他机灵地一跳,黑狗锐利的爪子还是在腮上扫了一下,麻酥酥有些痛。狗在落地时,他及时地拽紧了尼龙线,用力提起来,狗的前腿离地,像鼓掌一样扑棱着。他为了腮上的狗爪子道道而用力扯紧尼龙绳,他通过射进狗嘴里的月光,似乎看到那个大鱼钩子深深地扎进狗嗓子的软骨上,狗的食道绷得像弯月一样,狗的嗓子里粘满鲜血。他知道狗一定恶心得要命,它的胃里翻滚着豆腐渣和那几截油条。狗嗝不出来,尽管它一个劲地弓腰缩颈,肿胀流血的喉管把它憋坏了,它连打嗝也不能,它只能酸溜溜地放一些屁。紧接着它蹿了稀。他的被沥青烟熏坏了的鼻子也闻到了臭狗屎的气味。他知道狗草鸡了,但仍不敢大意,依然倒退着走路,高扬着臂,让黑狗张嘴仰天对着一轮明月。他想起自己的钓狗生涯,心里涌起对这种职业的崇敬感。从前钓过的狗可编成一个狗连了。从来都是如玩笑游戏,但这次却精疲力竭,好像老戏子登台演最后一台戏。也许是想老戏子时那股淡淡的秋天般的凄凉使他松懈了手中的线,狗又趁机飞跃起来。它悟到了真理:要想解除痛苦,必须努力冲刺。它红了眼,连续扑着,不给他扯紧尼龙线的机会。他左跳右跳地躲闪着狗的袭击,矫俏的手脚勉强能跟上狗疯狂的节奏。他气喘吁吁,心脏不时地紧缩一下,心脏只要一紧缩,肝肠遍地被野狗争食的情景就闪电般地在脑海里亮一下。狗不声不响地腾挪飞跃,动作漂亮优美,令他一边害怕一边赞叹。他突然明白了,自己被杨六九给耍了,杨六九为了白荞麦撮弄着自己来招惹这个魔鬼一样的畜生。他盼望着它哼哼唧唧像牙痛一样叫,只要狗哼唧就是狗草鸡了,狗哼唧是投降的表现,但是它一声不吭,它一个飞跳连着一个飞跳,只要感到连结着喉咙的丝线稍一绷直它就飞跳一下。在汨汨洒洒的月光中,狗皮滑溜明亮似融化的沥青。他感到眼睛里时时跳出虚幻的怪影,月亮青绿,大地黄白,狗泥鳅般的身体在空中滑出的优美弧线使他后悔不已,他又一次感到自己中了杨六九的奸计。这条狗狡猾无比,它超出一般狗的地方就是用不断的进攻来缓解痛苦的牵扯。对人的仇恨使它勇敢无畏。这样的狗是不能钓的。他甚至想扔掉尼龙线转身逃跑,但他知道不能扔绳逃跑,他两条腿跑不过四条腿,只要他一转身,这条狗就会在一秒钟内把他的脖子咬断。这条狗直立起来时比他的个头还高。他用慌慌张张的突然转弯来躲避狗的袭击,捏着尼龙线的手里湿漉漉地流着黏汗,这种黏汗是从骨头里榨出来的,他的疲劳恐惧深入骨髓。

他想:狗啊,我们讲和吧,我愿意放了你,帮你摘下喉咙里的鱼钩子。

狗说:不,你这个恶棍,狗偷,狗克星,你毁了我多少同类。请神容易送神难。

他想:你是条狗王。但我不怕你。我想放掉你不是我怕你,我钦佩你是个狗雄,不忍心杀死你。筑路工的脏肚子不配做你的棺材,你的棺材应该是四合柏木板做成,外涂桐油铜钱厚,内挂着黄缎子里子。

狗说:日你妈的人,你不是花言巧语。我胃里装着自己的热血,腥血。血使我想起祖先,我们的祖先被你的祖先给驯了,我们世世代代被你们蒙蔽,这种脏日子该结束了,你们把我们装进肚子里的事有千千万万起了,到了以人之道治人的时候了,你们这些狗日的人。

他想:狗,我真不是怕你,我真心想放你。

狗说:王八蛋子!到了这时了才说这种话,晚了,是死是活,鱼死网破。

他想:狗哇,你冷静一点,你别感情用事,我希望你好好思考一下。

狗沉默着,好像在深思。

他记得他竟神魂颠倒地对着狗前行一步,他的心里当时肯定充满了像棉絮一样柔软的温情。就在这短暂的迷误中,狗发起一次闪电般的冲刺,他猛一侧身,双脚相交,噗地便倒,狗嘴冰冷地触及了他朝天的屁股,一大把针扎般的锐利痛楚在屁股上散开,扩散到脊椎和发梢。他胡乱地打一个滚,那根尼龙线缠在腿上,把狗嘴拽得紧贴地面。他救了自己。狗的两条前腿铺着,两条后腿支起,尾巴来回紧张扫地。他感到有些细小的热流在屁股上流动,知道狗咬了自己一口,而挨咬时的挣扎却把狗制服了。用手牵尼龙线时,他总是怕拽断丝线,慌乱中腿部的动作给予尼龙线的牵拉力,使狗喉上的软骨几乎被撕断了,一阵地震般的大痛终于威住了这条猛兽。他就那样躺着,有时还悠闲地眨一眼在极亮的帷幕后边那些颗死鱼眼睛一样的星斗。狗的后腿也慢慢地矮下去,狗浑身颤抖,狗嘴里漫出一股血腥之后,又流出几声求饶般的哀鸣。狗,你败了! 他想。

狗说:畜生,你有胆量就把这该死的丝线松开。

他在狗眯缝起眼睛之后,感到疲乏极了,那时候,他非常自然地想起了老婆和孩子……

来书和一个筑路工抬来一筐碎石倒在碇咚碇咚发响的铁板上,他说:"杨头,郭司令不在,让伙计们玩玩,傻干什么!"

"干吧,"杨六九说,"修桥筑路积阴功吧!"

"盗坟掘墓才积阴功呢!"来书挤着眼说。

小孙挂着炉钩子一言不发,他入迷地看着火和烟,又想起了老婆孩子。他想郭司令不在我一定要跑回家去看看,我老婆就要生孩子啦。昨晚上就说好了,那张狗皮归我。狗皮钉在伙房后的烟囱上,遮着一块席片子,可还是引来成群的苍蝇。狗皮明天就会半干,烟囱烤,日头晒,干得快。明天夜里就走,赶个远集卖了狗皮,给老婆置办点坐月子的东西,纸啦布啦什么的。有了儿子,就应该正正经经地过日子,再也不钓狗啦,再也不钓狗啦,说不钓就是不钓了……

趁着众人忙,孙巴溜到伙房后边去探望那张狗皮。狗皮太宽,烟囱太细,狗头朝上狗尾朝下拥抱着这个方形的红砖烟囱。他用手摸着狗的毛,狗毛弹力很好,光明似擦过蜡。可惜是夏天,狗毛退了绒。不管怎么说,总是张大皮子,十元钱会有人要。卖了钱就全花光,不能攒,古来没有小偷成了富翁的。要不是防嫌疑,狗骨也不应该埋掉,狗骨头能当虎骨卖,不知能骗多少钱。绿头花蝇围着烟囱飞,苍蝇个儿肥大,像蜜蜂一样。他用席片重新遮蔽好狗皮,防席下滑就顶上一根木棍。这烟熏火燎的四月天,狗皮今天不干明天一定会干。趁着郭司令没回来赶紧开溜。他又一次痛苦地想到老婆就要生孩子啦。饱嗝里还含有酸臭的狗腥气。他品咂着狗肉的滋味儿,踢踢踏踏地又转回沥青锅前。

白荞麦从大堤上一露头,小孙就听到脊梁上有一团凉意尖叫着贯通了全身。筑路工们都低着头拼命干活,眼睛都不敢抬。杨六九摆出一脸官相,扫一眼众人,见他们脸上的表情都像挖掘植物根块的猿人一样。他低声吩咐小孙:"把火烧得越旺越好。"又高声叫:"好好干呀,弟兄们,毛主席教导我们——人民公社一定把道路修好。"他迎着白荞麦走上去,潇潇洒洒地说:"白大嫂,怎么没挑豆腐呢?"

白荞麦衣衫不整,对襟褂子上有一个扣子高攀了一眼,褂子下摆一边高一边低地斜吊着,肚腹上摺起一堆布,扣子错位处露出一道肉。她眼睛圆睁着,脖子直竖着,像一匹疯狂的马。她带着一股旋风扑到杨六九面前,一句话不说,举起爪,抓着杨六九厚厚的脸皮尽力一撕,像从墙上往下撕破烂大字报一样,杨六九脸皮上白了三五道,又一撕,白了七八道。还想撕,杨六九退缩,她追着撕,杨六九退到沥青锅边,大叫:"疯婆子,你要干什么?"

"还我的狗!"

"你到哪里来要狗?"杨六九说,他伸手摸摸脸,摸到一手青紫的血,"你真狠啊,臭娘儿们,忘了老子包销了你半个月豆腐。"

"你少油嘴滑舌,还我的狗!"

"谁见你的狗啦?你的狗不是在家里看门吗?"

"我的狗,镇里人没有敢动的,只有你们这拨贼,你们这群劳改犯,才有这样的手脚。"

"不知道你的狗。"

"你把我的墙头都扒掉了一块,原来是算计我的狗!"

"我是想你呐!"

"想你娘去吧!你把我的狗怎么整死的,地上都是密密麻麻的狗脚踪。你这个千刀万剐的杂碎,下油锅炸成干虾蹦仁的,枪子儿打成筛子底的,爆花机里炸出了脑浆子的,头顶长疮脚底流脓坏透了气的杂种!你偷了老娘的狗,老娘饶不了你,等你们郭司令回来我豁出去陪他睡两宿也让他剥了你这臭鸭蛋的绿皮儿!"

杨六九笑着说:"大嫂你骂得真过瘾,你有什么证据说我们偷了你的狗?"

"我一上河堤就闻到你们的狗窝子里一股狗腥气儿。"

"那是臭油味儿!"杨六九说。

小孙应声操钩去捅火,轰轰烈烈火上了天,黏涩的臭味儿一摊摊往人脸上沾。

白荞麦捂着鼻子退几步,说:"不是臭油味儿,我要搜。"

杨六九坦然地说:"你搜吧。"

小孙脸干黄如菊,扭着腰说:"杨头,你替我看会儿锅,我去解手。"

杨六九说:"你去就是。"

小孙急步跑向伙房。白荞麦眼珠子一转,跟着小孙急走。小孙说:"干什么你!男人撒尿你跟着干什么?"

"你一撅尾巴我就知道你要拉什么屎。"白荞麦说。

"那我不去撒了。"小孙说。

"不去撒你就憋在肚里吧,老娘反正要搜查。"

"大嫂大嫂大嫂!"杨六九喊。

白荞麦气昂昂向窝棚走,杨六九仓皇皇跟在后。白荞麦抽着鼻子,直奔着伙房烟囱去。杨六九堵住她,嬉皮笑脸地说:"嫂子,你要是缺钱花就说一声,别弄出这些名堂来讹人。"

　　白荞麦进了伙房,眼睛来回扫,罗锅老刘从铺上把身子躬起来,又放下去。白荞麦说:"老头! 我的狗啊!"那匹独眼小狗对着她汪汪汪叫几声。她在窝棚立柱上看一眼,叫一声,猛醒般跑到窝棚后,踢倒木棍搁开席,见了大狗皮森森挂着,哭一声:"我的狗啊!"一行行眼泪扑簌簌离了眶,在酡红的腮上流。"你赔我的狗! 杨六九!"白荞麦扑到杨六九身上又撕又咬又打。杨六九的脸被她抓挠得像烂白菜疙瘩一样,他心头火起,捏住她的胳膊用力一拧,她不由自主转一个身,屁股对着杨六九,杨六九膝盖一顶手一松,白荞麦一头碰在狗皮上。"臭娘儿们,这是你的狗吗? 你叫叫它答应吗? 天下黑狗多着咧。"他转身进了伙房窝棚,白荞麦跟到门口,却不走进去,只是站在门口哭、骂,哭得四野震荡,骂得千奇百怪,筑路工们耳朵全新,都停了手中活,静静地学习着。杨六九坐在刘罗锅铺上,目中泄出凶光,脸上一道道血痕闪亮。白荞麦终究未进窝棚,走上河堤,骂声稀少,哭声密集起来,筑路工齐齐地垂着头。

　　白荞麦在河堤上站着,心绪纷乱,喉咙疲倦无力。回望筑路工地烟笼火映,一群黑人笨拙地蠕动着。蓦然又想起大黑狗,愤愤地有了主意,凤凰展翅般飞向工地,在铁板旁抄起一把秃头的竹扫帚。把小孙横扫到一边去,将扫帚插到沸沸的沥青锅里,扫帚头上沥青油淅沥。小孙目瞪口呆,不知这女人要玩什么花样,远远躲着不敢靠前。白荞麦将扫帚伸到小锅里,引起一扫帚头子火,斜举着,扫帚烧得刮刮喇喇,像一柄火炬。她不顾说话,一步高一步低跌到筑路工睡觉的窝棚边,把那团火戳到席棚上。

　　筑路工枯木桩样栽着,脑子都忘了旋转,见窝棚上的苇席刮刮地燃起来时,才有一个人大叫一声:"救火啊!"众人惊醒,一齐喊杨六九。白荞麦还举着扫帚,哆哆嗦嗦地骂:"烧死你们,烧死你们这群猪!"扫帚上的火烧了她的手,她把它扔掉,跑几步,坐在地上,呆呆地看着窝棚上的火。几个筑路工从伙房里提水来浇到火上,火黑了,黑了又亮了。连续几桶水,真黑了,席棚烧透一个乌黑的大洞,边缘冒着白烟,又来了水,把白烟也浇没了。几个筑路工跑进窝棚,把被子抱出来,大呼小叫。

筑路工把白荞麦围起来,有抬起脚来要踢的,见大家都漠漠地立着,就把脚缩回来。有善骂的,也不愿开口,大家看着一人。杨六九说:"看什么? 又不是观音菩萨,干活去干活去!"杨六九从衣里摸出几张皱巴巴的票子,掷在白荞麦面前。筑路工有的走了,有的伸手摸兜,抠出毛硬币之类小钱,放在白荞麦身边。来书捏着一个一分的硬币犹豫着,杨六九鄙夷地说:"滚! 拿去串到肋巴条上去吧!"来书把钱放回口袋,走几步,回过头说:"杨六九,甭你妈的神气,老子有的是钱,老子等几天就有的是钱!"

白荞麦不拣钱,脸上挂着灰,平平静静地问:"你用什么法子把它弄死? 你怎么能弄死它?"

杨六九说:"不是我,我没那么大能耐。"

"是我,大嫂子,是我把它弄死的。"小孙说。

白荞麦摇摇头。

小孙说:"大嫂,人不可貌相,海水不可斗量,我用一根油条一个鱼钩,把它像小绵羊一样就牵来了。"

白荞麦的脸抽搐着说:"这么说真是你干的? 钓狗? 你有本事和它打呀,怎么钓呢? 我昏透了,听到狗咬,没想到钓狗呀,我的狗……"

白荞麦的神色又愤愤起来,她腾地跳起,向小孙冲去,一把揪住小孙的头发,像搓面团一样揉,小孙疼得鬼哭狼嚎。杨六九欲上前解救,白荞麦把尖利的爪子抠在小孙眼上,说:"你敢,你敢上来我就把他的眼珠子抠出来。"

杨六九不敢动,说:"你那条狗要多少钱? 说个价吧!"

"我不要钱,我不要,我要你弄活我的狗!"她抠着小孙的眼窝说,"走,畜生,你去给我当狗!"

白荞麦拖拖拉拉地把小孙掳走了。

"杨头,杨大哥,救救我呀!"小孙被白荞麦挟在腋下,大声嚷叫着。

五

昨天夜里,杨六九让来书去埋葬狗骨时,来书嘟嘟哝哝地发着牢骚:"为什么要我去埋?"

"你跟小孙打架把大伙儿吵醒了,小孙钓狗有功,你埋狗骨头将功赎罪。"杨六九说。

"不是我们打架你们能吃上狗肉? 什么破烂代理队长!"来书说。

"少啰嗦你个赌棍子!"杨六九说。

来书把狗骨捡到一个水桶里,捡了满桶,提到棚外月光中,挪到工地附近,找来他那柄勺子头一样的小铁锹。一手提锹一手提桶,走一步他骂一声谁。

小孙被白荞麦擒走后,杨六九让他烧锅熬沥青。他学着小孙的样子用钩子捅捅小锅,火焰果然也哼哼地响。他本来是死不愿意烧沥青的,心里有大喜欢,竟想自寻折磨,杨六九一发话,他就附在沥青锅前干起来。他对小孙和杨六九充满感激,他们促成了他的好运。他想,有时候,好运气悄悄地就来了,想躲都躲不开,你钻进地洞里它跟进地洞。要不是跟小孙赌牌,小孙就不和自己打架,不打架就惊动不了杨六九,惊动不了杨六九就不会钓狗……不吃出狗骨就不要挖坑去埋……反正是好运气催的,要不为什么偏选在那儿挖? 要是挖偏一寸、一厘、一张封窗纸那么薄,铁锹刃就碰不到那个坛子,碰不到坛子就没响声,没响声就不会低头去看……说一千道一万,通通是好运气赶的,好运气就苍蝇一样围着你,打都打不走。想起昨夜事,他感到一阵后怕,在那一刹那,幸亏福至心灵弯了一个大腰。

他扩土坑时,听到铁锹刃上发出一道很滑很脆的响声,低腰去看,狗肉漾出,臭秽气中见坑壁上有一点黑釉在闪烁,用铁锹刃划几下,响声依旧滑脆,他的好奇心动,就铲那物旁边的泥土,光滑的釉面越来越大,渐渐显出形状,依稀一个坛坛罐罐的肚腹。他的心里立即生出幻想,愈加小心地清理。果然是个坛子。他胆战心惊地弯腰去搬坛子时,狗肉一股股上蹿,他毫不吝惜地把蹿上来的都吐了。吐了七八口,肚里立刻觉出轻松。他专心看那个坛子,用手抹去坛上的泥土,露出青蓝的本色来。坛口下有些指甲状的凸纹,坛肚上清晰流畅地画着一些类鱼类猫的简朴图案。坛脖子短促,坛沿儿外翻着。坛口密封,散发一股朽木淤泥味道。他用指头去戳坛口,方知当年堵坛口用的木塞已经朽烂。他把烂木塞子剔出,心里突突乱跳。他不敢往坛里看,不敢想坛子里是空的。也许是一坛陈酒,但并无酒香溢出。坛口有拳头粗细,他的手在坛口犹豫着,指尖上冷冰冰的感觉使他眼前的一切都蒙上一层灰白色,他的脑子里有盘旋成团的蛇的形象出现,似乎坛里正冒出丝丝的凉气。他搬起坛子晃晃,里边有嚓嚓的金属摩擦声,对着月亮看到黑洞洞的坛里有黄白之光弱弱地溢出。他感到呼吸困难,好像要死去一样,人如飘在树林子里,眼前错落着银灰的树皮和幽幽的天光。抖抖的手自行进坛,满把摸出,竟是一堆缠绕成团的银首饰。把根根银链子抖擞开,仔细点数,计有银脖锁三只,帽子花一套八只,绞丝镯子一副。还有三个叫不出名来的小物件。他欢喜疯了。又伸手进去,掏出六块大洋钱。再摸时,空荡荡无一物,粗糙的手指把坛内壁摩得沙沙响。他把坛子举起来,对着月光看,确实是空坛子。坛壁上好像画着两条红鲤鱼,在月光中活泼地游动。他把银首饰一件件装进坛内,仔细看地,仍不放心,又搬着坛子立起,退几步,放大眼界,仔细搜索。泥土狗骨朽木。朽木泥土狗骨。他突然发现,在那团朽木中,有一团黑乎乎的东西,他的心咚咚跳着蹲下,粗鲁地放下坛子,小心温存地把那团物捏起。当年这团物是布,现在烂得像纸灰,一动就碎了,在破碎中,亮起了一道柔和的黄光。金子!我的亲娘,金子!他心里欢呼着,托着黄光,头直发晕,目眩良久,定下神来,见手心里有一个金黄的圆圈。金镏子!亲天老爷,从小就听人说金镏子,今日总算见到了……

他看着火，看着沥青慢慢融化，想起三年前，花了一元钱，请那瞎子算命。瞎子一个眼流瘪了，另一个眼凸着像个小鸡蛋。瞎子的手指细腻得像一根根蛔虫，弯弯绕绕地蠕动。瞎子说他在三年之后必发大财，必发，但发大财之前有点小灾小难，不打紧的。他想，果然应了，果然灵验了。这儿是一片荒原，遍地碱卤嘎渣，哪里来的金银坛子？许是当年大洪水从八隆河里冲出来的。老人说八隆河九曲十八弯，有九缸十八坛。那九缸十七坛现在不知埋在哪里。

金镏子！他伸出舌尖去舔那黄圈，竟是一股鱼腥。他大吃一惊。继续舔，仔细品呵，果然品出了甜丝丝的味儿。他还想用牙咬咬，又怕咬上牙印，不用咬了，定是黄金，他不敢咬，生怕把金镏子滑进喉咙里去，先朝的大官们急了眼就吞金自杀，比喝毒药还灵验。他想到此感到晦气，仿佛看到金镏子穿过酱一样的狗肉把胃压碎了。他闭紧了薄嘴唇，把金镏子试试探探地套上手指，食指进不去，中指更进不去，勉勉强强伸进去半截小指。这个金镏子一定是个女人戴过的，能戴得起金镏子的女人都是小姐太太。他想象着那女人的模样，她的脸一定白白的，小嘴像一粒樱桃。他想有金有银就该娶个女人啦，趁着郭司令不在，卷起铺盖跑他娘的！他又想不能走，还有九缸十七坛就在这八隆河外藏着，好运气来了，就不止碰上这一坛子。

"来书，你还没埋好？"

杨六九远远地一声喊，吓得他魂飞魄散，他急急忙忙把东西塞进坛子，用身子遮住坛子，用手掩住坛口，高喊："别过来，别过来，我在这儿拉屎……"

"你少吃点嘛！撑死你这个贼！"

"我真他妈的没出息，撑得拉肚子了，拉出的屎比狗屎还要臭。"

"还他妈的好意思张扬。"

他自轻自贱着，心里紧张得哆嗦。把桶里的狗骨倒进土坑，铲一块紫土下去，遮了一半白，没遮住的白骨向他眨眼，仿佛笑他愚蠢。他把狗骨捡出来，继续扩大土坑，眼瞪耳竖，盼着那瓷光和溜尖的声音出现，他想九缸十八坛也许都在这里埋着。锹刃儿嚓了一声，他身子缩成一团跪下去，抠出一块碎砖头；他继续挖，又挖出一块破瓦片。直到月光黯淡，东方天际升起一团红色的雾气时，他才把狗骨埋了。他牢牢地记住这地方。埋好狗骨，他突然感到惊惧不安。他确信人们都在怀疑着，谁也不会相信他在拉肚子，他仿佛见到了饿狼一样的眼睛在幽暗的窝棚里熠熠闪动，只要他一进窝棚，他们就会像窝狗子一样扑上来把他活活咬死，然后抢光他的金银财宝。他抱紧坛子，恨不能把坛子装进肚子里去。肚子里的狗肉还在翻腾，一口一口的臭气上溢，肉却不溢上来了。每溢一次臭气，他都张着口，半天才敢闭上。他知道自己真吃撑了，真的要蹿稀跑肚了。他把金银从坛子里摸出来装进口袋，口袋鼓鼓囊囊地胀起来，不行，不行，窝棚里人挤人，身上有一个钢镚儿也会被发现，何况这大把的金银。他从袋里摸出金银装进坛子，想还是埋在这里好，坛子口开着，会有耗子钻进去，耗子会把金镏子叼走。他脱下褂子，把贴肉的汗背心剥下来，揉成一团，狠狠地塞住坛口。

为选择一个埋坛的地方，他跑出去几百米远，挖好坑，放进坛，盖好土，他又后悔了，这儿离工地太远，万一有割草放羊的孩子扒出来就完了，万一有狗、狐狸、獾来扒洞扒出来也就完了。埋近点儿，埋在工地上一抬眼就能看到的地方保险。他扒出坛子，提着锹，沿着河堤往回走，河堤稀稀疏疏生着一些枝干秃秃的白桑树。他选择了一棵离窝棚约有一百步远的孤孤零零的白桑树，弯腰溜过去，在树下悄悄挖土，月光迷蒙，窝棚隐隐传来鼾声。桑树下生长着一蓬蓬茂盛的蒺藜，蒺藜开着白色的小花。他把蒺藜连根带土挖出放在一边，挖成一个方方正正比坛子略大的坑。把坛子放进坑，坛口略低于倾斜的堤面，他很满意。盖土前，他心里又生出狐疑来，他觉得那坛子里是空的。急忙拔开堵坛的破汗衫，伸手进去，硬硬地摸着那些银货，心里稍稍安定。慌乱中摸不到金镏子，冷汗顿时出来，急急忙忙倒坛，找到金镏子才算放心。他撕开一条银锁链，把金镏子拴在银脖锁上。

你是我的,你别想跑。金镏子甜甜地对着他笑。他在坛子与土坑的缝隙里填上土,把那几墩带土的蒺藜移到坛口上来。灰灰的天色下,蒺藜花调皮生动。他轻轻地把蒺藜梳理顺当,退几步,打量着,总觉得这儿有些异样。启明星又大又亮地挂起来了,天就要亮了。他心里还不安定,也不敢再磨蹭了。他在白桑树上用铁锹铲开一条伤口,这才像驾云般回到窝棚。

他一夜没合眼,眼珠子却像涂了润滑油一样滑溜。窝棚里飘着令人窒息的恶浊气体,他刚进窝棚闻不惯,一分钟后就闻惯了。他的铺紧挨着小孙,他刚要躺下,就听到小孙说:"你跑不了!"他吓得大气也不敢出。小孙又说:"你跑不了!"他低低地说:"干什么,干什么。"他随时准备扼住小孙的喉咙。小孙说完了话,翻了一个身,嘴里吧嗒吧嗒响几声,从鼻子里又喷出呼噜来。他松了一口气,便悄悄和衣躺下,眼瞅一阵昏暗的三角形棚架,又侧目看小孙被挤得不成形状的脸。

早饭时,筑路工们捧着窝窝头,一个个愁眉苦脸。他发现人们都用异样的目光打量自己。杨六九的咳嗽女人声女人气,小孙把一只铁桶踢得咚咚响,还有一个上了年纪的筑路工,像公鸡打鸣一样叫了一声。

他说:"我夜里拉肚子啦,蹲下就起不来,把肠子都拉出来了。"

杨六九啐一口,说:"你那点儿出息!"

众人齐骂他,骂得越狠他心里越舒服。他说:"小孙,大哥服了你啦,你有老婆没有?我有个亲妹妹,长得像仙女一样,嫁给你做老婆吧。"

小孙说:"留着你自己用吧。"

一个筑路工说:"来大哥,小孙不要给我。"

"你?"来书说,"你这副熊相还想娶我妹妹?我妹妹的尿也不给你喝。"

河南岸传来一个女人喊孩子的声音:"留柱——留柱——来家吃饭——"

"你埋好了吗?"杨六九问。

"我埋什么啦？我埋什么啦？我什么都没埋……"

"狗骨头埋好了吗?"

来书浑身松弛,腋下汗津津的,说:"埋好了,队长大人,小人埋好了,埋了五米深,天神爷也找不到。"

"你他妈的得了神经病了是不是?"杨六九问。

……

沥青滚开了,炎热上蒸,他满头大汗,故意把手上的黑灰往脸上抹。他眼禁不住地往西南方向瞟,那棵白桑树孤零零地站着,桑树上的叶子像一枚枚坚挺的硬币在阳光下熠熠生光,那棵桑树像火把一样熊熊地燃着。

六

晚饭后不久,杨六九蹲在那丛茶叶树的阴影里,观察着白荞麦屋里的动静。天上有一些缓缓运动着的灰云,月亮钻进云里,茶叶树影幽暗起来,地上有云朵的大影子在懒散地移动。镇子里雾气腾腾,一个女人在高声婉转地呼唤孩子:"留柱——留柱——来家吃饭——"女人的声像从井里传上来的,空空洞洞还沾着水汽。白荞麦家的柴门依旧掩着,院子里静悄悄的。他想起昨天夜里那条英雄的黑狗还在飞扬跋扈,心里感到酸溜溜的。草屋里点着油灯,明亮的灯光映在东边窗户上,西边的窗户是黑的,蝙蝠在院子里飞。蹲了一会儿,听不到动静,他弯着腰走到柴门前,伸进手去想摘开那铁挂钩,手碰到一把老大的铁锁。他又转到房檐与墙头相接的地方,刚欲攀墙上去,手上就感到一阵刺痛,摘下手看时,见满手都是血。墙头上新糊了一层泥巴,泥巴里插着一些绿色的碎玻璃。他暗骂这女人心黑手毒。沿着墙走了一遍,发现墙头上都糊了新泥巴,泥巴里遍插玻璃片。他悟了半天,才想到这一定是小孙的功劳。转到檐角下,听到那窗户里呼呼隆隆响,没有人声,心里不由为小孙担忧,这女人是不是把小孙给剥了皮? 想想又觉得不可能,朗朗乾坤,清平世界,为了条狗杀人,量这娘儿们还不敢。

小孙的老婆带着孩子来啦。一百多里路,那女人带着个刚会挪步的女孩子,挺着大肚子,背着个破包袱,一脚高一脚低硬是走来了,走得灰土满脸,头发像铜丝一样黄。小孙女人到筑路工地时,筑路工们正捧着盆子喝玉米糊子。夕阳似落不落的,半天通红,众人在喝汤的缝隙里发言议论小孙,没人替他担忧。有一个筑路工说小孙这会儿正在白荞麦家呼哧呼哧喝豆腐脑子呢。正说着呢,小孙的老婆孩子就来了。小孙的老婆是从西边走过来的,那时候,大堤上灰气朦朦,荒原上乌鸦哀鸣。她走得很慢,远看像一条牛。在那棵孤零零的白桑树下,她从背上卸下孩子,孩子在树下蹲了一小会儿,孩子像个褐色的大野兔子。来书端着碗跳起来,下巴骨抽搐,玉米糊子顺着下巴流到脖子上,还以为他中风不语了呢,还以为他掉下下巴骨来了呢。女人领着孩子往前走了,来书长长出了一口气,又坐下呼呼地喝汤。女人和孩子一歪一扭下了堤,向着伙房这边走。她的腿不齐,举肩抻颈,走相好难看,孩子扯着她的衣角,像一团滚动的布。有人说:"来了要饭的了。"有人说:"就让她吃一顿。"正说着,女人近了前,脆生生地叫一句:"大哥哥们,这儿可有个孙巴?"窝窝囊囊的一个女人,没想到生着这样一副好嗓子,要是她躲在一个人见不到的地方说话,还以为是个十七八岁的大闺女呢!"有啊!"来书说。"他在哪儿?""他嘛……"一个筑路工说,"他嘛……"

杨六九上前一步,问:"你是孙巴的娘?"

"不是,"女人说,"我是他孩子的娘。"

女人的肚子像扣了一个盆。他吃了一惊。女人的脸和小孙的脸一样,无法估计年龄。他说:"是大嫂来了呀。"

"他呢?"女人惊惶地问。

"他到镇子里办公事去了,今晚上不回来明早准回来。"

"总算到了。"女人说。

"大嫂子您来这儿是……"

女人的嗓子一下哑了,哽哽咽咽哭起来。大家都不吃饭了,围过来看这女人哭。女人破衣烂衫,脸上生着铁锈。女孩嘤嘤地哭,还一声声地叫娘。筑路工们唉声叹气。刘罗锅蹲在伙房门口,脑袋低到裆里。

杨六九说:"大嫂,你别难受,先吃饭。我是筑路队代理队长,待会儿我就去找回小孙,让你们一家团圆。老刘,你去弄几副碗筷,让她们先吃饭。"

老刘拿出两只碗,端出一盆汤,四个窝窝头,一碟子萝卜条咸菜。

女人说:"俺不饿。"

老刘说:"吃吧!"

女人沉重地坐下,把女孩也扯坐了,娘儿俩端起汤喝。女孩喝呛了,吭吭着咳。女人用拳头捶着女孩的背。有一个筑路工到窝棚,拿出两块饼干给女孩,女孩不敢接,女人接了,坐着给筑路工鞠躬。

女人吃饱了,有了几分精神,从包袱里摸出一柄缺齿的梳子拢几下头发,给女孩也拢了几下。女人絮絮叨叨地说,孙巴走了大半年,连个信儿也没有,去公社里打听,公社里说他犯了错误,罚到筑路队里去了。看看又要生了,家里断了烟火,怎么不济也是自己的男人,找他来想想办法。女人说着说着就哭了。女孩走乏了,软软地倚在女人身上睡着了。天地染遍苜蓿花色。

他说:"老刘,委屈你到窝棚里挤一夜,把你的铺让给孙大嫂住一宿,赶明儿给她们另搭个窝棚。"

老刘说:"中。"

他说:"我去找小孙。"

他在东房檐下墙根站着,踮起脚,把墙头上的碎玻璃拔出来扔掉,抓住墙头往上一蹿,脚尖磕碰几下墙,身子重量就压在两条胳膊上。他提腿上墙,轻轻地顺到院子里。蹭到东窗下,伸出舌尖,舔破窗纸,把一只眼贴上去往里看。原来这三间草屋的东两间是通着的,没有间壁墙。小孙抱着根磨棍,垂头丧气地推着豆腐磨。白荞麦坐在门口一个麦秸草编成的草墩子上,双臂抱在胸,面前地上放着一根长长的白蜡条,白蜡条梢头上的叶子都破了。豆腐磨呼隆隆响着,磨顶上堆着饱胀的黄豆,两片磨石之间的缝隙里,吐出一丝乳白色的豆糊子。小孙用肚子推着磨棍,眼睛看着磨道,好像寻找脚印,影子一会儿投到墙上,一会儿又折在地下。白荞麦满脸倦容,长长的眼睛眯缝着好像看灯,又好像打瞌睡。夜游的小虫围着她的脸转,她挥手赶走小飞虫,冷不丁喝一声:"该刮啦!"

杨六九吃一惊,将身往后一缩。小孙抬起头,从一只大木桶里提出一把木头杓,杓子的圆沿儿凹进一块,把杓子拖在身后,刮着磨石下沿,人走一圈杓转一圈,刮了一杓子豆糊,叩在木桶里。杨六九在窗外闻着豆糊的香气,对这女人又恨又想。她穿一件酱红色灯芯绒褂子,头发光溜溜,悠闲地坐着,像在磨房里赶毛驴。突然间满屋子雪白,挂在梁头上的电灯泡亮了。白荞麦眼眯成一条缝,小孙被照昏了,站在磨道里不会走了。

"这死电!"她骂一句,站起来吹灭油灯,说,"推呀,站着干什么?"

"大婶,"小孙说,"好大婶,饶了我吧,您老人家发发善心放我回去吧。"

"快推!"白荞麦捡起蜡条,在小孙屁股上抽了一下子。小孙咧咧嘴,抱着磨棍又推起来。

屋里忽然又一团漆黑,杨六九听到白荞麦叫了一声。他刚要喊小孙,就听到屋子里扑腾起来。小孙尖声叫娘,白荞麦骂:"小畜生,你想趁着黑跑?我叫你跑!""大婶——亲大婶——我不敢了——我再也不敢了——"

屋里又雪亮了。白荞麦对着小孙的脑袋用巴掌扇,小孙告饶不迭。

"这抽羊癫风的死电，"白荞麦喘着粗气说，"你人小鬼心眼不少，你往哪里跑？"

"大婶，"小孙抱着磨棍，哭丧着脸说，"你让我回去吃饭吧，我吃饱了再来推。"

"一条狗还没撑死你？"

"大婶，我吃了丁点点肉，他们人大，老欺负我，逼我干这干那的。大婶，我权当是您的屁，您就把我放了吧！"

杨六九差点笑出声，用力捂着嘴。屋里，白荞麦也捂着嘴笑了。

"放你，没那么容易，让你们那个土匪头子杨六九来给我的狗披麻戴孝吧。"

"那您放我回去告诉他。大婶，这钓狗的事是杨六九逼我来的，他是领导，他的话我不敢不听。"

杨六九暗骂："这个狗小子。"

"少废话，快推。"

"大婶，我饿得挪不动步啦。"

白荞麦揭开锅，拿出一块黄饼子扔给小孙，说："吃吧，噎死你才好！"

小孙接住饼子啃一口，说："大婶，给我点儿咸菜就着。"

"给你点儿淡菜，你是来当客呀！"说着，还是端出一碟子黄酱提出两棵青葱，摆在小孙面前。

"大婶，给我口水喝。"

"给你口尿喝！"

"大婶，我要解手。"

"你想跑啊！"

"大婶，您墙上插着玻璃，门上锁着大锁，我插翅也难逃。大婶，我憋不住啦。"

白荞麦抽开门闩，拉了一下开关，屋檐下一盏电灯照得满院子通明，杨六九慌忙蹲在墙根。小孙出了门，白荞麦提着蜡条跟出来。杨六九猛扑上去,从后边抱住了白荞麦,大喊一声:"小孙,快跑,你老婆带着孩子在窝棚里等你。"

白荞麦怪叫着,手抓脚踢脖子扭动。小孙扑向柴门,晃得铁锁哗啦啦响,杨六九说:"回来,从东边墙头上跳。"

小孙没头苍蝇般撞回来,气喘吁吁地说:"墙头上有玻璃我下午刚栽上的。"

"屋檐根下没有玻璃。"

小孙撞向檐下墙,像《地道战》里那个爬墙的伪军一样,连爬三次都没上去。

"笨蛋,快找个凳子踩着。"

小孙跑进屋,进门时被白荞麦踢了一脚,搬出一条沾满豆腐渣的窄凳,放在墙下,踩着凳子上了墙,一个滚落到墙外去了,跌得他在墙外叫了一声亲娘。

杨六九紧紧地箍住白荞麦的腰,等小孙滚出墙才觉得如搂着柔软的棉花胎子,舒服得心颤。白荞麦拧腰撅屁股四肢乱动,也挣脱不了他的臂圈。他把她用力上举,白荞麦高头大马,双脚点地,似羊蹄子擂鼓般急切灵活。杨六九把她抱进屋,她低头在他手上狠狠地咬了一口。杨六九松手,用力往前推她一把,她往前一蹿,手扶住墙壁转回身来。她披头散发,衣衫皱折,胸脯子一鼓一鼓,大张着口喘气。

杨六九插上门,拉灭院子里的电灯,目光迷离地看着白荞麦。他的手上流着一条细细的血,他感觉不到疼,全身急躁,伤口发热。

白荞麦倚着墙,呼吸渐渐均匀。她呸呸地吐着口中的血沫子,骂一句"土匪!",捞起刮豆腐沫子的木杓子,向杨六九砍来。杨六九叉着腰,看着她笑。电灯光照着他暗红的络腮胡子,他漆黑的脸膛像古铜一样煌然。他脱掉褂子,揉成团,用力向墙角掷去,褂子在飞行中舒展开,缓缓降落在墙旮旯儿的草堆上。

白荞麦把木杓子举起,就像中了定身法,她呆呆地看着杨六九条条棱棱的肉和胸脯上的一线黄毛,看够了,才把木杓子往下砍,轻飘飘地如说是打人还不如说是调情。杨六九跨向前一步,接住白荞麦举杵的手,用力一捏,她胳膊上的肉像脂油一样被挤向两端去,他的大手触到了她的骨头,仅仅隔着一层皮。白荞麦呻吟一声,木杵子掉在地上。杨六九把她往胸前拉,她用另一只手撕掳杨六九膛上的黄毛,两个人推推搡搡,碰碰撞撞,一会儿像拥抱,一会儿像摔跤,好久好久,白荞麦像只绵羊一样软绵绵地往后倒去,杨六九揽住她的腰,把毛茸茸的嘴巴扎到她四四方方的大脸盘上。

又停了电。

又来了电。

两个人搂抱着在灶旁的柴草堆上,白荞麦细眼里夹着两颗泪珠儿,悲悲切切地说:"你这个强盗,赔我的狗。"

"赔你个人吧!"

"赔我的狗!"

杨六九把她按倒,说:"狠心的,你把我的脸都抓成烂柿子啦,还像母狗一样咬人。"

"搂紧我……亲哥,六年没有人搂我啦。"

"你男人呢?"

"我男人……"

白荞麦伤心地哭起来,说:"你起来……你先起来,我让你看看我男人。"

杨六九站起来,白荞麦掩掩衣服,推开西边那扇房门,侧身进屋亮了灯。"你来看吧!"

杨六九疑心重重跟进去。

"这就是我男人。"

炕上躺着一个光溜溜的男人,杨六九大吃一惊。那男人全身灰白,像一条僵蚕。他一动不动,大约有心在那儿不紧不忙地跳动。灰白的脸上,眼睛像塑料球一样模糊无光,偶尔才能见腮上的肌肉抽搐两下。薄薄的嘴唇有时张开,有时绷成一条线。男人的身下垫着席子。一股烂肉气息直冲人脑。

杨六九昏头涨脑地退出去，坐在柴草上，一句话也不会说，只把眼盯住白荞麦看。

"他就这样躺了六年……那年春天，他要跟人家去匡家庄宣传，我不让他去，他硬要去，我说外边都打死若干人啦，他说革命不怕死，怕死不革命。他们举着红旗到了匡家庄，一进村就被人家包围啦，半截砖头，锨镢二齿钩子一齐上，他当场就被打倒。抬回家来就这样，打针吃药也不管用……还不如那时打死……"她泪眼婆娑地向杨六九说。

杨六九感到喘不过气来了，嗓子里有若干黏黏的东西堵着。他挣命般地说："妹妹……我带着你跑了吧……"

"往哪儿跑？"

"下关东。"

"俺不去，那儿冷，我怕冷。"

"那你就这么受？"

白荞麦扑到杨六九怀里，滚烫的手指撕着他的腮帮子，抽抽噎噎地说："亲哥……你要是喜欢我，就帮我弄死他吧……我一个妇道人家……"

白荞麦炭火般的肉体烤得杨六九口干舌燥，他推开她，昏头涨脑地站起来，摇摇晃晃向门口走去，他的手刚触到门闩，白荞麦就冲上来搂住了他的脖子："你这尿种……你就这样走了吗？他活着跟死了差不多……我端屎端尿侍候了他六年……他不死我就得陪着他……"

杨六九说："你不给他吃喝。"

"我试过，试过，他肚里没病，一饿就叫，嗷嗷嗷，像狼嗥一样，邻墙隔家都能听到……"

杨六九转过身，觉得脚下无根，倚在门口，腿像弹簧一样颤着。白荞麦蓬头散发，泪痕满面，那件灯芯绒上衣鲜红欲滴，她那两条细长的眼睛里，射出暗绿色的光芒，从她的身上，似乎发出一股墓穴的霉气……

那天中午,他听人说谭家庄老乔家的闺女死了。他不敢相信,头一天他还看到老乔家的闺女在集上买布。老乔家闺女肥得冒油,多少人看着眼馋。他心里狐疑,不敢细问。那人说老乔家闺女啊,啊啊啊,中午死,下午殡,人死如灯灭,气化秋风肉做泥。他说可不是怎么着,可惜了一个大闺女。

谭家庄的公墓在一个苹果园里,苹果园北是一条河。他听了那人的话,就放不下地想乔家闺女。他肩着个粪筐子,在苹果园周围拾粪。碰到两行牛屎,他拾进筐子。狗屎人屎他不拾,他嫌这两种屎臭。苹果园里有三五千棵苹果树,树干都有碌碡般粗细,树冠都剪成馒头状。矮矮的树干上涂着白石灰,没涂石灰的树干被剥了皮,黄褐褐的,像涂了层牛屎。苹果树冠几乎连在一起,苹果花盛开,树枝上一簇簇粉红雪白,果园子上空花粉沸扬,腾起一片片浓郁的香气。蜜蜂像火星一样追着花粉飞⋯⋯

她用肉手摩挲着他的脸,对他耳语着:"哎哟⋯⋯亲哥⋯⋯你够了吗⋯⋯你进去吧,弄死他吧,他活着也是受罪⋯⋯啊⋯⋯亲,你去吧⋯⋯"

他围着苹果园又转了几圈,已是半下午光景,他寻着臭杞树丛的一个大缝隙往里看,那堆新鲜黄土中,凸出了一个稍高于地面的长拱形砖顶,几个男人倦容满面,坐在横放在地的锨柄上抽烟。黄鹂的叫声像口哨一样尖锐,满园震动,空气好像裂帛般响。他在黄昏时,爬到苹果园西面一个土岗子上,黄日半扁,将熟的小麦暗哑无声,几个割草归来的孩子沿着田间小路踽踽行走,一曲野调子,把他的心都唱破了。接着孩子们凄凉的歌声,从谭家庄里传来一阵咿咿呀呀的哭声。一辆拉砖的马车从村头露出来,老马鞠躬,翠绿赶车人傍马行。车后随着一队人。他坐在土岗子上的杂树后,细心听着哭葬的词儿,车尚远,哭声似线,但见弯曲轨迹,辨不清声音。杂树下的腐土上,两只肥胖的蟋蟀在交配,雌蟋蟀蹦在他鞋上,雄蟋蟀趴在树枝上,他不忍心动,直看着两只蟋蟀又愉快地跳到野草里去了。车近了。车前一个年约十岁的女孩,头缠一条白布,每只耳朵上挂着一絮棉花,手里举着一根花竹竿,竹竿梢头绑着白纸扎成的仪仗。车后有几个半老女人,有哭孩的,有哭肉的,一律仰着脸,用破帕子捂着嘴,眼睛不看路,走得跌跌撞撞。女人们后边跟着四五个精壮汉子,俱闭口无言,面对残砖碎瓦,好像他们身后尚有持枪的押差。到了果园门口,马停人亦停,女孩手持旗幡,立在路边,女人们聚拢在女孩的旗帜下,哭声婉转,飞越林表,黄日昏惨惨不敢落。园子里的男人们出来,与车后的男人们汇合。几个人上了车,喊一声号,把一个前高后低前宽后窄的棺材抬下来。棺材颜色未干,有的地方深红似汪着血水,有的地方淡红,木板的白茬子从淡色中洇出来。男人们从车上扔下几条麻辫子,套住棺材,又在麻辫子里穿上几根七长八短的木杠子,喊一声起,棺材离了地,男人们推推搡搡地抬着棺材进了果园,女人们随着棺材哭进果园里去,女孩落在最后边,好奇地东张西望着,后来她的身体被果树掩了,那竿纸幡从树冠间伸出头来,指示着她的所在。赶车人蹲在老地方,背上的翠羽蒸成一片丹霞。麦田如海,残阳如血,老马肃立,长脸上斑斑点点一些毛,远看还以为它招了一脸苍蝇。一架直升飞机扑棱着螺旋桨,翘着尾巴,从果园上方滑过去。一道白烟从苹果枝杈间升成一根柱子,烟柱中有黑蝶般的纸灰在盘旋上升。女人们的哭声高亢了一阵子,就低沉下来,只有一个嗓门还亮,其余的便愈来愈弱,终于无有。拉拉杂杂一群人从果园里出来,几个女人手提着白布,飞一样往村里赶。女孩空手出来,随着人走,翠绿赶车人把她抱到车上,她却从车上跳下,在路边上摘了一朵粉红的喇叭花,只手举到嘴边,噗噗地往花上吹气……

站在炕前,他周身寒彻,那个僵男人用蛇一样的眼睛死盯着他。他不敢看那两只阴骛的眼睛。

　　当天夜里,他潜到苹果园外,他未从园门走,园门口有一个半聋半哑的老头守着,他用撬棍把臭杞树丛别出一个刚容进人的洞口,四肢着地钻进去。后半夜了,果园里死水深潭般安静,半块月饼似的昏黄月光把果树弄得像团团烟雾,苹果花散着甜甜的香气,苹果树枝叶纹丝不动,偶尔有花瓣飘然落地,在月下变成温柔雪片,瑟瑟生凉意。他一身黑衣,紧袖薄鞋,蹑手蹑脚,从这团阴影进那团阴影。他左手提一支短柄尖头锹,右手提一支尖头铁撬棍,站在下午刚筑起的新坟前。坟上新鲜的黄土湿气发散,使周围空气滋润沉重,坟头上用一块红砖头压着一张黄表纸。坟前框着四块新砖,砖框里有黑色的纸灰和未燃尽的圆圆的纸片。他熟知乡里葬俗,把四块新砖扔到一边,把撬棍插在旁边,便跑在坟前,运起短锹,飞速挖土,片刻工夫,便把坟头挖去半边,锹刃碰撞着墓中砖头,铿锵有声。新坟的土暄腾腾的,挖起来毫不费劲,很快,便挖出了圆拱形的坟门。坟门是用砖头斜叉起来的,活儿粗糙,根本不用铁撬拆。他伸进手,抽出一块砖头,一道紫红的灯光从坟洞里射出来。他头皮一炸,马上又不炸了。坟里的灯光是长明灯发出,长明灯不灭,坟里空气未尽,不会有秽气侵入,这也是盗新坟的好处。他手如飞喙,一会儿就拆通坟门,拔出撬棍,他钻进坟洞。坟洞也是圆拱形的,在中间他可以勉强直立。洞壁上凿出一个坑,坑里摆着一盏豆油灯,灯油尚有半盏,坟门大开,空气袭进,豆油灯燃得异常明亮。他把铁撬的尖扁嘴插进棺材盖板与棺材立板的缝隙里,用力撬了一下,棺材板子咯咯吱吱地响着,响得人胆寒。他转圈撬动盖板,最后在一边伸进半截撬棍,用力一掀,听到铁钉从板子里嗞嗞响着拔出,盖板滑到一侧,他闪一下身,让灯光照过来,棺材里温热袅袅。他揭掉那张蒙脸的黄表纸,露出一张银盘似的圆脸,唇边的茸毛细细,双唇略开,露着一线白牙。女尸身上盖着一床薄绸被,料子贵重,颜色鲜艳,定可卖大价,他高兴异常,搊起薄绸被,叠几叠,扔到坟外。女尸平平展展地躺在棺材里,她上身穿一件深红灯芯绒褂子,下身穿一条蓝灯芯绒裤子,脚上是一双松紧口白底鞋,一双蓝白条纹尼龙袜。这一套衣服也使他满意。他把女尸从棺材里拉起来,出人意料的是,姑娘身体柔软,似乎还热乎乎的。按照惯例,他把一个绳套子先套在自己脖子上,又套在姑娘脖子上,死人应像棍一样硬,站起来便于剥衣。可这个姑娘不硬,她的头软软绵绵地歪来歪去,他累得气喘吁吁,也没能让她随着自己站起来,只好让她坐着,自己也坐着。他解开条绒上衣的扣子剥下来,里边是一件碎花布衫,有七八成新,犹豫了一下,还是动手剥,伸手至两乳间,觉得她肌肤温热,滑腻不留手,心里锣鼓齐鸣,妄想联翩,刚要动作,就听到她咽喉里咕噜一声响,下面也咚一声响,玉脸上细眉抽动,眼睛看看要睁开的样子……

他避开那双阴鸷如蜥蜴类爬行动物的眼睛,去看窗上惨白的窗纸,电灯光哐哐有声,照着那男人的令人恶心的肉体。他看到男人的喉结又尖又高,伸手过去,刚触皮肤便如摸了蛇一样。他不忍下手。男人身体的每一个部位都令他恶心。他从炕角上提过一个枕头,按到男人脸上……

女人眉动目开,吐出长长一口气,吓得他魂飞魄散屁滚尿流,起身要跑,却怎么也动弹不了,姑娘的身子随着他乱舞……

他用力往下按枕头,枕头下响着粗重的喘息。

折腾好一会儿,才恍然大悟地摘下脖子上的绳套,对准姑娘的胸膛捅了一拳,跳起就跑,脑袋在坟壁上撞起大包也不觉疼。跳出坟洞,听到背后一个女人凄厉地叫一声,苹果花纷纷落地,他的腿像扭麻绳一样,怎么也难跑快,慌忙中不择路,撞了树,遭了臭杞的针扎,转圈跑到园门,撞开栅门,一溜狼烟走了。后边脚步杂沓,那女尸追上来了……

他看到他的脖子上血管跳起,颜色青紫,手腕阵阵软,胃打着卷动。他不敢松手,把上半身的重量都压了上去,听到那人下边撒了一股气。他扔下枕头,跑到外屋,捏住喉咙,忍住恶心。

他跳沟过壕,不敢回头,不回头也知道那起尸鬼深红裙子如血染,蓬头散发……

"完事了吗?"白荞麦问他。他猛抬头,见她深红裙子如血染,蓬头散发,敞着胸露着乳,一步步逼来。他腿软得没筋没骨,溜着墙瘫在地上。

七

杨六九失踪后第三天早晨,罗锅老刘起来烧饭,从烟囱根上撒尿回来时,忽听到西边轰轰隆隆的机器响,脚下的地皮似乎也在轻轻颤抖。从他们修出来的新路上,有一个庞然大物爬过来了。那物生着两个巨大的轮子,前边一个略小后边那个大,轮子上坐着一间方方正正的小铁屋,小屋上涂着绿漆,绿漆中安着玻璃,玻璃上阳光灿烂,阳光中有两个黑乎乎的影子。大物沉着地往前爬。老刘寻思片刻,抄起一根木棍子,走到筑路工睡觉的窝棚前,用力敲打席子。杨六九失踪后,筑路工们一直躺在棚子里睡觉,脸都睡肿了。小孙和他老婆孩子住在河堤下一个临时搭起的小窝棚里,老刘也走过去用棍子敲敲棚顶,然后往回走。晕头转向的筑路工从窝棚里钻出来,有打哈欠伸懒腰的,有搓眼睛的。

"老刘,开饭了吗?"

老刘只顾往伙房里走,不答话。

"快看,路上!"

"哎哟亲天老爷,那是个什么怪?"

"坦克？"

"来坦克啦,来坦克啦！快来看坦克呀！"

"不是坦克,坦克前头还有一管炮呢！"

"炮缩进肚子里去啦。"

"你以为坦克是老鳖,能把脖子缩进去？"

"怎么不是,不是说打新沙皇的乌龟壳吗？"

"那不过是打个比方给你听。"

小孙也凑上来看热闹。

庞然大物越爬越近,两个大铁轮子转得缓慢,轮子上写着白漆字一会儿转到下面,一会儿转到上面。小孙说:"压路机！"

"什么压路机？"

"压路的压路机,没见过吧？"

压路机把崭新的路面压出一道明显的凹槽,凹槽从无穷无尽的西方一直伸展过来,人们看着凹槽的延伸,心里沉重,脸上失色。压路机隆隆吼叫着爬到沥青路尽头,停住不动。从方方正正的驾驶楼里,左边跳出一个人,右边跳出人一个。两个人一前一后,向着窝棚走来。筑路工们呆呆成泥塑,眼珠不转地看着两个人一步步走近。走在前头的是个三十多岁的男人,穿一身褪色黄衣,戴一顶发白的黄帽。跟在后边的是个二十岁出头的小伙子,高大健壮像匹儿马蛋子。两个人走到筑路工面前,立脚未稳,黄衣人就问:"杨六九在哪儿？"

众人面面相觑,不敢开口说话。

"杨六九在吗？谁是杨六九？"黄衣人又问。他的衣领上和帽檐上有鲜明的痕迹,黑脸有边有角,嘴里镶着两颗白亮的钢牙。

小孙说:"杨六九……走了,好几天没见影儿啦……"

"现在谁是负责人？"黄衣人问。

"没人负责。"小孙说。

"这是新来的王队长。"青年小伙子说。

"你叫什么？"王队长问。

"孙巴。"

"孙巴？好，"王队长笑笑说，"你去把所有的人都找来。"

小孙钻进窝棚大喊："快起来快起来，新来的王队长要训话。"

王队长说，上级派我来领导你们筑路，原来的郭队长升任了公路局革委会副主任。上级对这条路非常重视，对你们的工作还比较满意，你们都犯过错误，应该出大力流大汗，大批促大干，革命加拼命，拼命干革命，一不怕苦，二不怕死，加强纪律性，革命无不胜，提高警惕，严防阶级敌人破坏，你们嘛，还是可以救药的，医生给你们把阑尾割掉就好了。为提高筑路速度，上级派我来，还派来一台压路机，这是机手武东同志。下面全队集合点名。站成两列，面向我，排头在南，集合。

筑路工东一个西一个，谁也不会动。

"集合了，听到没有，两列横队排头在南面向我，你们听到了没有？"王队长急了。

武东说："让你们站队喽，站成两行。"

筑路工羞羞答答地凑成一堆，有的人咧着嘴不知哭笑，有的人用手摸屁股。

王队长一手扯住一个高个子筑路工，像栽葱一样把他俩栽定，说："接着他俩向后站。"

终于排成两条弯弯曲曲的队伍，王队长摇着头喊："都有啦——立正——立正了，谁还乱动？你摸鼻子干什么？还摸，说你呐！你以为我说谁？向右看齐——往哪看？哪是右？哪是右？向前看，稍息。下面点名。我说点名你们要在下面立正，怎么搞的，立正！我让你们稍息你们才能稍息。杨六九——杨六九！"

"报告队长，杨六九跑了！"小孙说。

"跑到哪儿去啦？"

"报告队长，不知道。"

"跑不了他！来书——来书呢？"

"报告队长,来书在那儿掘耗子。"

"在哪儿掘耗子?"

"在那儿。"

"你快去叫他。"

小孙跑出队,跑向河堤,边跑边喊:"老来,老来,别他妈的瞎掘了,你掘的耗子呢? 王队长点名叫你,要拉出去毙了你哩!"

来书弯腰提锹跑来,黄着脸问:"什么王队长?"

"走吧,够你喝一壶了,王队长是威虎山上的团副,来抓你小子。"小孙说。

"抓我干什么? 抓我干什么?"

"报告王队长,来书到了。"小孙说。

"入列!"王队长喊。

小孙眨巴着眼不动。

"入列! 入到队里去!"

小孙进队。

"你叫来书?"

"是队长,小人来书。"

"你干什么去了?"

"掘耗子去啦。"

"谁让你去的?"

"我……毛主席说,人民公社一定要把耗子斩尽杀绝。"

"入列。"

来书入列。

"刘得利!"王队长喊,"刘得利呢?"

刘罗锅子从伙房里出来,说:"小人在。"

王队长说,筑路工们,从今天起,我们要行动军事化,战斗化,加快工程进度,争取元旦通车,给帝修反一记清脆响亮的耳光。那时候,你们也就可以回家啦。杨六九跑不了,跑到哪里也不行,布下天罗地网。下面回去整理内务、洗脸刷牙,解散。

武东带着几个健壮的筑路工,从压路机后边挂的拖斗上搬下行车,帐篷,铁床。

吃过饭后王队长视察工地,武东带人在伙房窝棚对面支起帐篷架好铁床。

杨六九失踪后第四天,王队长在帐篷门口挂了一块白木牌子,牌子上写着红字。王队长说帐篷是队部,筑路工进帐篷要先喊报告,让进才能进。武东在伙房门口栽了一根木头,木头上头绑着横木,横木上挂着半截铁轨。栽完后,武东用一根螺丝杠敲了敲铁轨,声音清脆警惕。

杨六九失踪后第五天,王队长宣布,由压路机手武东兼任筑路队生活会计,罗锅老刘交出钱柜,账目暂时冻结,等抓回杨六九再查。王队长还说,孙巴的家属可以在这里住,但吃饭要交钱交粮票。

杨六九失踪后第七天上午,公路上开来一辆卡车,从车上卸下十桶柴油。下午,开来二十辆黄河牌大卡车,车上拉的全是大块的沥青。沥青卸在窝棚后边的碱土地上,巍巍峨峨像座山一样。

杨六九走后第八天上午,公路上开来一辆草绿色摩托车,摩托车三个轮子。车上骑着一个白衣警察,另一个白衣警察坐在后边,搂着骑摩托警察的腰。摩托车在工地前边熄了火,两个警察跳下来,他们俩像双胞胎一样相像,腰里扎着香色宽皮带,皮带上挂着手枪。刘罗锅吓得半死,躲在窝棚里不动,从席缝里看着警察。警察走到帆布帐篷前,在那个小铁门旁边摽着,一个警察用手巴骨敲铁门,另一个警察不动。小铁门开了,王队长走出来,一个警察说:"你是王云芝吗?"王队长说:"是呀。"一个警察拿出一块纸一晃,另一个警察同时把两个亮晶晶的钢圈箍在王队长手脖子上。"王云芝你被捕啦!"一个警察说。王队长大惊狂呼:"你们胡闹!你们一定搞错了。"一个警察说:"少废话,有冤有屈回去诉,跟我们说管什么用。"警察把王队长推进摩托车斗。一个警察踩了一下机关,摩托车屁股里蹿出蓝白烟圈,车轮子先转得辐条清晰，立刻就快得了不得，比狗撵疯了的野兔子还快。

王队长被抓走第三天上午，刘罗锅把水缸挑满，坐在铺上吸烟。忽听到窝棚外有人羞怯怯地喊："大叔，大叔，要不要韭菜？"刘罗锅把烟锅里火倒在裤子上，又急急拂掉。他弯着腰跑出窝棚，一看，心里酸甜麻辣，差点泪出，果然又是那卖韭菜的瘦长姑娘来了。自从杨六九失踪之后，白荞麦和瘦姑娘也不见了，每天上午窝棚门口出现一个白肥女人清瘦姑娘的情景像多年前的一个大梦，不知是真是假。姑娘又来了，刘罗锅竟感到六神无主，天亮得不敢睁眼，刚刚恢复的行动平衡准确感顷刻没了，他几乎站不住。姑娘好像胖一些了，苍白的脸上洇出一些薄薄的桃红。她背着一个长长的柳条篓子，篓子里盛着一捆捆韭菜。韭菜根儿雪白，韭菜叶儿鲜绿，叶尖儿紫红。

"大叔，您买韭菜不？"她乞怜般地问。

"买，买……闺女，你先把篓子放下。"他走到姑娘身后，双手把沉重的篓子接住。姑娘一转身，篓子落在刘罗锅怀里。甜丝丝辣乎乎的韭菜味儿扑向他的眼，使他的眼睛潮湿有水。面前的姑娘瘦腰削肩，挺挺秀秀地站着，比他高出几乎一头。他放下篓子，用力直腰，但直起来的只是一段脖子。

"闺女，你有好些日子不来啦。"

"韭菜……没长起来……"

"闺女，你娘的病好些了吗？"

"好多了，多亏大叔照顾，我对俺娘说了，俺娘说你是个好人，她说，等她能走路了，就到工地上来看您。"

"啊……你娘呀……你娘是这样说的……"

"是这样说的，她亲口对我说的。"

"你叫什么来着？"

"回秀。"

"你原来就叫回秀？"

"嗯。"

"不是后来改过名字？"

"不是。"

"你爹……待你还好？"

"俺爹生活困难那年得水肿病死啦，那时候，我还不大记得住事。"

"你还有兄弟姐妹？"

"没有。大叔，您要韭菜吗？"

"闺女，我已经不管买菜的事了。我们这儿来了新领导，有了会计。"

"那俺背到集上去卖啦。"

"不急，闺女，你等等，我去给你问问，要是买，就省你跑腿，早些回家，让你娘放心。"

"大叔，您的心真好。"

他蹒蹒跚跚走到队部帐篷前，站在门口，喊一声"报告"。帐篷里琴声呜呜响，像哭一样。他又喊一声"报告"，琴声不断，小铁门却向外开了，压路机手武东，嘴里叼着琴从帐篷里钻出来。

"有什么事？"机手从嘴上摘下口琴问。

"会计，您看，那个姑娘来卖韭菜，您看，她娘病着，等着钱抓药。"

"你怎么知道得这么清楚？"

"会计……"

"昨天刚买了土豆子嘛！"

"会计，她的韭菜嫩，您去看看，去看看，她的韭菜嫩……"

武东抬起头，看着在伙房窝棚前规规矩矩地站着的高个子姑娘。他把口琴甩了甩，装进口袋，吹着口哨向姑娘走去。刘罗锅跟在后边，看着小伙子瘦削挺拔的腿，听着那悦耳的口哨声，心里顿时有一片阴云罩上来。这个高大健壮的小伙子挡住了他的视线，使他看不到回秀姑娘，他往旁边侧身，小伙子也往旁边侧身。

他站在一旁,看着武东和颜悦色地与姑娘讲话,那两只漂漂亮亮的大眼睛紧盯着姑娘的脸。两个年轻人都像白杨树一样往上钻着,他的腰更弯了。小伙的漂亮眼把姑娘看低了头,像蚊子嗡嗡一样回答着问话。

他正迷糊着呢,听到武东说:"老刘,你给她把韭菜称称,我们全买了。"

姑娘抢着说:"大叔,不用称,一斤一把,光多不少。"

"好,不用称,绝对相信你,"武东说,"老刘,你给她数数把吧。"

"不用数,三十把,不会少的。"

"好,不数,老刘,你帮她搬到屋里去吧!"

"我自己来。"姑娘弯腰提起篓子,进了窝棚,老刘跟进去,姑娘说,"大叔,放哪儿?"

"就,就放到地上吧!"

姑娘把韭菜一把把摆好,摆成一个下宽上尖的韭菜三角形,韭菜根儿齐齐的,不知有几千几百棵。

武东说:"来算账领钱吧!"

"大叔,多谢您啦!"姑娘提着篓子跟着武东向队部帐篷走去,他看着两个尖上拔尖的身材,哽了一会儿,才咽气般说:"不谢,不谢……"姑娘连头也没回,满身轻松地跟着武东走。武东又掏出口琴,吱吱呀呀地吹进帐篷里去。姑娘站在门口,武东喊:"进来吧!"

姑娘放下篓子,犹豫了一下,弯腰钻进帐篷。

刘罗锅跌坐在地上,喃喃地说:"闺女,我的闺女,是我的闺女。"

连续几天,姑娘准时出现,算账时,她总是在帐篷外犹豫一下,武东让她进去她才进去。

这一天,她钻进帐篷,久久不见出来,帐篷里响着单调重复的欢快琴声,帐篷门开着,阳光斜照进去,老刘坐在伙房里,把帐篷里一切都看清楚了。武东面向南坐在铁床上,姑娘面向北坐着一把椅子,口琴在武东嘴里来回滑动,姑娘恭恭敬敬,好像在受教育。吹一会儿琴,小伙子露出嘴,好像说了几句什么话,然后又把琴塞到嘴里,双手捂着,好像啃老玉米一样,那只穿着白运动鞋的脚还一颠一颠地抖着。

后来,小伙子吹着琴站起来,走到帐篷口,抬起白球鞋和脚,用力把门踢上了。老刘的目光被绿色小铁门挡回来了,他的心也一下子跳起来,好像悬在嗓子眼里,只要张嘴就会吐出来。他从铺上下来,身子向前冲几步,又猛刹住步子,立脚跟跄。他又退回铺边,掏出烟袋,放下烟袋,把烟袋插进嘴里,又拔出来扔到铺上。"这是我的闺女!我不能让你这么干,不能让你占便宜……"他神言神语着,跳到帐篷前,用脑袋和双手把门撞开,整个人前蹿进了帐篷。坐在姑娘身边的小伙子站起来,怒冲冲地骂道:"老混蛋,进门为什么不报告?"

姑娘面红耳赤地站起来,目光纷乱,像喝醉了酒一样。

他讷讷地说:"我忘了,忘了。"

"有什么事?"小伙子问。

"……我……想问问,这韭菜怎么个吃法?"

"韭菜炒土豆!"

他诺诺连声退出帐篷,走出几步后,小伙子在帐篷里对姑娘说:"筑路队里没个好人,什么盗窃犯、赌博犯、流氓犯,五毒俱全。抓进监牢吧又不太够格,放了又可惜,县革委聪明,就把这些人弄来筑路。"

"这是劳改队?"

"也不是劳改队。"

"这个大叔挺善良的。"

"伪装,这老家伙可会伪装啦!"

铁门关起,立刻又开了,姑娘说:"你别……俺要回家去看看俺娘。"

"你明天还送菜来吧,早点儿来,我教你开压路机。"

姑娘背着空篓子,急匆匆走了。

姑娘果然又来了,背着一篓子菜。武东早就看到她了,老远就喊:"回秀,你把菜送进伙房,等我教你开车。"

回秀把韭菜摆在老地方,提起空篓子,用戒备的眼睛看着老刘。

"鲤嫚……你可不要上了人家的当啊……"刘罗锅说。

姑娘惊问:"大叔,您说什么?"

老刘醒来,满脸的阴云像破棉絮般散了。他含混不清地说:"啊,闺女,我在说梦话呢,我老糊涂了,我想起自己的女儿啦……"

"你女儿叫鲤嫚?"

"鲤嫚。生她那年,我在河里叉到一条红鲤鱼……"

"回秀,回秀!"机手武东在外边叫起来。

姑娘等不得他把话说完,就应着武东的呼唤跑去,菜篓扔在地上忘了提。他目送着姑娘活泼扭动的腰肢,心里有说不出的苦。

回秀朝着武东跑,就像蝴蝶奔着花儿飞。武东穿一身淡蓝色帆布工作服,脖子上围着一条白毛巾,潇洒漂亮,脚像刚钉了蹄铁的儿马蹄子一样乱弹。他手里提着一条紫红的纱巾,说:"回秀,送你缠头吧,这是我妹妹的,扔在我这儿忘了拿啦。"

回秀说:"俺不要。"

"要吧,要吧……我要你要……"武东把纱巾抖开,像网鱼一样网住了姑娘的头。

他眼前红光一闪,罗锅腰子里一阵钝痛,他沉重地吐了一口气。

"你说你像什么?"小伙子问。

"俺怎么知道,你说吧?"

"像个新媳妇。"

"……你,你瞎说……"她的脸也像那条纱巾一样红了。

"走吧!让你看看我的压路机。你想学开压路机吗?"

"俺笨,学不会的。"

"你一点不笨,你一定能学会。"

他看到武东握住姑娘的手,姑娘忸怩了一下,但还是被握着,两个年轻人朝着压路机走去。

筑路工们已经把路延伸出去一大段,在离窝棚几百米远的地方,一方方的黑土划着或长或短的弧线向应该是路的地方飞。压路机停在成形路段的尽头,像一匹兽。两个年轻人立在压路机前,身躯窈窕得柳摆鹤形,姑娘头上的红纱巾被小伙子揿鼓得高高耸立,像颗美人蕉,也像只大公鸡冠子。小伙子颈上的白毛巾也白得新奇。老刘如痴如醉地看着他们。小伙子拉开车门,帮姑娘上车时,似乎无意地托着姑娘的屁股。他心中怒火燃烧。姑娘爬进驾驶楼,小伙子推上车门,转到另一边去,也爬进了驾驶楼。马达轰轰几声响,尖利嘶哑,车侧的烟筒里,愤怒地喷出几圈硬邦邦的蓝烟。马达声吵噪一阵,渐渐平缓均匀起来,车周围,缠绕着一些漂亮的烟雾。巨大的铁磙子开始转动,磙子上的白漆字翻上翻下。车向前开了几十米,又笨拙地拐弯爬回来,磙子上的白漆字依然翻来覆去,但是,他知道这不是方才那些白漆字,那些白漆字在磙子的那头颠倒乾坤。从车窗玻璃上,他看到车里一团鲜红。这团红色使他心中烦乱。不知从什么地方冒出了几个土蚂蚱一样的孩子,跟着压路机蹦蹦跳跳。压路机压过的地方,像磨刀石一样平坦。车里乱了一会儿,几条胳膊在绞动,那团红色曾经几次触到白毛巾上,又立即闪开。红头巾和白毛巾在混乱中调换了座位。压路机歪歪斜斜地走着,压出的印痕崎岖如蚓行……

阳光的影子几乎要笔直了,他才无可奈何地把眼睛从压路机玻璃上摘下来,匆匆忙忙地上屉和面,添水烧锅。小孙的女人带着女孩躲躲闪闪地进了伙房。他瞅她一眼,继续和面不止。

"大叔……"小孙女人哀哀地说。

他往笼屉上坨着窝窝头,看她一眼。

"大叔……早晨的剩饭还有吗……孩子要吃的……"

他看到女人的肚子似乎更大了,人站着前倾,而皮黄里透青,像半熟的杏子。小女孩扯着她的衣角躲在身后。

"在那个桶里,趁着头头不在,你全提走吧。"

女人呜噜不成语言,走到棚角提起桶,终于挤成一句话:"大叔,您是善心的菩萨。"

"快提走吧!"他说,"快点儿送回桶来。"

小孙女人送回桶,女孩一手扯着她的衣角,一手举着半块黄绿色的馒头。小孙女人说:"大叔,俺帮你把韭菜摘一摘吧。"

他没吭气。女人搬过一块木头坐着,解开一把韭菜,细心地摘着坏叶。女孩细声说:"娘,要韭菜。"女人看一眼老刘,叹一声:"你这个馋孩子呀。"说着,就抽出三棵粗大的韭菜,撩起衣襟擦擦根上的泥土,递给女孩。女孩接过韭菜,咯吱咯吱地吃。

这时,他听到窝棚外响动,回头看,武东和回秀说说笑笑地走过来了。小伙子手舞足蹈,满脸生光彩;姑娘的红纱巾移到脖颈上围着,像红皮鸡蛋一样的脸上挂着一层亮晶晶的汗珠。

"我说你能学会嘛,是不是,你果然一学就会,你真聪明。"

"是我开走的吗? 我就用了那么点儿劲一踩铁闸它就爬开了吗?"

"没有假,就是你开走的。"

"那……那……"

"今天中午就在这儿吃饭吧。"

"不,不,俺娘会着急的……"

"吃完饭你就回去嘛,我让老刘给你加个菜。"

"不,不……"

"不什么? 权当你去赶远集了嘛!"武东说着就到了伙房门口,脸上的幸福依然厚厚地堆积着,"老刘,炒的什么菜? 噢,你还没炒菜?"

"炒,这就炒。"

"都十一点了,你还没把馒头上屉,你怎么搞的!"

"我……我睡着了……"

"快点儿! 炒出大锅菜后,给我炒一盘鸡蛋,多加点儿油。"

"是,是。"

"你待会儿到队部里来拿鸡蛋。"

"是,是。"

"你蹲在这儿干什么?"武东问小孙的女人。

小孙的女人双手按着地,先翘起屁股,然后才直腰站起,喘息着说:"看大叔忙不过来,我来帮帮忙……"

武东冷冷地看着就着韭菜吃馒头的女孩,说:"你还不打算回去?你男人是当工人,又不是在办学习班。"

小孙女人满脸是羞,脖子仿佛挑不住头,嗫嚅着:"就走……就走……领导,我这两天里就该生啦……过了七八天期啦,生了孩子我就走……领导,您就抬抬手吧,众人口角里漏点儿,就够俺娘儿们吃了……领导,就权当筑路队里养了两条……养了两条狗吧……"女人说不完话,就哽哽咽咽地哭起来。

他蓦然想起,那条独眼的狗在六天前就死了。死在河里,嘴扎在泥里,肚子胀得像个小水罐。

武东心烦意乱地说:"行啦行啦,别哭了,愿意住你就住着吧。真也是的,明明知道穷,还是一窝一窝地生孩子……"

"这一胎要是生个男孩子,俺就去医院让人结扎……"小孙女人说。

"没事别到伙房里来转悠,出了事你担当得起吗? ……担当不起,就是嘛,吃饭让小孙端回去。"武东说。

"唉,俺再也不来转悠了。"女人连声答应着,撩起衣襟擦着脸。

武东走出去,邀回秀到队部帐篷里去坐。

"俺该回去啦。"回秀说。

"我教你吹口琴。"

"俺学不会。"

"你一定能学会。"

　　武东拉住回秀的手,回秀半依半拒地跟他进了帐篷。

　　……他尾随着武东走,尽力把弯曲的腰伸直,以便开阔视野,免得让小伙子从眼皮底下溜掉。天上星斗灼灼,路面花花绿绿。马桑镇上来了电,村中央高线杆上亮着一盏黄灯。武东从镇西头绕到镇前去,他走得机智伶俐,从一个树影闪进另一个树影。在镇前十字路口,武东隐进一棵枝繁叶茂的大树影子里去,再也见不到,他用力瞪眼,才模模糊糊地看到武东贴在树皮上的灰暗身影。他也就地蹲下,爬行到一块与窄窄土路毗连着的庄稼地里。地里的植物很矮,连他的膝盖都不到,他的肚腹平坦地触着植物的涩叶。他伸出老手,摸着干干巴巴的植物茎秆和一片片坚挺的小圆叶。想了半天,才猜到这些矮秆植物是花生。他拔出一墩,用手摸须根,果然摸到一些悬挂在根须上的小铃铛一样的果实。

　　中午饭到底是晚了点儿,武东恨不得踢他的屁股。“十二点半,老罗锅子,我看你是做够饭了吧!”武东说。他说:“这就好了,这就好了。”炒了十四个鸡蛋,他倒进一勺子花生油。切上一小撮韭菜,他尽心尽力地要把这盘鸡蛋炒好。闺女,他想,我的闺女,十八年里,你恐怕没吃够十八个鸡蛋吧,我的闺女。鸡蛋炒熟了,盛了冒尖一铁碗,金黄翠绿,香气迷人。武东搐着鼻子说:“不错,老刘,炒得一手好鸡蛋!”武东端着鸡蛋,又用筷子插了四个大馒头,说:“你敲钟收工吧!往后不准你误饭。”

　　他用那根青色的铁螺栓打着悬吊的废钢轨,钢轨发出的声音清脆,穿透力极强。他看到武东一进帐篷就把那扇绿色小铁门关上了。筑路工们听到号令,扔掉工具,乱嚷嚷着往伙房这边有的不死不活地走有的疯疯癫癫地跑。

　　开完了饭,他又盛了一碗筑路工们吃的大锅菜,忐忑忑忑地走到队部门口,用脚踢了一下铁门,门是虚掩着的,竟被他一脚踢开。他

看到小伙子夹着一块焦黄的鸡蛋正往姑娘嘴里送,姑娘躲躲闪闪地不肯开口。他说:

"报告!"

"你来干什么?"小伙子怒冲冲地说。

"报告会计,我给您送碗菜……今日的大锅菜里,加了两把虾皮子……"

"放在桌子上吧!"

一会儿工夫,他又到队部门前打门报告。

"你干什么? 老家伙!"

"我把碗拿去洗洗……"

他拿了碗出来,姑娘也随着出来,小伙子着急地喊:"别走呀,我还没教你吹口琴呢。"

"俺该回家看看啦,要不俺娘会惦记着的。"她为难地说。

"……也好,"小伙子跟上去,说,"我送送你。"

……他把一粒花生撕下来,剥去皮,把两粒水泡泡样的花生米填进嘴,嫩花生有一股怪味道,他咽不下,吐了。

他终于看到有一个瘦长的影子避避映映地从镇子里出来,走到大树下,贴在树皮上的武东蹿出来,压低声音说:"你到底来啦。"姑娘说了一句什么,他没听清。武东说:"咱俩是光明正大的,怕谁? 我爸爸和妈妈都是党员,我是团员。""我就是怕……也不知道怕什么……"姑娘说,下面的话喊喊喳喳,他竖起耳朵也辨别不清。

两个影子紧紧依着,依稀是手拉着手,沿着土路向东走去,他从花生地爬出来,悄悄地尾随着。

向东走了约有五十步,一条南北向小径与东西路交叉起来成一个灰白十字,两个影子顿了一霎,即沿着小径向南飘去。他随后跟上。

小径两边是人头高的青麻,麻叶上鸣虫凄凉,一声声动人的魂,麻地里溢出浓烈的炒豆焦香。

"后边好像有人跟着。"姑娘说。

他吓得俯身贴地,气不敢喘。

"没有,"小伙子说,"你别自己吓唬自己啦。"

"我听到有脚步声。"

"那是我们的脚步声。"

"白天,那个罗锅老头好像看出我们了,他那眼叫我怕。"

"怕他? 我揍死他。你真是自己找怕。"

两个年轻人又往前走了,他爬起来,脱掉鞋用手提着,赤着脚摸着路走,路上厚厚的浮土被白天的太阳晒得热乎乎的。

"我们到那儿去坐坐吧。"小伙子说。

"去哪儿?"

"那个土包上。"

"不,不去那儿。"

"怎么啦? 那上边多平展。"

"那儿原先是破砖窑,窑里闹鬼。"

"什么鬼呀?"

"一个男鬼一个女鬼,前几年,每逢阴天下雨,就有鬼在那儿哭。"

小伙子笑起来,说:"迷信,世界上根本就没有鬼。"

"你不信呀?"

"不信。"

"是真的,好多人都听到过,总是女鬼先哭几声,男鬼也跟着哭,像狼叫一样。"

"你听到过?"

"我没听到过,俺娘说她听到过。"

"鬼也怕我,走,跟我上去坐。"

"我不……"

"有我在你什么都别怕,大鬼小鬼都经不起我一拳头,我练过武术呢!"

小伙子把姑娘牵到那个土包子上。

他贴着麻地边缘往前爬,爬到离土包子十几步的地方,他停住不动。爬行中灰土进入喉咙,有一行咳嗽要冲出来,他从路边揪了几片野草叶子塞进嘴嚼着,嚼得满嘴苦水。

"你不是逗着我玩吧?"姑娘问。

"你怎么老是这样问?"

"我不信你会要我,我没文化,长得也不好看。"

"你很漂亮,我喜欢你。"

"你真的会带我去县里吗。"

"真的……"

"哎……你别……能连俺娘也带去吗?"

"行吧……"

"你不会喜欢我……哟……你是在欺骗我,我听到心里有个人说你骗我……"

"你要我发誓吗? 要吗? 要是我骗回秀,让我马上就死!"

"好人,别说了……"

他看到两个黑影紧紧地黏在一起了,他听到武东粗重的喘息,他听到姑娘断断续续地说:"你别这样……别别别……咱还没成亲呐……"

他的心里难以说清是什么滋味,他感到自己就要死了,他感到自己不如死了。一股灼热的气流涌上喉头,他张大嘴巴,发出一声凄厉的长嗥。

"鬼……"回秀推开武东,惊叫着跳起来。

发出第一声长嗥后,他得到一种愉快的感觉,嗓子像开了闸的激流,压抑多年的痴情与愤怒化为不男不女的尖利嗥叫奔涌而去。他把头往后仰着,用一根手指敲打着紧张抖动着的喉咙,使发出的声音高高低低、曲曲折折的,小号也难匹敌。

回秀跳下土丘子,不辨方向,沿着小径狂奔,武东跟下土丘,向发出怪声的地方看了一眼,也立即调转身,追着回秀跑去……

在他最后的日子里,回秀背着一篓子白皮菜瓜进了伙房,她没跟他打招呼,放下篓子就要走,他堵在洞口挡住了她。

"大叔……您有事?"

"闺女……你是我亲生的闺女!"

姑娘苦涩地笑着说:"大叔,您别和俺闹着玩了……"

"不是闹着玩,闺女,你听我说,你原来叫鲤嫚,你娘生你那天,我叉到一条红鲤鱼,后来,你娘跟着人跑了,我来抢你,被人把腰打断了……"

"大叔,您又说梦话了,俺爹死时我都记事了,俺爹把粮食省给我吃,自己饿出了水肿病,死了……您怎么敢冒充俺爹?"

"鲤嫚,我是你亲爹,你身上有记号,你肚脐下有块黑痣……"他把回秀推到铺上,伸手去解她的裤子。

"老头,老头,你干什么?救命哪!"姑娘挣扎着,高叫着。

他的手刚触到姑娘滚烫的肚皮,就听到身后一声厉喝:"住手,老狗!"

姑娘见是武东,停止挣扎掩面痛哭起来,一边哭,一边骂:"老流氓……老骚性……他说我是他的女儿,说着,就上来……剥我的裤子……老流氓……"

他像走进了漫天大雾中,眼睛看不清什物,姑娘的脸幻成一团脏石灰一样的白影子,他说:"闺女……你叫鲤嫚,你娘生你那天,我叉到一条红鲤鱼……你肚脐下一块黑……"

武东攥起结结实实的大拳头,对准他的土黄色太阳穴,猛力一击,他仅仅来得及猫叫一声,就像一袋子面粉,软不拉塌地、沉重地歪在地上。

八

　　傍晚时分,太阳把半个天烤红了。一片片云朵伸展开放,最后连接成营,遮住了半边天。云霞没遮住的天,像沉重的钢,泛着悒郁的光。马桑镇中间响起三阵急促锣声,一个女人抖着久经训练的嗓子喊:"留柱——留柱——来家吃饭——"筑路工匆匆吃过晚饭,便鱼贯钻进窝棚,窝棚顶梁上的马灯罩子被油烟熏得乌黑,点着灯跟没点灯差不多。

　　来书升任了炊事员,他收拾完活儿,躺在曾经躺过刘罗锅的铺上,手挥着蚊子,眼睛却通过小门看北边的天。天上,每隔几秒钟就亮一道绿色闪电。闪电杈枝纵横,咄咄逼人。柏油未干的路面,坦坦荡荡的荒原,都在急遽的光明中跳踉叫嚣,路似黑狗帮,野驰白羊群,在倾斜的光明中追逐,连成一套的雷声缓慢袭来,好像有几万只空水桶拥挤碰撞着滚过来了。

　　要下雨啦,他想,严重的干旱把地干成焦土把人的嘴和脸干裂了缝。离开庄稼地有几个年头啦,他几乎忘记了农民盼雨的心情。他也盼雨,因为他自觉着像一棵生长在黑土裂缝中的高粱,耳朵和手脚都在萎缩。刘罗锅不在了,他自告奋勇当炊事员。要下雨了,下雨是神圣的娘娘出巡,走到哪里哪里强。雨水会把土地灌饱,会把埋葬地下的宝物冲刷出来。他当了炊事员,主要是为了避开大家的手脚,去荒滩上寻点宝。伙房里地盘大,有多少宝贝也能藏下。白桑树下的金银坛子令他牵肠挂肚,现在可以把它起出来了。

　　闪电蓝白夹杂,抖得天地如筛糠般惊悸。他提着铁锹溜出窝棚,在门口蹲着观察了一会儿,确信筑路工们都睡死了。前天夜里他走到白桑树附近时,身后突然有人声,他被吓木了,哆嗦着转回身,嘴里发出不由自主的示威声。"来大哥。"一个小矮人在叫他。原来是孙巴,孙巴的眼睛在暗夜里闪烁。他紧张地攥住锹把,想只要小孙一提起这事就把他的头铲掉。小孙却说:"大哥……你又来掘耗子?多少天了,你老掘老掘,也没见你掘到只耗子。""你要干什么?"他端着铁锹问。"大哥,求求您啦,您也知道,我老婆就要生啦,她吃不下窝窝头……求求您,给我几个馒头……"小孙弯腰作揖。他全身的肉松弛了,宽宏大量地说:"好吧,看在咱弟兄们的情谊上。"他给了小孙六个馒头,送小孙走了后,又回到白桑树下,挖开盖土,摸摸坛里的东西,才回伙房睡觉。

窝棚上的苇席在闪电中似乎要飞起来,筑路工们鼾声溶进闪电里,使闪电混浊不清。他直腰放胆向白桑树走去。地上的碱土腥得像鱼鳞,空中潮乎乎的,风动摇不定,难辨方向。镇里那个女人呼唤孩子的声音低沉怪诞,晃晃荡荡地像半老女人的奶子。他记不清那女人原来的声音是不是这样,他感到一阵恐怖袭上来,闪电亮起他怕,闪电熄灭也怕。

要下雨了,该下雨了,一年没下雨了。

在一个长长的开花闪电中,那棵白桑树像跳舞样向外伸展着枝条。他看到拳大的桑叶上落着厚厚的尘土,桑叶在闪电中呈现火红色,桑树干上遭他铲过的地方结了一条乌黑的长疤,疤上凝结着一层黏稠透明的树油,桑枝丫杈里有一簇簇的小刺球儿。

又一个闪电,他看到桑树下那片蒺藜颜色苍白,梗叶枯萎,与周围的黑绿蒺藜形成鲜明对照,他心里一阵发紧。

他跪在树下,扔掉铁锹,提起那墩蒺藜,扔到一边,用手扒开一层薄土,扒出了坛口。闪电不断把坛子亮给他看。他拔掉破布塞子,把手伸进坛里。闪电中,他的脸变形成鬼,双眼暴凸,嘴巴张开,他"啊",再"啊"着把坛子提出来,闪电射进坛口,照得那两只红鲤鱼像活了一样。坛子空了,金银财宝没了。他把坛子倒过来。坛子空了。他扔掉坛子,坛子滚下堤。他把破布塞子抖开,把土坑周围摸遍,把那墩蒺藜捏碎。闪电、桑树枝像鹰爪子一样罩着他的头,天低云暗,夜鸟向北飞,空坛子里的红鲤鱼在游动。他站起来,前俯后仰,像一株茎儿纤弱的毒蘑菇,沉重的头颅几乎把他压倒。他操起铁锹打碎坛子,黏黏腻腻地喊着:"你别吓唬我,你别吓唬我……"

他摸抚着一块块坚硬的碎片,口中念念有词。雨点抽到他身上,像抽着一段朽木。闪电簌簌地亮,亮开黑暗时,他就感到胸膛裂开,哗然有声,好似裁缝扯布。冰冷的雨点像坚硬的鸡嘴,把他的心脏啄成一个千麻百坑的烂萝卜。闪电熄灭,胸脯合拢,心脏凝成一个冰坨子,一丝温热被冰坨子挤压上升,变成打呃般的哭泣从鼻孔里溢出。雨打头颅声空洞优雅,像打着干葫芦。从他周围有若干种声音扑来:风吹柳叶笛,火燎芦苇席,驴啃枯树皮……

昨天夜里,它们还硬硬地在坛子里睡着。白天,他挑水时看着这里,洗菜时看着这里,烧火时看着这里。他在席棚南边戳了个拳大的窟窿,窟窿对着这棵白桑树。白桑树下一天没事。中午时一个白胡子老头把一匹黑驴拴在白桑树上,驴站在河堤上,无聊地啃树皮,白胡子老头蹲在驴旁抽旱烟。当时,他握一柄菜刀飞跑过去,把老头骂了一顿,理由是驴啃树皮。老头吓得半死,牵着驴逃走。后来,树上还落过一只喜鹊几只麻雀。老头和驴子一直在他视线内,喜鹊麻雀没落地,他们不会弄走金银。一定是耗子拖走了。他爬到白桑树下,土坑里已积满雨水,雨点把土坑边缘打得破烂不堪。他把手伸进水里摸着,水冰冷刺骨,他的手指钻进烂泥,有根柔韧的东西使他的心狂跳,用力拽出原来是白桑树的树根,闪电照亮树根和土坑边一条粗壮的白颈红蚯蚓,那块堵坛口的破布散开成一个汗背心形状。不是耗子,他记起来了,他适才扒开土时,坛口是紧堵着的。"狗娘养的!狗娘养的!"他对着乌黑的天怒骂,急雨干硬地插进他的嘴里,戳得他哽咽抽噎……蓦地,他的眼前跳出一张狡猾的小脸,小脸上那个嘴启动发声:"你又去掘耗子?……总也没见到你掘出个耗子来……"

他突然明白了,脑袋变得清清爽爽。是这个贼,一定是这个贼!他想起来了,午饭时,这个贼鬼鬼祟祟地笑,给他盛菜时他那只鸡爪子像抽筋一样。操你亲娘孙巴!

他沿着在急雨中弯曲的小路,游水般向东去。闪电破天,雷声激动着一块块破云,他愤怒得没了人形。挨着河堤那个小窝棚飘飘摇摇,一点鬼火在棚里摇曳,混浊的雨水绕着棚子流。"孙巴,你这个贼!"他骂着,屁股肩头沾着污泥浊水滑下了河堤。他撂开那块挡住窝棚洞口的破席片子,泥水淋漓地站在小孙的窝棚里。窝棚长不过四米宽不过三米,门口稀泥薄水,靠里边稍稍垫高的地面上,铺了一条席子,小孙的女人坦腹躺在席上,一声连一声地呻吟。半节指头粗细的小白蜡烛被夹着细小雨点的凉风扇着,东倒南歪地挣命,白泪流成了坨。小孙坐在席边,用肩膀抱着头。女孩缩在角棚上坐着,肩上披着一块化肥袋子纸,睡得呼呼响。他带进来的凉风扑灭蜡烛,小棚子一团漆黑。闪电一起,又青绿一片。小孙女人紫色的牙床都从嘴里露了出来。

"孙巴,你这个贼!"他抓住小孙的头发,把他提起来。

"来大哥,你要干什么?"小孙在他手下虚弱地喊叫。

"还我的,你这个贼,你偷了我的金银财宝,你还我的!"

"你疯了吧来书,你还有金银财宝?"小孙掰开来书的手,把自己的头摘下来,说,"你滚出去,我老婆就要生孩子啦。"

闪电又照亮了小孙女人高挺着的紫皮西瓜一样的肚子。

"你还我的金子银子!"来书抡拳踢脚,小孙躲躲闪闪地退着。女人惨叫一声,女孩也惊醒了。

"来书,我要找领导告你,你这个流氓,夜入民宅,欺负女人。"小孙喊。

女人连声哭叫起来,雷声隆隆,雨打席棚,女孩也哭,来书尖叫厮打,小孙胡骂反打。席棚里花拳绣腿,乱七八糟。小孙瞅准空子,从来书的腋下钻出窝棚,来书紧跟着追出去。碱土地被雨水泡胀了,他们的脚把灰褐色泥土踩得飞溅。小孙向大窝棚奔去,两条腿像捣蒜的杵子,泥巴胶住脚面,行动很艰难。来书长腿高桩,头缩颈伸,跑成一只大鸵鸟。小孙没跑到大窝棚,就被来书叉着脖子按到泥水里,两个人滚成一团,打得肉声噼啪。小孙又撕又咬,但摆脱不了来书铁钩子一样冰冷的手爪。他使出绝招,伸手至来书腿间,满把地攥着,像攥着一只刚出壳的嫩嘴鸭子。来书像鸭子样"呷"了一声,翻到泥水里去,小孙趁机爬起来,尖锐地叫一声:"救命呀——!"那声音有点像在雨水中疯长着的苇芽子,挺着一个紫红色的尖。窝棚里人声沸沸,有几个人冒着雨出来,黑乎乎看不清究竟。小孙又喊救命,来书像螳螂一样立起来,歪着头,举着两只手,喊:"贼杂种,你还我的金银财宝。"骂着,又举臂前冲,众人把他俩拉开,抱住,两个人在别人的胳膊箍里,还像被握住的青蛙一样,一挺一挺地上蹿。

打斗声压过雷霆暴雨,惊动了压路机手武东,王队长不在,他就是头,他揿着手电筒披着雨衣出来,把窝棚前的人照得闭眼张嘴。雨水在他们脸上成群结队地流。"怎么回事?他妈的!"

来书像孩子见了娘一样放声大哭,眼泪、鼻涕、血、雨水交流在一起,一张脸弄得像个水彩碟子。"领导,您可要替我做主哇,我的一坛子金银财宝,被这个贼给盗去啦……"

武东把手电光射到小孙脸上,小孙也嚎啕大哭:"领导,您别听他胡说,他得了疯病,半夜三更跑到我家,赖我偷他一坛金银。"

"领导,领导,一坛金银,一个金镏子,还有若干银锁……"

"领导,您听听他是不是说疯话,他哪来的金镏子银锁?"

武东把电光移到来书脸上,说:"你他妈的,神经是不是坏啦?你浑身不值五毛钱,还他妈的金镏子银镏子呢!滚回去,滚回去,再闹就捆起你个王八蛋!"

"领导,领导,我真有一坛子金银啊……"

武东缩着颈回去,雨打得他的雨衣爆豆般响。

"小孙,我操你娘,我和你拼了!"来书挣脱搂他的人,向小孙扑去。两个身强力壮的筑路工迅速控住他的两只胳膊,用力一抬,他的头就扎到地下,好像要喝地上的雨水,口里一点声也不出了。两个筑路工拉起他来看,他的脖子软了,脑袋像秤砣一样耷拉着。赶快把他架进窝棚,有一个懂行的人水淋淋地跪下,用一根铁钉子扎他的上唇。他的嘴里叹出一口长气。

"好了,活了。"一个筑路工说。

他睁开眼,看到悬挂在梁上的马灯,灯火金黄金黄的,跳跃着旋转着,好像一个金环子,他喜不自禁,跳起来,扑着灯火去了,马灯砰然落地,灭了,窝棚黑成地狱。闪电在棚外亮,空中飞舞着金环银链。他冲出窝棚,两个人都拉不住。他举着双手,朝着闪电扑去。他对着闪电喊:"金子,银子,我有金子,我有银子,九缸十八坛,买飞机买轮船……"几个人追出去,哪里追得上,他踉着长腿,狂叫着,消逝在暴雨中……

小孙忍着胸口的剧痛,一步步捱回窝棚,窝棚里哭声不绝,他摸索着火点起蜡烛,见席棚上漏雨淅沥,铺上无半点干气,女孩瑟缩在棚角发抖。女人的身体浸在血水里,腿间有两个青白的肉物在蠕动。他胸中一阵热,一股腥血从嘴里喷出来。他暗暗叫声天,跌坐在地。女人勾起身,伸嘴咬断脐带,又重重地躺在湿席上。他打起精神,祝祷神明,往那两个肉蛋蛋的股间看去。第一眼看到一朵花,第二眼看到一个瓜。"儿子!"他忘了内脏的疼痛,抓住女人的胳膊说,"一个儿子,有一个儿子!"两个婴孩在雨中血中,缓缓移动着,不时发出鱼类的鸣叫。这两个爬行动物一样的婴孩,使他心里又冷又腻。女人强撑起来,示意他递过挂在窝棚上的包袱,从包袱里找出几块布,把两个婴孩包扎起来。

"我们到底有了儿子啦,她娘!"小孙说。

"要罚款的,一个五百,两个一千……"女人哭了起来。

他感到极度的疲乏和瞌睡,一个五百,两个一千。他坐在席上,抱着头,恨不得立刻死去。窝棚顶上雨声密集沉重,漏雨落在水汪里,发出叮铃铃的金属声。闪电还在亮,亮得极久极长,把整个天都照白了。

"她爹……你想个法子呀……"

他抬起头,看着那节燃烧殆尽的蜡烛,眼里冒出凶残的寒光,他说:"留男不留女!"

女人掩着脸哭起来。

"哭什么?"他说,"留下来饿死,还不如送她去逃条活路。"

"就依你了……"

"兴许她有福……"

他解开襁褓,找到女婴,又包扎好,抱起来站起来,他像一棵被雷烧焦的树。

"慢点儿……让我喂她点儿奶……"

女人接过女婴,放在膝头,扯起一根下垂的奶子,把奶头塞给女婴。女婴乱拱一阵,含住奶呷几下,又吐掉,呱呱地哭。

"还没下奶……"女人说着,用力挤着奶子。

他抢过女婴,说:"不用喂了……初生的孩子,不知道饿……"

他抱着女婴出了窝棚,一道闪电直劈着他的头落下来,他遍体战栗,祝一声:"老天爷,饶了我吧!"乌云像龙爪子一样在头上晃着,遥远的黑暗里,他仿佛听到了来书兴高采烈的喊叫声:"金子呀,银子呀,九缸十八坛……"他犹豫了片刻,伸手从窝棚的席夹层里,摸出一包东西,塞进了女婴的襁褓。他一步三滑上了河堤,走上高高瘦瘦的石桥,八隆河里涨水啦,闪电照出混浊的水流,桥石雪白圣洁。他头晕眼花,几乎栽到河里去。走上那条去马桑镇的土路,脚踩得烂泥噗唧唧响。雨停了,槐树上一阵阵落着承受不住的大水滴。路沟里水声潺潺,庄稼地里银白一片。白荞麦家三间草屋像破庙一样兀立着,他想起那月光那狗那电灯光下青石的豆腐磨……拐过白荞麦家,他想把女婴放在镇西头路口,路口积水成潭。他绕到镇前往东走,庄稼地哗哗啦啦响着风,那种大雨之后方能出现的小蛤蟆在积水中怪声怪气地叫着,一呼一应,像一对恩爱夫妻。他想把女婴放在大树下,但树上落着铜钱大的水滴,闪电亮,照着遍地烂泥,照着一只蝉正在蜕壳。沿着泥路,他转到了镇子东头,听到村头池塘里蛙声一片。镇中一声狗叫,引起一片狗叫,天就要亮了。他借着闪电,看到了那座倾圮的土地庙。土地奶奶歪着身子狞笑,土地爷爷被人斩去了头,一根断颈指着庙顶。石头供桌上有一块干燥的狗屎,伸手拂去,把襁褓放在供桌上。闪电又亮了,他看到了供桌下土地爷爷那个龇牙咧嘴的头颅,一块炭火般的感觉在他空白冰冷的头颅中胀开了,他双腿一软,跪在供桌前,叫了一声:"土地爷爷,土地奶奶,显灵吧!"他的胸膛里又麻又疼,血腥气直冲喉咙,他猜想自己的内脏也许被来书打坏了……

供桌上发出一声微弱的鸣叫,他吐出一口黏血,说:"孩子……你福大命大造化大……爹给你留下金子银子,人家是会愿意收留你的……"

婴儿继续鸣叫着,他感到自己的心在溶化,便匆匆起身,穿过镇中大道往西跌去,那鸣叫声像一支支利箭射向他的后心,箭箭洞穿,透明,无血,凉风通畅无阻地从洞里穿过。他的脚步声激怒了一条狗,激怒了几条狗,狗踩着泥泞追着他咬。

跌进窝棚里,他感到自己马上就要死了。紧抱男婴的女人问他,他一言不发,嘴里噗噗地冒出一些血泡。

黎明时分,他醒了,大雨又铺天盖地而下,窝棚里水流成溪,天地间都是水声。女人追问他:"你把我的孩子放哪儿啦,放哪儿啦?你把她给了什么人家?"

他像塑像一样呆着。

"你把她放在野地里?你让水把她冲走啦?……我的孩子……"女人撕扯着他废纸一样的衣服。

他在昏昏沉沉中突然看到一线光明,光明中出现一个面容慈祥的老太太,她挪动着蚕茧那么大的小脚,走到土地庙前,把女婴抱起来,抱回家去,放在温暖的炕头上,墙上贴着麒麟送子,女婴脸红得像滴血……

"你给我找回孩子,你这个畜生,你给我找回她来……"女人紧抱着男婴——男婴一气不吭。

幻影消逝,周围是铅灰色的冰冷,土地爷爷的断头在供桌上滚动。他跳起来,像钓狗那天一样敏捷地跑上河堤,跑过石桥。白荞麦家的黄土墙在他身后倒下,砸起污泥浊水,他不顾回头,穿过街道向东,他眼不看路,一脚泥一脚水。土地庙。土地庙晃动不安。

他看到土地庙兀立着,阴森森地生出黑气,银亮的雨箭中,有几个黑影子在翻滚,影子里发出急躁的呜呜声。他一下憋了气,呼吸断了又续上,他扑上去,以超狗的疯狂把一群疯狗吓退了。在他的面前,残缺不全地摆着他的女儿。他向狗扑去,狗轻巧地跳开,站在一边,舔着下巴,狗毛精湿,肋骨凸现,狗嘴上涂着血。

他嚎叫一声,扑地跪倒,参拜着小腿小臂。在殷红的泥浆里,有一个黄金的镏子,金镏子平静地躺着,对着他微笑。他伸手捏住它,想起了古老的故事。他张开口,仰着脖子,把金镏子投到咽喉里。

……

大雨继续倾泻,庄稼被淹没,道路被冲毁,房屋被泡坍。八隆河水暴涨,湍急的水流中漂浮着绿色的庄稼、连根拔出的树木、死猫死狗死野兔子。水里有股腥臭气。石桥上纤尘不存,白得似冰如玉。河堤上冲出了沟沟槽槽。白桑树抽出新枝嫩叶。碱土荒原成了绿褐色。压路机玻璃上泪流滚滚,钢铁巨轮陷在泥水里。一群群老鼠蹲在沥青堆上避难。黑色的道路像缺首的大龙一样趴伏着。

九

上午九点多钟,压路机女司机把车停下,提拎着两只劳保手套往工棚那边走。她身材细长,脚蹬一双橙色半高跟革面鞋,下身紧绷着一条牛仔裤,上身穿件宽宽大大的帆布工作服,长头发用一根绿手绢贴根儿扎住。她脸色黝黑,鼻子上挂着一层汗珠,两只有些斗鸡的漆黑眼睛里,闪烁着惊惧不安的神色。

她径直走进用红砖垒成的简易工棚。棚里摆着四张办公桌,桌上一部电话机,砖墙上挂着一张大图表,表上有黑路线、红箭头。一个二十多岁的青年捏着电话筒,毕恭毕敬地说:"噢,陆队长,我是马大贵……进展挺顺利……有一台推土机发动机坏了……是轴瓦烧了……轴瓦,我跟驻在马桑的石油勘探队罗师傅联系过,他们那儿有……好好……喂,队长,昨天下午马桑小学的宋校长来电话,说她们小学今天上午来工地慰问……留她们吃饭吗?好好好。"

马大贵放下电话筒,冷冷地说:"你来干什么?"

"都怨你……我说不……你偏要……"姑娘的斗鸡眼里泪汪汪的。

"什么呀,你说的。"马大贵拉开抽屉找烟,找出一堆空烟盒。

"我怀孕啦!"姑娘斗鸡眼里的泪水流到腮上。

马大贵像中了枪弹一样,脸上的肉都僵了。他捏着那些烟盒,说:"你别胡说!"

"谁胡说了……你弄出来的事,你想办法吧……"

"只好去流产。"马大贵说,他终于找到一根烟,十指都哆嗦。

"我害怕……我不去……"

"你不去怎么办?我刚填了入党志愿书。"

"你就知道你自己,一点不替我想……我怕流产……"

马大贵站起来,冷漠地摩着她的肩,说:"你别怕,没事的,好多姑娘都流过产。"

姑娘把马大贵的手抓住,用嘴亲着,说:"大贵,我们快点结婚,什么丑都遮住了……"

马大贵抽出手,说:"不行,坚决不行!"

"为什么?为什么?早晚不是要结婚吗?"

"我说不行就不行!"

"我不去……"姑娘呜呜地哭起来。

远处响起了鼓乐声。马大贵跑出工棚,又跑回来,不耐烦地说:

"行了,别哭了,马桑小学的宣传队来了。"

宣传队从平展展的柏油路上走过来。队伍前一杆红旗哗啦啦地飘,旗后是一个扎着大辫子穿着银灰色西服脖子上扎一根红领巾的高个红脸膛胖姑娘。几十个孩子一色白衬衣红领巾。

怀了孕的压路机手泪眼蒙眬地看着马大贵整容整衣地迎上去。少先队员们都停下。马大贵和那个胖姑娘热情地握手寒暄。那姑娘笑出一口白牙,脸像一朵牡丹花。阳光强烈,孩子们的雪白上衣和手中的乐器都亮得耀眼,从马桑镇方向爬过来的公路也亮得耀眼,碱土荒原上的勘探井架也亮得耀眼,筑路工地上笨拙地运动着的机械也亮得耀眼。她看着马大贵与漂亮的少先队辅导员亲亲热热的样子,心里泛起一阵寒冷,当年她在公路上慰问民工时那些灰白的记忆涌上心头,于是,泪水更密集地涌了过来。马大贵和辅导员亲切交谈着走过来。她扭转身,忍着上冲的哽咽,跑向那台洛阳制造的大功率的杏黄色压路机。

(一九八五年八月)

流　水

一

在 1979 年那个风调雨顺、阳光明媚的春天里,八隆县城直达马桑镇的公路修好了。这条公路平坦宽阔,路面上新铺敷的沥青像镜子一样泛着光;公路沿着蜿蜒的八隆河迤逦而来,像一条舒展在大地上的黑色缎带。公路修通之后,闭塞偏僻的小小马桑镇交通便利了,现在要去趟县城,只需在镇西头那儿花五毛钱买张车票,五十分钟便可到达。

那个春天也是马桑镇的安宁生活被扰乱的季节,几乎每天都有新闻在镇上流传。八马公路修通不久,一个消息就在一个夜晚之间像一股风吹遍了全镇:全省最大的甜菜榨糖厂要建在马桑镇了!听说糖厂的所有机器设备都是从外国进口的,还听说糖厂的这个大门口进去甜菜,那个大门口就流出来白花花的白糖;糖厂一天产的糖够马桑镇吃十年哩。这消息使马桑镇好几天像开了锅一样沸腾。那些皱纹爬满面颊、目光浑浊的老头们,面对着一日三变的新生活浪潮,心灵深处产生一种莫名其妙的惶惑之感;那些额头光洁、目光清澈的年轻人,则以一种跃跃欲试的心情渴望着变化,他们自从八马公路修

建之日就感到这条路修得来头不小,就开始用五颜六色的彩线编织
生活之梦,就开始憧憬马桑镇光辉灿烂的未来。

当然,老人们的惶惑不安和年轻人的热望幻想都是杞人忧天或
一厢情愿,因为糖厂究竟是不是建在马桑镇上,一时谁也拿不准,就
连镇上的最高领导人马支书也没法证实这个消息,他只是以"或许"
"大概"之类的遁词来搪塞他的乡民们。

这种折磨人的情景并没有维持多久。大约一个月后,正当三月
的春风吹绿了越冬的麦苗,吹绽了马桑镇街道两侧的鹅黄色的柳芽,
吹得马桑镇面前汩汩东去的八隆河水如一匹绿色的绸子在阳光下抖
动的时候,从黑黝黝的泛着漆光的八马公路上开来了一串大大小小
的车辆。据说这是糖厂筹备委员会的先头部队,他们是来选择地址、
勘测地形并与当地政府联系有关征用土地等等事宜的。从此之后,
八马公路上每天都有呆头呆脑的吉普车来回奔驰,一些耳大面方的
干部模样的人,一些鼻梁上架着眼镜的学问人,一些着装入时、模样
俏丽,肩上扛着画着红道道黑道道的大标尺,背上背着三条腿的水平
镜的大姑娘小伙子,整天在马桑镇麻石铺成的狭窄街道上,在镇子面
前高高的八隆河堤上,在镇子后边那平平展展的绿毡绒毯般的土地
上,走走停停,指指点点,这里望望,那里挖挖。从这些人的嘴里不时
冒出一些生僻词语,这些词语飞到马桑镇居民的耳朵里,使他们大睁
开或是惶惑、或是惊愕的眼睛。他们望着这群神秘莫测的人,大脑里
的机器訇然开动,各种各样的念头像虫子一样在脑子里爬动,最后,
万火归一火,人们都猛然意识到:马桑镇真的要建甜菜糖厂了,马桑
镇的日子真要变样了。

几天之后,马支书召开了全镇社员大会,宣布县里的决定:"全省
最大的甜菜榨糖厂的厂址就选在我们马桑镇后边一里远的地方。从
今以后,我们马桑镇的人可以放开肚皮吃糖了,马桑镇的日子就要泡在
糖水里了……"马支书的话引起了年轻人一阵欢腾,几个小伙子竟然
异想天开地问:"支书,到时我们可不可以到糖厂当工人呢?"马支书

说:"这不是不可能的,小伙子们,等着吧,听说咱马桑镇地底下还有石油呢,听说咱马桑镇要建成马桑市呢! 到那时候,嗯? 哈哈哈哈……"

年轻人坐不住了,纷纷站起来,七嘴八舌地议论开了,会场上吵得一塌糊涂。这些年轻人最近都坐着公共汽车去过几趟县城,有的还从县城坐上火车去了远在几百里外的那个滨海城市,在那里他们开了眼界。想到不久自己也能像城里人一样有滋有味地生活,结束那种"面朝黄土背朝天"的命运,不由得欣喜若狂。

"马支书,我们的地怎么办? 我们地里的麦子怎么办? 我才追上三百斤尿素化肥,就这么一脚踢腾了?"说话的人是全镇有名的老庄户把式牛阔成。他捏着小烟袋的手在微微打着哆嗦。

"放心吧,牛大哥,国家不会亏待你的。国家,国家能占咱庄户人家的便宜吗? 国家指缝里流出点来,就够咱马桑镇过上几十年。"马支书回答道。

"我那麦子可是全镇头一份! 每根苗儿都用汗洗过。"

"知道,知道。"

"占了咱的地,咱靠什么活? 庄户人没了地,就好比拔出来的小树,几天就干巴了……"

牛阔成这显然不合时宜的忧虑得到了部分人的应和,但立刻遭到了年轻人的反对。这班年轻人中就有他的儿子牛青。牛青是马桑镇上青年中的头面人物,非但长得一表人才,而且多才多艺。他是高中毕业生,没考上大学,只好"屈驾"回乡生产。

"牛大伯,城里人没有地,可你看人家那些姑娘,一个个油光水滑,一点都不干巴。"镇上那个素以调皮捣蛋闻名的小伙子王臣挤鼻子弄眼地对着牛阔成说。

"烧得你! 你是城里人吗?"牛阔成反驳道。

"爹,你别在这儿丢人现眼了,你那些老古板思想早就过时了。"牛青冷冷地说。

"小兔崽子,老子丢你什么了? 现你什么了? 没了地,庄稼种到屁股上？不种庄稼,不打粮食,你喝西北风?"

"牛大伯,让您当工人哩!"王臣说。

"我当工人他老祖宗!"

"是的,工人的老祖宗都是农民。"

"爹,你快回家歇了去吧,国家的事,谁也挡不了。你不愿意管什么用?再说,国家会给咱钱,有了钱就有了一切,还愁没饭吃?"牛青说。

"九斤老太!"一个读过初中的小青年戏谑地插了一句,逗得满场的青年人哈哈大笑。

牛阔成恼羞成怒地吼道:"糖厂占了我的责任田就是不行,我躺在地里,看他敢把我埋了。"

"老牛大伯,您这是螳臂当车。"适才那个小青年又咬了一句文。

"滚你妈的蛋,你少给我撇文,识了几个臭字就不知姓啥了,回家让你爹好好教育教育你。"老牛骂起人来。

会场乱成一锅粥。马支书使劲拍着桌子说:"乡亲们,别吵吵了,糖厂建在镇后是铁定了的事。那些麦子,国家会赔咱们的,赶明儿大家就不要往地里花钱使力气了,就么着。散会。"

二

社员大会开过的第二天早晨,牛阔成一大早就爬了起来,在院子里叮叮当当地修理氨水耧,准备吃过饭去给麦子追肥。他的女儿牛玉珍正在灶上做饭,厨房里热气腾腾,烟筒里的炊烟在玫瑰色的晨光中如铁蛇般盘旋上升。麻雀在院子里的老杏树上吱吱喳喳噪叫。他的儿子牛青端坐老杏树下,全神贯注地拉着二胡,琴声悠长邈远,从小院里升腾起来,然后随着若有若无的晨风飘到很远很远的地方。氨水耧上一个螺丝滑了扣,牛阔成用扳手拧它、敲它,也毫不济事,气得他把扳手一扔,气呼呼地站起来。儿子如痴如呆的神情使牛阔成本来就不晴朗的心情更像蒙上了一层乌云。儿子奏出的曲子本来十分好听,牛阔成在心平气和的时候也确实感到有这样一个会拉琴吹笛弹琵琶的儿子是一种骄傲。牛青从小就跟着镇上有名的音乐师云哥下过苦功哩。前年云哥去世,把全套乐器都传给了他。老牛心情不好,儿子的二胡声在他耳朵里像驴拉着的碾子一样,吱吱嘎嘎地刺耳,他愤愤地说:"少爷,你别碾米了好不好? 去把氨水楼拾掇好,吃过饭去追麦子。"

牛青对老子的讽刺挖苦仿佛没有听到,反而闭上眼睛,更加入神地拉了起来,曲子像水一样在满院里流动,连树上的麻雀都停止了大声噪叫,偶尔才梦吃般地啁啾一声。正在烧饭的牛玉珍也放下烧火棍,倚在厨房门边,呆呆地盯着哥哥。

牛阔成一把夺过二胡,喝道:"你聋了?"

"你干什么呀!"牛青站起来,懊恼地嘟哝着,"怪不得说你是九斤老太,真像,什么都不顺你的眼……"

牛阔成把二胡掼到地上:"反了你啦,杂种! 翅膀还没硬呢,就敢跟你老子做对头! 拉二胡能拉出饽饽来吗?"

牛青心疼地从地上捡起二胡,掏出手绢揩着琴筒的泥土,高叫着:"这是云师傅的琴,你凭什么给我摔?"

"凭老子是你爹!"牛阔成扎煞着胡子,眼珠子瞪得溜圆,说,"生了气老子一顿斧子给你劈了。"

"你敢!"牛青紧紧地抱住了二胡。

"你看我敢不敢!"牛阔成伸手去夺二胡,牛青跳到一边。

牛玉珍走上来,说:"爹,哥,别吵了,大清早的,也不怕人家笑话。"

"早晚得给你熟熟皮头子,看你还敢跟我作对。"牛阔成骂完牛青,又转身对着玉珍吼道,"还不快去做饭,吃过饭去追麦子。"

"爹,昨晚上马支书不是说过了吗? 镇后要建糖厂。"玉珍婉言道。

"他建他的糖厂,我追我的肥!"

"爹,您这不是糊涂吗?"牛玉珍轻声说。

"我就是糊涂!"

"玉珍,别理他,让他糊涂到底吧!"

"你们这些杂种,合起伙来挤对我! 你爹养大你们容易么? 你娘死时,你们才是些吃屎的孩子,我屎一把尿一把地拉扯大你们,你们就这样待我?"牛阔成动了感情,两只眼圈通红。

"这话你说了一万遍了。"牛青说。

"哥,算了,就随爹的意吧。"牛玉珍劝道。

"花岗岩脑袋。"牛青低声嘟哝了一句。

三

牛家父子别别扭扭地吃完早饭,牛青用小车推着氨水坛、氨水耧来到镇后责任田里。牛家的小麦确实长得好,黑绿色的麦苗儿在晨光中油汪汪地发亮,麦垄儿暗腾腾的,像蒸熟的馒头。地里冒着浅白色的雾气,散发着甘甜的气息。牛阔成深情地注视着这块责任田,心里泛起酸溜溜的滋味:"这样的好地建糖厂,作孽啊!"田野里空旷无人,翠绿色的麦鸡儿沿着麦垄蹦蹦跳跳,尖着嗓子鸣叫。镇上传来一只牛犊幼稚而凄婉的叫声。这一切都使牛阔成触景闻声而生惆怅之感。他对这块地有着深深的眷恋之情。年前分责任田时恰恰把这块在入社前曾是他的私人财产的地重新分到他的手里,他的眼泪都流了出来。当时,他伸手抓起一把土,紧紧地捏成一团,嘴唇轻轻地哆嗦着。儿子和女儿用注视神经病患者一样的目光打量着他,女儿问:"爹,你怎么啦?"牛阔成答非所问地说:"委屈你了,委屈你了……"他把这肥沃的土地当成了受尽委屈重又回到父母身边的孩子,他把他六十岁老头子的汗水毫不吝惜地洒在土地上。但还不到两年,牛阔成还没来得及把这土地稀罕够哩,这里又要建糖厂了。"哪个缺德的,想这坏主意,建他娘的什么糖厂。"牛阔成心里暗暗地骂着。

儿子和女儿在手推车旁磨磨蹭蹭,迟迟不肯把氨水坛子和氨水楼卸下来。牛青用心地谛听着麦鸡儿婉转的叫声,并噘起嘴唇,吹出鸟儿叫声一般的口哨,麦垄上,麦鸡儿和他彼此唱和,遥相呼应。牛玉珍睁着毛茸茸的大眼睛,迷惘不安地时而瞅瞅六神无主的爹,时而看看面孔冷漠的哥哥,时而又抬头望望笼罩着镇子的团团炊烟;炊烟像薄薄的纱巾,在空中轻轻拂动。她还听到了八隆河里响亮的流水声……她忽而感到孤独无聊,心里一片空白。

"还等着干什么? 让你们来看光景的?"牛阔成又发了火。

牛青极不情愿地解开车上的绳子,猛力一掀车把,四个氨水坛骨碌碌地滚下来,其中一个开了塞子,氨水咕咕嘟嘟地冒了出来,立刻散发出刺鼻辣眼的味儿。牛阔成急步上前,扶起坛子,冲着儿子骂道:"你这是干活,还是跟老子发懊?"

"洒了倒利索,省了白费劲。爹,你睁开眼睛看看,糖厂勘测队把灰线都撒好了,用不了一个月就要破土动工。爹,你是不是脑子出了毛病?"牛青说。

"地是包给我的,我亲手按了指印。麦子是我亲手种的,我不答应他们在这儿建糖厂!"

"你不答应,你不答应,地是国家的,不是你的,跟你说了一万遍了。"

"我偏要争争这口气,让他们知道老百姓的辛苦。鸡蛋打人,打不疼也要溅他一身黄子一身腥。"

"那你就去溅吧。"牛青坐在麦垄上,双手托起下巴罢了工。

牛阔成脱下鞋子捏在手里,对着儿子冲过去。牛青机灵地跳起来,避开了牛阔成的进攻。牛阔成再一次冲击,牛青再一次避开。牛玉珍一见爹跟哥动了武,便横在他们二人之间劝架,父子二人围着牛玉珍转开了磨。三个人都累得气喘吁吁。

这时,那群扛着标尺、水平镜的人又从镇中心小学走出来了。牛阔成一看来了人,只好气哄哄地穿上鞋子,蹲在地上抽旱烟。牛玉珍呜呜地哭起来。牛青脸色煞白,下巴骨连连打着哆嗦。

那群人朝着牛家的责任田走来。一个穿着夹克衫、鬓角长长的小伙子喊道："哎,老乡,怎么还来追肥? 这儿马上就要建糖厂啦。"

"你建你的糖厂,我种我的地,关你屁事!"老牛怒冲冲地说。

"好一个倔老头子,我是为你好哩!"

牛阔成对着小伙子翻翻白眼,不去理睬他。牛玉珍停止了哭泣,抬起头来看了一眼那说话的小伙子。她的眼睫毛湿漉漉的,唇边上还挂着一滴晶莹的泪珠。这一瞥像电火般地刺了小伙子一下,他双眼直直地注视着牛玉珍,把牛玉珍窘得满脸通红。

三个姑娘嘻嘻哈哈地走过来,牛玉珍羡慕地看着她们那潇洒的小筒裤和随随便便拉出几个波浪的头发,听着她们银铃般清脆的笑声,低头看看自己的瘦腿裤子和垂在胸前的两根辫子,一种自惭形秽的感觉使她低垂下头。

这些青年男女不拘一格、随随便便的潇洒劲儿不但使牛玉珍自惭形秽,也使读过高中的牛青自叹弗如。这种自卑感更加重了他对冥顽不化的老爹的不满,他甩手就走,也不去管那些东一个西一个躺在麦田里的氨水坛子和侧歪在一边的小推车。妹妹一看哥哥走了,更感到面红耳热,那些小青年一次又一次地把火辣辣的眼睛印到她的脸上、身上。姑娘们走上前来,热情地跟她打起招呼:

"大姐,这儿就要建糖厂了,你们还不知道?"

"知道……"牛玉珍嗫嚅着,双手抚弄着那又粗又黑的长辫子。她的脸像桃花般鲜润,眉心之中,还有一颗黄豆般大小的红痣呢。

"大姐,你这两条辫子真好……"

"大姐,你这颗痣长得真美……像比兰德拉王后……"

"大姐,我要是个男的,非娶你不可。"

……

姑娘们近乎放肆地笑起来。

"大姐,往后我们就是邻居了。"三个姑娘当中那个最俏丽的姑娘说。

"你们?"牛玉珍疑惑地问。

"我们都是机修厂的,机修厂垮了台,就把我们分到糖厂了。先来帮助建厂,建完厂就在糖厂工作了。"

"你们占了俺的地,俺以后能不能到糖厂做工呢?"牛玉珍大着胆子问。

姑娘们感到牛玉珍提出的问题很难回答,便转过头去问那个留着长鬓角的小青年:"吴水,这个大姐想到糖厂做工,你说行不行?"

"当然可以,就凭大姐这小模样儿,糖厂一定欢迎。"

牛玉珍羞容满面,抬腿跑了。牛阔成在后边直着嗓子喊叫,可儿子女儿全不理他。他们各怀着自己的心事,一个走着,一个跑着,最后都消失在那一片青色的房屋之中。

青工们在几个"眼镜"的指挥下,吆吆喝喝地干起活来了。那个叫吴水的小青年抢着木榔头,把一根根涂着红漆字的木桩子楔进牛阔成的麦田里。这一根根木桩仿佛钉进了牛阔成的肉里,那木榔头仿佛一下下打在牛阔成心上。他一阵迷晕,坐在了地上,伸出枯干的手,抚摸着柔软的麦苗儿,两颗含义复杂的大泪珠子,啪嗒啪嗒落到了地上……

四

糖厂施工筹备处的青工们忙忙碌碌地在马桑镇后楔上了上百根木桩,廓清了糖厂的地界。但当天夜里,这些木桩竟不翼而飞。施工筹备处的一个胖乎乎的领导人大为恼火,他带着一个戴眼镜的小伙子,怒气冲冲地来到马支书家问罪。马支书连声道歉,并一再解释这是偶然现象。因为马桑镇向来民风淳朴,镇上都是老老实实的顺民,政府决定的事没人反对,即使不高兴也不敢搞破坏。这些木桩肯定被谁家不懂事的小孩当劈柴拔回家生了火。马支书说到这份上,糖厂筹备处的负责人也就不好再说别的,大家闲扯了一通糖厂建成之后将给马桑镇带来的好处,便握手告别。

马支书也没开什么社员大会,只是走到麻石街上,扯着嗓子喊了几声:"各家各户听着,好生教育教育孩子,不要去拔糖厂的木桩,捉住要罚款的——"牛阔成家紧傍麻石街道,牛青听到马支书的喊叫,心里猛地一沉。他们家里房屋宽敞,爷儿三个每人住一个房间。夜里牛青睡得不宁,似乎听到爹深更半夜起来过几次,也许这坏事就是爹干的。

吃中午饭时,牛青故意对着妹妹说:"也不知是谁搞破坏,把糖厂楔的木桩全拔走了,这要是前几年,非按反革命论处不可。"

牛阔成把筷子一摔说:"不就几根烂木橛子吗?有什么了不起的事?"

"烂木橛子?你说得好轻松。这是破坏国家经济建设!"

"你别来吓唬老子!"

"是您拔的?爹?"牛玉珍问。

"放屁,还是你拔的哩!"牛阔成青着脸说。

五

糖厂建设筹备处的人们又用了几天工夫,再次把木桩钉好。这次他们削制的木桩又粗又长,每根都楔到地下几十公分深。负责钉桩的几个小青工一边抡榔头一边骂着那个破坏分子。周围围着一圈看热闹的人们,也都诅咒这个不光彩的破坏者。因为他的缘故,马桑镇老百姓的好名声蒙上了耻辱。前几天,筹备处的小青年清晨到八隆河洗脸,偶尔发现河边有两根木桩,由此断定,这木桩不是孩子拔的,也不是拔了当柴烧,而是有意破坏,把木桩扔到河里,消踪灭迹。糖厂筹备处领导把这个发现跟马支书讲了,马支书还是坚持自己的意见不变。他又沿着麻石街喊了一遍,劝诫人们教育孩子不要去拔木桩,工程筹备处的那位领导人哭笑不得。

勘测划界工作再次结束,筹备处放了一天假,那十几个生性好动的年轻人把马桑镇的大街小巷转了一遍。三个姑娘已经跟牛玉珍混得很熟,走到牛家门口时,那个最漂亮的名叫刘艳的姑娘带着头蓬进牛家院子去跟牛玉珍告别,吴水等人也想进去,被刘艳斥退。那几天,牛家院里那棵老杏树已经爆出了豆粒般大小的花骨朵。院子里洋溢着春天的气息。

"你们走了,还回来吗?"牛玉珍问。

"回来,我们回去就要到外省学习安装技术,等到厂房建成,我们就回来安装机器。"刘艳说。

"到那时候,就怕大姐出嫁成了小媳妇啦!"另一个姑娘戏谑地说。

"俺不找婆家,俺才十八哩,俺还等着糖厂招工哩。"牛玉珍脸红红地说。

"你们家就你自己在家?"刘艳问,"你哥哥的二胡拉得盖帽了!"

"啊,你怎么知道我哥哥会拉二胡?"

"刘艳每天晚上都在你家门外偷听,说不定她要给你当嫂子哩。"胖姑娘一本正经地说着。

"该死的,我撕了你的嘴。"刘艳气恼地揪住胖姑娘的发辫,胖姑娘连声求饶。

"大姐——其实该叫你小妹妹,"刘艳说,"我们明天就要走了,再见吧。"

姑娘家好动感情,分手时,牛玉珍两眼贮满了泪水,刘艳她们也有点舍不得这个纯朴而美丽的姑娘。

但第二天刘艳她们并没有走成。因为这天夜里,糖厂筹备处几十个人几天的辛苦劳动果实又被彻底破坏,那上百根木桩子又被拔得干干净净。筹备处的领导人赶到现场,发现每个桩坑前都留下一些熊掌般的大脚印。马支书关于"小孩弄柴烧"的推测不攻自破了。筹备处负责人圆脸都气长了,他再次闯到马支书家大发脾气,坚决要求马桑镇支部、或是马桑镇管委会严格追查。豆粒大的汗珠沁满马支书的额头,他虽然对筹备处负责人的态度不满,可也没法驳回。因为,事情毕竟是发生在马桑镇上,他这个地方官负有责任。

马支书当天晚上又召开了社员大会,要求大家检举破坏分子。会场上,一些粗野的年轻人骂不绝口,扬言捉到这个人一定要送他进班房,为镇上除去这一害。

牛青在会场上一声也没敢言语,这事是谁干的,他心里已有八分知晓。但他又没有勇气揭发,牛阔成毕竟是他的爹。

上午,当糖厂标志再次遭到破坏的消息在全镇传开后,牛青就注意到了爹那双沾满了泥土的鞋子。老头子躺在屋里,呼呼地直喘着粗气。牛青进去对他说:"爹,糖厂的橛子又被坏人拔了。"

"拔了好,让他们建。"

"爹,是不是你拔的?"

"是我拔的又咋样?能把老子屎咬去?……更甭说不是老子拔的了。"

这种几乎等于招供的回答使牛青感到又气又怕。气的是碰上这么一个糊涂老子,怕的是一旦事情败露,老头子要受国法制裁,自己和妹妹也要跟着承担恶名。

"爹呀,您老人家怎么能这样呢?您不是说咱家老辈子都是老实人吗?干出这种事,您不为自己想想,也该为自己的儿女想想。地是国家的,不是您的,国家的事,您挡得住吗?"牛青的眼泪几乎都要流出眼眶了。

牛阔成躺在床上默默无语,牛青继续数落。他终于耐不住了,折身起来,吼道:"你给我滚出去!我一人做事一人当,你去告你老子好了——你怎么就敢一口咬定是我干的?镇上反对建糖厂的人多着哩。"

"爹,我不说了,随你折腾去吧。你的下场是:捣乱——失败——再捣乱——再失败,直至灭亡。"

牛青跑出爹的房间,拿出二胡,坐到杏树下边,拉起《江河水》来。这曲子本来就缠绵悱恻,催人泪下,牛青又把自己满腹的冤屈都揉了进去,更使得曲子令人不忍卒听。牛玉珍从窗棂里望着面色苍白的哥哥,泪水一串串地挂在腮上……

连续几天的清查毫无结果,牛青到底没有去揭发自己的老子这个重大嫌疑犯。筹备处领导人一天三次催着马支书赶快破案,但在马支书这种典型的油条干部面前,天王老子也没有多大办法。马支书懂得对付上边的一整套战术:软磨硬抗,疲劳战,大事化小,小事化了,最后不了了之。等到筹备处领导醒悟过来,去给县公安局打电话联系时,现场已被破坏得不成样子,公安局就委托公社派出所处理,这事很快就疲疲沓沓地失去了它吸引人的魅力,马桑镇的人又像以往那样照旧生活了,小镇上又是风平浪静。而这时已是四月尽头,杏花开过,桃花又开得灿若云霞,一团团雪花般的柳絮在镇子上飘来荡去。镇后田野里的麦苗已长得没了膝盖,绿油油的一片,十分喜人,只要再等一个半月,小麦就要到手。马支书不去追查拔桩的坏人,反而劝说筹备处领导人把工期推迟一点,等到农民们把麦子收了再说。筹备处领导人坚决驳回了马支书的请求。由于两次破坏,已经使开工日期延拖了近一个月,他们已经受到了批评。

这次,糖厂筹备处领导人学精了。他们估计到这个破坏分子决不会就此干休,便暗布机关,抽出了吴水等四个腿脚矫健的小青年,白天躲在小学校里睡觉,夜晚到麦田去潜伏。这次,他们砍削的木桩一根根都像房檩般粗细,用十八磅的大铁锤一直砸到地下半米深,没有鲁智深的力气是休想拔得出来的。一连四五天夜晚,吴水他们趴在麦田里"守株待兔",初夏的凉露打得他们衣服湿漉漉的,但是毫无所获,连他们也开始怀疑这样干是不是太冒傻气。最后一夜,终于发现了一个黑影在木桩周围转来转去,四个人一拥而上——吓得一条狗转着弯子跑走了。闹了一场虚惊,四个人哭笑不得。

六

糖厂筹备处终于撤走了。一辆大卡车把那些姑娘们、小伙子们拉上了八马公路。汽车开出十华里光景,筹备处领导人忽然让卡车停住,对着吴水他们四个人面授机宜:让他们先在八隆河堤玩上一天,夜晚再潜入马桑镇后的麦田里。如果这个破坏分子心不死,那他就不会放过这个时机。筹备处领导想得很周到,为四个小青工留下了足够他们吃两天的面包、水果,并嘱咐他们,如果一夜无事,第二天就乘公共汽车赶回县城。

吴水他们四个在八隆河堤上游荡了一天,吃得饱饱的,睡得足足的,等到夜幕降临,便神不知鬼不觉地潜回马桑镇后的麦田里。这种富有惊险色彩的活动十分合这四个小青年的胃口,他们都像警惕的小狼崽子一样,圆溜溜地睁着眼,等着那不知何时出现的猎物。

正是四月末尾,前半夜天空繁星点点,露水很重,后半夜不知什么时辰,一钩残月升上天,使漆黑的夜空变得像鸭蛋色。四个年轻人开始连连打呵欠,浑身的关节像生了锈。这时,从远处传来踢踢踏踏的脚步声。一个人大摇大摆地走过来,走到一个木桩前,抬腿踢了一脚,骂道:"奶奶的,我再给你拔光,让你建个屌的糖厂。"他弯下腰,双手抱住一根木桩,吭吭哧哧地拔起来。吴水卷着舌头,学了几声蛤蟆叫。这是要大家不要轻举妄动的暗号,因为筹备处的领导人嘱咐他们一定要人赃俱获。那个拔桩人骂骂咧咧地折腾了半个小时,才把一根木桩拔出来。他一屁股坐在地上,呼哧呼哧地大口喘气。是时候了,吴水一声呼哨,四个人一拥而上,老鹰擒小鸡般地把拔桩人按倒在地。吴水对准拔桩人的屁股就是一脚:"反革命,看你还往哪里逃?"他揿亮了手电,照见了牛阔成那张热汗淋淋、沾满泥土的脸。

"哟,倔老头子,是你呀!"

"是我,你们敢把我怎么着?"

"老家伙,你甭嘴硬,有你的好果子吃。"

四个青工拧着牛阔成的胳膊,推推搡搡地回到马桑镇。这时,天色微明,已经有早起的人到八隆河里去挑水。走上麻石街时,青工们得意地挺着胸脯,像四个捉舌头回来的侦察兵,牛阔成骄傲地昂着头,那神情颇像一个失败了的英雄。

抓到破坏分子的消息不到一袋烟的工夫就传遍了马桑镇。人们放下手里的活儿,蜂拥着到小学校里看热闹。在马桑镇人的心目中,拔桩贼一定是个凶强侠气的传奇人物。到了学校教室一看,竟是胡子拉碴的牛阔成。大家都大失所望,有的人甚至向旁边的人询问:"怕是弄错了吧?怎么会是他呢?"

老牛在屋里听到人们的议论,连声分辩道:"是我拔的,是我牛阔成拔的,我不愿意让这鸡巴糖厂占咱的地。"

"这老家伙,简直是不可救药。"一个小青工愤愤地说。

马支书被人从被窝里拽起来,睡眼惺忪地赶到小学校,摇着头说:"老牛大哥,你这不是存心给我添麻烦吗?你就等着蹲班房去吧。"

"蹲就蹲,反正不能让糖厂占了咱的地,马支书,庄户人家没了地,就像孩子没了娘……"

"你呀,老牛,简直是个老混蛋!"

马支书骂完了牛阔成,沿着麻石街,晃晃荡荡地来到牛家院子,扯着嗓子喊:"牛青,你爹去拔桩被捉起来了,快弄点饭送给他吃,老家伙累得都快坐不住了。"牛玉珍听到马支书的话,失声哭起来。牛青不耐烦地说:"嚎什么?让他去蹲几天班房,受受教育开开窍也好!"

七

吴水一大早就给县城挂了电话,兴冲冲地报告了捉住破坏分子的消息。中午时分,一辆小吉普箭一般地驶进马桑镇,从车里钻出了糖厂筹备委员会负责人和两个腰插手枪的白衣警察。一见来了带枪的人,马桑镇上的人才意识到问题的严重性。马支书油汗涔涔,唇干舌焦地向公安局的人解释:牛阔成家三代贫农,对共产党感情深厚,他之所以干出这种事,不过是一时糊涂、鬼迷心窍,望上级从宽处理。马支书的辩护当即遭到糖厂筹备委员会领导人的反对。那位领导人说,糖厂建设即将开始,必须杀只鸡给猴看,否则难保没人去把建成的楼房推倒。

白衣警察什么也没说,只是让牛阔成跟他们去县里一趟。牛家兄妹被马支书逼着来给爹送行,牛玉珍泪痕满脸,牛青脸色阴沉。牛阔成是铁石心肠,见此情景也不免凄惶起来,他说:"青儿,爹怕是回不来了,你在家好好种地,好好照顾你妹妹。"

牛玉珍哽咽着说不出话来。牛青见爹到了这步田地还不忘嘱咐他种地,不由得心里又升腾起不满,他说:"国法难容,你就去好好受教育吧,家里的事我们知道该怎么干。"

"小杂种,你不是我的儿子。"

开车的司机不愿听老牛啰嗦,脚下一踩油门,吉普车屁股下喷着青烟,顺着公路开走了。镇上的人目送着吉普车,一直等到它变得像只小甲虫在路上蠕蠕而动时才收回眼睛。王臣说:"老牛大伯好福气,要不怎能捞着坐坐吉普车呢!"

牛阔成是马桑镇上第一个坐小车的人。

果然是"杀人可恕,国法难容"。牛阔成因破坏国家经济建设罪被判五个月的拘役,拘役在县奶牛场执行。消息传到镇上,马支书只是叹了口气,牛家兄妹也没有太大的烦恼,镇上人更不把这当作一回事。马桑镇的生活脚步一刻也不停息,八隆河日夜东流,并不因为牛阔成被判处拘役而有丝毫改变。

八

时间进入五月,马桑镇上最怕冷的老头也脱掉了棉衣,马桑镇周围的堤岸、田野、河流、树木,都是一派生机勃勃的夏天的景象了。糖厂已经破土动工,成群的载重卡车拖着石灰、水泥、砖瓦、砂石,从八马公路上滚滚而来,数百个建筑工人像一股旋风卷进了马桑镇。建筑工人们在工地旁搭起了简易工棚住下来。从此以后,汽车喇叭声、搅拌机的轰鸣声以及建筑工粗野的谴骂便交织成一首恢宏的音乐在马桑镇上空久久不散,已经很难听到八隆河里那哗啦哗啦的流水声了。

糖厂的建筑物在一天天升高,高大的脚手架矗立在镇子后边。那些建筑工们在半空中大摇大摆地走来走去,令马桑镇上的人们为之提心吊胆,但从来就没一个建筑工掉到架子下边来。这年夏天,镇子上因为土地减了大半,人们空闲不少,便三五成群地跑到工地看热闹。关于牛阔成拔木桩搞破坏的事,似乎已经过去了若干年。人们提起这话头,都觉得心头朦朦胧胧,就好像压根儿没这回事似的。

国家为征用马桑镇的土地付了大笔金钱。马桑镇准备用这笔钱在紧傍着糖厂的地方建一个现代化的养猪场。糖厂一旦开工,每天都要产生大批甜菜渣滓,糖渣是养猪的上等饲料。与此同时,国家还赔偿了被毁坏的麦苗,果然应了马支书的预言,老百姓都大大占了便宜。牛家兄妹也领到了八百元的赔偿费呢。领到这笔"巨款"后,素来就被镇上人称为少年老成的牛青忽发奇想,打算在镇上创办一个酒馆,他看准了这是个赚钱的好买卖,尽管他满可以到现代化养猪场去当个小头目,但和猪打交道终究不是个文明差事,更兼他自小就怕听猪叫,一听到猪叫就浑身爆起一片片的疙瘩。妹妹还在做着"糖厂工人"梦,对哥哥的设想不置可否,她只是建议哥哥坐车去趟奶牛场,与爹商量商量,免得老头子回来骂人。牛青没理睬妹妹的茬,反而说:"我才不跟他商量哩,我要干出个样儿给他看看。"牛青很快征得了马支书的同意,到公社工商管理所领出了营业执照,就自己动手,将五间房子的四间改成了店堂,留一间给妹妹作闺房,自己就在厨房的角落里搭了一张铺。为了使老头子回来有个安身之地,又在院里搭起一个简易小平房。他们家临街而住,位置又在镇子中心,是天然的良址。一切准备就绪后,牛青又跑到公社中学去,请他过去的历史老师给写了一块匾额。匾额上"工农酒家"四个大字写得古朴苍劲，气度不凡。每天晚上，牛青拉开电灯开关，这块匾额就在灯光下招徕顾客了。

牛家兄妹俩谁也没有经营过饮食服务业，开始只能是搞点花生米、柳叶鱼之类的简单酒肴小打小闹，但没过多久，牛青就跑到县城买回一大摞烹饪技术书籍，还把一个在商校学习烹饪的同学请来帮了半个月工。一个月后，工农酒家炒出的下酒菜就有色有味，小有名气了。天天晚上，那些满身沾着水泥点子的建筑工都来猜拳行令。

牛家兄妹开了头，镇上人也开始效仿，一批批小饭店、小茶馆、小卖铺也在麻石街两侧因陋就简地开了张。每到晚上，麻石街两侧灯火通明，气氛热烈，马桑镇上几十年来早睡早起的习惯被彻底改变了。

八月过去是九月，镇上已是满目秋色，八隆河堤上密匝匝的槐树叶片已经一片金黄。风吹过来，那些叶片便纷纷扬扬地落到幽蓝的河水里，飘飘荡荡地随波而去。镇外糖厂的建筑物已经初具轮廓，据说不久就要撤架子了。就在这个月里的一天，拘役期满的牛阔成在镇子西头下了公共汽车。这五个月来，老头子在县奶牛场喂牛，这种活儿对他来说是轻车熟路，他干得顺手卖力，颇得好评。奶牛场的工人们并不把他当作犯人看，人们只是把他看成一个糊里糊涂的倔老头子。奶牛场为奖励他出色的劳动，根据有关政策，每月付给他四十元钱作为劳动报酬，至于牛奶、奶酪当然是敞开供应，随他放开肚皮吃喝。五个月过来，老牛竟然胖了，白了，脸上皱纹也浅了，仿佛年轻了几岁。

一进马桑镇，牛阔成感到好像走错了路，这地方竟然变得既熟悉又陌生，他搓着眼睛，在麻石街上彳亍而行。正蹬着自行车去县城办货回来的王臣跟他打起招呼来："哟，这不是老牛大伯吗？听说你在奶牛场当上工人啦？嘀，喝牛奶喝得又白又胖。大伯，你真是因祸得福哪。"

牛阔成骂了几句很难听的话,王臣也不生气,嘻嘻笑着蹿到前头去了。他也开了一个小酒馆,而且正对着牛家兄妹的工农酒家,两家正摽着劲竞争呢。

牛阔成差点没找到家门,要不是牛玉珍从店堂里跑出来把他领进屋,他还要继续在那块富丽堂皇的大匾额下徘徊呢。

牛青正在灶上炸鱼、蒸鸡,忙着为晚上营业备料,看到牛阔成进屋,随便打了一个招呼,又忙他的去了,好像牛阔成不是从奶牛场归来,而是到邻居家串门回来一样。这使得牛阔成心中好不高兴。看到屋里、院子里面目全非,他心里更加窝火。牛玉珍看到老头子脸色不对,便把他领到院子里的小房里,想让他歇歇脚、消消气。这两间小平房虽然小,但布置得漂亮舒适,床上的铺盖全是新的,垫子又厚又软,蒙着洁白发亮的床单,枕头上搭着素雅大方的新枕巾;墙上贴满年画,还有一张外国冰上芭蕾女明星的彩色照片呢。牛阔成终于爆发了:"杂种,反了你们了,谁让你们开了这么个黑店?"

"爹,您别生气,这店是我跟哥哥商议着开的。您不在家,要是等您回来,就晚了三秋了。您上街去打听打听,现在全镇都夸哥哥有远见,有胆量,是个好样的哩。"牛玉珍在店堂上应酬了几个月,言谈话语有了巨大的进步。

"你别给我花言巧语,咱家老辈子就是种地吃饭,'千买卖,万买卖,不如下地耪土块',不正儿八经地种地,想出这歪门邪道。"

牛青忙完了手里的活,封了火,走上来说:"爹,我算笔账给你听,去年咱爷儿仁拼死拼活干了一年,满打满算才挣了七百块钱,今年我跟妹妹俩,开张四个月,净赚一千二,你掂量掂量哪头沉?再说,开酒馆办商业国家支持,咱买卖公平,不赚昧心钱,与人方便,自己方便,有什么不好?您辛苦了一辈子,也该歇歇了,从今后,您就到八隆河里钓钓鱼,到街上看看景,吃鱼、吃肉、喝酒,全随你的意。只是有一条,我们不是小孩子了,现如今不比以前了,你要学着开豁一点,少管闲事。"

牛青的话说得牛阔成无言以对,闷着头走进小屋,伸手把墙上那张女人照片撕下来,揉成一团扔到墙旯旮里,吐着唾沫说:"什么玩意儿,弄个光腚猴子贴在我头顶上,怪不得老子这一年没有好运气。"

面对老头子的胡搅蛮缠,儿子女儿一笑置之。

中午饭,牛青施出了全套本事,精心做了六个香气扑鼻、味道鲜美的好菜,打开了一瓶人参蜂王酒,为老头子洗尘。牛阔成嘴里还是嘈嘈杂杂地发表不平之论,但很明显,这不过是一种习惯而已,其中已没有多少真情实感,美酒佳肴早就把他的火给压灭了。吃过饭,他倒在床上,一觉睡到夕阳西下,晚饭他又吃了一只小烧鸡,喝光了中午剩下的半瓶酒,一觉睡到红日初升。从此牛阔成享起了清福,他不得不承认,在一年的搏斗中,他已经被儿子女儿、被流水一样的新生活彻底击败、彻底冲垮了。只是当他到镇上那仅存的百八十亩农田去帮人干点活时,才能泛起对往昔那种汗珠子落地摔八瓣的生活的留恋追忆。他已经意识到一代更比一代会享受、会玩、会吃、会打扮,这似乎是不可抗拒的规律。他心里服了儿女们,但嘴里从来没有认过输。他总是怀着一种忧愁,像把魂儿丢失了。他有时竟逼着儿子拉段二胡给他听,儿子却从来不满足他的要求,那把二胡,挂在墙上,落满了灰尘。

九

一转眼几年过去了。几年来,谁也没去计算八隆河水流过去了多少,谁也没去查看自己额头上增添了几条皱纹,鬓角上生出了几根银发。一句话归总,这几年马桑镇的日月是快马加鞭,日子越来越红火。一切都按照计划如期进行。那年秋天,糖厂机器安装完毕,试车一次成功。八百个青年工人像追赶蜂巢一样追赶着糖厂来到马桑镇。这里边就包括那个曾深夜里设埋伏活捉牛阔成的吴水,他是糖厂炊事班里做饭的,据说曾派他去学过甜菜糖分化验,但他死活学不会,只好当了"伙头军"。那三个曾与牛玉珍建立过友谊的青年姑娘也来了,那个叫刘艳的依然十分俏丽动人,虽说糖厂姑娘如云,但比得上她的容貌的并不多。也是据说,刘艳是县里哪位头头的外甥女,因此她在糖厂的工作是高居于众人之上的。她是广播员,一口纯正甜美的普通话不时在喇叭里响起。那年秋天是个丰收的季节,雨水调匀,甜菜长得又大又光滑,从八月至十一月,八马公路上不分昼夜没断过农民们卖甜菜的车辆,镇上一天到晚挤满了人。几家小饭店、小酒馆根本容纳不了这么多顾客,于是,更多的马桑镇人也转手搞起饮食服务业来,到了糖厂开工的第二年,马桑镇的麻石街已经成了一条商业街,各类商店一应俱全。与此同时,马桑镇上那个现代化养猪场也建成了,糖厂泄出大批渣滓便宜得要命,使得马桑镇这个养猪场几乎是一本万利。马桑镇富了,富得很快全县闻了名。这时候,镇子上专门从事农业生产的人不多了,剩下那百八十亩地也变成了蔬菜地,包给了几个专业户。一到冬天,地里就支起了一个个塑料大棚。鲜红的西红柿,鹅黄色的韭菜,青翠的柿椒竟能在寒冬腊月里摆在麻石街上叫卖。马桑镇的生活节奏在加快、在洋化,青年工人与青年农民在同化。如果单从穿着打扮上,的确很难分清谁是工人谁是农民了,农民们穿得甚至比工人们还要阔气。但从做派上,从气质上,这两类青年还是有很大的差异的。镇上一些小伙子姑娘尽管千方百计地各方面向糖厂的年轻人看齐,小伙子虽然也是一律的喇叭裤、花格衫,姑娘们也烫起了卷发,透明的衬衫里边也露出了十字交叉的武装带,但那股土气、那股俗气总是去不掉。

　　这几年里,牛阔成没有多大进步,他最明显的变化是发了胖,脸上那一层干燥的老皮已蜕去,换上了一层油光光的嫩皮。他自知管不了儿子、女儿,但也决不肯放弃议论骂人的权利,有时甚至还干出了一些比深夜拔木桩聪明不了多少的事情。

十

　　马桑镇上是天然的好风光,那条窄窄的麻石街、街旁袅袅的柳丝就够美的了,但最美最迷人的还是八隆河堤。站在大堤上能将无边的旷野尽收眼底,令人心旷神怡。满堤长着槐树,四月末五月初槐花开得雪海一般白,香气袭人。八隆河水更是绝妙无比,它永远是那么清澈发亮,连夏天的暴雨季节里也不浑浊。河水的颜色还随着季节发生变化哩,春天碧蓝,夏天碧绿,秋天幽蓝,冬天还能结上一层薄薄的冰凌,在阳光下折射着七彩虹光。

糖厂的青年们喜欢成群结队地往河堤上跑。由于糖厂是三班倒,所以,八隆河堤上一天到晚都响着青年人的欢声笑语。这些人天天从麻石街上穿来穿去,有的花枝招展,有的愁眉苦脸,还有一对对的热恋者在街上挽着胳膊漫步,男皮鞋的铁钉,女皮鞋的高跟打得麻石街橐橐而响。这一切都使牛阔成心里像吃了苍蝇一样别别扭扭。到了夏天,马桑镇燠热难耐。以往的老规矩是,八隆河是男人的天下,女人是没有资格下河洗澡的,晌午头甚至都没有到河堤上去乘凉的权利,因为满河是一丝不挂的男人。那时,也有大胆的女人夜晚偷偷下河洗过澡,但几乎每次都受到砖头瓦块的袭击,有时还被人把藏在槐树林里的衣服偷跑。自从糖厂青工来了以后,这多少年的老规矩被彻底地摧毁了。八隆河里,男人的一统天下被妇女们挤了进来。以刘艳为首的糖厂姑娘们,穿着五彩缤纷的游泳衣,像一群天鹅般地冲下了河。八隆河里花花绿绿,姑娘们洁白的皮肤银子般地炫目。牛阔成他们再也不敢下河洗澡了,河里成了年轻人的天下,更准确地说是糖厂青年的天下。因为连王臣这样一些脸皮比城墙还厚的小青年,对于男女混杂的场面也感到不习惯,畏畏缩缩地不敢下水,只躲在槐树林里看热闹。单单洗澡倒也还罢了,最令牛阔成感到不可忍受的是,这些男女青工们洗完澡后,竟穿着仅能遮丑的游泳衣穿街而过,回糖厂宿舍才换衣服。

牛阔成联络了几个老头子找到马支书,让他出面干涉。马支书说:"老牛大哥,你真是吃饱了没事干,正经的事还够我管的呢,我还去管这些鸡头鸭腚的烂事,得了,得了,回去吧,看惯了就顺眼了。"

老牛在马支书那儿碰了一鼻子灰,便决心自行其是。一天中午,他手持一根木棒,拦在街头对着那些长发披肩、浑身滚水珠的年轻人说:"滚回去,骚娘们,从镇外绕着走,别腌臜了这条街。"

姑娘们惊愕地看着这横眉竖目的老头,不敢前进了。几个"骑士"冲上去,一膀子把牛阔成撞了个趔趄:"老不死的,靠边站。"

牛青见爹又在当街出丑,连忙出来把老头子拖回家,说:"爹,您又糊涂了!还想去奶牛场喂牛是不?"

"老子看不惯!这些小婊子,下三烂。"

"说这些脏话也不脸红,看不惯别看。"牛青没好气地顶着。

"爹,人家洗澡,碍你什么事,现如今男女平等嘛。"牛玉珍也插言道。

"完了,完了,马桑镇的风水被这些臭娘们给败坏了,败坏了……"牛阔成在儿女们的联合夹击下,由盛怒变成了哀鸣。

他当然不甘罢休,明着不行就来暗的。他跑到田野里采来一筐子蒺藜狗子,撒得满街、满河沿都是,扎得那些赤着脚的姑娘小伙子哇哇乱叫。老牛躲在自己的小屋里一边咬牙一边笑。

但这种把戏就像他拔木桩一样,很快就被抓住。青工们对他说:"老狗,要不是看你女儿长得像尊观音,非摁到河里灌死你不可。"

牛阔成撒蒺藜的事在镇上成为笑料,被人奚落了好些天。他作为新生活浪潮中的绊脚石形象在糖厂里也大名鼎鼎,谁都知道马桑镇上有这么一个顽固不化的老怪物。以刘艳为首的糖厂姑娘出于一种报复和恶作剧的心理,竟连续几天光顾工农酒家,来劝牛玉珍下河洗澡去。

牛玉珍羞羞答答地不答应。

"妹妹,你没试试在水里游泳那个舒服劲儿,走吧,去试试,要是在水里洗掉你身上的灰,你会更白、更漂亮。"姑娘们劝说她。

"俺爹怕要打死我呢。"

"他不敢,都八十年代了,他还敢耍封建家长威风?他要真敢打你,我们就联名到县妇联告他。"

"我没有你们那种小衣裳……"

"这个好说,我正好有一件多余的。"

刘艳马上跑回宿舍,拿来一件红绸子游泳衣送给了牛玉珍。

几个姑娘七手八脚地帮牛玉珍换上衣服。牛玉珍低头一看自己的形体,羞得头都抬不起来了。姑娘们连拖带拉地把牛玉珍架着跑了。

牛玉珍一下河,引起了一阵骚动,吴水高声喊道:"比兰德拉王后,欢迎你!"

满河里的青工发疯般地泼起水来,水花像珍珠般地飞溅。

那天中午,牛阔成睡起午觉,坐在杏树底下懒洋洋地打着呵欠。自从小青工要把他摁到河里灌死后,他再也不敢去撒蒺藜狗子了;穿游泳衣的女人见多了,也就见怪不怪了。他连打了几个呵欠,抬起手背擦擦眼睛。突然,眼前红光一闪,一个雪白如玉的女子竟走进了他家院子,定睛细看,这女子竟是玉珍。老牛抽出屁股下的马扎,对着女儿就摔过去。玉珍一闪身躲过了,跑回自己屋里,关上了门。老牛在院子里破口大骂,他无论如何也没想到自己家里竟然也出了这么一个妖精。他找来一条绳子扔在女儿窗前,骂道:"不要脸的货,你今天夜里就用这根绳子吊死吧,我不愿再见你。"

牛玉珍经过八隆河的"洗礼",勇气增添了不少,她对着窗户说:"你让我死,我偏不死,我要好好活!你这个老糊涂、老糊涂……娘啊,你怎么去得那么早呢?撇下女儿受窝囊气……"

牛玉珍在屋里放声哭了起来。

牛青对妹妹的举动基本上是赞同的,青年女工能下河洗澡,农家姑娘就不能吗?他走到爹跟前,说:"爹,您老了,老了,青年人的事少管。"

"叛逆,叛逆!我真不该养你们。祖宗的脸都给你们丢尽了。"

牛阔成躲进小屋感触万千地喝起闷酒来了。牛青正要转身进屋,耳边传来了"哧哧"的笑声,抬头一看是刘艳她们躲在门外边对着他扮鬼脸呢。他不知是羞是惭,脸刷地红了。

十一

到了八二年夏天,大姑娘小伙子下河洗澡,洗完澡水漉漉地从麻石街上穿过,这已经成为马桑镇夏日生活的一个必不可少的点缀,成了马桑镇夏景的一个有机构成部分,自从牛玉珍做了第一个勇敢的下水者之后,镇上的小伙子也学着青工的样子,穿着尼龙小裤头下河洗澡了。这是一个重大的进步。以前马桑镇上的男人下河洗澡都是脱得赤条条的一丝不挂。在八隆河里,工人和农民的差别进一步缩小,镇上农家子女的"土气"已经被八隆河的水洗得差不多了。几年来,连镇上的口音也潜移默化地发生着变化。过去马桑镇上"r"、"y"不分,"人"读成"银","c"、"ch"混淆,"吃"说成"龀",现在可不了,连镇东头那个连续读了五年一年级的小傻瓜也卷着大舌头学说着普通话呢。一句话,马桑镇被彻底改造了,青年人正在用文明的精华和文明的垃圾冲击着马桑镇旧日的生活。

正是这时候,那批三年前还是十六七八岁的姑娘们已经到了如花妙龄,是找对象寻佳婿的时节了。马桑镇上和牛玉珍年龄相仿的姑娘少说也有二十几个。这些姑娘当中的百分之八十都被糖厂小青年娶走了。一时间,马桑镇上丰收了一批倒插门的女婿,糖厂房子紧张,青工的住房都在镇上姑娘家。牛玉珍是马桑镇上的"皇后",自然成了糖厂青工们追求的对象,至少有十几个小伙子向牛玉珍献过殷勤,在某种程度上牛玉珍每晚上"当垆卖酒"也成了"工农酒家"买卖兴隆的原因之一。青工们尽管都想象着娶到牛玉珍这个桃花般艳丽的村姑的幸福,但最终获得胜利的竟是那个曾经活捉过牛阔成并在牛阔成屁股上狠踹了一脚的吴水。这件事的确有点出人意料,因为在一般人眼里,吴水这个流里流气的小东西实在不算是个好人。牛青早就看出了玉珍与吴水眉来眼去,曾经提醒过她:"玉珍,你嫁给个青工我不反对,但要选准了人。吴水不是货色,你当心上他的当。"

"哥,我的事不用你管。"

"我没管你,只是提醒你。厂里那么多有学问的小伙子哪个不比吴水强?吴水是个做饭的,模样也一般。"

"我也是个做饭的,你也是做饭的。"

"你看他那大鬈角、小胡子。"

"我喜欢。"

"他油腔滑调整天唱乱七八糟的歌子。"

"我愿听。"

有钱难买"愿意",事情就是这么稀奇古怪。

牛玉珍爱上小青工吴水并非事出无因。事情恐怕要追溯到牛家父子到麦田里追氨水那天上午。那天,吴水作为第一个带"洋味"的小伙子形象闯入了姑娘的心头。他的懈里咣当的做派、故弄玄虚的咋咋呼呼都给当时只有十八岁的牛玉珍留下了深刻的印象。吴水身上有那么一股美国西部牛仔的剽悍旷达之气。这股牛仔气使吴水明显区别于农村土头土脑的小伙子,使牛玉珍这个十八岁的少女心里升起一种朦朦胧胧的感情。这恐怕就是最早埋下的爱情种子。后来,吴水几乎每天光顾"工农酒家",他的一举一动,他经常挂在嘴边的那首"啊朋友再见,啊朋友再见吧……"的南斯拉夫电影插曲都成了催发牛玉珍心中爱情萌芽的和风细雨。但事情发生质的飞跃还是在一个月光明媚的夏日的夜晚,牛玉珍在八隆河堤上乘凉,从槐树林里突然钻出几个小流氓来纠缠她。正当她吓得浑身乱颤、话也说不出来的时候,吴水不知是从天上掉下来的,还是从地下冒出来的,突然出现在大堤上。他三拳两脚打得那几个小流氓落荒而逃。她情不自禁地扑进了吴水的怀抱……这究竟是不是个骗局很难断定,但自从这一晚上之后,牛玉珍心中对吴水的爱情萌芽便迅速长成了爱情的大树。

牛玉珍爱上吴水,这对于糖厂青工和马桑镇的青年农民都是一个不大不小的震动。刘艳甚至找到牛玉珍进行过个别谈话,奉劝她慎重地对待恋爱婚姻问题。镇上的青年农民更是不满,他们互相埋怨无能,骂镇上的姑娘眼眶浅,不值钱,是农民阶级的叛徒。有几个心气高一些的小伙子甚至想分化瓦解糖厂姑娘的阵营,娶来几个青年女工作为对糖厂青年男工的报复。但这些努力很快变为泡影,因为青年女工们对马桑镇上的小伙子压根瞧不起,她们说:"嘿,这些又土又洋的傻帽儿,想得怪美气。"小伙子们碰了钉子之后,联合起来去找牛青拿主意。牛青对他们说:"当你口袋里揣着一个十万元存折的时候,她们就会像苍蝇一样来缠你。"从此,为"十万元"而奋斗就成了马桑镇青年农民的一个心照不宣的目标。

十二

这几年,镇上的酒馆饭店终于发展到了饱和的状态,各家的生意便相对萧条起来。于是,在经济法则的支配下,这些年轻的小店主们便或明或暗地展开了竞争。最先想出高招的是牛家兄妹酒馆对面的王臣。他买了一台四喇叭录音机,托糖厂小青工从上海、青岛等地灌回了一些港台流行歌曲;一到晚上,便开足音量大放,麻石街上回响着港台歌星如哭如笑、若说若唱的歌声。这一招果然有效,王臣的酒馆挤满了人,相对的牛家兄妹的酒馆便冷落下来。虽然牛玉珍自从和吴水谈上恋爱之后变得更加鲜嫩和洋气十足,但还是抵不住那荡魂迷魄的歌曲的魔力。这一段时间,牛家兄妹的经济收入降低了。牛青很快就托人去买了一只立体声带电脑的录音机,吴水为了换取牛青的好感,自告奋勇,托他在广州的大表哥给牛家兄妹搞来了几十盘香港原声磁带,这一下确把王臣给盖了。于是,牛家兄妹的生意又成了全镇最兴隆的了。

牛阔成自从洗澡事件之后锐气渐渐消减,除了偶尔还发几句关于糖厂与青工的牢骚外,对青年人的事已不是十分关心,连女儿与吴水谈恋爱的消息传到他的耳朵里时,他也只是一般地在口头上咋呼几句,表示他决不会忘记吴水踢青了他的屁股之仇,此外,行动上并没有多少表示。儿子买回来这么一台录音机,营业时当然大放,不营业时,牛玉珍也反过来倒过去地听,吵得牛阔成昼夜不宁。他忍不住又提抗议了:"青儿,珍儿,你们行行好,别放这些嚎丧的歌子了,我一听就浑身起鸡皮疙瘩。"

"爹,我也不欣赏这些低级下流的曲子,可有什么法子? 这是竞争。"

"哥。你怎么也变成老保守了? 这歌子怎么是低级下流的呢?多好听哪!"牛玉珍说着就哼唱起来,"我的亲爹叫人害怕,他待我真够严厉哪,不许我游逛到天黑,不许我跟光棍少年玩耍,只要能使你小伙子高兴,我可不管爹爹他的话……"

十三

仅仅是一眨眼的工夫,八马公路躺在八隆河畔已是第五个年头了,糖厂投产也已经三年了。

这是春天里的一个上午,时间是四月,天上飘着牛毛细雨,马桑镇上雾气蒙蒙,麻石街两侧的垂柳枝条低垂,一动不动。工农酒家院子里那棵花朵繁峨的老杏树也在时浓时淡的雨雾中沉睡,时而有一片两片花瓣儿无声无息地落在湿漉漉的地上。

这天,糖厂的机器没有开动,据说是一个耗子钻进了配电室,造成了严重事故,致使全厂停产。这突然的沉寂使马桑镇上显得沉闷压抑,人们都感到心里少了一点什么似的坐立不安。

工农酒馆里没有顾客,牛阔成一大早就跑到镇西头茶馆里跟老头子们下棋去了,店堂里只有牛家兄妹相对而坐,哥哥在按着电子计算器算账,妹妹在编织着一件色彩艳丽的毛线衣。

牛玉珍突然又感到一阵翻肠搅胃的难受,便跑到门外,哇哇地呕了几口,然后面色苍白地回到店堂。这种现象已经有些日子了。

"病了吗?"牛青关切地问。

"不舒服。"牛玉珍掏出小手绢沾着眼里的泪水。

"病了就去找医生看看,别拖着。"牛青疑虑重重地盯着妹妹说。

"哥……"

"嗯?"

"哥呀,我有了……"

"有什么?"

"孩子……"

牛青仿佛挨了电击。

"你干的好事! ……是吴水的吗?"

"嗯。"

"小子,我饶不了你!"

"哥,你别去找他……是我愿意的。反正我早晚要嫁给他。"

"那你就快滚,别待在家里丢丑!"

"怨我吗? 怨老糊涂的爹,死活不同意我嫁给他。"

"这下谁也拦不住你了。"牛青沮丧地说。

"其实这也算不了什么事,吴水说,外国都这样。"牛玉珍按下录音机的按键,店堂里又响起了软绵绵的歌声:

　　　　喝完了这杯
　　　　请进点小菜
　　　　人生难得几回醉
　　　　不欢更何待……

"行了,别听了!"牛青捶着脑袋说,"我真混蛋啊!"

当天下午,牛青跑到糖厂宿舍,把吴水揪着耳朵拖出来,吴水吱吱哇哇地乱叫:"大哥,牛大哥,你要干什么?"

"跟我走,我有话跟你说。"牛青板着脸说。

"什么话? 就在这儿说吧。"吴水心里有点发毛。

"跟我走。"牛青大踏步地朝八隆河堤走去。

登上大堤,牛青站住脚,等到吴水也气喘吁吁地爬上堤来,对准他的脖子就是一拳。吴水一屁股坐在地上。

"牛大哥,你干吗抬手打人?"

"小人,别跟我装糊涂! 说,你是怎么欺负我妹妹的。"

"嘿嘿,我以为啥事哩,我们不过是玩玩罢了。"

"她怀孕了! 你这个混蛋!"

"怎么会呢?"

"吴水,我就这么一个妹子,她是我从小背着长大的……你要是敢甩了她,我跟你有算不清的账。"

"大哥……你说怎么办?"

"你们赶快结婚!"

"厂里没房子……"

"我出钱帮你们盖。"

"多谢大哥成全。吴水要是有个三心二意,天打五雷轰!"吴水得意地跑了。

雨渐渐大起来,八隆河深蓝色的水面迸开无数银色的小小水珠,不时有一条银色的鲢鱼跃出水面,溅起一簇簇小浪花。牛青木木地站在河堤上,雨点打湿了他的衣服,打湿了他的头发。他目光阴郁地漠视着蒙在雨帘中的马桑镇,漠视着糖厂高大的烟囱冒出的团团黑烟,那些黑烟凝成一团重浊的烟云,笼罩在镇子上空,久久也不消散。

十四

当天晚上,工农酒家大门紧闭,不少想到这儿打发雨夜寂寞光景的青工吃了闭门羹。雨丝横飞过来,抽打着那块白底黑字的店牌,水珠儿顺着牌子扑簌簌地滚下。

"牛掌柜,开门哟!"

"比兰德拉王后,开门哟!"

几个小青工在门外狂呼乱叫。然而,回答他们的只有淅淅沥沥的雨声。青工们无奈,只得挤到对面王臣的店堂里。王臣店里铺面窄小,几十个人挤得满满登登,满地都是鞋底沾进来的烂泥,屋子里烟雾腾腾,空气混浊。王臣那几十盘破旧磁带早已磨损得不像样子,发出一阵阵"哧哧啦啦"的声响,像一个老太婆在上气不接下气地喘息。坏天气使人心情郁闷,听腻了的歌声加重了人们的烦躁,有几个小青工竟为了点鸡毛蒜皮的小事抡起拳头来。

但正在这时候,从对面工农酒馆里突然传来了一阵委婉动听的民间音乐。这是二胡在独奏。起初那几个旋律有点枯哑生涩,像是因为蟒皮受了潮,又像是乐师手法生疏,但很快,曲子就明亮发脆了。雨天气压低,乐声被压迫得只能贴着地面飞旋。一个青工走上前去,关掉了录音机,于是,那民间音乐便一无遮拦地飞了进来。这是一种什么样的曲子哟,颤颤巍巍,洋洋洒洒,忽而亢奋,忽而低沉。这使那些被一唱三喘气的歌子把耳朵磨起老茧,心里长满了绿锈的年轻人们顿觉耳目一新,那一只只迷迷瞪瞪的眼睛通通放出了亮光。

第二天晚上,绵绵的春雨停了,大块的云团在空气中飘动,一钩新月挂在八隆河堤岸的槐树梢上。工农酒家依然没有开门,青工们千呼万唤也无人答应,只好再到王臣酒店里坐着等那音乐再次出现。他们没有白等,但这天晚上传出的已不是二胡声,而是急雨般的琵琶声。

第三天晚上的唢呐声使几个感情脆弱的小青工鼻子溜溜地酸。

第四天晚上笛声清脆,箫声呜咽。

人们听着音乐,越来越感到陷入重重迷雾之中。工农酒家发生了什么事情呢?连续几天颇赚了几个大钱的王臣更是百思不得其解。牛青这个精打细算的家伙,难道突然发了神经? 放着钱不捞,却搞鼓起这些丝竹老古董来了。自从工农酒馆开张以来,谁都没听过他的音乐,他的音乐才能几乎都被人忘记了。

不久,镇上就传开了牛玉珍即将和吴水结婚的消息。牛青托马支书从中斡旋,买下了镇西头余寡妇那三间多余的房子,并请人修缮粉刷。这简直是爆炸性新闻,震动得镇上人晕头涨脑了。好几天,人们猜不透比花岗岩还要坚硬的牛阔成怎么会妥协让步,把女儿嫁给不但踢青了他的屁股而且像颗怪味豆一样的吴水。后来,几个目光锐利的大嫂揭开了谜底,她们发现牛玉珍那变化了的腰身和脸上出现的古怪花纹,断定牛玉珍已不是个姑娘,而且肚里已经有了"文章"。这些都作为丑闻、要闻使全镇家喻户晓。糖厂姑娘也知道了这件事,她们的心情很复杂,很惶惑。刘艳想起五年前她在牛家院子里和玉珍的谈话、玩笑,想起了牛玉珍天真地做着"糖厂工人"梦,以及后来当真来托她说情想进糖厂当个工人的事,她还想起了下河洗澡,想起了流行音乐……她好像看到了一条河……

十五

生活的魔方真是变幻无穷。如果现在到马桑镇上去,即使顺着麻石街走上十个来回也找不到那家酒馆了。现在,麻石街上最有名的是一个"民间音乐酒家",薄利多销,生意相当兴隆。

牛玉珍结婚之后又搬了回来,她已经是个标准的大嫂子了。她和吴水生的那个狗崽子一样调皮捣蛋的儿子满店堂乱窜。看门的牛阔成老汉不得不经常抓住他,叮嘱道:"老实待着,别打扰你舅舅演奏。"

店堂正中,皮鞋晶亮、裤缝如刀的牛青正在屏气息神,酝酿感情,为他的听众表演。马支书已被撤了职,他也经常挤进店来,眯缝起胖成一条缝的眼睛如醉如痴地听音乐。有时候,听着听着他就打起呼噜来,哈喇子挂在下巴上,像春蚕吐出的丝。

如果在马桑镇街上走,也许能碰到吴水。他还是大鬓角、喇叭裤,只是像个大人了,他是个做爸爸的人了。

如果你常到"民间音乐酒家"来,也会发现,新近升任了糖厂团委书记的刘艳还是常常来牛青家,说是找玉珍玩,但又多半在那儿听音乐。也有人猜说她和牛青的事,不过似乎没什么进展,不知因为什么。

如果你感到这一切都无多大意思,那么你到八隆河堤上去看流水吧。如果时令是五月初,河堤上槐花凋谢,水面上仿佛落了一层雪,使你看不出河水在流动哩。

(一九八三年九月于延庆)

父亲在民夫连里*

身体高大但骨肉疏松的渤海民工团"钢铁第三连"指导员命令两个青年夫子把父亲捆在一棵大桑树上。这是 1948 年初冬，黎明前最黑暗的时候。天亮后，父亲看到桑树被饥饿的人们剥成了几乎裸体。两个青年夫子一个叫刘长水，另一个叫田生谷，都是高密东北乡人。父亲看着他们眼熟，但叫不出他们的名字。他们两位对余豆官这个土匪种却很熟悉。父亲虽然比不上爷爷大名赫赫，但也算得上东北乡的传奇人物。听到指导员的命令后，两位夫子脸上在黎明前的晦色里露出了一些朦胧的难色，手下的事儿干得不太迅速。指导员拍着盒子枪的木匣，哑着嗓子训斥他们："磨蹭什么？动老乡观念了？快捆，捆结实！"

指导员说话带着浓重的莱阳、海阳口音，他身体有病，哈着腰，经常咳嗽、吐痰。父亲在晨光中发现了他牙齿的闪光。

两个民夫一左一右紧着绳子，把父亲的身体与桑树捆在一起。他狡猾地鼓足着力气，抵抗着绳索的侵入，为的是松气时绳子松弛

---

 * 此篇作品曾以《野种》为题目编入《红高粱家族》的早期版本。——编者注

些。清冷的空气使绳索僵硬,索上的细刺像针尖一样刺激着他的皮肤,他感觉到自己的皮肤热度很高,头眩晕,鼻子胀得厉害。捆绑完毕,两个夫子退到一边去。指导员不信任地斜了他们一眼,走上前来,检查捆绑的质量。父亲赶忙挺胸鼓腹,让绳与肉紧密咬合。指导员用残手上的两个相依为命的指头往绳与肉之间插,插得父亲肋骨奇痛。插不进去,说明捆得紧,绑得牢,捆绑质量很高。他满意地对两个青年夫子哼了一声。他恨恨地对父亲说:"小王八羔子,看你还怎么跑!"父亲听到指导员说话时肺里有重浊的杂音,还嗅到了他牙龈发炎的味道。父亲心里升腾起蒙骗得逞的愉快,只要一松气,绳子与肉皮之间就有了间隙。

天有些白亮了,离桑树一百米的民夫连宿营地里,传来毛驴嘶咬的声音,寒气逼人,驴声显得暖烘烘热乎乎,驴声里有驴的胃里泛上来的草料味道。一个黑瘦的人从那边过来。父亲认出了他是连长,看到了他披着的那领日本鬼子军大衣。

"抓回来了?"连长问。

"抓回来了,"指导员说,"这兔崽子,腿下好生利索,要不是我打瘸了他的腿,非跑了不可!"

父亲突然又感觉到腿肚子枪伤的疼痛,不是指导员提起这疼痛不明显,他庆幸子弹未伤着腿骨,暄肉伤,好得快,伤了骨头可就毁了。

连长凑上来漆黑发亮的生铁脸,用两只细细的冷眼盯着父亲看一阵,然后,猛挥起钢硬的巴掌,扇了父亲的鼻子。"混蛋!"连长说,"非毙了你个狗杂种不可!临阵逃脱,还是什么土匪种呢!"父亲鼻子一阵酸麻,刚想呜呼叫喊,就感到四股热乎乎的液体在脸上流,两道泪水,两道鼻血。他无法擦拭脸腔,心里憋闷,便呸呸地啐着嘴里的咸滋味,骂道:"你妈的连长!共产党还打人?"

连长又挥掌在父亲的鼻梁上加了一下工,回骂道:"共产党不打好人!"

父亲知道斗嘴不是好法子，除了落得皮肉受苦外，什么好处也捞不到，于是便闭了嘴巴，低下了头。

连长劝指导员回营地休息一会儿，并命令两位青年夫子严格看守父亲。刘、田二位各肩着一杆解放军正规部队淘汰下来的老汉阳步枪，诺诺地答复着连长的命令。连长和指导员一高一低向宿营地走去，指导员咳得很厉害，他是正规军的一等功臣，因病转到地方。刘与田披着破棉袄，黑色牛皮腰带上插着一颗木柄手榴弹。太阳在东边烧起一团火，照着荒凉颓败的村庄里的断壁残垣、朽木枯株和干萎的蒿草，草茎上结着白霜。刘、田二位眉上有霜，他们的黑脸膛遭到太阳光照，黑红黑红，犹如怪异的葵花。一股乳白色的热气从他们的嘴巴里喷出来，已经是农历的九月底，秋天结束了，父亲心里一片凄凉。刘长水打了一个哈欠，身体有些晃荡。他对父亲说："余豆官，都说你是个生死不惧的好汉，跑什么？民夫连死人的机会不多呀！"

父亲白了他一眼，没说话，他的心里很不愉快，被人曲解为怕死鬼，是莫大的耻辱，但他没有辩解。

田生谷说："你这小子，害得我们一夜没得安生。你跑什么？不知道队伍等着吃粮？待会儿怕要枪毙你了，有什么要往家里捎的话，跟我们说说吧，孬好是乡亲。"

父亲说："你给我把脸上的血擦擦，别让我这样鼻眼不清地挨枪崩。"

田生谷跟刘长水交换了眼神，疑虑重重地说："余豆官，你不会趁着我给你擦鼻血的时机咬掉我的手指头吧？"

父亲忍不住笑起来，他自然不知道脸上的笑容怪模怪样，令两个年轻夫子胆寒。他们互相推托着，谁也不敢冒风险。父亲愤怒地说："别他娘的推托了，不用你们擦了！"

田生谷怔怔，似乎有些不好意思，支支吾吾地说："豆官，不是我不给你擦，是你太厉害，村里人都说你在日本用牙咬死了一头狗熊，看看你，一口那么结实的钢牙。"

父亲说:"别啰嗦了,我不用你擦了。"

田生谷从破棉袄的洞眼掏出了一团肮脏的棉花,小心翼翼地靠近父亲,马马虎虎地揩了他脸上的血,又掏出一小团棉花,撕成二份,搓成两个小球,堵住了他两个流血的鼻孔。

这一堵使父亲本来就发胀的鼻腔更胀得厉害,他嘟嘟哝哝地说:"你想憋死我吗?快把棉花拿掉!"

田生谷说:"老余,我好心被你当成驴肝肺,堵着怕你流血哩。"

父亲说:"我血多,流不光,你快点弄掉吧,憋得我脑袋瓜子都发晕了。"

田生谷把棉花球儿从父亲的鼻孔里掏出来,厌恶地扔在地上。地上已经十分明亮,一粒黄铜弹壳儿闪烁着柔和的光辉。刘长水打了一个喷嚏,然后用明晃晃的袄袖子擦了擦嘴巴,说:"老余,你还记得与你一起在大洼里打狗的德治吗?他是我小叔叔。"

父亲打起精神,观察着刘长水瘦巴巴的脸,努力从沉沦的记忆里寻找着少年时英雄伙伴的面孔。他的脑子里浮现出那个初冬阴霾的天空,天空下翻滚的潮湿烟云,烟云笼罩着的高粱地,墨水河低沉的呜咽,尖厉的东风,疯狗的咆哮与喘息,手榴弹的清脆爆炸声,一一在他的耳畔轰鸣。腐臭尸首的味道、乌鸦粪便的味道、硝烟火药的味道、"二百二"药水的味道,伴随着声音和图像,通通涌上他的心头。在这纷沓的诸多感觉中,终于缓缓地涌出了那个黄脸皮、黄眼珠的瘦长少年的形象。他是为掩护父亲和母亲冲入狗阵拉响了两颗手榴弹与一群疯狗同归于尽的。那猛烈的爆炸声和淡薄的硝烟以及缓缓飞起的人与狗的破碎尸首合成一股力量,猛烈一击,使父亲心脏紧缩,随即下体一阵难以名状的剧烈痛楚,那只残存的、非常发达的"雀蛋儿"紧紧地缩上来。以后的岁月里,每当他思念倩儿——我的母亲时,就要爆发这种痛楚。

父亲感激地望着民夫刘长水的脸,呢呢喃喃地说:"德治是你的小叔叔?你那会儿躲到什么地方去了?"

刘长水低沉的回答淹没在嘈杂的人声里。一百米外的宿营地在红太阳下乱糟糟地动起来,数百名民夫从车子底下、从用破油布搭起的遮霜棚下钻出来。连长挺着胸脯,亮着眼睛,吹一只铁皮哨子,尖厉的哨音从数百个身体发出的交响里高高地拔出来,像海鸥在海浪上鸣叫。几十头毛驴也莫名其妙地亢奋起来,它们婉转多曲折的叫声把哨音彻底淹没了。

父亲充当民夫一个多月,第一次脱离了连队,成为一名狼狈的旁观者。他看着繁忙的人们,心里浮起一种酸溜溜的感情。民夫们有的整理车辆,有的去街边的水井打水。父亲看到刚出井的水冒着稀薄的热气,口渴的驴对着水桶喷响鼻。后来炊烟升起了,连长吹哨子集合起二百名民夫,让他们排着队,走到父亲面前来。刘长水小声对父亲说:"伙计,你的死期到了。"

父亲亲切地注视着迎着朝阳走过来的民夫连,丝毫也没感觉到恐惧。他坚信死神降临之前,总会有些特殊的感觉,但现在什么感觉也没有,一切正常。他用挑剔的目光看着逼近的队伍,嘲笑着他们凌乱不齐的步伐和庄稼人的各式怪模怪样的步态。尽管受过正规训练的指导员哑着嗓子喊口号,但民夫们的脚照样各迈各的,不踏点上。队伍行进到离大桑树五步远时,指导员喊了"立定"的口令,队伍却立不定,好像惯性难收,一群熟悉的面孔凑上来。父亲不愿意看他们,便放远了目光。宿营地那儿还留下几个人,有持枪站岗的,有埋锅造饭的,有打水饮驴的,荒草几乎淹没了街道,村子里的人好像死光了。

指导员大声说:"同志们,我们民夫连虽然不是正规部队,但也和正规部队差不多,现在淮海战役已经打响了,前线部队需要粮食,我们大家都努力前进,争取立功。但是,十个指头不齐,一粒耗子屎坏一锅粥,余豆官昨夜开小差,妄图逃跑,被我们抓回来了! 我们是受过军区首长表扬的支前模范连,是渤海民工团的光荣,在我们的连队里,能容忍这样的怕死鬼软骨头吗?"

指导员等待着民夫们的怒吼,民夫们却紧紧地闭着嘴,没有一个人吭气。他继续进行宣传鼓动,想煽起人们对贪生怕死者的愤怒,便不惜将各种侮辱性的名词扣到父亲的头上。

民夫们依然不吭气。

连长沉不住气了,高叫道:"你们说,像这样的逃兵该不该枪毙?"

民夫们低垂着头,谁也不吱声。

父亲被指导员骂得十分窝火,便昂起头,大声说:"他妈的痨病鬼子,别嗷嗷了,要砍就砍,要毙就毙,余豆官要是装了孬熊,草鸡了,就不是余占鳌的儿子!"

连长说:"好小子,倒嘴硬起来了,既然连死都不怕,为何临阵当逃兵。"

父亲说:"我没有当逃兵。"

指导员说:"没当逃兵蹿出了十几里,不是追得快,你这会儿到临沂了。"

父亲说:"我有夜游症。"

连长笑起来,说:"小子,倒挺会找借口。夜游的方向还挺准确,你怎么不往南游呢?"

父亲说:"你们放了我,今天夜里我就往南游。"

指导员说:"没那么容易。"

父亲叹了一口气说:"随你们便吧,反正我不怕死。"

指导员从队伍中把父亲的搭档王生金拽出来,让他作证。王生金是个结结实实的中年人,与父亲共同负责一匹黑叫驴、一辆载着六百斤小米的木轮车。指导员问:"王生金,你来证明,余豆官有没有夜游症?"

王生金低着头,父亲看不到他的脸,单看到他那两只通红的大耳朵和他头顶上乱蓬蓬的花白头发。

指导员推了王生金一把,说:"说话呀,你聋了还是哑了?"

王生金的身体晃了一下,那只头垂得更低,两片耳朵更红。

连长骂道:"混蛋,你不说话连你也毙了!"连长的脚伴随着骂声踢到王生金的屁股上,王的身体往前一扑,趴在了地上。连长揪着他的袄领子把他拎起来,他仍然把下巴紧紧地抵在胸脯上。连长用屈起的膝盖顶了一下他的尾骨,他的肚腹往前一耸,一串小孩子般的尖细哭声从这个四四方方的大汉子喉咙里断断续续挤出来。

指导员生气地说:"你还有脸哭,没打你没骂你,哭什么?"

父亲说:"行了,痨病鬼子,别糟蹋老实人啦,要毙就毙了我吧,别让乡亲们站在这儿遭罪。"

"你倒仗义起来了,"指导员咳嗽着说,"我们不能枪毙一个有夜游症的民夫,也不能不枪毙一个谎称夜游实想逃跑的坏蛋!"

不知不觉中天色更加明亮了,村子里棵棵没皮的树在各自的位置上可怜巴巴地闪着白光。野灶里火色金黄,一个民夫正把一口袋暗红的高粱米倒进沸水翻滚的铁锅里,一定是溅起的沸水烫了他的脸,父亲远距离地看到他脸上的怪模样,忍不住笑了。一群瓦蓝羽毛的乌鸦大着胆子在宿营地上乱杂飞一阵,一窝蜂抢下,落在运载军粮的车上,坚硬的嘴啄击米袋,担任护卫的民夫轰赶不迭,乌鸦聒噪成一片云。父亲说:"快去打乌鸦呀,你们手中的枪是干什么吃的?"

连长和指导员向前跑几步,掏出匣枪,呼喊着:"闪开闪开,别误伤了你们!"

守护粮草的民夫听到喊叫,慌忙避到一边卧倒在地。连长和指导员又往前冲了几步,便跪在地上开了火。清脆的枪声使父亲精神抖擞,血液循环加快。他看到亮晶晶的弹壳翻着筋斗在空中飞行。乌鸦们惊飞起来,有一只似乎受了伤,在地上打扑棱。群鸦哇哇怪叫。一头黑驴跌倒了。有人喊:"坏了,死驴了!"队伍一哄而散,跑向宿营地,想看看是谁的驴遭了枪子儿,连奉命看守父亲的刘长水、田生谷也忘了使命,提着大枪跟着人群跑走。趁着这机会,父亲用力收束身体,挣脱一只胳膊,然后挣脱出整个身体。他自由地站在树下,看着可怜的桑树,肚里涌起饿的浪潮。腿上的伤口结了个血疙痂,一动又开了裂,渗出血。他挽起裤腿,抓了一把浮土,按在伤口上。宿营地里传来王生金那特有的婴孩哭声,父亲猜到,是他与老王共同管理使用的那匹黑叫驴被打死了。他仿佛闻到了驴肉的香味,便大摇大摆地走过去。

父亲分拨着民夫的肩膀,喊叫着:"闪开,闪开,让我看看,让我看看。"

他的双手铁钳般有力,遭捏的肩膀都赶紧缩到一边去。他看到黑叫驴头颅上中了一弹,虽然四蹄还在打鼓点,但头上已流了半斗血,注定是不中用了。王生金手摸着驴肚皮哭叫:"我的驴——我的驴——"

父亲弯腰抓着王生金的肩膀,把他扶起并安慰道:"老王,别哭了,死了好,死了吃驴肉,你忘了人说'天上的龙肉,地上的驴肉'吗!"

王生金抓了父亲一把,骂道:"都是你出的坏主意,让连长指导员开枪打乌鸦,乌鸦没打死,倒把俺的黑驴打死了!"

连长和指导员突然醒过来似的,用枪指住了父亲,两个人一齐喊:"不许动,动一下就毙了你!"

父亲说:"你们毙了我干什么,怨你们枪法不好,怨我吗?"他尖锐地批评连长和指导员的射击技术,好像一位班长批评两个战士。他说指导员右手有残,用左手射击,打不准有情可原,可你连长双手不缺一个指头,竟然指鸦打驴。怎么回事?你们笑什么?原来连长左手有一个骈指。十一根手指打枪不准,还好意思骂我,看我给你表演一下。他说着话就把连长手里的枪拿过来,动作随便自然,没有半点矫揉造作。连长没有丝毫不愿意的表示,众人也没感到有什么别扭的地方。父亲拉开连长的枪膛,对着阳光看了看,又摸了摸枪口,不屑一顾地说:"老掉牙的货,扔到街上也没人捡。当年我爹那支德国镜面儿,那是啥成色,一勾机嘎嘎地叫,小公鸡一个样儿,那才叫枪!"他说着,又把指导员的枪一把夺过来。指导员怪叫一声,一阵剧烈的咳嗽使他弯下腰。指导员吐出一口血,焦黄着脸挺直腰板,愤怒地看着父亲。父亲一手提一支盒子炮,吃狗肉长大的身体挺拔修长,犹如一棵黑松树。他疤痕累累、结结实实的脸上挂着小流氓一样的傲慢笑容。指导员咬牙切齿地说:"狗杂种,把枪还给我!"

"还给你?"父亲狡猾地笑着说,"还给你干什么,让你枪毙我?"

连长仿佛从梦中醒来,黑脸吓得煞白,双手上的指头打哆嗦,左手大拇指后那根红红的小骈指抖得尤其厉害。

父亲抬臂开了两枪,左手一枪,右手一枪,空中有一只乌鸦中弹落了地。他说:"连长,你这支破枪的确不拿准了。"他拿枪的姿势老练极了,谁要想空手夺枪,大概只有吃枪子的分儿。连长可怜巴巴地说:"余豆官,我们不枪毙你了,把枪还给我们吧!"

父亲说:"我才不上你的当呢,前边我给你枪,后边你就把我给毙了。"

连长说:"决不,我对天发誓。"

"你甭发誓,发誓我也不信。"父亲说。

指导员严厉地说:"余豆官,你太猖狂了!"

父亲说:"指导员,你有病,别气坏了。"

指导员又咳出一嘴血。

连长说:"豆官,我们谈判一下,你把枪还给我们,我们放你回家。"

父亲说:"不不不,我还想把这车军粮给解放军送去呢。马上就到徐州了,我十里路走了九里半,跑回去落个临阵逃脱多不光彩?"

连长说:"你有这样的想法实在是再好也不过了,可枪要还我们,否则情况来了怎么办?"

父亲说:"枪我替你们背着,没有情况要枪也没用,有了情况你们有枪也不会用,还是我背着保险。"

连长还要说,被父亲喝住了:"连长,你再啰嗦我可要背着枪走了。"

连长望了一眼指导员,无可奈何地说:"那就依你吧,不过男子汉说话要给话做主,你要完成任务。"

父亲说:"放心吧连长,我说不跑就不跑。"

王生金还跪在地上摸弄着驴肚子淌眼泪,连长不耐烦地说:"别哭了,不就是一头驴吗?"

王生金泪眼婆娑地说:"连长哇,俺家里拉犁推磨可全仗着这头驴啊!"

连长说:"知道知道,我也不是故意打死它,还不是为了护军粮?要是国民党打回来,你们的地都要还给财主,有驴也没用是不?这么大的人民战争,谁家也得牺牲点子利益是不?"

王生金不流泪了,但依然哭丧着脸。父亲把两支盒子炮插在腰里,对连长说:"伙计,我看你这个连长不称职,干脆我替你当了。指导员病得厉害,也别管事了。"

连长说:"不行不行,我们是县委任命的干部,怎能随便让给你!"

指导员气得再一次口吐鲜血,他举着一只胳膊说:"你……太放肆了……"话没说完,就晕了过去。

父亲拍拍腰间的枪,大声说:"弟兄们,现在我就是连长兼指导员啦,没本事的给有本事的腾地方,从古到今都一样。眼看着就要过年了,天一天冷似一天,弟兄们听我指挥,快马加鞭往前赶,完成了任务回家过年,你们拥护不拥护?"

民夫们看看晕倒在地的指导员和气急败坏的连长,个个脸上都是六神无主的表情。

父亲说:"别怕他们。他们腰上不挎盒子炮,连个民夫也不如,我可是双盒子!"

刘长水和田生谷等十几个持枪的骨干分子简单交谈了几句,定下了主意,刘说:"豆官,说一千道一万,能早一天把军粮送上前线就是好汉,就是共产党的好民兵,我们暂时拥护你吧。"

民夫们见带枪骨干表了态,便纷纷说:"我们也拥护你,早完成任务早回家。"

父亲高兴地跳起来,他发布命令一连串:把被乌鸦啄破的米口袋补好,不许漏掉一粒米;把王生金车上的米袋卸下,匀到其他的车上;把那匹死驴开膛破肚剥皮剔骨分肉,立即下锅,搜集干柴点起烈火煮肉;每个人检查自己的车辆和毛驴挽具,该上油上油,该修理修理。谁敢违抗命令,轻罚割掉一只耳朵,重罚割掉两只耳朵。父亲指着连长和指导员对众人说:"我不像这两个家伙那样混蛋,动不动就要枪毙人,本官开明,废除死刑!"

民夫们积极执行父亲的命令,营地热闹非凡,所有的人都在忙碌,唯有三个人不动,他们是:王生金、连长、指导员。父亲说:"王生金,你的车子空出来后,推着指导员,他不能走路了。"王生金因为死了亲爱的驴心里不痛快,气呼呼地说:"我不推!"父亲说:"不推割耳朵!"王生金说:"好吧,我推,可我的驴怎么办?"父亲说:"老王,放心吧,我保证帮你弄匹骡子。"王生金倔着说:"我不要骡子,我就要驴。"父亲说:"多一根指头,甭嘁哼鼻子,王生金推车,你拉车,当驴吧。"连长说:"我不干!"父亲说:"你再敢说个不干?"连长说:"我不干不干就是不干!"父亲从王生金腰里拔了刀子,试试刃口,嫌不快,招呼来一个持枪民兵,借了他枪上的刺刀,放到鞋底上蹭了蹭,笑着,逼近连长,问:"干不干?"连长说:"不干!"父亲飞起脚,把他踢翻在地,连长不及爬起来手脖子已被踩住,父亲迅速一刀,就把他手上那只颤颤悠悠的小骈指旋掉了。连长哀号了一声。父亲抓起一把土,按在连长手上,然后退到一边,看着连长爬起来。连长爬得很慢,他嚎啕大哭着,不知是悲是怒。那根怪模怪样的骈指在枯草上哆嗦。民夫们围上来观看,父亲高喊:"弟兄们,我给他动外科手术了,我是天下第一的外科医生!"

父亲的自吹自擂引起一片笑声。父亲说连长:"你还哭,哭什么?你该谢谢我,没有了这个鬼指头,能找个俊媳妇,多一个指头,谁跟你?嗯,谁跟你?"

连长捂着手跳起来,骂道:"豆官,我操你的娘,你这个土匪野杂种!"

父亲提着刺刀,笑嘻嘻地问:"拉车不拉车?"

连长说:"拉!拉!虎落平川遭狗咬!"

父亲一点也不生气,把刺刀在衣服上擦擦,还给那民夫。

驴肉的香味渐渐弥漫出来,枯草上的白霜开始融化,太阳一竿子高了。

......

自从父亲靠流氓手段篡夺了民夫连的领导权之后,严肃而呆板的连队变得生龙活虎、调皮捣蛋,这变化类似一个死气沉沉的中年人变化成一个邪恶而有趣的男孩子。父亲从九十九匹毛驴中选择了一匹蛋黄色的小母驴作为自己的坐骑,又把刘长水和田生谷抽调出来作为自己的专职随从,号称"驴前田生谷、驴后水长刘",跟岳飞的"马前张保、马后王横"一样。田与刘原先负责的那辆木轮车上的六百斤小米,匀到别的车辆上,木轮车扔到路边了事。每当车队行进时,父亲就骑着毛驴,带着刘、田,一刻也不停息地,从队伍前头跑到队伍后头,又从队伍后头跑到队伍前头,他们一边跑一边咋呼嚷叫着时而荒谬绝伦时而又严肃认真得要命的顺口溜,鼓动着夫子们的情绪。几天下来,刘与田嗓音嘶哑,脚上起泡,说这随从的活儿比推木轮车还要累,想辞职不干。父亲说:不干割耳朵!刘、田摸摸耳朵,到底舍不得,只好继续驴前驴后跟着跑,跟着嚷叫。其实,最倒霉的不是刘、田,而是父亲胯下那匹小母驴。

如前所述,那匹小驴子是蛋黄颜色,这种颜色高贵温暖,是堂皇的帝王之色,打死染匠也染不出来。世上毛驴千千万万,但具有如此纯正蛋黄色的,天下唯此一匹。怪不得父亲放着那么多身材高大、腿蹄矫健的大公驴不骑,单骑这匹小母驴。她除了色泽高贵外,还具有性格温顺、善解人意、脉脉含情、忍辱负重等宝贵品质。她生着两只铜铃大眼、两只柔软的大耳朵、一根粉红湿润的鼻梁,还有两片柔软多情的嘴唇,四只小蹄子端正秀丽,没有一点好挑剔了。这匹驴毫无疑问是驴群之花。她经常用水灵灵的大眼盯着父亲看,父亲头朝下立在她的眼睛里。她伸出舌头舔着父亲的手,好像随时都要开口说话的样子。父亲不是傻瓜,自然非常深刻地感觉到了小毛驴对自己的深厚感情。他陷入一种矛盾心境:既盼望着骑她,又担心自己长大沉重的身体压折了她的脊梁骨。这矛盾一直延续到横渡冰河那天才结束。

在父亲英明又混账的领导下,民夫连的士气调皮地高涨着,运粮车队的前进速度日益加快,由原来的日行三十里四十里,进步到五十里六十里七十里,阴历十月二十六日这一天终于达到了八十里。前线日益逼近,火药的味道越来越浓,道路也愈来愈不成道路,有时不得不在收割后的泥泞稻田里挣扎前进,人和驴通通遍体臭汗,气喘吁吁。傍晚在一条河边宿营时,有一个老太婆前来讨饭吃,父亲问她说离贾家屯还有多少里,她说离贾家屯还有九十里路。贾家屯是距前线最近的华东野战大军粮草储运站,也是民夫连此次艰难行程的目的地。

父亲蹦了一尺高,翻了一个筋头,站定,用他永不嘶哑的钢嗓子吼叫:"弟兄们,听着,离贾家屯还有九十里,明天晚上,我们就赶到了!"

刘长水和田生谷也扯着破嗓子吼叫。父亲的小母驴积极响应号召,高声鸣叫,是花腔女高音;四蹄弹动,是非洲踢踏舞。卸了套的毛驴们齐声叫,民夫们齐声喊,沉沉暮色里,河边一片欢腾。

……

这一夜父亲难以入睡,他躺在一堆稻草上,仰望着漆黑天幕上的耀眼星辰,编织着明天的鼓动词儿,最后的一天是最艰难最光荣的一天,决不能马马虎虎,鼓动词儿要精彩、通俗、有嚼头,要解饥、解渴、忘疲乏,编一套不容易。编着编着他眼皮黏涩,开始犯困,挥挥手,心里想去他妈的明天再编,他相信自己是能够即兴创作的天才。南方传来沉闷的爆炸声,地平线上闪烁着翠绿色的镁光,一声声滚成团,一簇簇连成片,随即是暴雨般的枪声和隐隐约约似有似无的吼叫声。他翻身爬起,血液升温,心跳加剧,两排牙齿下意识地摩擦着。南边正在激战,令他兴奋。父亲对大规模的战争有着强烈的兴趣也有着淡淡的恐惧,他虽然从小就跟着爷爷玩枪杀人,基本上不畏生死,但对于这种集团大战不太适应。父亲成为一名出类拔萃的战士,在淮海战场上、在渡江战役中、在朝鲜战场上建立功勋,那是后事。名震四海的粟司令夸奖他是"天生的战士"也是后事。他的成功得力于他的素质。现在,他从稻草堆上爬起来,站在河边遥望战场。父亲后悔自己恋家从队伍里逃出来,误了这场大热闹。半边天都被打红了呀,不合时宜的南风把战场的扑鼻香气吹过来,父亲紧张不安地抽搐着鼻孔。他感到有一股热烘烘的气喷到了自己冰凉的手上。蛋黄色小母驴千言万语地舔舐着父亲的手掌,她的眼睛被火与星照耀,在河边的黑暗中,闪烁着奇光异彩,宛若最杰出的宝石。父亲转过身来,用另一只手摸着她的耳朵,拍打着她的额头,亲切地对她说:"小黄花鱼儿,你吃饱了没?这软绵绵的稻草不对胃口?将就着点儿!赶明儿见了解放军跟他们要谷草吃。"小母驴摇着尾巴,放了一个很响很长的屁。

父亲与毛驴说话的时候,民夫们大半站起来,看南边的光景。河里的凉气侵上来,父亲感到股间紧张,那个独蛋儿上缩疼痛不太严重。火光断断续续地映亮河面,河水湍急,呈现灰白的光芒。听说东边有座木桥,但愿它没被炸掉。父亲很忧虑。他听到田生谷在旁边压低嗓门说:"大哥,咱去送粮食还是去送死?"

父亲说:"粮也送,死也送。"

田生谷说:"大哥,天地广大,咱跑了吧。"

父亲拧住他的耳朵,低声说:"胡说。"

田生谷说:"松手吧,大哥,我跟着你就是。"

父亲突然跨上小毛驴,在民夫们中间串来串去,他说:"弟兄们,睡觉吧。"

民夫们说:"俺睡不着。"

父亲说:"睡不着就别睡了,都起来,赶路。"

一个民夫道:"黑灯瞎火,人困驴乏,怎么赶路?"

父亲骂道:"那就睡觉,谁不睡就枪毙。"

民夫们纷纷躺倒,独有两个人不躺,一个是连长,一个是指导员。二人被父亲一顿象征性的拳脚打倒。这两个人被剥夺了领导权后,基本上没捣过乱。指导员虽然坐在专车上,但病势日益沉重,天天咳血,脸像金纸一样。连长拉车还算卖力,充分表现了共产党员能上能下、不计较个人得失的风度。被打倒后,指导员一声没吭,连长低声咒骂。父亲说:"十一指子,别嘟哝,等把粮食运到,我就把你的破枪还你,连你的破官。"连长说:"你最好现在就把连长和枪还给我。"父亲说:"没门,你能领着车队一天赶九十里路?"连长说:"我能!"父亲说:"吹牛,别嘟哝,再嘟哝我骗了你的蛋子!"

连长怕骗蛋子,不再吭气。父亲骑上毛驴,一手提一只盒子炮,沿着宿营地来回走,驴蹄弹打冻地,发出"得得"脆响,节奏分明,成为父亲所唱催眠曲的节拍。父亲——他的嗓音高亢油滑是泥鳅与鳝鱼交配产生的音乐形象——

解放军在前边打大仗

等着吃咱车上的粮

睡觉是为了送军粮

谁不睡觉操他娘

榴弹大炮隆隆响

天明咱去送军粮

睡不醒觉走不动

谁不睡觉操他娘

老余俺口才天生强

驴尾诌到马腚上

一千里咱走了九百九

谁敢装熊操他娘

……

民夫们在父亲的动人心魄的歌声里,忍受着地上的潮气,忍受着饥饿寒冷和对明天的恐惧,哆哆嗦嗦进入梦乡。宿营地里,一辆辆木轮车下,响起了痉挛的鼾声和甜蜜的呓语。

小母驴羞涩地趴在了地上,她为心上人的粗鲁野蛮甚至直指她的羞处不顾她的脸面而羞涩,并且伴有委屈、悲伤、愠恼等感情。

父亲跌下驴来,立刻睡意蒙眬,他本能地蜷曲着身体,紧贴着驴肚子,像一个胡闹了一天的野孩子依偎着母亲的胸膛沉沉睡去。

……

天蒙蒙亮时,父亲感觉到有人在自己腰间摸摸索索做文章,打一个滚爬起来,急摸腰间,空荡荡没有一物,才要转身,两支冰凉的枪口顶在了腰上,他听到连长在背后冷笑,父亲说:"兔崽子,你舍得打死我吗?"

连长把枪口使劲往父亲腰里戳了戳,咬牙切齿地说:"我太舍得了!"

父亲高声说:"连长,你打死我可没人给你唱歌啦!"

连长说:"你他妈的唱的那是歌?我们的娘都被你操遍了!"

父亲说:"我不操你娘你每天能跑八十里?为了革命,什么舍不得,何况又不是真去操!"

连长说:"闭嘴!"

民夫们聚拢起来,父亲感觉到死期离自己还遥远得很呢,嘴里越发没了遮拦,并且一边说着一边把身体转过来,与连长成了面对面。连长慌忙后退了一步,持枪的手也缩到腰间。父亲看到连长其实在打哆嗦,十月底的凌晨尽管冷气侵骨,但连长的哆嗦与寒冷无关。

父亲说:"连长,你这个伙计不够伙计,我要毙你早就把你毙了是不是?不看在别的分儿上,你也得想想我给你割去那个丑指头,要不你连个老婆也讨不上。"

连长怒冲冲地说:"闭嘴,我开枪了。"

父亲说:"指导员,你这个痨病鬼替我求个情吧。"

指导员躺在稻草上,像根木头。

民夫们说话了,他们不同意连长开枪。小母驴蹭上来,羞羞答答地咬父亲的衣角儿。

父亲摸着驴头,悲凄凄地说:"驴啊驴啊,只有你真心对我好。"

两杆长枪指住了连长,是刘长水和田生谷。刘、田说:"把枪还给余大哥!"

连长无奈,垂下了手臂。父亲跑上去一步。把双枪夺过来,插在了腰里。

父亲说:"把他按倒,剥下他的裤子来,骟了他的蛋子。"

刘、田按倒连长,连长死死护着裤腰带,骂道:"余豆官,你这个土匪种,枪毙了我吧。"

父亲说:"不枪毙不枪毙,骟蛋子骟蛋子!"

指导员咳着坐起来,咳着说:"余豆官……别胡闹……整理队伍……过河送粮……"

父亲说:"痨病鬼说得有理,听痨病鬼的,军粮送到再骟,弟兄们,快埋锅造饭,吃了饭找桥过河,今日死活也要赶到贾家屯!"

司务长对父亲说:"只剩下一袋子高粱米啦,怎么办?"

父亲说:"你问我我问谁去?"

司务长是个挺好的中年人,他的故事顾不上讲了。他说:"我想,今日要赶很多路,又靠近了战场,吃不饱不行,是不是吃几袋军粮?"

父亲说:"不行不行,胡闹胡闹!"

司务长说:"问题不大吧,到时跟粮站的人说说清楚。"

父亲说:"说不清楚说不清楚,少了几袋子军粮怎么能说清楚?一粒军粮也不能动,吃屎也不能吃军粮,谁吃军粮操他娘!"

司务长说:"吃不饱怎么行?"

父亲说:"谁饿谁来吃我的吧!"

司务长哭笑不得。

父亲说:"多加水多加水,熬汤喝。"

司务长说:"喝汤不顶事。"

父亲说:"过了河我给小伙儿打几条狗吃。"

指导员拄着棍站起来,他说:"余豆官同志是对的,同志们,咬牙坚持吧,吃军粮是耻辱的行为。"

父亲说:"你看你看,痨病鬼支持我啦。"父亲把一支盒子递给指导员,说,"我把指导员还给你吧,你这个人不错。"

指导员接过枪,插进木套,说:"该怎么干就怎么干,我不妨碍你。"

父亲高兴地拍了指导员一巴掌,没想到下手太重,竟把他拍了个嘴啃冻泥。

……

面对着七零八落的断桥,父亲气得眼睛放绿光。太阳升起一竿子高了,冰冷的河里虽然流光溢彩,但没有一丝一毫暖意,河边浅水处结着狗牙般的冰凌,看着都让人寒冷。民夫们都是阴历八月离开老家,穿着单裤夹袄,个别的带一件破棉袄。潮湿的冷风一吹,河里的冰水一激,不但身上冷,心里也凉冰冰。所有的民夫都在河边立着颤抖,双手有抄在袖管里的,有插在腰间的,耳朵冻红犹如鸡冠子,鼻尖上挂着鼻涕水。父亲扫了眼他的民夫,心里生出很多凄凉情绪。不唯人抖,毛驴也抖,父亲的小毛驴尾巴夹在双腿中间,紧咬着牙不哭出声音,眼睛里盈满泪水。父亲伸了巴掌擦掉她眼里的泪水,安慰了她两句,她依然流泪,激得父亲烦恼,便粗鲁大骂:哭你娘个屎蛋,动摇军心,我宰了你! 小母驴不哭了,肚子上的血管一鼓一鼓的,好像悲恸深厚黏滞难以下咽,但父亲认为她不识大体不顾大局乘机添乱,恼怒挥一拳,瓷瓷实实正中驴头。小母驴应声倒地,躺在地上打滚撒泼,做出无数肉麻姿态。父亲不理她,她又无趣地爬起来。

指导员拄着棍子移过来,站在父亲面前,宛若一架活骷髅。他说:"豆官,不要着急,想想办法,世上没有过不去的河。"

父亲有些草鸡,软软地说:"你有什么好法子?"

指导员说:"过河走桥,没桥乘船,没船涉水。"

父亲看看那桥,桥面不知何处去了,只有十几根焦黑的桥桩兀立在水中央。

指导员说:"桥毁了,修来不及,没有船,只能涉水过河啦。"

父亲说:"这么冷的天过河,连鸡巴头子都要冻下来的。"

父亲说:"河水有多深?"

指导员说:"下去探一探。"

父亲说:"谁敢下去探?"

民夫们望着凝滞的冰河,个个面生畏难之色。不但没人报名探河,还有几个民夫提议把粮食卸在河边打回头,反正解放军千军万马不在乎这六万斤小米子。

指导员愤怒地驳斥了这些反动言论,然后,剥掉棉军袄,褪掉单裤、布鞋,佝偻着腰站在父亲面前,瘦骨铮铮,好像一具铁铸的鱼刺。他嘴唇乌紫,牙缝里渗着血,眼珠子灰溜溜的,像两粒冰冷的玻璃球儿。他说:"余代连长,你照顾连队,我下去探河。"

父亲心里一阵滚烫,大声吼叫:"指导员,胡闹什么,你下河去见阎王爷?要探河道也轮不到你,快穿上衣裳吧。要探我去探,谁让我抢了个连长呢?余代连长?伙计你是共产党无疑,你封我代连长,就等于共产党封我代连长是不是?"

父亲一边说着一边脱衣服,一边脱衣服一边咋咋呼呼地叫冷。父亲的健壮肉体和骨头架子和指导员形成鲜明对照。指导员看看父亲身上的肌肉,也许羡慕也许嫉妒,转着腔说:"共产党员吃苦在先,生死不怕!"说完,就转身往河里跑。他的奔跑姿势古怪稀奇,活似木偶运动,动作大步伐小,满身都是荒谬表情。父亲看着指导员的背影,突然感到一阵鼻酸眼辣。他几个大步跨出,扑到河边,把半截身子入了冰水的指导员拦腰抱住,像托一个稻草人,轻松地把他托上岸。

父亲骂道:"妈拉个巴子你好性急,死在河里鱼都不吃你。"

父亲把指导员放在地上,吩咐民夫们快给他穿衣服。指导员嘴唇硬了,说话呜呜噜噜,听不清楚。原任连长把军大衣脱下来盖在指导员身上。父亲夸奖道:"十一指子,还行。"

父亲脱得一丝不挂,在河边弯腰踢腿活动筋骨,小母驴忧愁地看着他。他说:"别看我别看我,你这个小娘们。"

民夫队里有笑声,也有研究父亲那件遭过狗咬的传家宝贝的目光。

他撒了一些尿抹在肚脐眼上。

他拿着指导员那根棍子往河里走,脚踩得冰凌破碎,发出啪啪声响。

一踏进河水,父亲不由得打了一个凶猛的哆嗦,一股寒气从脚底猛烈上升,似乎不是凉,而是两股电、两百根针,沿着腿骨、骨髓往上爬行,速度极快,嗡一声到达脑袋,眼前噼啪放了一阵绿光。父亲叫了一声娘,怪腔怪调,惹得岸上人笑。他继续往前走,身上爆起鸡皮疙瘩,皮肤绷紧,头发梢儿扎煞,似乎噼噼啪啪微响,脚起初还能感觉到水底卵石,几步后就什么也感觉不到了。父亲喊了几句流氓口号,声音滴溜溜转,嘴里一片牙响,舌头僵冷,喊不出口号来了。往前走,水渐渐淹至大腿根,他的狰狞鸡头缩得如一只蚕蛹,那个过分发达的独蛋儿歪歪地贴在盆腔上,丝丝缕缕扯不断的钝痛。这地方是父亲身上的要害,他遵照爷爷的意旨加倍地尊重它宝贵它,不敢有一点点损伤。没有它老人家就没有我们,这话虽近流氓但确是真理。不啰嗦这些尽人皆知之的话。后来它老人家整个儿淹没在河水中了,父亲用一只手捂着它,但感觉不到它的存在了,恐慌与痛苦由此产生。父亲的另一只手挂着棍子,试探着前边的河。水淹至乳下时,他已达河的中央,这是最深的地方,水流因寒冷显得不太湍急,几簇似乎凝固的灰白。浪花附着在父亲身体一侧,他移动得很缓慢,岸上的人替他焦急。这时他感觉不到冷,全身似被针扎,甚至有虚假的热乎乎在心里出现。他的眼球冰凉,运动不流利且目光朦胧,河面上好像有雾但其实没有一缕一丝雾。太阳照在河上照在父亲身上,金色的阳光很美丽很温暖,父亲到达对岸紧接着又涉回来。

上岸时他相当狼狈,手脚并用,身体变成一座拱桥。几个民夫跑过去把他架上来,把一件破棉袄披到他肩上。他双手捂着宝贝,脸相难看至极。许久,他龇着牙,笑着,结结巴巴地说:"操他姥姥个冷。"

小母驴热情地扑上来,用她的毛茸茸紧贴着父亲的凉冰冰。父亲招呼一个民夫,伸手摘掉他头上的毡帽,捂了自己的小鸡巴上,气得那民夫破口大骂。高密东北乡风俗:摘下别人的帽子象征性地戴在自己的小鸡巴上,是对戴帽人的巨大侮辱,其寓意是:你的头等于我的鸡巴。那民夫上前抢帽子,被父亲避开。民夫骂余豆官,操你二舅你欺人太甚。父亲说,别生气二哥,我冻毁了,哪儿都不冷就这儿冷,你们都是两个蛋,我只有一个蛋,你们冻坏一个还有一个,我冻坏了就没有了,放心放心你的头是你的头,我的蛋是我的蛋,怎么也长不到你头上去,见到解放军我帮你要顶帽子。

指导员忧虑重重地看着父亲,父亲对他摇摇头。民夫们个个神情沮丧,不说话。父亲在阳光下蹦跳一阵,嘴与舌又灵活起来。他把毡帽扔给那民夫,那民夫哭丧着脸,嘟嘟哝哝骂着,把湿漉漉的毡帽挂在车把上晾晒。

父亲提着盒子炮,对原任连长说:"伙计,把枪还给你吧,这代连长我也不代啦。"

连长说:"我不要,你既然抢了去,你就干到底。"

一个民夫说:"豆官,散伙吧,回老家过年。"

指导员掏出枪来,对准那人就是一枪,飕飕一声响,子弹贴着那人的脑袋犁过去。那人哀嚎一声,双手捂着头,一腚蹲在地上。众民夫骇得目瞪口呆,大气不敢出。

父亲讪讪地说:"指导员好大的脾气。"

指导员轻蔑地扫了父亲一眼,冷冷地说:"我一直认为你是条好汉子!"

父亲被他说得脸皮发烧。

指导员挥舞着盒子炮发表演说。他的脸上洇出两团酡红,像玫瑰花苞,暂时不咳嗽了,嗓音尖厉高昂,每句话后拖着一条长长的呼哨,如同流星的尾巴。金色的阳光照着他的脸,一时辉煌如画,他的眼里闪烁着两点星火,灼灼逼人。他说:"你们还是些生蛋子的男人吗?解放军在前线冒着枪林弹雨不怕流血牺牲饿着肚子为你们的土地牛马打仗,你们竟想扔下粮食逃跑,良心哪里去了?卸下粮食,一袋袋扛过河,谁再敢说泄气话,我就枪毙谁!"

指导员吭吭吭三声咳,脖子一抻,眼一翻白,嘴一咧,喷出一股鲜血,身体前仰后合,看着就要栽倒。父亲抢上去扶住了他。父亲说:"指导员别生气,运粮过河小意思,俺东北乡人都是有种的,发句牢骚你别在意,气死可了不得。"

父亲瞪着眼喊:"伙计们快脱衣裳快卸车,水不深,好过,冷是冷点,比挨枪子儿舒服多了。不为别的,为指导员这番话,别叫这个小屁养的嘲笑咱。"

民夫们听从号召,匆匆忙忙吸着冷气脱裤子。一会儿工夫,岸边光溜溜赤条条一片,景象非凡。父亲问:"有三个蛋儿的没有?"都笑起来,说没有。然后卸车,扛起粮袋,呼隆隆要下河。指导员大喊:"停住!"

父亲问:"为什么要停住?"

指导员说:"这样干速度慢又不安全,有人摔倒不就把粮食湿了吗?排成两路纵队,一个传一个。"

父亲说:"不行不行,这样不公平!站在河中央的吃大亏了。"

指导员说:"共产党员和希望入党的同志们,跟我到河中央深水里去。"

父亲说:"去你奶奶的那条腿,共产党员长着钢筋铁骨?轮班轮班!"

指导员大踏步往河水中走去,父亲说:"我说二大爷,你在岸上歇着吧,冻死你怎么办?"

指导员坚定地说:"放心吧,我的老弟!"

父亲紧跟着指导员往深水中走,这个黑瘦咳血的骨头人表现出来的坚忍精神让他佩服。父亲感到从指导员脊梁上发出一股强烈的吸引力,好像温暖。指导员背上有两个酒盅大的疤痕,绝对的枪疤,标志着他的光荣历史。父亲往前冲几步,溅起的水使指导员背部扭曲。阳光灿烂,水面上片片琉璃碰撞,清脆玻璃声。他伸手捏住了指导员的手,指导员用迷迷的目光看了父亲一眼。父亲感到指导员的手僵冷如铁,不由得心生几分怜悯。他暗下决心,从今后应该向共产党学习。

两条人链形成,人们摇晃着身子,对面而立,都看到一双双打着哆嗦的灰白嘴唇。民夫们几乎都下了河,岸上剩下一片驴,都伸着颈,眯着眼看阳光,好像在找光线刺激打响亮喷嚏。父亲这时感觉不太冷,舌头和嘴唇很灵活,便高声嚷叫:"上岸去一部分! 上岸去一部分!"

民夫们站在水里咬牙切齿,没有动弹,仿佛在一齐赌气。父亲看到了他们的思想,这个思想如几百朵花瓣旋转成一朵美丽的花朵,充实而饱满地悬挂在河道上空。父亲用思想看着它的鲜艳,用思想嗅着它的芬芳,用思想触摸着它润泽的肌体,寒冷和饥饿通通被排挤到意识之外,只有这朵花,这朵奇异的花,还有馨香醉人的音乐。父亲感到自己的灵魂舒展开形成澎湃的逐渐升高的浪花,热泪顿时盈满了他霸蛮如电的黑眼睛。

"王生金、李路、马小三……你们快上去……"父亲把一批民夫驱逐到两岸上。被点到名字的民夫都用恨恨的目光盯着父亲。指导员哆嗦着、求情般地说:"同志们……顾全大局……服从……服从余连长的命令……"

他们不情愿地往河两岸移动,一步三回头,冰河让他们留恋,浪花无声地环绕着他们的身体,太阳的金色瓢泼而下,涂满了河与河中人。

一袋袋小米在人链上运行着,动作迅速而有节奏。父亲沉浸在神圣乐章里,感到六十斤重的米袋轻如鸿毛。这种忘形有形的境界在他日后的冲锋陷阵中经常出现,他用思想代替感官。他的开枪、投弹、拼杀、格斗全靠下意识控制。他打仗像游戏又像梦游,动作优美得要命,所以马师长的望远镜跟着他转,所以马师长击掌而叹:天才! 天才的士兵! 他不是训练出来的,他是为战争而生的精灵。

众所周知,父亲身材高大,幼年时他吃了大量的狗肉,而那些狗又是用人肉催肥了的野狗,我坚信这种狗肉对父亲的精神和肉体都产生了巨大的影响。他的耐力、他的敏捷超于常人。在河中人链上,他是最光辉最灿烂的一个环节。指导员早已面色灰白、气喘不迭了。父亲立在他的上水,减缓了河水对他的冲激,他依然站立不稳。指导员一头撞在父亲胸脯上,把父亲从梦幻中惊醒。链条嘎吱吱停住。父亲扶住指导员,吩咐身边两个民夫把他送上岸。指导员昏厥过去,没有了挣扎能力。链条闪开一条大空缺,父亲舒开长臂,弥补了空缺。他大臂轮转,动作优美潇洒,一袋袋米落到他手中,又从他手中飞出,一点也不耽搁。父亲大显身手,民夫们赞叹不止。最后一袋米过了河,民夫们竟直直地立在水中,没有人想离开。直到北岸有人吼叫:"米运完了,快上来呀!"

父亲说:"上去上去,命令你们。"

他伏下全身在水里,带着头往岸上冲,手脚并用,狗刨姿势,打得浪花蓬蓬如树。民夫们怪声吼叫,恰如一群顽童。

上岸之后,父亲领着民夫在岸上跑步,二百根裸体一片黑光,二百根肉棍子很难看。呱唧呱唧满岸响。毛驴"昂儿昂儿"大合唱。

驴叫声把父亲从嬉闹中拉出来,他说:"弟兄们别闹了,快把木轮车行李衣服渡过河,回头来赶驴。"

木轮车漂浮,过河顺利。

毛驴是一种复杂的动物,它既胆小又倔强,既聪明又愚蠢。父亲坐骑的蛋黄色小母驴是匹得了道的超驴,基本上不能算驴。毛驴们畏水,死活不下河,好不容易七手八脚推下去一匹,蹄腿刚一沾水又蹿上来,驴叫人忙,拳头巴掌起落,驴蹄起舞,驴尾巴拧绳子,驴眼里充满恐怖与恼怒,父亲挥舞着盒子炮吼叫:"我枪毙了你们这些驴杂种!"驴们不怕骂,照样调皮如旧。一位民夫说:"余连长,拿这些驴没办法,放了它们吧!"父亲说:"不行,靠它们拉车呢!""它们不过河怎么办?"

父亲眉头一皱,计上心来,说:"有了,快用褂子裤子把它们的眼蒙起来。"衣服已运到对岸,民夫们骂着驴过河取衣服。父亲说:"别骂驴了,骂我吧,怨我指挥不周。"

衣服取回来,一件件蒙住驴脸,驴眼前一片漆黑。有一匹犟驴死活不让蒙眼,用蹄子踢人,还龇着白色大牙咬人,挨了一顿拳头,打得蹿屎汤子,老老实实蒙了眼。

父亲命令:"转圈,拉着它们转圈,转迷糊了这些驴杂种!"

民夫们遵命拉驴转圈,一圈一圈又一圈,不知驴晕不晕人都有些晕。父亲说:"快点快点,趁着晕劲牵它们过河!"

民夫们与驴踢踢踏踏跑下河,驴在水里发脾气,斜跑横窜不走正道,被人抓紧了缰绳。河里好大的水声。

指导员睁开眼,一脸的沙土,嘴角上挂着两线欣慰的笑纹,他低沉地说:"干得漂亮。"

父亲问:"伙计,你可别忙着死,要死也得熬到贾家屯!"

指导员说:"把我搁这儿吧,相信你能把粮食送到。"

父亲说:"胡说胡说,放你这儿喂狗?狗也不愿吃你。"

指导员说:"还有九十里路,别让我拖累。"

父亲说:"拖累个屁,有十一根指头用小车推着你走。"

指导员还在说,父亲不理,蹲下,用绳子把他紧紧捆在鬼子军大衣里,好像一捆秫秸。"把指导员扛过去!"父亲命令刘长水和田生谷。

驴们陆陆续续上了岸,父亲高叫:"赶快装车子,一分钟也不许耽搁!"

小母驴焦灼地叫起来,父亲一招手,她摇头摆尾跑过来,弯曲着身体蹭父亲的肚子。

父亲拍拍她的脖子,说:“黄花鱼儿,该我们过了。”

她点点头,叫了一声。

父亲说:“要蒙眼吗?”

她摇摇头,叫了一声。

父亲说:“河水很凉,你怕吗?”

她点点头,叫了一声。

父亲说:“要我扛你过去?”

她点点头,叫了三声,四蹄刨动。

父亲搔搔头,说:“妈的,随便说说你竟当了真,自古都是人骑驴,哪个国里驴骑人?”

她噘起嘴巴,一副好不高兴的样子。

父亲拍着她,劝道:“走吧走吧,别耍驴脾气了,不是我不扛你,是怕人家笑话你。”

她拧着头不走,嘴里还咕咕噜噜说些不中听的话。惹得父亲性起,攥起大拳头,在她脸前晃晃,威胁道:“走不走?不走送你见阎王。”

她咧嘴哭着,跟着父亲向河中走去。河里的冷气如箭,射中她的肚皮,她翻着嘴唇,夹着尾巴,耳朵高高竖起,好似两柄尖刀。

……

正午时分,运粮队到了一个小村庄。村边一堵光滑的大墙上,石灰水涂出三个雪白大字:马家屯。

队伍停在村中一块平坦的、但生满齐膝枯草的打稻场上,指导员跟父亲商量,希望他下令让民夫们休息一会。父亲奔波吼叫半日,早已累了,巴不得歇一歇,立即遵命下令。令下如风吹袭,疲惫不堪的民夫东倒西歪,躺倒在地。驴们也半卧在地上,站着的也垂头耷拉耳朵,没有一点精神。但卧也罢站也罢没有精神也罢,都没忘记就近吃那些枯草,咯咯唧唧一片驴嘴响。

指导员从他那只黑油油的牛皮挎包里,摸出了一份皱皱巴巴的军用地图,摊开,指指点点地对父亲说:"马家屯在这里,离贾家屯还有五十里。"

父亲打量着地图上那些弯弯曲曲的线条和大大小小的圆点,眼前一片迷蒙,如同观看天书。上午赶得太猛,汗出汗落,衣服硬如冰甲,冷风一吹彻骨沁髓。他也感到摇摇晃晃,体力不支,想倒头便睡。

经验丰富的指导员说:"余连长,必须把同志们轰起来,这样躺着就毁了。"

父亲便大声喊叫:"起来起来,不要睡,活动活动筋骨马上赶路。"

他听到自己的声音软绵绵的,失去了张扬之力。民夫们没人动弹,横躺竖卧,犹如一地僵尸。这种僵尸状态对父亲产生了强烈的诱惑,他对指导员嘟哝了一句什么,耳边隐隐约约的一声闷响,好像倒了一堵墙壁,一阵骨肉解体般的舒适感把父亲浸泡了,他知道自己也躺了下去,成了一具活僵尸。大地团团旋转,冬天的阳光好像轻柔的红绸,在天地间拂来拂去。父亲听到了微风吹拂草尖梢的声音与远处的滚滚雷鸣,大地微微颤动,旋转着,冰冻的土地放出新鲜的清冷味道,醉人芳香。他再也不想起来了。

指导员焦灼万分,激情燃烧着他腐烂的双肺,火苗上升,脸潮红如酒、如血。他轰赶着民夫们,嘴骂,脚踢,但张三刚起,李四又倒,来回奔命,使指导员近疯似狂。他清醒一会,从挎包里掏出一撮烟末,撕一角地图卷成喇叭筒,点火抽起,青烟袅袅一分钟,一阵剧烈的咳嗽便淹没了他,一直咳得脸色蜡黄,口吐鲜血方止。至死不渝的信念发挥着不可思议的神力,使这个奄奄待毙的瘦骨头共产党员不肯躺下死去。他的脑筋清晰如图画,知道"擒贼先擒王"、"纲举目张"的道理,要轰起民夫连,首先要轰起我父亲。

指导员捏着一撮烟末,塞进父亲鼻孔眼里,见没反应,又塞进一撮。父亲皱眉张嘴,打了一个响亮的喷嚏,吓了指导员一跳。指导员用一根草棍拨弄父亲鼻孔里的毛,拨出一连串大喷嚏。父亲从迷糊中清醒,坐起来,看着指导员。

指导员双眼流泪,哭着说:"豆官,我的好兄弟,求求你,想办法把弟兄们弄起来,离贾家屯只有五十里了,就是爬,我们也要爬到!"

父亲想不到共产党的干部竟然会哭、会流眼泪,这刺激如一针吗啡,驱赶着他的麻木与倦怠,脑子里一声脆响,他一跃而起,说:"指导员,冲着你,我也要把民夫连带到贾家屯!"

指导员说:"我下决心了,拿出三袋小米,一百八十斤,煮几锅干饭,让同志们吃饱。"

父亲说:"不行,咱不能'明天要立贞节牌坊今夜偷汉子',我到村里去看看,能不能找条狗。"

指导员从皮挎包的夹层里掏出一只小玻璃瓶,拧开盖子,把两颗乳白色的小药片倒在掌心里,郑重地说:"这是两片美国药,是我们老八团政委临牺牲前送给我的,他让我在危急关头吃下去,为了把军粮送到贾家屯,你把它吃了吧。"

"什么仙丹?"父亲问。

指导员说:"我也不知道。"

父亲说:"你是不是想把我毒死?"

指导员哭笑不得地骂一句。

父亲说:"我不信你的话。要不,咱俩各吃一片。"

指导员掐起一片药,扔进了咽喉。

父亲也掐起一片扔进了咽喉。他吧唧着舌头,说:"不咸也不淡,虱子大一片药,能有什么用?"

指导员说:"待会儿你会感到精神头儿格外足。"

父亲说:"就算这是块砒霜,也毒不倒我。"

指导员说:"不要不相信化学。"

父亲说:"你说吧,咱该怎么办?"

指导员说:"把同志们叫起来,搞点东西吃,烧点水喝,立即出发,争取今夜赶到贾家屯军粮储运站。"

父亲说:"叫是叫不起来了,用锥子扎吧!"

指导员说:"再让我试试,实在不行你就扎吧。"

父亲从小车上找来一根锐利的缝包针,放在鞋底上蹭着。

指导员支撑着站起来,掏出盒子炮,"啪啪啪"放了三响,趁着民夫们惊吓初醒的机会,他抖擞精神,高声喊道:"共产党员们,不能再睡了,党考验我们的时候到了! 斯大林同志说: 共产党员是用特殊材料制成的呀! 如果关键时刻不带头,要我们这些党员干什么? 共产党员们,为了彻底消灭国民党军队,为了保卫解放区,保卫胜利果实,起来呀⋯⋯"

指导员的声音一声比一声嘶哑、低沉。父亲心里说:"算了吧,你喊话一千句,不如我一锥子!"他有些同情地看着这个坚决的共产党和倒在枯草里的共产党员们。父亲是非党的群众,但清楚地知道民夫连的共产党员是谁。他是从持枪与会议上判断出来的。民夫连有十二条长枪、两支盒子炮。原任连长和指导员是理所当然的共产党,十二个持有武装的民兵自然也是共产党,枪杆子永远握在党的手中。这十几个经常凑堆儿开会,神神秘秘的。"共产党开会,国民党抽税。"真是不假。父亲摸摸腰间的匣枪,心里感到很痛快。指导员继续嘶叫着,父亲想劝他停止,没及张嘴,一个奇迹出现了,那十几个持有武器的民夫和原任连长像笨拙的大虫一样,缓缓地、痛苦地支撑着疲惫不堪的身体,坐起来,站起来,向指导员靠拢,其中有父亲的随从马前田生谷和马后水长刘。他们一个个前倒后倾,身体重心不稳,仿佛一阵微风便能吹倒。父亲好奇而崇敬地看着指导员那张丑陋的嘴:干枯裂皮的嘴唇和被肺火烧黑的牙齿,但这张嘴里吐出的嘶哑难听的声音却像神的咒符一样,把十几个鞭子抽不醒的人唤了起来。他越来越感觉到共产党的厉害。民夫连指导员是父亲碰到的第三个令他佩服的共产党员,第一个是胶高大队的大队长江小脚。

指导员向他的党员们灌输着力量,父亲却拿着缝包弯针去扎昏睡的民夫。在长期的斗争生活中,他掌握了一定的医学知识,所以他的针扎的都是既痛又能令人神志清醒的穴位,如人中、十宣之类,绝不是无目标的盲目乱扎。针到人叫,叫声痛苦,痛苦混在无可奈何里,像万绿丛中一点红,格外鲜艳,格外醒目。民夫们一排排跳起来,你看看我流血的唇,我看看你流血的手指,不知道该骂谁。

指导员站在一辆小推车上,拄着棍子,沙哑大叫:"同志们,快点清醒啊,我们钢铁第三连,个个都是英雄好汉,浩浩荡荡出了山东,淮海战役立大功,立了大功都可以脱产当干部,区长、村长任大家选,最后的时刻,谁也不许草鸡!"

父亲喊:"谁草鸡谁是大嫂养的私孩子!谁草鸡生儿子没蛋子!"

指导员说:"同志们,赶快收拾车辆,埋锅烧水,连长带人进村里打吃食,放驴吃路边草,一小时后出发,赶到贾家屯吃羊肉的大包子,喝大米稀饭!"

父亲招呼着刘长水和田生谷,各把枪攥在手,虎虎往村中走。村庄破败,与沿途所见相同。街道上丛生着人头高的枯萎黄蒿,草如葵花秆子粗,不像草像树,风吹草动,种荚响声如小铃。街道中央有一脚路,标志着村里还有活人。时有一只癞皮猫从枯草中蹿起,上墙或者上树,猫眼碧绿,咪呜一叫,鬼气横生。父亲想开枪打猫,又怕浪费子弹,便捡起砖头砸猫。他们趸进几户人家,见门窗拆除,草比房檐还要高。怵怵地喊叫几声,无人回答,但屋子里有响动,大着胆闯进去,即有一群红眼大老鼠疯狂扑来,一个个腾跳人高,唧唧怪叫,吓得三人慌忙逃出。街上草中,时有一架架白骨,虽是冬天,但依然邪臭扑鼻,令人欲呕。

刘长水说:"到这里来找吃的,简直是活见鬼!"

父亲说:"是活见鬼。"

村中央有一栋大建筑,虽也颓败但相对完整,鱼鳞小瓦翻成飞檐,好像一座庙。父亲闻到一股热腥的味道,便说:"进去看看,兴许能打几只狐狸、狗獾。"

父亲提着拉开机关的匣枪在前边开路,刘、田紧攥着"老汉阳"随后,恰成一个三角小分队。进了大门腥味更重,大厅里黑咕隆咚。猛冲进去,没有什么冲出来,只有一片喘息,细看时,却见地上或躺或坐着一群人,全是老弱妇婴,约有四十余条,一个个不成人形,有的脸如铜盆,肿胀得透明;有的瘦得皮包骨头,奄奄待毙。

父亲嗟呀不止,把枪插入腰间,搓着手,连连倒退。

一个水肿的人,用手指掀起肿成一线的眼皮,打量着父亲和刘、田。一丝细声响起,是那人的话。父亲侧耳细辨,听到他说:"长官……长官……可怜可怜吧……给口吃的……"

那人的身体如一条肥嘟嘟的大蛆,缓慢地移动起来,父亲捂着嘴巴,冲出庙门,跑上街道,胃里的酸水咕咕上冲,吐了两口在蒿草上。

刘、田也跑出来,呸呸地吐着唾沫,骂一些很难听的话。

父亲和刘、田空手而回,对民夫们刺激不小。烧水放驴的都缓慢了手脚。驴们却大口地吃着枯草。父亲的小母驴忧心忡忡地左顾右盼,唯有她吃草不够生猛。

指导员痛苦地说:"下米!吃军粮吧!"

司务长扑向米袋,被父亲一把拉住。

父亲说:"不能吃军粮,杀驴吃吧!"

民夫们激烈反对着父亲,他们的理由是:道路早被踩翻,半泥半浆,没有毛驴拉车,寸步难行,这是一。毛驴都是有主的,杀了回去没法交待,这是二。

父亲拗劲上来,说:"不杀你们的驴,杀我的坐骑。"

他看了一眼那匹正在含情脉脉地望着自己的蛋黄色小毛驴,心里感到一阵抽搐,那只独蛋儿猛地缩了上去,丝丝拉拉的钝痛产生出来。

一位中年民夫抢上来,抓住小母驴的缰绳,说:"这驴是俺七婶的,你不能杀它。"

父亲说:"倾家荡产,支援前线,什么七婶八婶的。"

民夫道："这驴是俺七婶的命根子,像女儿一样。"

父亲说："女大要出嫁。我骑着她,就是我的。难道杀老婆还要向丈母娘汇报吗?何况本来这条驴,还是分了人家财主的,杀杀杀,为了保卫胜利果实。"

小母驴伸了舌头舔父亲的衣角和手,泪水汪汪,弄得父亲心里酸溜溜的不是滋味。他从真心里希望她咬人、尥蹶子、发疯发狂反抗暴政,绝对怕她一味温顺、不反抗、摆出一副慷慨赴死的架势,这使父亲心中烦恼,手脖子发软,端不动枪杀母驴的盒子炮。

父亲听到蛋黄色小母驴说："我生为你生,死为你死,死而无憾,你开枪吧!"

当然在不通晓驴语的民夫们耳朵里,听到的只是"昂儿昂儿"的驴叫声,不过凄清点罢了。

父亲说："不是我要杀你,是革命要你的肉吃。"

驴说："我的肉只给你吃,不给革命吃。"

父亲说："你这伙计,整个一个文盲,革命不是人,是革命。"

驴说："是不是人我不管,反正不许你把我的肉喂革命。"

父亲说："好好好,听你的。"

驴说："让我再看一眼。"

父亲说："看两眼也行。"

驴说："其实我不想死,熬过了冬天就有嫩草儿吃。"

父亲说："实在没办法了,要不我怎么忍心杀你。"

驴说："我理解你,为了保卫老百姓的庄稼地,开枪吧!"

父亲泪眼模糊,掏出匣枪,顶上火儿。

驴说："要我喊句口号吗?"

父亲说："喊吧。"

蛋黄色小毛驴高声鸣叫着,声音洪亮婉转,响彻天空和大地。父亲举起枪口,瞄准了驴的宽平的额头,咬牙一勾枪机儿,噼啪一声微响,子弹并没出膛。父亲发了一分钟愣,才悟过来,原来碰上了一粒臭火。

驴说:"你不要折磨我啦!"

父亲说:"不是故意的。"

民夫们呆愣愣地看着父亲退掉臭火儿,把一颗新鲜子弹顶上膛。耳朵们都待着一声脆响,眼睛们等着看毛驴倒地。父亲却不慌不忙地退出那粒屁眼儿崭新的子弹,盒子枪插进了腰里。他的行为使民夫们感到纳闷。指导员也有些不高兴,批评道:"时间紧张,你搞什么鬼名堂?"

父亲说:"我不愿充当杀驴凶手,这活儿都是替共产党干的,要开枪你们共产党开。"

指导员严肃地驳斥父亲:"你这话根本错误,共产党是为人民谋幸福,不为自己谋利益,即使革命胜利后,我们也不要一亩地。"

驴说:"别人杀我我不干!"

父亲无奈,扯过一支三八大盖子枪哗啦一声推上子弹,按倒钢铁大栓,闭眼勾扳机,叭——勾一声响,驴头开了花,驴脑子迸裂,驴血一脸。驴尸立着,约有半分钟,才倾斜歪倒。父亲把大枪扔还民夫,转脸走到一边去。

指导员命令:"快剥皮,开膛,快把锅里水煮沸,谁也别闲着,剥驴的,弄草的,打水的,拨火的,时间不等人,一小时后准时开拔!"

民夫们见有驴肉吃,精神头上来,忙忙碌碌,好像一窝蚂蚁。灶下的火熊熊,灶边草成堆。开膛的民夫怪叫一声,问其原因,他说驴的心脏烫手。

……

这是一匹很嫩的驴,所以驴肉进锅半小时后,锅里溢出了扑鼻的香气。如果是匹老驴绝对不会这么快就有了香气。灶里的火非常旺,因为这就地挖的野灶灶膛很大,通风良好,拢柴的民夫从临近的破屋上拆来了干裂的木料,正是干柴烈火。民夫连有三口行军大锅用。"钢铁第三连"军事化程度高,走的路线艰险,所以有锅。这些锅是缴获国军的，是美国货，轻便，传热快，据说煮出肉来不如中国锅煮出来的香。这些话都是父亲说的。

他把母驴枪毙了，心里若有所失。民夫们一齐忙碌，他却在场院里绕圈子。枯草被他的脚踩断发出细微断裂声，枯草与他的腿磨擦发出窸窸窣窣声。有一会儿灶里的火曾经蔓延出来，引着了近处的野草，被民夫们一顿乱脚踏熄。南风微微吹，阳光当头照，天气比早晨过河时温暖了好多，虱子在身上活跃起来。父亲再次听到南方的枪炮声，闻到硝烟火药味。尽管驴肉香味浓烈，但绝对压不住硝烟火药味，因为它深刻，它沁人骨髓。后来，让父亲终生感到不愉快的事情发生了：从那条蒿草没人的大街上，团团簇簇一群黑物滚过来，父亲马上猜到，这是大庙里那几十名快要饿死的饥民。是煮驴肉的香味把他们吸引了出来。后来父亲也体验过：饿急了的人对味道极端敏感。

饥民似滚非滚似爬非爬，他们嗅着味道前进，速度很快，直逼驴肉锅。父亲几步跳到民夫们中间，高叫："注意，抢肉吃的来了！"

驴肉在锅里颤抖着，汹涌的乳白浪花在肉的缝隙里蓬蓬上升，香味十分猛烈。指导员用刺刀戳一块驴肉，一戳冒血水，不熟。指导员命令共产党员持枪站成一队，刺刀上好雪亮十把，一条线样闪亮，迎着眼前滚到锅边来的饥民。指导员同时命令民夫把火势再加猛，争取十分钟后把驴肉挑出来，分到每个人手里。

父亲在大庙里见过的饥民们被刺刀挡住了。他偷偷数了一下，共有四十二名。在大庙里父亲并没有十分看清他们的面容，现在看清了。父亲摇着头，不愿对后代儿孙描绘饥民们可怕形状。他说当头的一位饥民是位高大的妇女，她肿得像一只气球，腹中的肠子一根根清晰可见，仿佛戳她一针，她就会流瘪，变成一张薄皮。她站得很稳，由于地球的吸引力的作用，她身上的水在下部积蓄很多，身体形成一座尖顶水塔，当然上部水较之常人还多。四十二人中患水肿病者都如他们的领袖一样稳当当地站着，不患水肿者都站立不稳硬要站,于是晃动不止。有几个孩子头颅如球,身体如棍,戳在地,构成奇迹。饥民女领袖用木棒把自己的眼皮挑开,贪婪地盯着沸腾的驴肉。饥民们都拼命地抽动鼻子,饱含着营养的驴肉空气源源不断地进入他们的身体,使他们逐渐增长着精神头儿。

那女人说:"长官……老总……可怜可怜……我要死啦……"

持枪民夫毫不客气地把刺刀晃动,寒光跳动,威胁饥民。饥民们有些骇怕,但终究难抵肉香诱惑,挤成一团,一步步往前逼。

"停住!"持枪民夫喊,"再走就要开枪啦!"

然后便是哗啦哗啦拉动枪栓的声音。

指导员猫着腰跑到持枪民夫前,与饥民的女领袖对面谈判:"老乡们,我们是共产党的民夫连,是为解放军送军粮的,我们也三天没吃饭了。"

女领袖扒着眼,目光从指缝里射出,有红有绿,有些恐怖。她步步逼进,指导员步步后退。

指导员后退着说:"把驴肉给你们吃,我们就推不动车子,完不成任务了。"

退到不能再退时,刺刀和盒子枪口抵到了饥民的胸脯上。饥民队里突然爆发了尖厉刺耳的嚎叫。指导员的枪跳动了一下,冒出一缕青烟,饥民女领袖的胸膛崩裂,一股黄的液体迸溅出来,黄里夹着几丝红。

女领袖沉重地倒了。在她身后的一个小瘦孩被她的躯体碰烂了骨骼。饥民们呼叫着后退。后退十几步,就停住,团团簇簇一起,对着驴肉张望。

父亲看到指导员枪口冒出青烟那一刹那,心中生出一种复杂情感,似怒不是怒,似痛不是痛。他对这位丑陋得没了人形的妇女没有一丝好感甚至很厌恶,但看到她的身体沉重地往后仰倒时,无限的怜悯在父亲心里爆发了。几个月来产生的对共产党的好感被指导员一枪打碎了。

父亲揪住指导员胸前的衣襟,死劲晃动着,晃得指导员前仰后合,双腿拌蒜。他低沉地吼叫着:"为什么要打死她? 为什么?"

指导员呼呼喘息着,然后便剧烈咳嗽,豆粒大的汗珠子布满脸庞。父亲松开手,指导员一屁股坐在草地上,腰弓着,像一只大对虾。随着几声尖锐如鸡鸣的咳嗽,他的嘴张圆,脸皮色泽如锡箔,一股绿油油的血喷出来。

一位民夫跪下,为指导员捶背。

持枪民夫都用怪异的目光盯着父亲看,父亲辨别不出这些目光里包含着的内容,他感到背后发凉,心里感到恐惧。他恍惚感到,十几把刺刀缓缓地对自己逼来,刺刀代替着一种严肃得可怕的力量,和自己对抗。父亲感到软弱异常,汗从脚心里流出。这是他的幻觉,持枪民夫都僵硬地立着,脸上表情麻木。唯有跪在指导员身旁那个民夫脸上的表情鲜明地标志着痛苦。

驴肉的香气愈加浓重,锅里的水变成了混浊的汤。鹰在低空盘旋,太阳很小也很扎眼。有一位民夫从锅里挑出一块驴肉,几口吞下去,烫得他伸脖瞪眼。其余的民夫正要动手抢肉时,父亲及时地想起了自己的职责。他拔出盒子炮,凶狠地说:"不许动! 谁敢抢打死谁!"

几位嫉妒的民夫用木棍戳打那位抢吃了一块驴肉的民夫。

父亲吩咐司务长安排分肉,然后再由各排排长分到各班去。在父亲的霸道领导下,排长班长名存实亡,今日分肉,才发挥功能。那十二个持枪民夫,大小都是干部,要他们参加分肉,必须撤销防线,而饥民们又在向前移动。

父亲动脑,智谋产生。他命令民夫们往驴肉锅里倒了几桶冷水,降低驴肉温度,然后让司务长把驴肉分成大小相等的四份。司务长很会照顾领导,为父亲和指导员留出最好的肉,自然也有他自己的份。

父亲命令持枪民夫对空各鸣一枪,吓得那群饥民又退了三五十步,然后一声令下,那十二个民夫便跑到锅旁,卸下刺刀,快速切肉,民夫们都睁圆眼睛,盯着刺刀和驴肉,他们都生怕驴肉分割不均匀,又盼望着分割不均匀。父亲看穿了民夫们的心思,大声说:"不要在乎大小,吃点填填肚子就行了,吃不饱汤灌缝。"他的话刚完,民夫们便呼拉拉挤成几团,一片呼哧声夹杂着骂声。然后,都站起来,低着头,双手捧着肉,生怕别人夺去似的,一个劲儿往嘴里塞。他们的腮鼓起来,有的鼓左边,有的鼓右边,有的两边都鼓。二百张嘴巴一齐咀嚼,汇合成一股很响的、黏黏糊糊的响声,这声音使父亲感到厌恶。他的眼前浮动着小母驴那生动活泼的可爱形象。他用半扇葫芦瓢盛了一些热气腾腾的驴肉汤,送到指导员嘴边。指导员还昏迷着,但他的嘴却被驴肉唤醒了。父亲端着瓢,看到肉汤激烈地灌进指导员的咽喉,一瓢汤灌进,指导员睁开了眼睛,父亲招乎司务长:快把肉拿过来! 司务长捧着肉跑过来,父亲说:"你喂给他吃吧。"司务长说:"连长,您不吃吗?"父亲挥挥手,说:"我不吃!"

他一人担当阻拦饥民的重担。女领袖确实消瘦了,圆月般的胖脸变得很长很长,嘴唇也缩了上去,龇出了黑色的破碎牙齿。他尽量不去看她,但她具有强大的吸引力,诱惑他看,每看必厌恶,必胃肠翻腾。他吐出了一些很苦的胃液。他高举匣枪,对着饥民头上一尺处射击两次,把逼近的饥民又轰了回去。在他身后,犹如风卷残云一般,民夫们吃光了驴肉,啃光了驴骨头,吸干了骨髓,喝光了煮驴汤。民夫们倦倦地打着水嗝,有一位十八岁左右的夫子在哭泣,原因是别人抢吃了他的一部分驴肉。

司务长用一把干净的白茅草裹着一块驴肉,悄悄地父亲说:"连长,这是你的。"

父亲看,那块肉足有四个拳头大,比一般民夫所得要多出一倍,于是他从又一个侧面了解了当官的好处。

他说:"我不吃,你把它好好拿着,路上有用。"

指导员恢复了精神,站起来,对父亲说:"余连长,下令前进吧!"

父亲说:"伙计们,咱们驴也吃了,人也杀了。杀驴说是为解放军送军粮,杀人又说是为解放军送军粮。咱要是送不到军粮,那就连王八蛋都不如!走吧,好汉吃驴肉,孬种吃鞭子!"

民夫们套驴架车,动作十分迅速。父亲找了一把斧子,剁下了连接在驴皮上那条驴尾巴,薅一些细草擦干净尾巴上的血迹,攥在手中,来回挥动,挥出一溜风响。

车队开拔时,已是日过中午两竿子,日光浅淡了许多,白光变成金黄光。毛驴屁股被打,夹着尾巴跑,木轮小车被拉着跑。车辖辘发出吱悠吱悠的响声。近百辆木轮车齐声吱悠,尖锐中透出雄壮,对神经有刺激,对革命有贡献,有一辆陈列在淮海战役纪念馆里。车队沿着生草的街道,匆匆穿过村庄,把饥民和驴皮抛在后边。

父亲没了坐骑,不得不徒步赶路。指导员坚持不坐小车,与父亲并肩而行,驴前田驴后刘尾随在后,威风大减。

车队出了村庄,便踏上了艰难征途。狭窄的道路早被车轮和马蹄踩翻,早晨结了层冰,中午融成稀泥,驴蹄打滑,车轮扭动,推车人扭秧歌。父亲跑前跑后,挥动驴尾巴打人脊梁,一边打一边骂,他的脾气变得很坏。

就这样跌跌撞撞前进了两个小时,估计赶了十几里路程,冬日天短,太阳已进入滑坡阶段,金黄色也渐渐被血红色代替,又赶了半点钟,民夫连人困驴乏,全部汗水流尽,无可奈何黄昏降临了。车队前进速度大大减缓,驴屁股尽管连遭打击,但驴们已被打疲了。它们低着头,伸着脖子,肚皮和四肢上沾满污泥,连最愉快的驴也愁眉苦脸。

父亲一下午不停地挥动驴尾巴,胳膊肿胀,但精神头儿还有,于是他想起了指导员送给的那片白色药片,一定是它发挥了作用。太阳很大,挂在了黑色的林梢上了,它已停散热量,大地放出冷气,汗渍过的衣服冰凉地贴在背上,父亲打了一个寒噤。战场上火光在南边闪烁,燃烧他,焦躁他,他叫着:"不许停顿,快赶,只剩下二十里路了!"叫着,骂着,队伍的前进速度照样如僵蛇过路。怒从心头生,他舞着驴尾,逢人打人,逢驴打驴,呱唧呱唧的皮肉声中,夹杂着民夫的哀号。

终于,反抗开始了。一位四十多岁的中年夫子脊梁上挨了父亲的驴尾之后,便猛地摔掉了车把子,直起腰来,伸手抓住了驴尾巴。他的双眼喷吐着仇恨的光芒,脸庞痛苦地扭曲着。

父亲说:"你要干什么?"

中年夫子道:"豆官,你当了豆大一个官,就这么霸横,都是爹娘生的皮肉,你打一遍也罢了,不能翻来覆去打!"

父亲说:"为了送军粮,挨点打算什么?"

那夫子一把扯过驴尾,在手里调换一下,抡圆了,抽了父亲的脸一下。

父亲忍痛不住,手自动捂脸,嘴自动出声,"哎哟"一声后,说:"还真痛!"

父亲夺回驴尾,别在腰里,大声说:"弟兄们,我错了,我不打你们了。大家说怎么办? 剩下二十里路,要么我们咬咬牙熬到,完成任务,吃米吃肉,要么在这里等死。"

指导员拼着命滚下车子,鼓动着民夫。

沉沉暮气中,民夫们都铁青了脸。

父亲从司务长那里要来了自己那份驴肉,高举着,说:"这是我那份肉,大伙儿每人吃一小口。"

驴肉在人手上传递着,传到尽头,还剩下驴粪蛋儿那么大一块,父亲很感动,把那块肉给了那位中年分肉时吃了亏的小伙子。

指导员坚持不坐车子,拄着棍子,与父亲并肩行走。民夫们鼓起了最后的力气,推着车子,帮毛驴拉着车子,向着火光前进。

天越走越黑,路却渐渐变硬。半夜时分,不远处的天一片红光,照耀着地面和队伍。爆炸声不断传来,夜空中有飞机的轰鸣,道路两边的田野里,影影绰绰有人影活动,指导员兴奋地说:"同志们,努力啊!"

民夫们没人吭气,跟着感觉走。

终于,他们看到了那个大村庄,看到了村庄里闪烁光明的风雨灯。

民夫连到达村头路口,听到了一声响亮的喝问:"站住,你们是干什么的?"

指导员用他能发出的最大声音回答:"我们是渤海民工团钢铁第三连,为解放军送军粮来了。"

岗哨揿亮一支手电筒,一道光柱扫过来。

岗哨问:"你们应该把军粮送到储运站呀。"

指导员问:"这不是贾家屯吗?"

岗哨说:"你们早过了贾家屯啦,往回走吧!"

父亲大怒,骂道:"混蛋,我们快累死了,你还让我们推回去。"

岗哨说:"你这老乡,怎么张口骂人呢?"

父亲说:"骂你怎么啦,我还要揍你呢!我们千里迢迢从山东把粮食推来,你敢让我推回去!"

父亲抽出驴尾巴就要往前冲,几个岗哨哗啦啦推上子弹,厉声喊:"站住,再走就开枪啦!"

指导员一把拉住父亲,低声说:"不要胡闹!"

这时,几个骑马的人从村子中跑来,马蹄得得,说明村里街道平坦而坚硬。一个骑马的人问道:"怎么回事?"

岗哨向骑马的人汇报:"报告首长,有一个从山东来的民夫连,走过了军粮储运站。"

几个骑马的人从马上跳下来,走到父亲和指导员面前,问道:"谁是领导?"

指导员跨上去,一个立正,说:"报告首长,我是渤海民工团第三连指导员!"

首长问:"车上运了什么粮食?"

指导员说:"六万斤小米,颗粒无损!"

首长说:"好啊! 山东人民好样的! 刘参谋,你回去找一个向导,把他们带到军粮储运站去。"

首长握了握指导员的手。

父亲愤怒地说:"你这首长不够意思,我们一路拼命,饿得半死也没动一粒军粮,都说见了解放军吃顿饱饭,可你连口水也不让我们喝就要赶我们走!"

首长怔了怔,问:"你们还没吃饭?"

父亲说:"我们三天没吃饭啦!"

首长道:"刘参谋,带民夫同志们到村里去,赶快让炊事班搞饭吃!"

父亲说:"这才像个首长样子!"

那首长笑着说:"小伙子,你好大的胆子!"

父亲说:"不是我吹牛,首长,十四岁时我就打死过日本鬼子一个少将。"

指导员说:"豆官,不要放肆!"

那首长说:"哟,不简单! 刘参谋,带他们进村! 小伙子,明天我找你问话。"

首长跨上马,向火光闪烁的地方驰去。

（初刊于《花城》一九九〇年第一期）

你的行为使我们恐惧

一、那玩意儿是什么

我们齐集在你的门外，"老婆"拍打着门板，"羊"用小指抵着鼻孔，"黄头"斜倚着门框……你二十年前的同学，我们，站在你的门前呼叫着。

"骡子——驴骡子——吕乐之——开门——开门哟——"

但是你不开门，大名鼎鼎的"骡子"把自己关在屋子里，你一声不吭。你不想见我们。你以为我们是来羞辱你、嘲笑你吗？错了错了，你是我们的同学，我们就是你的兄弟，大家想来安慰你。你不响应我们的呼唤。你喷吐出的烟雾从门缝里钻出来，我们呼吸着那株悬在空中花盆里的月季花散发出的淡雅香气。我们心里都很凄凉。你把自己的那个玩意儿割掉了。听到这个消息，我们受到了沉重打击，就像把我们的头颅砍掉一样。我们无头的身体正戳在你的门前受苦受难。

二、"狼"的学生

那时候我们每个人都有诨名。

　　二十年过去了,古老的吕家祠堂改造成的小学校已经东倒西歪,黑色的房瓦上积满麻雀和鸡的粪便,一根锈得通红的铁烟囱从房顶上歪歪扭扭地钻出来。这曾经冒过一个月烟。"大金牙"在发展村办工业的浪潮中从银行贷款五万元把曾经是我们校舍的吕家祠堂改造成了一家生产特效避孕药的工厂。工厂早已倒闭,负债累累的"大金牙"逃得无影无踪,工厂也被愤怒的乡亲们捣得破破烂烂。现在祠堂里有许多破缸烂盆和涂满瓦片与墙壁的绿色的糊状物,一年到头散发着怪异的恶臭。只有那烟囱还可怜地在房顶上戳着,它是"大金牙"发展村办工业的纪念塔,是同学们共同的耻辱柱。"老婆"家的鸡每天都飞到房顶上去,翘着屁股往我们的耻辱柱上涂一种东西。你沉思着,望着烟囱旁边的鸡。我们并不知道你在想什么。你穿着那么漂亮的西服,那么亮的皮鞋,在两年前的一个日子里,站在我们的母校的废墟里。"大金牙"把母校糟蹋成这模样真令我们难堪,这里曾走出去一个著名民歌演唱家,他的声音在全世界回响,使我们感到骄傲。

　　"骡子——骡子——"我们拍打着你的门板,但著名的民歌演唱家躲在房子里不出来。

　　现在,小学校迁到了镇政府后边去了。那是一个四四方方的大院,有八间一排总共六排瓦房,一色的红砖红瓦,大开扇玻璃门窗,房梁上吊着电灯泡,晚上雪白一片光亮,好像天堂一样。"耗子"的儿子们、"黄头"的女儿、"大金牙"的儿子、"老婆"的儿子……我们的孩子们在天堂里念书,没有你的孩子,也没有"小蟹子"的孩子,这是永远的缺憾。你为什么要把制造孩子的玩意儿切掉?我们敲打着你的门板,考虑着这可怕问题,你不出来见我们,更不回答。

　　"小蟹子"是我们的"班花",叫"校花"也行。她住进了精神病院,她曾经是你的上帝,你的上帝精神错乱,我们想流眼泪,但眼睛枯涩。你说你抱着一大捆鲜花去医院看过她,我们不知真假。这些年有关你的传闻实在是太多太多了。你的风流故事像你的歌声一样,几乎敲穿了我们的耳膜。你还能记得并去看望往昔的小恋人吗？我们无法知道真相，但我们牢记着你追逐"小蟹子"时表现出来的疯狂。

"小蟹子"家住在劳改农场干部宿舍区里。她的家离我们的校舍八里路。究竟有多少次我们看到你驱赶着你家那两只绵羊沿着墨水河蜿蜒如龙的堤坝向劳改农场干部宿舍区飞跑？在夏日的下午放学后的五分钟。你家距吕家祠堂足有半里路，我的天，你真如骡子般善跑。倒霉的是那两只绵羊。河堤两边生满了油汪汪的绿草和星星般的紫豌豆花。野豌豆花以它的颜色点缀了你的初恋。所以，当我们从收音机里听到你用迷人的嗓子唱《野豌豆花》时，我们丝毫没感到惊讶，我们被你的歌拉回少年，那毕竟是一个多梦的黄金时代。那两只羊倒了大霉，最终成了你初恋的牺牲。

夏日天长，下午放学后太阳还相当高地挂在西南方向的天空，离黄昏还有三竿子。在下课铃敲响前二十分钟，你就烦躁不安起来；烦躁不安通过你扭屁股、摇脖子、头皮上流汗等一系列行为和现象表现出来。你的座位在我的前面，"小蟹子"的座位在你的前面。我密切地关注着你的变化，你密切地关注着"小蟹子"的一切。有一次我在你背上画了一只乌龟，你伸长脖子偷嗅着她辫子上的味道。你和她全都不知身后发生了什么。乌龟伸头探脑，辫子香气扑鼻吗？

我们给班主任起的诨名是"犸虎"，"黄头"说他爷爷说犸虎就是狼，于是我们的班主任就成了"狼"。听说你出了名后去看过"狼"，"狼"可是人的仇敌呀，也许是真的，按照一般的规律，少年仇，长大忘，老师毕竟是老师。

"狼"发出下课的口令后，你总是第一个胡乱地把书本塞进书包，第一个弓起腰，像弓一样，像扑鼠的猫一样。你比任何人都焦急地注视着"狼"慢吞吞地踱出教室。待到"狼"的身影消失在门外时，我们看到你抓起书包，像箭一般地射出教室。当我们也跑出教室时，你已经跑到了"油葫芦"家的院子外，正弯着腰钻那道墨绿色的、生满了硬刺的臭杞树篱笆。

钻过臭杞树篱笆,你少跑了五十米路,节约了十秒钟。然后你脚不点地蹿过牛医生家的菜园子,不惜踩坏菜苗,被牛家的黑狗追着翻过土墙,扒得墙头土落,跌到袁家胡同里。这时你无捷径可抄,不得不沿着胡同往北飞跑,惊吓得胡同里的鸡咯咯叫。你穿越第二生产队饲养棚前的空场,踩着牛粪和马粪,钻进方家胡同,你飞跑,跳过四米宽的围子沟,从紫穗槐里钻出来,冲进第一生产队的打谷场,绕过一个麦草垛,贴着劳改犯中能人们帮助设计修建的大粮仓的墙根,最后一蹿,"骡子"就放下书包站在自家院子里解开拴绵羊的麻缰绳了。

你的年过八十的老奶奶坐在杏树下的蒲团上,半闭着眼睛念着咒语,对你的行为不闻不问。那两只倒霉的绵羊一公一母,本来是兄妹,后来成了夫妻。它们的细卷儿毛每到夏天必被"骡子"的娘和姐姐用剪刀剪光。可怜的羊被捆住四蹄,放倒在地上,听凭着那两个女人拾掇,咔哧咔哧咔哧,一片片羊毛从羊身上滚下来,显得那么轻松。羊也许是因为舒适哼哧着。它忽然扭动起来,你姐姐下剪太深,剪去了羊身上一块肉。你怎么这样手下没数?你娘训斥你姐姐,你姐姐不服气地嘟哝着:谁也不是故意的。——不是故意的就有了理?——我没说有理,我是说不是故意的!——你存心要气死我!——你还要气死我呢!娘把剪刀摔在地上,气愤地站起来。姐姐也毫不示弱地摔掉剪刀,正摔在娘的剪刀上,两把剪刀相撞击,自然发出了钢铁的声音。

"两个女人爱一个男人,像两把剪刀剪一只羊的毛,千万千万别让她们碰在一起……"你的歌声伴随着电流的沙沙声,层层叠叠地从收音机里涌出来。我们看不到你的脸和你的嘴,但我们闻到了你身上那股子公绵羊的膻气。月光如银,从苹果花的缝隙里漏出来,照耀着我们脸上会意的微笑,使开办避孕药制造厂之前的"大金牙"嘴里的铜牙闪烁着柔和而温暖的金色光芒,又细又微弱。

"女人的敌人是女人,母和女也不行……"他唱道。

你的歌声让我们看到你娘和你姐姐的斗争。在前边那个剪羊毛的下午里，你焦急地站在旁边看着娘和姐姐剪羊毛，另一只被剪光了毛的羊站在你旁边看着躺在地上的同伴和自己身上被剪下的肮脏的毛。它们在一般的诗歌里应该像一团团雪白的云，但实际上却像被狗尿浇过的烂毡片一样。娘和姐姐继续吵着，四只眼睛都往外凸，两条红舌灵活得如同蜡烛的火苗。你看到那些细小的银星星般的唾沫在阳光里优美地飞行着，令我们入了迷。你听到娘和姐姐嗓音那么洪亮和婉转，宛若最迷人的歌声，令我们也神往。我们认为，你后来的成功最大地得力于聆听娘和姐姐的吵架。

"他娘和他姐姐骂起人来都像唱歌一样，他唱歌不好听才是活见了鬼！""黄头"转动黄色的眼球，用非常权威的口气评论着。我们默默不语，等于同意了"黄头"的看法。那天晚上满天游走着大团的乌云，使我们产生星星和月亮在飞快滑行的错觉。错误有时比真理更美丽，我们不愿纠正。我们还说起了在县音像服务公司专卖盒式磁带的"小蟹子"和她丈夫"鹭鸶"闹离婚的事。"鹭鸶"也是我们的同学。他是你的情敌，在绵羊倒霉的时光里。

那只被剪光了毛的羊是公羊，自然，躺在地上正被剪毛的羊是母羊。姐姐的剪刀在它身上弄出的伤口不停地流着一种液体，染红了它的肚皮和它的毛。它"咩咩"地叫着，好像向你求爱一样，理解为向你求救也完全可以。羊的叫声是凄凉民歌的源泉之一，你后来那般辉煌，应该有羊的一份功劳。我们的同学里有一位诨号叫"羊"的。他没有羊的歌喉没有羊的温柔没有羊的气味，但我们不按规律办事硬要叫他"羊"，"羊"无可奈何，被叫了一辈子"羊"。"羊"今天下午死啦，头朝下脚朝上，上不着天下不着地，倒悬在狭窄的废机井里，眼珠子像勒死的耗子一样凸出来，鼻孔里耳朵里都凝结着黑血。他死得真惨。"还有更惨的呢！只是没被你们看到。""大金牙"的八叔面带不善之意在一旁说。这老东西早年干过还乡团，创造发明过一百零八种杀人方法，令人头皮发麻。我的天呐，看来我们这一班同学们都不会有好下场。本来你已成了人上之人,但你把自己那传宗接代的玩意儿切下来了。"小蟹子"发了疯,"大金牙"负债逃窜,"羊"自寻了短见……你的同学们战战兢兢。

那只可怜的母羊的眼睛是天蓝色的。你在广播电台歌唱过生着天蓝色眼睛的美丽姑娘,那姑娘曾使我们每一个人想入非非。她是我们少年时期集体的恋人,固然大家都知道"小蟹子"的眼睛一般情况下呈现出的是一种草绿色,像解放军的褂子的颜色,但我们都知道你歌唱的是她。想起她你加倍焦急起来,便不去管顾继续用美妙的歌喉吵架的娘和姐姐,悄悄地蹲下。一个十三岁的男孩子,他的大名吕乐之诨名"驴骡子",他就是你。你匆匆忙忙地解着捆绑羊腿的麻绳子,绳子渍了羊血,又黏又滑,非常难解。你正要用剪刀去剪断绳子,娘在你身后发出一声响亮的怒吼:"你要作死,小杂种!"

你还是非常尊重母亲的,固然她并非良母,但你还是尊重她。当你压抑着满腹的疯狂向娘解释必须立即去放羊之后,娘便悠然入室,端端一个铁皮盒子,来到羊前揭开盒盖,倒出干石灰,为羊敷伤口。干石灰是农家用来消炎止血的良药,它刺鼻的气味唤起我们很多回忆。"黄头"的头被第三生产队那匹尖嘴黑叫驴啃破之后,用半公斤干石灰止住了血,石灰和血凝成坚硬的痂,像钢盔一样箍在他的头上足足一年。娘为羊敷伤口的过程中并不忘记用歌喉骂人,姐姐却打开门扬长而去,她从此再没有回来。

你终于把两只羊赶到大街上,羊不能跳墙,所以你必须赶着羊跑大街。多少年过去了,老吕家的儿子放学后鞭打着两只绵羊沿着大街向东飞跑的情景,村里的人们还记忆犹新。那是幸福的年代的爱情的季节,懒洋洋的社员跟随队长到田野里去干活,好像一个犯人头目领着一群劳改犯。奇怪的是距我们村庄八里远的劳改农场里的劳改犯去上工时,倒很像我们观念中的人民公社社员。骆驼的故乡在沙漠里,但是它竟被卖到我们这雨水充沛、气候温暖、美丽的河流有三条曲弯交叉着、植物繁多、野花如云铺满每一块草地、草地里有无数鸟儿和蚂蚱水蛇等动物的高密东北乡里来,干起了黄牛的活儿。这是个误会也是个奇迹。看骆驼去!

看骆驼去!头上箍着石灰和血凝结成的硬壳的"黄头"在教室里高呼着。我们一窝蜂蹿出来。第一生产队买回来一匹骆驼。自从盘古开天地,三皇五帝到如今,高密东北乡还没来过骆驼。省委书记到了我们村也不会令我们那般兴奋。

那是一匹公骆驼。

去,去看骆驼——去去,去看骆驼——村里来了一匹大骆驼——拴在拴马桩上——骆驼说我难过——我感冒了,它哭着说。

这个狗娘养的简直是个天才!什么东西也能编到他的歌里去,这个混蛋。——我们骂你是因为我们爱你,世上没有无缘无故的爱,我们一起去看过骆驼,你、我、"羊"、"大金牙"、"黄头"、"小蟹子"……我们向第一生产队的饲养棚飞跑,好像一群被狼追赶的兔子。"骡子"跑得最快,"小蟹子"跑得最慢。

远远地就望见骆驼高昂着的头颅了,周围有一群人遮掩住骆驼的大部分身体。我们从大人们的缝隙里挤进里圈,大家额头上都汪着汗,一眼就看见"黄头"的八叔名叫八老万者,站在骆驼旁边口吐白沫指手画脚地讲解着骆驼的习性并极力渲染着购买骆驼的艰难历程。

我们的同学"黄头"不时瞥我们一眼,好像骆驼就是他的爹一样。我们知道他那点鬼心思,他无非是在想:骆驼是我们第一生产队的!买回骆驼的人是我八叔八老万!他叔叔八老万是生产队的保管员,一个专舔支书屁眼儿的狗杂种。他有什么神气的。骆驼眯缝着眼,眼里噙着泪;骆驼嚼咬着嘴,嘴角吐着白沫。八老万说:我一眼就看中这家伙,只值头牛钱,个头却有两头牛大。那些蒙古老头儿说骆驼比牛马都要强,能吃苦,能耐苦,瞧这两个峰——他踮着脚拍着驼峰说——这里边全是板油,像女人奶子一样,十天半个月不吃不喝也饿不死它,它慢慢地消化着这里的板油呢——这峰通着肠胃吗? 有人问——是的,一个通着肠子,一个通着胃,你要是不喂它草料,那板油就顺着峰底下两个细眼儿,滋溜滋溜地往肠胃里流,像钻泥的蚰蜒一样。八老万说:这一趟内蒙可把我给累熊了,从出了娘肚那天起,还是头一遭受这样的罪……人群忽然恭敬地裂开一条缝,一股股的凉风扎着我们的背,地球咚咚地响着,党支部书记腆着大肚子来了。刘大肚子高声打着哈哈:哈哈!哈哈!哈哈!八老万你这个狗杂种,干的好事!——我们眼见着八老万的头皮就冒出了汗球。他满脸堆着笑说:刘书记,来不及请示您啦,这便宜货,硬让我给抢回来啦——便宜没好货,好货不便宜。刘书记说。八老万又是一番神说,刘书记才骂他:杂种,怕是什么也不能干——能能能,太能了,拉车、耕田、驮东西,样样能,还能让您骑上去呢!那蒙古老头儿对我说,他们自治区的党委书记进京开全国大会都是骑骆驼去——刘书记斜着眼,打量着那两柱充斥着板油的驼峰,说:大概会很舒坦,这货,两个肉瘤子把人一夹,保险掉不下来。

从此我们就经常看到肥刘书记骑着骆驼在村庄的每个角落转悠了。这骆驼到底是个有福的,它仅仅拉过一次犁,就是母羊被剪伤的那天,它拖着铁犁在街上发了疯。扶犁的是个戴帽的右派,北京体育学院赛跑系的优秀生,因为攻击毛泽东主席没有胡子,被赶回了他的故乡我们的太平庄,他曾经是我们太平庄的骄傲。骆驼一上大街就疯了,它的脖子上套着马的挽具,显得不伦不类,让我们耳目一新,小小的铁步犁拖在它身后像个玩具一样。没人敢扶这骆驼犁,贫下中农老大爷们都贪生怕死,只好让戴帽右派出风头。骆驼犁田简直是我们村的一次隆重典礼,所有的人都来看,看那右派怎样巧妙地把挽具给骆驼套上,看骆驼怎样半闭着眼睛装糊涂。

一上大街骆驼就疯了。它先是大踏步前进,然后蹦了一个高儿,因为王干巴家那只小癞皮狗冲着它一阵狂吠。骆驼在街上飞跑着,高扬着它永远高扬着的脖子。我们谁也记不清楚了:那天它飞跑时蛇一样的细尾巴是像尖棍子一样直直地伸着呢,还是紧紧地夹在屁股沟里。铁步犁的犁尖豁起尘土,烟土腾起,宛若一连串不断膨胀着的灌木,那情景千载难逢,真让人感动。赛跑系的右派紧紧地攥着犁把子不松手,也只有他跟得上骆驼的速度。那满街的尘烟好久才散。刘书记踢了面色灰黄的八老万一脚,骂道:犁田,犁你娘的腔!

不久骆驼就成了刘书记的坐骑了。它两峰之间搭着一条大红绸子被面,脖子下面挂着一簇铜铃,它的威风将逐渐呈现出来。

刘书记问八老万骆驼是公还是母,八老万说是公的。这时我们的班主任"狼"来了。

"狼"伸长脖子,研究着骆驼的脖子。他本来是来抓我们回教室上课的,但一见骆驼他也入了迷,如果对动物不入迷,就不是纯粹的高密东北乡人。

你为什么不买匹母的?你这个糊涂虫!刘书记批评八老万。八老万诺诺连声。买匹母的可以让它生小骆驼,刘书记说。那也要用公骆驼配呀!

让它配母驴、母马、母牛!你用你们家祖传的高嗓门高喊起来。他们先是愣愣,接着便哈哈地笑起来。

这是谁家的小杂种?刘书记高兴地说,真他娘天生的科学家,可以试试嘛!看能生出什么来。

这时,骆驼把头一低,从嘴里喷出一些黏稠的草浆,臭烘烘地弄了"狼"一脸。"狼"发了怒,把我们轰回了教室。

在你赶羊跑街的过程中,最倒霉的是两只绵羊。它们倒了很多次霉,数这次倒得最严重:公羊光秃秃的一身灰皮,被剪了毛的公羊显得头特别大。母羊半边身子光秃秃、血糊糊,半边身子披散着肮脏的长毛,走起路来似乎偏沉,随时都会向有毛的那边歪倒。你高举着皮鞭毫不留情地抽打着这两只倒霉的绵羊的脊梁。一是因为被母亲和姐姐的吵架耽误了一些时间,你心情特别焦急,所以使用鞭子比往常的下午要频繁;二是羊因为剪了毛浑身轻松,负荷减轻;三是因为绵羊没了毛,那鞭子抽到背上要比往常有毛时疼痛加剧无数倍。所以,那天下午你和你的两只绵羊几乎像三颗流星一样滑出了大街。你和羊的身后自然也拖着一道三合一的黄烟。

你和绵羊出现在被野豌豆花装扮得美丽无比的墨水河大堤上时,西边的太阳流出苍老的金黄色来,河水自然也被金黄感染,生成幽深的玫瑰红,青蛙因为鸣叫而鼓起的两个气泡在两腮后多么像两个淡紫色的小气球。这些在你的歌里都有反映。你的记性真不错,还能记得那么多种野草的名字和它们的颜色:碧绿的"掐不齐"、灰绿的"猫耳朵"、暗红的"酸麻酒"、金黄的"西瓜头"……河的两边辽远地伸展出去的肥沃土地上波动着稼禾的绿浪,蓬勃生长着的绿色植物分泌出来的混合味道使你醺醺欲醉,这自然也是我们的感觉。

也许因为羊儿被剪了毛,往常的潇洒没有了。你今天无论如何也浪漫不起来。羊的光背上鞭痕累累,显示出爱情的残酷无情,这还是少年初恋呢!那匹老公羊还能勉强行走,那匹半边有毛的母羊走得歪歪斜斜,随时都有可能滚到墨水河中去。但是你仍然毫不留情地抽打着它们。

绵羊们的真正仇敌应该是扎着一对小辫子的"小蟹子"。她长着两条小短腿,跑起来宛若一匹灵活的小哈巴狗。她最迷人的部位是两只眼,那两只眼会随着光线的强弱改变颜色。所以,我们知道你在都市灯火辉煌的大舞台上歌唱着的那些蓝眼黑眼金眼紫眼青眼……戳穿了都是"小蟹子"的眼。现在我们回想起"小蟹子"能在漆黑的夜里写日记的优秀表演,就自然地把"特异功能者"的帽子扣在了她的头上。当玫瑰色阳光照耀墨水河的时候,它们呈现出了什么样的光彩?这个问题在你的所有的磁带和唱片里我们都没找到答案。但我们知道,你注视过在那特定时刻里的"小蟹子"的眼,你的心里有一幅迄今为止最完整的"蟹眼变化图"。

"小蟹子"的嘴天生咕嘟着,用美好的话来形容:它像一颗鲜红的山楂果儿;用恶心的话来形容:它像一朵鲜花的骨朵儿。二者必居其一。

与我们同学的第二年春天，棉衣被单衣代替之后，我们便不约而同地发现，"蟹子"的胸脯上鼓起了两个鸡蛋那般大的瘤子。我们当中连弱智的"老婆"都知道那俩东西不是瘤子而是两个好宝贝。从此之后，"蟹子"的胸脯上便印满了男孩们的眼光。后来，我们都产生了摸一下那俩宝贝的美好愿望。它们长得真快呀，像两只天天喂豆饼、麸皮、新鲜野菜的小白兔一样。我们都把这很流氓的念头深深埋藏在心窝里，没有人敢付诸实践。据说你，也只有你才敢在它们处于鸡蛋和鸭蛋之间时摸过了其中一个。当时我们都认为你非常流氓，都恨不得把你那只流氓的狗爪子剁下来送给"狼"。后来，当它们像八磅的铅球那般大时，"鹭鸶"这兔崽子每晚都摸着它们睡觉。铅球变成足球时"鹭鸶"跟她闹起离婚来了。这幅"蟹乳变化图"你心里有吗？

绵羊的喘气声早就像哨子一样了。堤上的紫花绿草它们不能吃，河里的腥甜清水它们不能喝，你的鞭子啪啪地狠狠地打在它们身上，它们只能跑，它们不敢不跑。谁也不愿做一只小羊让你用鞭梢抽打脊梁。其次，从你迷上"小蟹子"时这两只羊就被判处了死刑。

昨天这时候，你和羊已经尾随在"蟹子"背后，羊吃草，你唱民歌，用你那尖上拔尖的歌喉。合辙押韵的歌儿像温暖的花生油一样从你的嘴里流出来，把墨水河都快灌满了。"蟹子"有时回头看着你，轻媚一笑，简直流氓！有时她倒退着看你，脸上红光闪闪，眼里两朵向日葵。"鹭鸶"对"狼"说你们简直流氓到无以复加的程度了。

河边的水草中，立着两只红头顶的仙鹤，还有一群用绿嘴巴在浅水中呱呱唧唧找小鱼吃的鹭鸶。那两只鹤却是挺直了脖子，傲慢地望着微微泛紫的万顷蓝天，一动也不动。昨天绵羊还有毛，基本上是白色，它们吃着草走在河堤上，听着你唱歌，让你的鞭梢轻轻地抽打着它们的脊梁，应该说一切都不错。今天，"蟹子"在五里外，看上去像个彩色小皮球儿。这是羊们倒霉的最直接原因。从吕家祠堂到"蟹子"的家只有八里路，跑吧，"骡子"！

在七里半处发生了这样的事：

公羊把四条腿儿一罗圈瘫在了地上。母羊因为那半边毛儿的重量滚到河里去了。你忘了羊,提着鞭子,喘着粗气,直盯着"蟹子"看。

"哎哟,吕乐之,你家的羊掉到河里啦!"

你四下里看看,向前走两步,伸手摸了一下"蟹子"胸前的那东西,同时你说:"咱俩……做两口子吧……"你自己在歌里告诉我们:那一瞬间你感到浑身发冷,上下牙止不住地碰撞。你的心像鸡啄米一样迅速地跳着。你说她那坨硬硬的、凉凉的肉像一块烧黑的铁一样烫伤了你的指尖。

"蟹子"非常麻利地扇了你一个耳光,骂了你一声:"流氓!"

你基本上是个死尸。残存的感觉告诉你,"蟹子"捂着脸哭着跑走了。劳改农场干部宿舍区里那些瓦房和树木,在夕阳里像被涂了层黏稠的血。

夏天的每个下午几乎都一样:强烈的阳光蒸发着水沟里的雨水,杨树的叶子上仿佛涂着一层油,蝉在树叶上鸣。黑洞洞的祠堂里洋溢着潮气,有一股湿烂木头的朽味从我们使用的桌子和板凳上发出。屋子里还应该有强烈的汗味、脚臭味,但我们闻不到。

我们的"狼"哈着腰走进教室,他的身体又细又长,脖子异常苗条,双腿呈长方形,常常在幽暗里放出碧绿的磷光。他的磷光使我们恐惧,更使我们恐惧的是他那支百发百中的弹弓。"狼"是神弹弓手。

"狼"站在高高的土讲台上,像一棵黑色的树,像一股凝固的黑烟,把泛白的黑板一遮为二。有时候我们能看到"狼"的白牙闪烁寒光。我们总认为"狼"在明处我们在暗处,任我们在底下搞什么鬼名堂他都看不到,但事实上我们每次恶作剧都难以逃脱惩罚。只有他——我们的领袖"马骡子"能偶尔逃脱惩罚。"狼"用百发百中的弹弓惩罚我们。"狼"的面前有一个碎砖头垒成的案台,案台上摆着俩纸盒,一个盒里盛着粉笔,另一个盒里盛着泥球。像葡萄粒儿那般大小那般圆滑的泥球,"狼"取之不尽用之不竭,我们不相信"狼"肯亲自动手去精心制造这些打人的泥丸。虽然我们的年龄都在十三岁与十五岁之间,但也知道"狼"的第一职业是到祠堂后边那栋草房里去跟浪得可怕的马金莲睡觉,第二职业才是教我们念书。"狼"没有时间更没有精力去搓泥球儿。我们之中,必有一个叛徒,他不仅为"狼"提供打我们的泥球,而且,极有可能他还向"狼"密告我们的一切违法行为。要不为什么我们星期日下午偷袭生产队的西瓜地,星期一上午"狼"就用弹弓发射泥丸打击我们的头颅呢?我们偷了几个西瓜,在什么地方吃掉,西瓜中有几个熟的,"狼"全知道。

"狼"进教室前总是先咳嗽一声。一听到"狼"的咳嗽声我们就像听到号令的士兵一样乱纷纷蹿回到自己的座位,好一阵噼里啪啦响。那一年"小蟹子"是班长——"狼"喜欢女生——她喊:起立——我们稀里哗啦起来。走上讲台,站在讲台上"狼"又咳嗽一声。"小蟹子"接着他的咳嗽声喊:坐下——我们稀汤薄泥般坐下。就在坐下的工夫,我看到"骡子"扯了一下"蟹子"的辫子——这当然是累死羊之前的事。"狼"摸出弹弓放在案台上,然后从腋下抽出课本,啪啪啪抽几下,好像要抽打掉其实没有的灰尘。

那支弹弓是我们的仇敌。它的柄是从柳树上截下来的标准的 Y 形木杈。用碎玻璃刮去皮,用碎砂纸打磨光滑,再涂上一层杏黄色的清油。两根弹性很好的橡皮条是从报废的人力车内胎上剪下来的。柔韧的猴皮筋把橡皮条、弹兜、Y 型木杈紧密地联系在一起。它每节课都静静地蹲在案台上,比"狼"还要可怕地监视着我们。我们曾在茂密的高粱地里精心制定过偷窃它的计划。

足智多谋的"耗子"说:"同学们,我们一定要想办法偷来它,毁掉它,毁掉它就等于敲掉了'狼'的牙齿。"

"放到火里烧了它!"

"用菜刀剁碎它!"

"把它扔进厕所,用尿滋!"

……

我们努力发泄着对"狼"的牙齿的深仇大恨。在那个现在回想起来妙趣横生的年代里,我们感受到一种非人的压迫,这压迫并不仅仅来自"狼"。

我们还是"熊"的学生。

"狐狸"也是我们的老师。

还有"豪猪"。

我看到"狼"用长长的手指翻起语文课本,他狡猾地说:"今天学习《半夜鸡叫》。"

"狼"的脸永恒地挂着令我们小便失禁的狡猾表情。大家都说过,二十多年来,"狼"那狡猾表情经常进入我们的梦境,印象比当年还要鲜明。"狼"说:"《半夜鸡叫》是一部小说的节选。这篇课文揭露了地主阶级对农民的残酷剥削,歌颂了农民阶级的智慧……"这时,"老婆"把脸放在课桌上打起了呼噜。

"狼"脸上的表情突然十分生动起来,他把课本轻轻地放在案台上,右手摸起了弹弓,左手从纸盒摸出一颗泥丸。

我说过"狼"是神弹弓手,他打弹弓从不瞄准。他拉开弹弓,教室里很静,我们看到皮条被拉长了,皮条被拉得很长,我们的身体却缩得很短很短。皮条上积蓄了一股力量,我们听到一只孤独的苍蝇在头上嗡嗡地鸣叫着飞行,它把凝固的空气划开一道道缝隙。教室里的空气宛若黏稠的蜂蜜,透明又混沌,缓缓地转动着,像一块方糕。我们甜蜜地颤栗着,在颤栗中等待着。在"狼"的弹弓下,每一颗头颅都不安全。为了让我们看得更清楚,一缕雪白的阳光穿透蜂蜜,照耀着"老婆"的头脸,"老婆"的头上不时滑过被光线放大了的苍蝇的阴影。他歪了一下头,被我们看到挤扁了的腮,挤裂了缝的嘴,嘴唇蜷曲着,露出细小的白牙,一丝冰凌般的垂涎把他的嘴角和桌面联系在一起,苍蝇的阴影飞进他的嘴里,他闭上嘴,苍蝇的阴影粘在他的鼻子上。他打着很不均匀的呼噜。该发射了,"狼",别折磨我们了。

固然我们对弹子击中皮肉时发出的响声已经很熟悉,但依然感到紧张。我们都成了被"狼"的胳膊抻长的橡皮条,他把我们抻长抻长无穷地抻长,紧张紧张紧张得够呛,紧张随着抻长增长。终于,一声呼啸,弹丸打在"老婆"的脑袋上。

我们立刻松懈了,懒洋洋地,教室里回旋着我们悠长的吐气声,蜂蜜般的空气开始稀薄并因为稀薄而流动。倒霉的冠军是"老婆"。他的头发里非常迅速地鼓起了一个核桃大的肿块,细细的血丝渗出来,即使看不到我们也知道。

"老婆"从板凳上蹦起来,捂着头上的肿块哭起来。

"你还好意思哭!""狼"又拉起了弹弓,"老婆"叫了一声娘,捂着头钻到桌子底下去了。

"狼"一松臂,飕飔一声,把那只庞大的苍蝇打落在"小蟹子"的课桌上。在这样神射手面前,我们的头颅如何能安全?

"狼"提着一根腊木杆刮削成的坚韧教鞭走下讲台。教鞭是"狼"的第二件法宝,他挥舞着它,像骑兵挥舞马刀,空气嗖嗖急响,我们脊背冰凉。是谁帮助"狼"刮削了这件凶器?"狼"的空闲时间全部消磨在那个女人身上,是谁选择了这种弹性最好、打人最疼的腊木杆为"狼"制成了教鞭,为"狼"增添了利爪?难道那弹弓还不够我们消受的吗?一定还是那个暗藏在我们队伍里的内奸。我们决定,揪出这个内奸后,决不心慈手软。

"我知道他是谁!"诡计多端的"耗子"眨巴着小眼睛说。

你立即逼住"耗子",用你那压低了的美丽歌喉问:"他是谁?!你说!"

"耗子"支支吾吾,眼睛里跳跃着恐怖的光点,"耗子"不敢说。

你举起你的鞭子——我们星期天一早去田野割青草时,你的腰里一定别着那支皮鞭子,不管绵羊在不在身边。"耗子"说:"我不知道他是谁……我是说着玩的……"

你把鞭子往下一挥,把一棵玉米一侧的四个大叶片抽断落地,简直像一把刀。要是"狼"的腰里有朝一日也挂上"骡子"式的皮鞭,我们就没有活路了。

"知道你是瞎猜!""骡子"把鞭子挂在腰上,淡淡地说,"我们不能冤枉一个好人,也不能放掉一个坏人。"那时候村里开始了清查阶级敌人的运动,社会形势紧张,我们经常听到东边的劳改农场里响起枪毙阶级敌人的枪声。

你比我们早熟,所以你去追赶"小蟹子",我们不去。你个子比我们大,皮肤比我们白,一块跳进墨水河游泳时,我们羞耻地发现你的那儿生长出毛儿。

"狼"提着教鞭在桌椅板凳间穿行着。有时他穿着浆洗得雪白的硬领衬衣,衬衣的白颜色刺着我们昏暗中的眼睛。"狼"身上有一股十分令我们不愉快的香肥皂的味道。我们厌恶他的卫生,他可能更加厌恶我们的脏,所以他的身体触近"蟹子"的时候,你很有所谓。"狼"伸长脖子对"蟹子"进行个别辅导时,你便把桌子摇得嘎吱吱响,或是夸张地咳嗽。"狼"抬起头,警惕地看着你。突然,"狼"的教鞭抽在你的背上。你站起来。"狼"怒吼。

"滚出去!"

你却坐下了。

所以,没有人怀疑为"狼"制造教鞭的是你。谁敢跟"狼"作对谁就是我们的领袖,谁挨了"狼"的鞭打不哭不闹谁就是英雄。

上《半夜鸡叫》那天,"狼"读到地主被长工们痛打那一节,我们欢呼起来,"狼"得意洋洋,以为是他出色的朗读感动了我们,这个蠢狼。

我们的欢呼声把"狐狸"惊动了。"狐狸"是我们的教导主任,有时给我们上政治课,讲一些战斗故事什么的。"狐狸"比"狼"还坏,"狐狸"给你记过处分,因为你自编自唱反革命歌曲。文化大革命中,我们把"狐狸"打回了老家,听说去年秋天他掉到井里淹死了。他不死也该六十岁了吧。

"熊"是我们的校长,"豪猪"是"熊"的老婆,我们不去想他们啦。

"骡子"！"骡子"！你开门呀，老同学们想跟你喝几瓶烧酒呀。

你把自己关在房子里，不做声，更不开门。

三、辉煌的"骡子"

重复地描写在"狼"的白色恐怖和高压政策下的生活，并不是愉快的事情。但你逼迫我们回忆，这大概就是伟大人物和平庸百姓的区别吧，这大概就是天才与庸才的区别吧。不是你亲自逼我们回忆，是你的力量转移到他人身上，他人来逼我们回忆。

《艺术报》的女记者把她的名片一一分发给我们，然后就打开了她那架照相机，啪啪地拍照着我们。你看你看，秃子跟着月亮走，总是光好沾，是不是，否则她才不会用她的胶卷为我们照相。她有张很长的脸，鼻梁也显得特别长，双眼很大，起码有四层眼皮。用咱庄稼人的眼光来看，这姑娘是个优良品种，如果她再嫁个四层眼皮的丈夫，生出个孩子难道不会有八层眼皮？我们坐在"耗子"家的粉条作坊里，抽着那善心的女记者分给我们的带把儿的美国烟，接受她的采访。这是前年秋天的事儿，跟我们第一次看到你那已经很不小的玩意儿根根上生了毛儿是一个季节。

高粱通红，一片连一片，在墨水河的南岸；棉花雪白，一片连一片，在墨水河的北岸。我们的镰刀和草筐子扔在河堤上，衣服扔在草筐子上。赤裸裸一群男孩子站在河边的浅水里，那就是我们。其中一个最高最白的就是你。那时候鬼都想不到你将来是个跳到河里救小孩的英雄。你的嗓门儿不错我们知道。女记者告诉我们："对。'骡子'，这名字很亲切，我可以这样写吗？他少年时的朋友们都亲切地叫他'骡子'。他的同班同学们都自豪地说：我们的'骡子'。""你愿意怎么写就怎么写吧，谁管。"老了更机灵的"耗子"眨巴着眼说："这大姐，我们的'骡子'真是匹好骡子。""耗子"谄媚地笑着，那被红薯淀粉弄得黏糊糊的手指却悄悄地伸向了女记者放在土炕上的烟盒。

"碗得福儿！啊欧吃米也五欧！"女记者嘟噜了几句洋文。

真了不起！长着四层眼皮就够份了，还会说洋文，我们真开了眼。大家互相看着，又看女记者。我们的"骡子"竟能支使着这样的高级女人到咱东北乡这偏僻地方来为他写家谱，真替我们添了威风。

那女记者慷慨大方又一次散烟给我们抽，她自己也叼上一支。那根雪白的烟卷儿插在她那红红的小嘴里，活活就是一幅画，像从电影上挖下来的一样。

"他在京城里成天干什么?""老婆"问。

"他是著名的歌唱家呀！每天晚上演出，"女记者有些失望地问，"你们没看过他的演出?"

我们没有看过他的演出。

"你们听过他的歌声吧，从收音机里。"女记者拿出一个蒙着皮套的录音机，说，"我这里有他的磁带。"

"他的歌，听过。""耗子"摩挲着那个沾满了油腻的塑料壳收音机说，"他唱的那些事我们都知道，骆驼啦，羊啦，花儿草儿什么的。他从小就有好嗓子。"

女记者兴奋起来，嘴里又流出弯弯勾勾的几句洋文。她说洋文时那舌头仿佛打了六十四个卷儿。这四层眼皮的女人，舌头能打六十四个卷儿，真真是识字班脱裤子——不见蛋(简单)。"大金牙"后来说。

"说呀！说!"女记者打开录音机，我们看到机器在转动，"我就喜欢听他小时候的事儿。"

"他不就是会唱几首歌吗?""羊"说，"我们这儿谁也能哼哼几句。"

女记者更高兴了，她又要听我们唱歌，都是"羊"这家伙招来的事。女记者说"骡子"不但是个著名的歌唱家，还是个不怕淹死自己跳到河里救人的英雄。

"羊"又说:"这算什么事? 我去年一年就跳到井里两次,头一次捞上来一个小孩,第二次捞上来一个老太太。那老太太还骂我多管闲事。"

我们恨死了这头"羊"。"羊"不会抽烟。

我们答应把你小时候的事情说给她听。

淤泥、野芦苇、狗蛋子草、青蛙、黄鳝、癞蛤蟆、水蛇、螃蟹、鲫鱼、泥鳅、蝈蝈、鱼狗、燕子、野韭菜、香附草、水浮莲、浮萍,年复一年地在我们二十年前洗过澡的地方繁衍着、生长着,你却再也不去那地方,去了也不会像当年那样脱得一丝不挂。那时候你对我们骄傲地显示着你那几根毛毛儿,现在你还炫耀什么? 都传说你自己动手把那玩意儿割掉了,你连一个儿子都没留下就切掉了它。消息传来时,我们一致认为:你是个彻头彻尾的混蛋。

那时候,这混蛋直挺挺地立在浅水里,让我们看身体的变化。我们感到羞耻、神秘、惴惴不安,你用那几根毛儿把我们超越了。下午的太阳是多么样的明媚啊! 墨水河清澈见底,沙质的河底上淤着一层发亮的油泥,河蟹的脚印密密麻麻,堤外传过来摘棉花女人们的歌声。

您不知道,京城来的同志,我们这儿的女人,结了婚后就不管三七二十一啦,什么样的脏话都敢说,什么样的风流事都能干。她们唱那些歌儿呀呀呀,实在是不好对您学,您还是个闺女吧? 摘棉花女人的歌儿太流氓了,开头几句还像那么回事,三唱两唱就唱到裤裆里去了……您非要听? 好吧,周瑜打黄盖,您愿挨就行。譬如:大姐身下一条沟,一年四季水长流,不见大和尚来挑水,只见小和尚来洗头……

那京城来的女人脸上没有一丝红,听得有滋有味儿。到底是大地方来的人,我们赞叹不已。

女人的歌声在秋天的洁净的空气里,有震动铜锣的嗡嗡声。你的心别别地跳,感到脚底下的沙土在偷偷流走,流动的细沙使我们脚心发痒。我们的身体在倾斜。你的腰渐渐弯了,我们亲眼看到了它突然昂起了高贵的头!流氓,太流氓了,流氓的歌声狠狠地打击着我们。你猛地往前扑去,像一条跃起的大鱼。你的肚皮打击得河水沉闷一响,我们尾随着你扑向河水。河里水花四溅,我们手脚打水,满河都是嚎叫。

补充说明一点。老人们说,立了秋后就不能下河洗澡了,河里的凉气会通过肚脐进入肠子。立秋之后非要下河洗澡,必须用热尿洗洗肚脐,我们每次都这样做。

这些陈茄子烂芝麻的破烂事儿对您有用吗?

有用,有用,太有用啦。你们尽管说,她说,我对他的一切都感兴趣。

对不起您,天就黑了,我们要做粉丝了,要干到后半夜。您回镇里去?

女记者不回镇里去,她要看我们做粉丝。她说她吃过粉丝但从没见过做粉丝。我们看到她又从那只白皮包里摸出一盒烟,大家心里既感动又高兴,到底是京城来的人,出手大方,还有四层眼皮。

距离"大金牙"贷到五万元人民币还有三个月,他的昙花一现的好运气还没来到。人走时运马走膘,兔子落运遭老雕,这话千真万确。我们怎么敢想象三个月后"大金牙"就嘴里叼着洋烟卷儿,脖子上扎着红领带儿,黑皮包挂在手脖子上,成了高密东北乡开天辟地以来的第一位厂长呢?他现在的活儿是在咱们的"耗子"挂着帅的粉丝作坊里拉风箱,最没有技术最沉重最下等的活儿,但灶膛里熊熊燃烧的火焰总是照耀着他的脸,使他的那两颗铜牙像金子一样放光,还有他的额头也放光,像一扇火红色的葫芦瓢儿。

我们把红薯粉碎,从大盆里倒进大缸里,再从大缸里舀到小盆里,再从小盆里倒进大盆里,倒来倒去,我们就把淀粉倒弄出来了。淀粉白里透出幽蓝,像干净的积雪。

我们把水加进淀粉里,再把淀粉加进水里,再把水倒进锅里,三倒四倒,我们就把粉丝倒弄出来了。

灶里火焰很旺,火舌舔着锅底,水在锅里沸腾。火舌使我们的脸上出汗,在腾腾升起的蒸气里,那女记者的脸蛋儿像花瓣儿一样。有一个这般美丽的女人看着我们干活令人多么愉快。我们忘不了这好运气是谁带给我们的。"耗子"用他的小拳头飞快地打击着漏勺里的淀粉糊儿,几百条又细又长似乎永远断不了头的粉丝落在沸水滚滚的大锅里,然后又如一缕银丝滑进盛满冷水的大盆里。"老婆"蹲在盆边,挽着滑溜溜的粉丝,挽到一定长度时,他便探出嘴去,把粉丝咬断。每次在咬断粉丝时,他总是不忘记同时吞食它们。

"吃多了肚子会下坠的!""耗子"说。

"我没有吃。""老婆"说。

"没有吃你干吗要吧唧嘴?"

"吧唧嘴我也没有吃。"

我们知道他吃了,每截断一次粉丝他就吃一大口。他死不承认,谁也没有办法。于是我们希望他的肚子通道疼痛下坠,但是他既不疼痛也不下坠。好在我们是同学,不愿太认真。

后来,半夜了,作坊外的黑暗因为作坊内的灶火而加倍浓重。女记者吃了一碗没油没盐的粉条儿,我们还想让她吃第二碗。她吃了第二碗我们还想让她吃第三碗,但是她任我们怎么劝说都不吃了。她说她吃饱了,吃得太饱了,说着说着她就打了一个饱嗝。

粉丝都晾起来了,今夜的活儿完了。汽灯有些黯淡了,"大金牙"蹲下去,噗哧哧响,他抽拉着打气杆儿给汽灯充气,嗞嗞声强烈起来,汽灯放出刺眼的白光。女记者眯缝着眼说汽灯比电灯还亮。她没有回镇政府睡觉的意思,我们自然愿意陪着她坐下去。

"耗子"眨着永远鬼鬼祟祟的眼睛问女记者:"您见过他吗?跟他熟吗?"

女记者说:"太熟了。"

"听说他在京城里有好多个老婆?"

"噢,这倒没听说过。"女记者挺平淡地说。

"你别说外行话了,人家那不叫老婆,是相好的!""大金牙"纠正着"老婆"。

女记者说:"他在家乡时有过相好的吗?"

我们互相看着,都不愿回答女记者。

"他在家乡时是不是就很风流?"女记者问。

"不,不,"我们一齐回答,"他很规矩。"

那时候我们从"狼"的白色恐怖中逃脱出来了。没有中学好上,我们一齐成了社员。他因为身体发育得早,已进入了准整劳力的行列,干上了推车扛梁的大活儿,而我们还在放牛割草的半拉子劳力的队伍中逍遥。

"他的爹娘没给他找老婆吗?"那天夜里,在粉坊里,她问我们,"农村不是时兴早婚吗?"

她的眼在汽灯的强光照耀下,黑得发蓝。她使我们想起"小蟹子"。我们告诉她:他的爹娘在我们不是"狼"的学生三个月后突然失踪了,就像他的姐姐一样。

也是在粉条作坊里,也是一个很黑的夜晚,也是深秋季节,天气有些凉但不是冷,我们村的粉条作坊开张了。下午在收获后的红薯地里放猪时,我们就知道了这消息,大家都很兴奋。"老婆"家那头花猪鼻子极灵,东嗅嗅,西嗅嗅,简直胜过一条警犬。它是"老婆"的骄傲。太阳要落山时,路边槐树上,金黄的枯叶在阳光中颤抖,我们因夜晚粉坊的美景即将来临兴奋得颤抖。播种小麦的男女社员们收工了,疲惫的牛和疲惫的社员们沿着土路走过来了,我们也召唤着猪,让它们停止寻找残存在泥土中的红薯,跟我们一起回家。啰啰啰,啰啰啰,是我们对猪的呼唤。"老婆"家的花猪在一座坟墓后的暄土里拼命拱,用齐头的嘴巴。一边拱它一边叫,像狗一样。猪叫出狗声,的确有些怪异，我们便围拢上去看。"老婆"家的花猪戗立着背上的鬃毛，好像很激动。我们家的猪和我们一起看着"老婆"家的猪把地拱出一个大坑。

"这里可能埋着一坛金子。""耗子"说。

"老婆"的脸上立刻就放出金子般的光芒。

"干什么你们？ 怎么还不回家？"队长在路上喊我们。

"老婆"家的花猪浑身哆嗦着，叼着一个黑乎乎、圆溜溜的东西从土坑里跑上来。

我们发了呆了，呆了一分钟，便一齐怪叫着，炸到四边去。

"老婆"家的花猪从土坑里叼上来一颗人头。一颗披散着长发的女人头。女人头还很新鲜，白瘆瘆的，没有臭味没有香味，有一股冷气，使我们的脊背发紧，头发一根根支棱起来。

在路上疲惫移动的大人们飞跑过来，全过来了，路上只余了些拖着犁耙的牛，它们不理睬让它们站住的口令，继续踢踢踏踏地往村子里走。

大人们来了，我们胆壮起来，重新围起圆圈，把"老婆"和他家的花猪以及花猪拱出来的人头围在中央。那女人头还半睁着眼，头发乱糟糟的。花猪好像要向"老婆"报功一样，跟着"老婆"哼哼着，"老婆"被花猪吓得鬼哭狼嚎。

到底还是队长胆大，他从坟头上揪了一把黄草，蹲到人头前，小心翼翼地揩着那张死脸上的土，一边揩一边咕哝："怪俊一个女人，真可惜了……"揩完后他站起来，转着圈儿端详。落日的余晖涂在我们脸上，也涂在人头上，使它红光闪闪，宛若无价之宝。我们都像木偶一样呆了好久好久。

队长忽然说："你们看她像谁？"

我们认真地看看她，也看不出她像谁。

队长说："我看有点像桂珍。"

桂珍是"骡子"的姐姐。

我们再看那头,果然就有些像桂珍了。不等我们去寻找"骡子"时,他先叫起来了:"不是我姐姐,才不是我姐姐呢!"

他哭丧着脸,继续喊叫:"我姐姐的头是长的,这个头是圆的;我姐姐头发是黑的,这个头发是黄的⋯⋯"

"你也别犟,"队长说,"长头也能压成圆头,黑毛也能染成黄毛,没准就是你姐姐的头哩!"

"骡子"哭了,他又举出了几十个证据来证明那颗头不是他姐姐的头,搞得我们也有些不耐烦起来,队长也高了嗓门,说:"'骡子',你也甭吵吵啦,去叫刘书记吧,他老人家眼光尖锐,他老人家要说这头是你姐姐的头就是你姐姐的头,他老人家要说这头不是你姐姐的头你想赖成你姐姐的头也不行。"

张三、李四、王二麻子⋯⋯队长点了一大片人名,让他们回家吃饭,吃了饭好去粉坊加夜班干活,顺便把刘书记喊来验头,但人们都不想挪步。队长无奈,只得吩咐大家好生看守着人头,别出差错。此时太阳已完全下山,但天还没黑,有几只乌鸦在我们头上很高的地方呱呱地叫,远望村庄,已被盘旋的炊烟弄得一团模糊。

人们围着人头,都如磁石吸住的铁钉一般,谁也不动,也没人说什么。眼见着那天就混沌起来,农历十六日的大月亮放出软绵绵的红光来,照在我们的脸上和背上,也照在那女人头上。那女人头上跳动着一些碧绿的光点儿,我们目不转睛地看着。人是如此了,那些猪们却在月光下撒起欢儿来,一个个都把鬃毛倒竖,你追它赶着,喉咙深处发出吠叫,汪汪汪一片。我们不去管它们。

"这不是我姐姐的头!我姐姐跟着劳改农场一个劳改犯跑了,这不是我姐姐的头!"他的嚎叫淹没在月光中,竟似受伤的鲫鱼往水底沉落一般,没有人理睬他。

远远的一盏红灯从村口飘过来,飘飘摇摇,摇摇飘飘,不似人间的灯火。大家都知道刘书记来了,在水一样的波动着的月光下,流过来清脆的驼铃声。红灯刚由村口出现时,我们感觉到它流动得很慢,似乎老半天都不动地方；渐渐逼近时，才发现它流动得很快，宛若一支拖着红尾巴的箭。

人圈又是非常自动地裂开一条缝，大家都把目光从人头上移开，看着身躯肥大的刘书记手里擎着一盏纸糊的红灯笼，从骆驼背上轻捷地跳下来。据"黄头"的叔叔八老万说，内蒙的骆驼是跪倒前腿，降低高度，让夹在它的双峰之间的骑者安全地跳下来，我们这头骆驼却从不下跪，刘书记腿脚矫健，也用不着它下跪。

"人头在哪里？"刘书记的嗓音像铜钟一样。

没人回答，但却自动地把通往人头的缝隙闪得更宽了。大家的目光随着大摇大摆的刘书记往前移动，最后都停在被红灯笼照明了的人头上。这时，队长才气喘吁吁地跑来了，与队长同时跑来的还有民兵连长（他是刘书记的亲侄）和两个基干民兵。民兵连长背着一支老掉牙的日本造三八大盖儿步枪，枪口上套着贼长的刺刀，刺刀尖上银光闪闪，照耀着历史，使我们猜想到了战争年代的情景。那两位基干民兵都是贫农的儿子，他们每人扛着一支铁扎枪，枪头后三寸处绑着绒线缨儿，在月光下抖动。他们腰里分左右各别着两颗木把手榴弹，也不知是什么年代制造的，更不知臭了没有。

刘书记把红灯笼交给此时已气喘吁吁地站在他背后的民兵连长擎着，民兵连长的另一只手紧紧地抓着三八枪的皮带。灯笼火下，出现了一条条重叠着的大影子。

"我怎么看怎么觉得这头像桂珍的头……"队长对刘书记说。

刘书记不待他说完就破口大骂起来："放你娘的狗臭屁！"

队长的腰立刻就弯曲了。队长弯着腰退到我们中间，再也不说一句话。

刘书记张望了一下众人，怒冲冲地说："你们还围在这儿干什么？一颗死人头有什么好看的？谁稀罕？谁稀罕谁提回家去吧！"

谁也不稀罕，大家就惶惶地四散回家了。

我们的猪给我们制造了相当多的麻烦，它们玩疯了，在月光地里,活像一群恶狼。

我们终于把猪赶上了回家的大路,但我们难以忘却那颗女人的头。刘书记的红灯笼也一直照耀着我们的思维,我们站在粉坊外偷看着屋里的情景时,心里还亮着那盏红灯。

这一夜,粉坊没有开工。

拖了七天粉坊又要开工。要开工那天傍晚,刘书记吩咐民兵连长放两颗手榴弹以示庆祝。这无疑又是一件激动人心的大事,全村都传遍了,大人小孩都想看。

放手榴弹的地点选择在村东头的大苇湾里,苇湾西侧是第五生产队的打谷场,场边上有一道半人高的土墙,恰好成了观众的掩体。湾边有一棵非常粗的大柳树,有一年这树枯死了,村里人恐慌得要命;八老万买来骆驼那年,树又活了,大家照旧恐慌得要命。村里人说这树成了精,说谁要敢动这树一根枝儿,非全家死绝了不行。刚吃完晚饭我们就脚垫着砖头将下巴搁在墙头上等着看好景了。待了一会儿,大人们陆续来了,这季节村里人全吃红薯,大家都消化着满肚子红薯、吞咽着泛上来的酸水焦急地等待着。

终于等来了驼铃声。贯穿村庄的大街上,来了骆驼刘书记和民兵连长一行。刘书记上身笔直,端坐在驼峰之间,恰似一尊神像。那天晚上我们看见了纸糊的红灯笼高悬在骆驼背上,民兵连长背着上了刺刀的三八大盖子枪,两位基干民兵扛着红缨枪,腰里别着手榴弹。

在场上,骆驼停住,跳下刘书记,犹如燕子落地般轻巧,无声无息。

民兵连长大声吆喝着,不准众人的脑袋高出场边土墙,否则谁被弹片崩死谁活该倒霉。民兵连长正吆喝着,就听到那株成了精的大柳树上咯吱一阵响,一个黑乎乎的大东西从树上跌下来。

我们的魂儿都要吓掉了,因为红灯笼照出的光明里出现了一具没有头的女尸。也许由于没有了头,她的脖子显得特别长。她身上赤裸裸一丝不挂,一副非常流氓的样子。

众人刚要围成圆圈,就听到刘书记不高兴地说:"回去吧,回去吧,一具无头女尸有什么好看的?谁稀罕?谁稀罕就把她扛回家去吧!"

谁也不稀罕,于是大家便懒洋洋地走散了。

又拖了七天,民兵连长站在村中央那个用圆木搭成的高架子上,用铁皮卷成的喇叭筒子喊话,他告诉我们,晚上粉坊开始制做粉丝,先放四颗手榴弹庆祝,放手榴弹的地点还是在村东头的大苇湾里。

傍晚,我们消化着肚子里的红薯趴在墙头上,一会儿,骆驼一行来了。然后一切照旧,唯有树上没往下掉什么怪物。民兵连长站在红灯笼下,满脸严肃。我们看到他拧掉手榴弹木柄上的铁盖子,又用小指头从木柄里小心翼翼地勾出了环儿。他看了一眼刘书记,刘书记点点头。他猛地把手榴弹扔到苇湾里去了。手榴弹出手的同时民兵连长卧倒在地,我们也跟着趴下去。我们等候着那一声惊天动地的巨响。等啊等啊,巨响总不来,大家不耐烦起来,但谁也不敢先站起来。

骆驼打了个响鼻,刘书记站起来,质问民兵连长:"你拉弦了没有?"

民兵连长把挂在小手指上的弦给刘书记看。刘书记说:"臭火了,再扔个试试。"

民兵连长又扔了一颗,不响。

又扔了一颗,不响。

又一颗不响。

刘书记愤怒地蹦起来。刘书记说他娘的这些破武器怎么能打敌人,下湾去给我拣上来,点上火,烧这些狗杂种,看它们还敢不响。

没有人愿意到湾里去拣手榴弹,民兵连长喊来治保主任,治保主任押来了全村的四类分子：地主分子刘恩光和他老婆、富农分子聂家材和他儿子、伪保长大头于、反革命分子张二林、右派分子孙兔子，等等。民兵连长命令道：下湾去把那四颗手榴弹摸上来，摸不上来枪毙了你们这些狗杂种！

湾里水深及胸，半枯的芦苇还没收割，看上去挺吓人。四类分子不敢畏惧，稀里呼隆下了湾，像一群鸭子。芦苇顿时哗啦啦响了，水被搅浑，凉气和淤泥味儿一齐泛滥上来，冻着我们臭着我们。地主刘恩光的老婆是个小脚女人，一下湾就陷进淤泥里动弹不得，老地主也不敢去救她。

总算摸上来三颗手榴弹，还差一颗没摸上来，刘书记说："算了，算了，就烧这三颗吧！"

第五生产队打谷场上有一垛豆秸，书记令人一齐去抱，抱了一大堆堆在场中央。书记亲自点上火，民兵连长把手榴弹扔到火堆里，转身就跑，刘书记也骑在骆驼上跑了。

跑了足有半里路，刘书记说："停住吧，别跑了，三颗手榴弹炸不了多远，又不是三颗原子弹，跑什么？怕什么？"

经他这么一说，我们都定了心。全村百姓围绕着骆驼站着，远远地望着第五生产队打谷场上熊熊的火光，等待着天崩地裂。豆秸是好柴禾，残存在豆荚中的豆粒儿噼噼啪啪地响着，隔着半里路也能清清楚楚地听到。火大生风，火苗儿剥剥地抖着，像风中的红旗。火照得半个村子通红，那株成精老树的古怪枝杈像生铁铸成的，有点狰狞。巨响始终不来。

突然，我们看到一个通红的女人扑进火堆里。她张着胳膊，像一只通红的大蝴蝶扑进火堆里。她也许根本不像蝴蝶顶多像一只老母鸡扑进火堆里。她扑进火堆里那一瞬间火堆暗了许多，但立即又亮了起来，亮得发了白。一会儿，我们就闻到了一股香喷喷的鸡肉味。

那巨响还不响，无人敢上去添柴的火堆渐渐暗淡了，终于成了一堆不太鲜明的灰烬。刘书记骑在骆驼上发泄着对手榴弹的不满。此时天上出现了半块白月亮,已经后半夜了,我们四肢麻木,肩背酸痛,衣服上沾满冰凉的露水。

又拖了七天,我们躲在黑暗里观察着被汽灯照得雪白的粉条儿作坊。粉坊是村庄的第一项副业,又是开工头一晚,所以刘书记端坐在正中一张蒙着狗皮的太师椅上。他的骆驼拴在门前一棵桂花树上。我们看不清骆驼,但能闻到它嘴巴里喷出来的热烘烘的腐草味儿。

作坊里的情景您也很熟。那时候他已经十六岁,跟我们差不多,他把头伸到我们头上往作坊里张望着,我们辨别出了他的味道。

"'骡子',你是大人啦,怎么不到里边去吃粉条儿?""耗子"问。

满屋里流动着滑溜的粉条,我们没有资格进去,他有资格进却不进。"耗子"对女记者说:"他从花猪拱出人头的第二天起,就交了好运,刘书记让他住到自家的厢房里,专门饲养那匹宝贝骆驼。从此之后,村里几百口人里,只有两个人有资格骑骆驼,一个是刘书记,一个是他。"

你那时好神气啊!大家都说刘书记收你做了他的干儿子。你穿着一身绿色的上衣,上衣口袋里插着一支金笔,小脸儿白白胖胖。有时你骑着骆驼从我们身边路过,我们感到很不如你。有一次我亲眼看到"狼"对你点头哈腰。"大金牙"说,"骡子"总是高我们几个头。

现在你算惨透了,兄弟,为了什么事儿你竟敢把它割下来,你爹可就你一个儿子。

后边的事我们本不愿意对女记者说,但是她老把美国烟卷给我们抽,她还生着四层眼皮,我们便说了。这些事其实我们弄不十分明白。

据说,"骡子"和刘书记那个三十岁刚出头的老婆勾搭上了,第一次好事就成功在他把头伸到我们头上的夜晚。我们是看热闹的,他是看门道。他看刘书记坐在狗皮椅子上精神抖擞地指挥着生产,一时半晌不会回家,便跑了回去,搂住了他的浪干娘。传说刘书记那个玩意儿一九四七年被还乡团割去了半截,剩下半截自然不顺手,他还偏偏娶了个比他小二十岁的女人,所以,这事儿也就不奇怪了。为什么偏偏有这样的好事被"骡子"碰上呢?那我们就弄不明白了啦。"骡子"那家伙我们是见过的,啊哈,怪不得叫他"骡子"。他大概也把那浪娘们给打发舒坦了。得意忘形,"骡子"倒了霉。

"骡子"被吊在村子中间那栋灰瓦房里挨揍的情景我们亲眼目睹了。"骡子"光着屁股悬在房梁上,刘书记端坐在狗皮椅子上,指挥着民兵连长和两个基干民兵动手。

他可是真耐揍,打死他也不吭声。

后来刘书记拿着一把杀猪刀子要把他那个作孽的玩意儿割下来时他才告了饶。

"他怎么告饶?"毫无倦意的女记者逼问着我们。

他苦苦哀求着:干爹,亲爹,开恩饶了我吧,你砍断我一条腿,也别割掉我的……俺爹就我一个儿子,你不能断了老吕家的香火啊……

"后来呢?"女记者又点燃一支烟。

后来我们就不知道了。因为我把垫脚的砖坯蹬倒了,民兵连长在屋里大喊:谁在外边?吓得我们一溜烟儿窜了。

后来我们就不知道他的音信了,前年才听说他在京城成了大气候。

四、时代英雄

有一个人身穿黑西服,脖缠红领带,嘴叼洋烟卷,鼻架变色镜,斜挎黑皮包,左手戴一块黑色电子表,右手戴一块黄色电子表,脚蹬高勒塑料雨鞋。他是谁? 他是继"骡子"之后我们同学中出现的第二位英雄——"大金牙"。当时,他的头衔是:中华人民共和国高密东北乡环球计划生育用品开发总公司总经理兼高密东北乡避孕药制造厂厂长。一年半前的那个下午,"大金牙"就是如此威风堂堂地闯进了我们粉丝作坊。

大家看着他,如目睹天神下凡,一时都成了呆木瓜。他一张嘴吐出了一串掺杂着地瓜味儿的京腔:"我代表毛主席看你们大家来啦!"

我们一时被唬住了,怔怔地望着他,不知眼前是个什么人物。他龇牙一笑,露出马脚。"黄头"冲上去,一巴掌扇掉了他的变色镜,骂道:"大金牙,你这个驴日的也敢糊弄我们!"

"大金牙"急急忙忙拣起变色镜,仔细察看着,说:"开什么玩笑,这个值一百多块钱呢!"

"屁!""黄头"骂道,"你也猴子戴礼帽——充起人物来了。"

"大金牙"严肃地说:"人靠衣裳马靠鞍,穿差了人家瞧不起咱。我现在是农民企业家了,自然跟你们不一样。"

农民企业家"大金牙"从口袋里摸出一把名片,分给我们每个人一张。"拿着,好生拿着,会有用处的,"他嘱咐我们,"今后进城去,要碰到有人欺负你,你就把名片拿出来唬他。"

"大金牙"吃了两碗粉条,脱下雨鞋,坐在炕沿上,搓着脚丫泥,给我们讲他这次进京的奇遇。他的雨鞋里散出一股比屎还难闻的味道,外边大晴的天儿,这英雄却偏要穿高勒雨鞋。

"大金牙"告诉我们,他这次去京城,是去采购机器设备和原料的,避孕药可不是粉条,随便捣鼓就能捣鼓出来。当然当然,我们连忙说。避孕药是尖端化学,他说,要有技术,你们知道吗? 我们知道。你们不要小瞧我,哼,还记得给"狼"当学生那年头吗? 那时候吾即是大才子! 门门功课总是考百分,县里把吾当典型宣传。我们实在记不起他考过百分,更不知何年何月县里宣传过他。所以他说"吾即是大才子"时,"黄头"说:你是狗鸡巴!骂他狗鸡巴他也不恼,他撇着京腔继续说:因故辍学后,吾发奋自学,学完中学大学的全部课程,吾省吃俭用,节约了钱购买专业书籍和实验器材。当你们整天为了几个工分卖命时,我已研究成功了一种特效避孕药……怪不得你老婆不生孩子,八成是吃了避孕药了。对对,我这种药吃一片管十年,一个女人一辈子只要三片就够了,而且没有任何副作用,京城里那么多反动权威花费了成千上万的金钱才研究出了那种越吃生孩子越多的避孕药,还有那么大的副作用,吃了后头晕眼花,大便秘结,小便带血,四肢麻木,口舌生疮,头发脱落,牙龈脓肿……我这药没孕避孕,有孕打胎,兼治月经不调,子宫下垂,跌打损伤,口臭狐臭……够了够了,大金牙,金牙厂长,别耍贫嘴了,我们早就让马医生劁了,"老婆"没劁但"老婆"的老婆劁了,谁也不会买你的避孕药……但是,他们全都不理我,我去国家专利局申请专利,刚一进大门就被警卫抓起来,他们踢了我三脚扇了我两耳光,还说我是骗子。

"活该!""老婆"说。

"大金牙"说他流落在京城街头,口袋里一个子儿也没有,身上生了虱子,遍体瘙痒,肚中饥饿,好像只有死路一条。他忽然神秘地说:伙计们,我跟你们说,天无绝人之路!你们猜我碰到了谁?

难道你碰到了他?

不假。吾流落街头,正是虎落平川遭犬欺,忽然看到一男一女两个漂亮青年——那女的比四层眼皮女记者还漂亮——男的提着一桶浆糊,女的夹着一沓海报,逢墙就贴。那海报上写着:著名青年歌唱家吕乐之今晚将在首都体育馆演出!良机千载难逢!切莫错过。"骡子!"吾大喝一声,"骡子!"那一男一女气汹汹走上来,男的问:他妈的,你骂谁是"骡子"?女的说:打这个丫挺的!他们说打就打,打得吾眉头一皱,计上心来。我从口袋里掏出吾的名片,说:别打吾!吾是高密东北乡特效避孕药制造厂厂长,吕乐之是吾的同学。他们一听这话,立刻就不打吾了,反而满脸带笑向吾打听"骡子"的情况,吾说"骡子"身上有几个疤吾都知道,吾正要找他呢!吾要他们带吾去找他,他们说见他可不容易,他忙着呢!吾灵机一动计上心来,吾说他家的旧房基上挖出了一坛金元宝,让他回去处理呢!吾略施小计,把那两个人骗得屁颠地把我带去见"骡子"。

"你见到'骡子'啦?"我们一齐问。"骡子"的大名早已震动了高密东北乡,但是他不回来。

"你瞎吹吧!""耗子"说。

"谁瞎吹?"

"大金牙"一着急嘴里喷出了粉条渣渣,他说:"谁瞎说谁不是女人生的,谁瞎吹谁是骆驼生的。"

"他还是给刘书记养骆驼时那模样吧?"

不,绝不,他活像个大人物,他已经就是个大人物了对不对?那两个贴海报的带着吾坐了大车坐小车,七拐八拐,大街小巷,大花园小花园,到处都是冬青树和花草,红的黄的粉的蓝的,什么颜色的都有,京城好漂亮,比咱高密东北乡漂亮一万倍!吾都要转头晕了,才转到他的家。那两个年轻人吩咐我站住,他们去敲门,他的门上装着电钮,根本不用敲,轻轻一按屋里就唱歌。待了好久,门开了,露出了一张又白又瘦的脸,吾一眼就认出了他的眼。这家伙,两只眼还是那样贼溜溜的。那两个青年人点头哈腰地说:"吕老师,来了一个你的乡亲。""骡子"把眼移到我这边来了,吾忙上前两步,大喊:"'骡子'!'骡子'!好你个骚'骡子',半辈子没见你了!"他冷冰冰地问:"你是谁?"吾忙说:"我是你的同学'大金牙'呀!"他摇摇头说:"你找错人啦,我不认识你!"吾正要分辩,他早不理我了,他训那两个年轻人:"以后不要给我添麻烦!"那两个年轻人连连道着歉,门砰一声关了。

"这小子,连乡亲都不认了?"我们感到愤怒。

听我说,听吾说,那俩年轻人恶狠狠地转过脸来,三拳两脚就把我打得满地摸草,那女的踢人比那男人还狠,她的鞋头又尖又硬,像犍子牛的犄角儿。要是再敢骗人就把你送到派出所里去!那女人说。吾趴在楼梯上不敢动弹，装死吧，好汉不打装死的。吾听到他们咯咯噔噔地走远了，才敢扶着楼梯站起来。"骒子"！这个王八蛋！吾心里很难受，止不住的眼泪往下流。这时，听到头上一声门响，"骒子"的门开了。他站在门口说："金牙"大哥，请留步。

"大金牙"故意停顿，眯着眼看我们。

他把吾请进他的家。他说离家乡多年，记不清了我的模样，不是有意疏远同学。他说经常有人去敲诈他。他的家里铺着半尺厚的地毯，一脚踏上去，陷没了踝子骨。屋里墙上挂满了字画儿，那些箱儿柜儿的，油汪汪地亮，天知道刷了什么油漆。人家"骒子"拉屎都不用出屋儿。人家喝的是法国酒，抽的是美国烟，裤子上的缝儿像刀刃儿一样。他还是蛮记挂我们东北乡的，问这问那，打听了若干。

问我们了吗？

问遍了！一边问一边说着"狼"打学生的事儿。他说"狼"的教鞭是他削的，"狼"打弹弓用的泥球儿也是他搓的。

啊呀！这家伙！

他还问"小蟹子"和"鹭鸶"了。他还记得到"蟹子"家窗前唱情歌儿，被"蟹子"的爹差点逮住的事儿。

只可惜"小蟹子"住进了精神病院。

我们正说得热乎着呢，有人按门上的电钮儿，屋里唱小曲儿。"骒子"让我坐着，他起身去开门，吾听到他在门口和一个女人嘀咕了半天，后来那女人闯了进来。你们猜她是谁？

是那个四层眼皮的女记者呀！她进门就脱衣裳，没脱光。她说"大金牙"，你还认识我吗？我说认识认识怎么能不认识呢？她支派"骒子"给她倒酒。"骒子"忙不迭地给她倒，红酒，盛在透明的玻璃杯子里，像血一样。那女人也把你们全问遍了。

后来，屋里又唱小曲儿，又有人按门上的电钮儿，"骒子"坐着不动，那小曲儿一个劲地唱。四层眼皮不怀好意地说：去开门呀！怕什么？"骒子"苦笑着，坐着不动。女记者从沙发上蹦起来，说：你不敢去我去。"骡子"耷拉着头,像吃了毒药的鸡。女记者开了门,气呼呼地进来,她身后又跟来一个女人。这女人一头好头发,像钢丝刷子一样支棱着,薄薄的嘴唇上涂着红颜色,像刚吃了一个小孩,一看就知道不是个善茬子。她也是一进屋就脱衣裳,也没脱光。"骡子"说:这是我的乡亲。那女妖精哼了一声,算是跟我打了招呼。她也是让"骡子"给她倒酒,"骡子"起身给她倒,红酒,盛在透明的玻璃杯子里,像血一样。那女人喝着酒,拿两只蓝眼睛瞪着四层眼皮的记者;四层眼皮的记者也喝着酒,拿两只绿眼瞪着红嘴女人。就那么瞪着瞪着,四只眼睛里都噗噗噜噜地滚出泪水来。"骡子"给夹在中间,对这个笑笑,对那个笑笑,像孙子一样。

吾不是傻瓜,对不对,咱知趣,吾说:"骡子",吾走了,抽个空儿去趟高密东北乡吧,乡亲们想你!"骡子"站起来,说:也好,你住在什么地方? 赶明儿我去看你。不待吾回答,四层眼皮就蹿起来,扯着嗓子喊:别走,吕骡子,你这个臭流氓,当着你的乡亲的面把你的丑事儿抖搂抖搂吧。你骗了我,又找了一个女妖精。那女妖精更不省事,端起酒杯就把酒泼到女记者脸上了。两个女人哇的一声叫,打成一堆,互相揪头发,互相抓脸皮,互相扇耳光,打成了一堆,在地上滚,幸亏有地毯,跌不坏。"骡子"喊着:够了! 够了! 你们饶了我吧!

两个女人打累了,从地毯上爬起来,脸上都是血道子,头发都披散着,衣裳都撕了,都露了肉,都哭着骂骂着哭。哭够了骂够了,女记者拎起衣裳,说:"大金牙",回高密东北乡去好好宣传他! 她还对那女妖精说:告诉你吧! 别得意,他从小就是流氓,你早晚也要被他涮了! 女记者走了。女妖精也拎起衣裳,说:告诉你,我怀孕两个月了,你别想让我去流产! 你连想都别想!

两个女人走了。"骡子"双手抱着头,好久好久不动,好久好久不吭气。我看着他那样子心里好不难过,原来他也不容易。我想劝劝他,又狗吃泰山无处下嘴。我说:"骡子",回家乡去看看吧,刘书记前年就死了,骆驼也死了,在家时你还是个小毛孩子,小毛孩子谁不干点荒唐事？现在你给家乡争了光彩,大家都盼着你回去呢!

他呜呜地哭起来,双手抱着头,像个小孩儿一样。他哭了半天,不哭了,他说:我真不该唱什么鬼歌,真恨爹娘生了我个男人身,我是个男人所以我连连倒霉,总有一天……

他说:你们听过我唱的歌吗?我说:听过听过,大人小孩都听过。他说:县里领导来信请我回去唱歌,我要回去,马上就回去。他说:"金牙",今晚的事你回去千万别跟同学们说。我说:不说不说。他说:回去后我要到剧场里演唱,到时你们都去给我捧场。

"骡子"马上就要回来了。

一辆红白两色的面包车把我们拉进了县城,面包车跑得沙沙沙一溜黄风,坐垫儿软得屁股不安宁。"大金牙"、"黄头"、"耗子"、"老婆"、"干巴"……"狼"的学生挤满了车。一个留着小平头的干部说:"吕乐之同志委托我来接你们看他演出,他正陪着县长和副市长吃饭。他说请你们原谅他。"

我们想,你也太客气了。你现在是何等人物,请我们坐面包车已经让我们心里蹦跳不安,怎么敢劳动你亲自来接我们。车里有收音机或是录音机,机器开放着,满车里都是你的歌声,灌得我们晕晕乎乎,半痴半醉。

车快得连路边的树都倒了,差一点撞死一条白花狗。他的歌声在车里盘旋——十八的大姐把兵当——这歌儿流传在高密东北乡,大人小孩都会唱,我们一起骑在牛上唱过——当兵就吃粮——大米干饭白菜汤——馋也么馋得慌——又差点压死一只芦花老母鸡,它叫着飞上了树——当兵先铰成二刀毛——过腔的大辫子咔嚓剪掉了——腰扎牛皮带——肩扛三八枪——身披黄大氅——车头碰死一只麻雀——当兵去打仗打仗不怕死——两个营的八路埋伏在大桥西——正晌时接了火——打死了小日本一百还要多——撇下了一百多尽是好家伙——战斗胜利了——同志们好快活——车进县城,满街都是车,十分热闹——同志们好快活——拐进了一个大院子,那留平头的干部说到了县政府了——同志们好快活——同志们好快活。

我们软着腿下了车,就看到瘦瘦高高的"骡子"陪着两个大干部向我们走过来。

我们坐在好极了的位置上,前边是市里和县里的大干部。剧场里全是灯,不知道浪费了多少电。那道暗红的大幕沉重地悬挂着,吓得我们够呛。剧场的门厅里,摆着一幅巨大的广告牌,牌上画着一个大姑娘,面带着微笑,手举着一个大瓶子,说:请吃高密东北乡特效避孕药。"大金牙"满脸的得意都流到下巴上去了,他不时地抬起西服的袖子擦着下巴。

"骡子"怎么还不出来呢? 别着急,好戏都要磨台。你看,幕动了! 大幕果然裂开一条缝,一个全身通红的女人钻出来。她的两个耳朵垂上挂着两个鸡蛋那么大的铜铃铛,一动脑袋铃儿响叮当,让我们想起刘书记的骆驼。她说:剧场重地,请勿吸烟,请勿吃带壳的东西! 说完了她就钻到大幕里去了。

大幕终于拉开了,我们头顶上的灯灭了很多,台上的灯亮了好多。台上早摆好了一大溜蒙着白布的桌子,桌子后边坐着一排人。一个人扛着机器,给坐在桌子后边的人照相;一个人拖着黑电线;还有一个,高举着一个四四方方的东西,那东西突然射出了一道雪白的光芒,把桌子后边的人都照得不敢睁眼。"骡子"坐在正中央,只有他睁着眼,好像看着我们。又出来一个全身碧绿的女人,裙子里安装着几十个明明灭灭的小灯泡。稀奇稀奇真稀奇。她背上背着什么? "黄头"悄声问。"大金牙"说:背着干电池呗! 她说了一大通话,紧接着县长讲话,紧接着"骡子"讲话,后来,大幕关闭了。

大幕又开了时,台上的桌子撤走了。县长他们下了台,在我们前排就了座。那个绿女人说:演出现在开始! 台下一片欢呼。

她说第一支歌是:《高密东北乡,我可爱的家乡》。

"骡子"穿着一身白得让人不敢睁眼的西服,手里握着一个喇叭筒子,说了些客气话呜里哇啦,然后开始唱:

我的家乡真美丽——

这小子,真会装模作样,美丽? 美丽在哪里?

黑水河从我的心上流过——

我们忘不了你在河里洗澡时的恶作剧——

到处是大豆高粱红红绿绿黄黄遍地是牛羊——

纯属胡唱,胡唱——

百花齐放春风浩荡蜜蜂采花把蜜酿——

你唱得实在不精彩,著名民歌演唱家,不过是扯着喉咙瞎嚷嚷。

为了老同学,我们使劲拍巴掌。

那个穿红衣裳的女人把一把塑料花塞他怀里,演出到此结束。我们连连打着哈欠,等着他来接见我们。

他跟我们一一握手,还送给我们每人一个电子打火机。

面包车把我们卸在村口就跑了。满天都是星星,河里一片蛤蟆叫,空气潮漉漉的,露水落下来。我们啪啪地打着电子打火机,你照照我的脸,我照照你的脸。"大金牙"神秘地说:

"伙计们,你们猜他跟我要什么东西?"

"你有什么稀罕东西值得他要!"

"你们猜嘛!"

"鬼才去猜!"

"我告诉你们吧——可别瞎传播——他跟我要那种特效避孕药!"

"噢——你那鬼药灵不灵呀!"

"灵灵灵,绝对灵,我这药有孕堕胎、没孕避孕,兼治经血不调、胸胁胀满……"

"去你的吧!"

五、"大金牙"折腾记

"大金牙"的爹就是个人物。我们没见过他的爹,他死得很早,也有人说他成了仙。我们听我们的爹娘说,"大金牙"的爹本是个老实巴交的庄户人。说有一天他到南大洼里去锄高粱,碰见了一个白胡子老头,送他一本天书,那天书上写满了蝌蚪文,没有人会念,只有"大金牙"的爹会念。天书上写着炼仙丹的方法,只要炼出仙丹,谁吃了谁成仙。他天天炼,在屋里安了一个铜炉子,铜炉子下插着劈柴。他炼丹用的材料稀奇古怪,什么砖头面儿、磕头虫儿、屎壳郎儿、麻雀蛋、蝙蝠屎、长虫皮……全村都能闻到从炼丹炉里跑出来的味儿。他天天炼,炼了好几年。有时他上街,人们问他:炼出来了没有?他小声说:要想个法子,要想个法子,每当我要开炉出丹时,狐狸精就把丹给盗了。大家都笑他。他最后想了个好法子:开炉取丹时,让一个正来例假的女人站在炉边,狐狸精怕女人血,就不敢来盗仙丹了。说他出丹那天,"大金牙"的娘站在炉边,一开炉门,果然白气冲起,差点没把屋盖掀跑,他的脸在白气中隐现着,赤红赤红,宛若一块炉中钢。白气渐渐散去,低头看炉中,果然有一粒像樱桃那般圆润、像樱桃那般鲜艳的仙丹在炉底闪闪发光,空中伸下一串串毛茸茸的大尾巴,房顶上传下来狐狸精焦急的吼叫。他命令女人解开裤腰,放出秽气,狐狸们退了。他抓起仙丹一口吞了,把"大金牙"的娘气得够呛。他吃了仙丹后,满脸是喜气,双眼放着神光。他抱出一堆黄表纸,放在院子里,然后坐在纸前,点燃了纸,对老婆说:我要上天了。他老婆纳着鞋底子看着他的升天仪式。火焰高涨起来,纸灰满院子飞舞。一会儿火熄了,他还坐在那儿,闭着眼。"大金牙"的娘上去,踢他一脚,说:神仙,该吃饭了。竟然没有回声,仔细看时,人已经没了气息。"大金牙"的娘嚎哭起来,引来村里人看热闹。一个白胡子老头说:你哭什么?他已经脱了凡胎,成了神仙,你哭什么?"大金牙"的娘擦着眼说：这个没良心的,炼出仙丹来只顾自己吃,他成仙上天,俺娘儿们还得留在人间受罪。

"大金牙"的避孕药厂开工那天,村子里的老人把"大金牙"的爹炼仙丹的事儿讲给好多人听。

开工那天,吕家祠堂挤满了人。村长和村党支部书记各操一把大剪刀,剪断了把我们当年的教室和"狼"当年的办公室联结在一起的红绸子。红绸落地,鞭炮响起,纷纷扬扬的纸屑和淡蓝色的青烟一起扎进我们的眼睛。然后是书记讲话,村长讲话,"大金牙"讲话。"大金牙"说他要造福乡梓,降低出生率,提高人口质量等等。他私下里对我们说过,"骡子"很欣赏这工厂。他说"骡子"说中国所有的事情就坏在人口多上,人类的所有苦痛都建立在性交之后可能怀孕这一严酷的事实上。"所以他才帮我的忙,在京城里。""大金牙"在粉坊里对我们说。所以"大金牙"说他的工厂得到著名歌唱家赞助,为表感谢,他请"骡子"担任避孕药厂厂长。今后,我们生产的每一盒药的盒子上,都要印上"骡子"的头像和"骡子"的大名。

——这就是轰动一时的骡子牌避孕药的来由。祠堂里的坛坛罐罐就不说了,还有那些五颜六色、怪味扑鼻的配料也不说了。

"大金牙"的工厂冒烟之后,整座村子都被那怪味充斥了。闻了那怪味我们都感到不舒服。起初仅仅是不舒服,后来就恶心伴随呕吐、腹痛伴随腹泻,还有很多症状,不能一一例述。我们并没想到这是被"大金牙"折腾的。后来,连鸡都不下蛋了,鸡都蹲在墙旮旯里吐酸水。又后来,村里所有的男人都无法跟女人睡觉了。女人更彻底,据她们回忆道:自从闻了从吕家祠堂里飘来的味道后,她们都没了例假,而且一见了男人的影子就想上吊。

"大金牙"研制的这种药太厉害了。

据说他发出去了一批药。

很快,有消息传来,说"大金牙"制造毒药,损害了人民健康,公安局要来抓他。我们把这消息告诉了他。当天夜里他就失了踪。也有人说他藏在自家的一个地洞里。

"大金牙"办工厂时除了从信用社贷款外,还借了村里好多人的钱。他一失踪,债主们纷纷找上门去。他老婆装死狗,说要钱没有,要命有一条。债主们无奈,只得争先恐后往吕家祠堂跑,想看看那里有没有可以抵债的东西。信用社主任想独家把工厂接管了,债主们红了眼,一窝蜂拥进工厂里去。

那天我们都在场,铁皮烟囱还冒着一种鲜艳的红烟,十几个戴着防毒面具的雇佣工人还在按照"大金牙"指导的程序制药。一个大炉里有通红的火,屋里的空气刺鼻子扎眼。大家打量着"设备",都失望得要命。于是村长喊:别干了,"大金牙"跑了,我们都被他骗了。

工人们停下手中的活,傻不棱登地看着我们。众人的怨气无处发泄,便一齐动手,把那些坛坛罐罐捣得稀巴烂,然后捂着鼻子跑了。

那股怪味儿在我们村子里飘漾了一年多,现在才淡了些。

六、人头菊花

这件事情仅仅是传说。据说有一个人佯装走了,实则趴在道路旁边的沟里藏了起来。我们至今还记得,沟里填满了一大团一大团的红薯秧子,趴在上面会很舒服。我们猜测那个人是"骡子",但他坚决不承认,"耗子"曾经问过他。

传说那个人看到刘书记、民兵连长和两个基干民兵待到大队的人走远后,就坐在一块抽烟。抽够了烟,就点了一把火,把红缨枪挑了人头,放在火上燎,燎得吱啦啦冒烟才停。还说有好几条狼在火堆的光明外一个劲儿嚎叫。两个民兵中的一个有点害怕,刘书记批判他:怕什么怕?不是有枪吗?

他们没有对着狼开枪。

回忆一下,在赶猪回家的路上我们也许听到过枪响,如果有枪声,也一定是劳改农场里士兵追赶逃犯时放的。

潜伏者说,民兵连长从骆驼背上拿了一条麻袋把人头装了。刘书记骑上骆驼,民兵连长等人尾随着,向村子里走。

传说刘书记把人头埋在一个大花盆里,花盆里栽着一墩菊花,然后浇上三碗清水。刘书记家院子里的确有一盆菊花,这不是传说。第二年秋天刘书记那盆菊花开放了,这也不是传说。

你那时已经是刘书记的骆驼饲养员。你除了精心饲养骆驼外,还必须精心侍弄这盆菊花。你为它浇水,抓虫子,赶苍蝇。传说这盆菊花只开了一朵花,花朵肥大,大如人头,颜色是黑得透红或红得发黑,花朵放出奇香。说归说,我们没看过这盆名菊。

我们亲眼看到那盆菊花是他逃跑后(用失踪更准确些)的那些日子里,那盆菊花在刘书记怀里,刘书记在骆驼的两个驼峰之间。那个中午太阳很大,街上的尘土都放出光彩。刘书记抱着菊花坐在骆驼上,骆驼闭着眼慢腾腾地走着,那两座驼峰中的一座软瘪瘪地倒了,刘书记和骆驼都像梦境中的东西,唯有菊花夺目,放出黑色的亮光和阳光作对。算一算这事情过去二十多年了。

他在收音机里唱:有一个美丽的传说,少女的头上,开放了黑色的花朵……

也许这不是传说。算了算了,管它是传说不是传说呢。

七、巨　响

至于是否有大蝴蝶般的女人扑进了熊熊燃烧的火堆,也只能当传说听。那晚上我们太累了,太累了就容易产生幻觉,另外火光外站着的人也容易产生幻觉。还有前回所说的好多事儿都可能是幻觉,连传说也有可能是幻觉。幻觉本身更容易成为幻觉。因为把一切都推给幻觉我们感到很轻松,有点像从噩梦中醒来的滋味。他真的把传宗接代的宝贝割下来了? 我们是否真的站在他的门外呼唤过他? 都不确定。

巨响的幻觉性也很大。那天晚上，火堆里埋了三颗手榴弹，刘书记的意思是要烧得它们爆炸，但火堆快要把最后一点红烬消失掉时它们还不炸。如果不是幻觉，那么，我们就慢慢地围上去了，每个人都小心翼翼，一边小步前进一边准备随时卧倒。其实，它们真想爆炸，我们根本来不及卧倒。

"黄头"很有些军事常识，他说手榴弹放到火里烧都不炸是不正常的，它们迟早会爆炸，我们每前进一步，就离着爆炸近一步。一般地说三颗手榴弹会同时爆炸，同时爆炸就会产生一声巨响。弹片有杀伤力，更大的杀伤力来自爆炸时产生的热气浪。它能隔着肚皮把你的肠子撕成香蕉那样长的一段一段又一段。

八、情深时想起爹娘夜捞羊

我们坚信我们的真诚会使你感动，你会敞开你的门，放我们进去，让我们安慰你，我们决不会主动问你为什么要割掉自己的下体，鸡吃石头子儿自有鸡的道理，你自有你的道理。你必定是感到非割掉它不可了才把它割掉的。我们打听到一个办法，可以让它再生出来。也不是我们打听到了什么办法，是失踪的"大金牙"不知从什么地方寄给我们一封信，他说吾惊悉"骡子"自己毁了自己，吾想他一定是一时激动，这太简单了，就像猫儿爬上树也必然能从树上爬下来一样。吾想只要"骡子"肯把他唱歌挣来的五十万块钱借给吾五万块，吾就还他一个男人身子，五万元买个金刚钻儿，不贵吧？说到这里还得补充几句：不是说"大金牙"发出去一批药吗，那批药被京城里一些人吃了，男人女人都吃，吃了后都想自杀，于是一级一级查下来，听说公安局夜里摸进村庄来逮捕"大金牙"，没逮着。他的药太峻烈了。我们真担心"骡子"花了五万元买来一根可怕的。

你皱着眉头对我们说："滚！全都滚！"

"骡子"，我们好主好意来看你，没有一丁点儿恶意，为什么要我们滚呢？你走红运的时候我们并没有去找你,你现在正倒霉,倒霉的人需要友谊是不是?

"你们根本理解不了我!"你满面红光地说,"我好得很!"

"就冲你好得很,也该把你的烟拿出来,让老同学们过过瘾,那四层眼皮的女记者还把她的美国烟卷扔在炕上,让我们随便抽来着。"

你的脸阴沉起来。好,我们不提那女记者啦,她要是再敢到我们村里来刺探你的情报,我们就劁了她的蛋子儿。她说你跳到护城河里救上了一个小孩真有这事吗?

你摆摆手,把烟撒给我们抽。

这恐怕又是幻觉的继续。

你说:"你们不理解我,你们只理解肚子和牙。"

你在门里,我们在门外,我们听到你的声音,如同一条小溪里的流水声:

"……市精神病医院你们去过吗? 你们去看过"小蟹子"吗?"

没有,我们没有时间去。她在县百货公司站柜台卖彩气球时"大金牙"见过她一面,"大金牙"说她胖得很厉害,一张大脸白白的,眼睛比她少年时小了许多,"大金牙"说她可能是浮肿。对对对,她原先是卖过磁带什么的,后来"大金牙"说她又去卖气球了。她一手攥着一把气球的线儿,头上飘着两大簇五颜六色,嘭嘭地响。

"市精神病医院门前有一棵大槐树,槐树上有窝老鸹,见人到树下它们就呱呱地叫。你们猜不到我为什么要去看她。医生不让我进去,说她很狂躁,打人咬人什么的。后来我拿出了我的名片给医生,医生说:你就是那个唱歌的呀,你非要见她? 那你赶快到街上去买两把气球儿,必须彩色的……

"我举着两把气球儿,像举着两把鲜花,走进了她的病房,她坐在椅子上,手捂着脸,正在那儿叽里咕噜地骂人。医生喊了一声,她把手从脸上拿下来,两眼凶光,好像要跟人拼命。但是她的眼立即柔和了,她看见了气球。她喃喃着,像个小孩子一样偎上来。给我……给我吧……我给了她,她举着气球跳起来……

"现在,你们可以走了吧?

"滚,都滚,不要惹我发火!"

"耗子"神秘地对我们说,那天你们走了以后,我又回去了。我站在他的门外只敲了一下门,他就把门打开了。他一团和气,穿得整整齐齐,先让我喝了盅满口都香的茶,又让我抽美国烟。我仔细(当然是偷偷地)打量了一下他的那地方,鼓鼓臃臃的,并不像少点儿什么,那事儿怕又是造他的谣言。他对我说这次回来是体验生活,搜集民歌民谣,找了我们几次都找不到,他还说你们有意疏远他。他说你回去跟"黄头"他们说:"骡子"永远变不成马,唱歌的事儿本没有什么了不起,是个人就能。他说在外边混饭吃不能太老实,太老实了就要受欺负;他说回乡后可得老老实实,一就是一二就是二,骗子就怕老乡亲嘛!他问了好多好多事,他说压根儿就没见过"大金牙","大金牙"去京城那些日子,他正在日本国演出呢。他说他很想去看看"小蟹子",只是不知道精神病医院在什么地方。他还说"鹭鸶"这家伙太过分了,怎么可以打老婆呢?"小蟹子"大概是世界上最优秀的女人了,可现在竟被他折腾疯了。

"耗子"说,我还问了他一些早年的事,譬如说摸"小蟹子"的胸脯的事儿、夜里捞羊的事儿。他有些伤感地说:光阴似箭,转眼就是二十年啦。他说那纯粹是小孩子胡闹,根本算不上恋爱的,"鹭鸶"如果连这都不能原谅,那可实在太糟糕了。我是摸了她一下,她跑了,我可吓得没了脉,棍子一样戳在河堤上,只想跳河自杀。第二天上学时,我生怕她告诉了"狼","狼"要是知道了我敢摸女生的胸脯,非把我打死不可,她没有告诉"狼",我心里感谢她,感谢极了。从此之后我再也不赶着羊追她了,也没有羊好赶啦,那只母羊掉到河里淹死了,那只公羊累瘫了。说到这里他和我都哈哈大笑起来。

"耗子"还说,他说他摸"蟹子"时肯定被"鹭鸶"看到了,当时他就恍惚看到一个瘦长的影子在高粱地里晃动。他说他呆立在河堤上,不知过去了多少时间。爹娘的声音伴随着一盏红灯愈来愈近,一直逼到他的眼前。他不动,准备豁出皮肉挨揍了,奇怪的是那晚上爹和娘都变成了菩萨心肠,不打他也不骂他,只是轻轻地问他那只母羊哪里去了。他说母羊滚到河里去了。于是,爹和娘便脱外边的长衣服下河去捞羊。爹高举着红灯笼,生怕被水浸湿了,河里哗啦哗啦响着,爹和娘的身体被灯笼火照得朦朦胧胧,显得很大很大。突然听到娘说:摸到了摸到了! 爹举着灯笼凑上去。突然又听到爹和娘的怪叫声一拖很长,灯笼掉在河里,随水漂去。爹和娘挣命般扑腾着爬到岸上来,浑身滚着水。黑暗中看不到他们的眼睛,但能感觉到他们在颤抖。爹扛起瘫在地上的公羊,娘拖着我,飞快地往回跑,直跑得上气不接下气,直跑得爹与羊一样摔倒在地,才停止。娘说:我的亲娘,吓煞我啦! 我还以为是咱们的羊呢! 谁知道竟是——爹低声说:少说话,"路边说话,草窠里有人"! 娘不敢吱声啦。

"耗子"说得满嘴白沫,我们也听累了。

你别说了,既然他不嫌弃我们庄户人,咱们明儿个一块去看他吧。

好! 明儿去看他。

九、汽车尾灯的光芒

"骡子","骡子",开门吧,我们拍打着你的门板,我们呼唤着你的名字,你不开门也不回答,昨天"耗子"不是骗我们就是他产生了幻觉。我们很失望地往回走,太阳高升,空气清新,你应该出来走一走,现在田里的活儿不忙,我们愿意与你一起散步,看看我们的墨水河,看看我们的劳改农场新建成的飞碟式大楼。一群剃着光头、穿着蓝帆布工作服的囚犯们在大豆地里喷洒农药,风里有不难闻的马拉硫磷味道。劳改犯里藏龙卧虎,你还记得我们村那栋红色大粮仓吗?那是一个六十年代的老囚犯设计的。那时候我们经常跑到劳改农场的大片土地里去割牛草,一边割草一边看那些老老小小的犯人。警卫战士抱着马步枪骑在膘肥体壮的战马上,沿着田间小径来回巡逻。马上的战士很悠闲,马儿也很悠闲。战士噘着嘴唇吹着响亮的口哨,马儿伸出嘴巴去啃小径上的草梢。我们最喜欢看女犯人。她们也都穿着一色的劳动布工作服,或锄地或割草或摘花。有一个女犯人特别好看,嗓子也好听。她们摘棉花时总要唱歌儿。碧蓝的天上游走着大团的白云,好多鸟儿尖声啼叫。也有战士骑着马在小径上巡逻,但他不吹口哨,他的马步枪大背着,他手里握着一根树条儿,无聊地抽打着棉花的被霜打红了的叶子。犯人们很欢乐,一边摘棉花一边唱歌。她们的歌声至今还在我们耳边上嗡嗡着,你在收音机里唱过她们唱过的歌。我们无论如何也要把你请出来,让你跟我们一起去看犯人干活去,犯人们在劳动时都高唱着你的歌曲。

> 从前有一个姑娘
> 在墨水河边徜徉
> 骑红马的战士爱上她
> 从脖子上摘下了马步枪

失踪好久的"大金牙"突然出现在我们的粉坊里。电灯的光芒把粉坊变得比汽灯时代更白亮。在电灯的光辉下,我们才明白那个四层眼皮记者所说的"汽灯比电灯还要亮"的话是骗我们玩的。"大金牙"好像从来就没逃跑过,他穿得更阔了,京腔更浓了,脚上的塑料雨靴换成了高勒牛皮靴。一进粉坊他就说:

"伙计们,不要问我从哪里来。"

然后他分给我们每人一张名片,每人一支香烟。他再也不脱鞋搓脚丫子泥了,他连坐都不坐,嫌脏啊,小子。他说:真正的好汉是打不倒的,打倒了他也要爬起来。谁是真正的好汉呢,"骡子"算一条! 吾算一条!

他说他筹到一笔巨款,准备兴建一个比上次那个大十倍的工厂。这家新工厂除了继续生产特效避孕药之外,还要生产一种强种强国的新药。这种药要使男人像男人女人像女人。除了生产这种药之外,还要生产一种更加宝贵的药品,这种药虽说不能使人万寿无疆,但起码可使人活到三百五十岁左右。

当我们询问他是否见到"骡子"时,他说:见过,太见过了,在京城我们俩经常去酒馆喝酒。

我们一齐摇头。"大金牙"你过分啦,"骡子"回家乡把自己关在屋子里已经好久啦,你不是还写过一封信向他借钱吗?

"大金牙"脸上的惊愕无法伪装出来,他瞪着眼说:"你们说什么胡话?发烧烧出幻觉了吧?"

他逐个地摸着我们的额头,更加惊讶地说:"脑门儿凉森森的,你们谁也没有发烧呀!"

"老婆"说:"你摸摸自己发没发烧!"

"大金牙"说:"让我发烧比登天还难!"

该介绍一下"老婆"的由来了。"老婆"本名张可碧,现年三十八岁,男性,十五年前娶一女人为妻,生了一男一女,为计划生育,其妻于一九八四年去镇医院切除了子宫和卵巢。本来女性绝育手术只需结扎输卵管,但"老婆"的老婆的子宫和卵巢都生了瘤子,只得全部切除。为什么我们要把"老婆"这外号送给张可碧呢?只因张可碧父母生了六个女儿后才得到这个宝贝儿子,为了好养,所以可碧从小就穿花衣服、抹胭脂。父母不把他当男孩,他就跟着姐姐们学女孩的说话腔调,学女孩的表情、动作。等他长到和我们同学时,他的父母不准他穿花衣服了,但他的那套女人腔、女人步、女人屁股扭却无法改变了,所以我们就叫他"老婆"。

他的老婆切除了子宫卵巢后,嘴上长出了一些不黄不黑的胡子,嗓子变得不粗不细,走路大踏步,干活一溜风,三分像女七分像男。在这样的女人面前,"老婆"真成了他老婆的"老婆"了。

"大金牙"说:"骡子"富贵不忘乡亲,是个好样的,当然吾也不是一般人物,吾名气没他大,但脑袋里的化学知识比他多。我们被他给打蒙了,听着他胡说,想着我们是不是真的去敲过"骡子"的门?"骡子"是不是真的回到家乡?

"大金牙"说:京城里有一家全世界最高级的红星大饭店,吾和"骡子"在那里边住了三个月。一天多少房钱?不说也罢,说出来吓你们一跳两跳连三跳。

"骡子"活得比我们要艰难得多!是啊,像他这样的人怎么会艰难呢?又有名,又有利,吃香的喝辣的,漂亮女人三五成群地跟着。吾原先也这么说。可是"骡子"说:"大金牙"老哥,你光看到狼吃肉没看狼受罪!名啊名,利啊利,女人啊女人!都是好东西也都是坏东西。就说名吧,成了名,名就压你,追你,听众就要求你一天唱一支新歌,不但要新而且要好。不新不好他们就哄你、骂你,对着你吹口哨,往你脸上扔臭袜子。还有那些同行们,他们恨不得你出门就被车撞死。还有那些音乐评论家们,他们要说你好能把你说得一身都是花,他们要说你坏能把你糊得全身都是屎……他说:我真想回家跟你们一起做粉条儿……

他真能回来吗?我们用眼睛问"大金牙"。

"大金牙"说:吾劝他千万别回来,宁在天子脚下吃谷糠,也不到荒村僻乡守米仓。他咕咚灌下去一盅酒,眼圈子通红,咬牙切齿地说:我不会回去的!我当年就是为了争口气才来这儿的。如果不成功,回去也无用。吾对他说:"骡子",你已经够份了,何必那么好胜,能唱就唱,不能唱就干别的。他又喝了一杯酒,狠狠地说:不!那天晚上他喝醉了,吐了我一身,你们看我这套纯羊毛西服上的污迹,就是他吐的。我像拖死狗一样把他拖进房间,他躺在地板上打滚,一边打滚一边唱歌,那歌儿不好听,像驴叫一样。后来总算把他抚弄睡了,他在梦里还叨咕:"金牙"大哥……我还有一个绝招……等我……那些狗杂种瞧瞧……

他要干什么?我们用眼睛问"大金牙"。

"大金牙"说:他千不该万不该得罪那个女记者。

女记者怎么啦?

"大金牙"说:他的票卖不出去了。他的磁带也卖不出去啦。现在走红的是一些比他古怪的人,嗓子越哑、越破越走红……

这些都与我们没关系,我们只是想知道,他为什么要把自己的……割掉?我们用眼睛问"大金牙"。

"大金牙"说:你们别幻觉啦。

"老婆"说:俺是听俺老婆说他回来了。他那旧房子不是早由村里给他翻修好了吗?俺老婆说那天黑夜里起码有一排的人往他家搬东西,一箱箱的肉,一坛坛的酒,一袋袋的面,好像他要在里边住上一辈子似的。过了几天,俺老婆说:你那个同学把那玩意儿自己割掉了。俺问她是怎么知道的,她说是听街上人说的。你们说这事可能是真的吗?

"大金牙"又跑到粉坊里来了。他说吾刚从"骡子"那里回来。"骡子"拿出最好的酒让吾喝,他说他这次回来之所以不见人,是为了锻炼一种新的发声方法。一旦这种发声方法成功了,中国的音乐就会翻开新的一页。他充满了信心。他还说待些日子要亲自来粉坊看望大家。

他还对你说了些什么?我们用眼睛问"大金牙"。

"大金牙"说:他还对吾说了汽车尾灯光芒的事。他说有一天夜晚,他独自在马路上徘徊,大雨哗啦啦,像天河漏了底儿。街上的水有膝盖那么深。所有的路灯都变成了黄黄的一点,公共汽车全停了,等车的人缩在车站的遮阳棚下颤抖。起初还有几个人撑着伞在雨中疾跑,后来连撑伞的人也没有了。他说他半闭着眼,漫无目的地在宽阔的马路中央走着,忽而左倾忽而右倾的雨的鞭子猛烈地抽打着他

的身体,他说我的心脏在全身仅存的那拳头大小的温暖区域里疲乏
地跳动,除此之外都凉透了,我亲切地感觉到眼球的冰凉,一点冷的
感觉也没有,本来应该是震耳欲聋的雨打地上万物的轰鸣,变得又轻
柔又遥远,像抚摸灵魂的音乐——什么叫"抚摸灵魂的音乐"呢? 你
这家伙——吾怎么能知道什么叫"抚摸灵魂的音乐"呢! 吾要是知道
了什么叫"抚摸灵魂的音乐"吾不也成了音乐家了吗!"大金牙"的
叙述被我们打断,他显得有些心烦意乱。你们都是俗人,怎么能理解
得了他的感情! 吾只能理解他的感情的一半。他说他在雨中就那样
走啊走啊,不知走了几个小时,突然,一辆乌黑的小轿车鬼鬼祟祟地
迎面而来,它时走时停,像在收获后的红薯地里寻找食物的猪。它的
鼻子伸得很长很长,嗅着大雨中的味道。他说他有点胆怯,便站在
一棵粗大的梧桐树边不动。它身上迸溅着四散的水花,从他的面
前驰过去,就是这时候,他看到汽车尾灯的光芒,它像一条红绸飘
带在雨中飘啊飘啊,一直飘到他脸上。后来,他恍恍惚惚地感觉到
那辆狡猾动物般的小轿车又驰了回来,在瓢泼大雨中它要寻找什
么呢? 雨中飞舞着红绸般的汽车尾灯的光芒,他说他如醉如痴。
汽车在行进过程中,车门突然打开了,有一个通红的大影子在雨中
一闪。汽车飞快地跑走了。他看到雨中卧着一个人。他犹豫了一
阵,走上前弯腰察看,原来是长发凌乱的女人。他问她:你怎么了?
她不回答。他再问:你病了吗? 她不回答。他再问:你病了吗?
她不回答。他伸手去拉她时,她却突然跃起来,用十个尖利的指
爪,把他裤裆里那个"把柄"紧紧地抓住了。你们知道不知道被抓
住了"把柄"的滋味? 那可是难忍难熬。他说他昏过去了。等他醒
来时,发现自己已被人剥得赤身裸体。如红绸飘带般的汽车尾灯
的光芒在雨中继续飘动。只有雨,街上一个活物也没有,他说他光
着屁股跑回家。站在门口他哆嗦着,衣服已被剥光,钥匙自然丢
了,没等他想更多,眼前的门轻轻地开了,开门的人竟有点像那个
在雨中梦一般出现又梦一般消失的女人。

十、抚摸灵魂的音乐

把六个淀粉团子做完后,夜已经很深了。作坊里的所有支架上都晾上了在电灯下呈现蛋青色的粉丝。我们感到非常累。"耗子"心情很好,从炕头柜里摸出了一包好茶叶,用暖壶里的水泡了,倒到两只大碗里大家轮流喝。村子里时有狗叫,声音黏黏糊糊的,催人犯困。"耗子"拨弄着他那个破收音机,收音机里沙沙响。"老婆"说:别拨弄了,城里人早就睡了。"耗子"说:你简直是个呆瓜,城里人睡得晚,果然收音机里有一阵阵的掌声和嗷嗷的喊叫声。有一个女人在收音机里说:亲爱的听众们,在今天的晚间节目里,我们将为您播放著名现代流行歌曲演唱家吕乐之音乐晚会的实况录音片断……

我们高高地竖起了我们的耳朵,听那女人说:吕乐之早在数年前就以他那充满乡土气息的民歌博得了广大听众的热烈欢迎,近年来,他发愤努力,艰苦训练,成功地将民歌演唱法和西洋花腔女高音唱法天衣无缝地融合在一起,创造出一种世界上从来没出现过的新唱法……他的演唱使近年来走红的流行歌手们相形见绌,他用自己的艰苦劳动和得天独厚的喉咙重新赢得了广大音乐爱好者的爱戴。世界著名的声乐大师帕瓦罗蒂听了吕乐之的演唱后,眼含着热泪对记者们说:这是人类世界里从没出现过的声音,这是抚摸灵魂的音乐……

在一阵阵的疯狂叫嚣中,他唱了起来。他的声音让我们头皮阵阵发麻,眼前出现幻影。他的声音不男不女,不阴不阳,跟"老婆"的切除了子宫和卵巢的老婆骂"老婆"的声音一模一样。

劳改农场那边又响起了也许是枪毙罪犯的枪声。我们是不是站在你家门前敲过门板呢? 也许真是幻觉,即便在真幻觉里,我们也感到恐惧。

(初刊于《人民文学》一九八九年第六期)

怀抱鲜花的女人

一

海军某部上尉王四回家结婚。他的未婚妻是县城百货大楼钟表专柜的售货员。她的家与王四的家都是离县城四十里的马庄乡,王四家住李家庄,她家住桥头堡。原说她要到部队去与王四结婚,后来又让王四回来结婚,理由是老人年纪大了,想在家结婚热热闹闹让老人高高兴兴。

王四下了火车就直奔百货大楼,到钟表专柜一问,说她已告假回家了。几个女售货员嬉皮笑脸地问:"你就是燕萍的那个吧?"他说:"就算是那个吧!"王四出了百货大楼往公共汽车站走。走了一半路程,天开始下雨,起初很小,后来渐大。距汽车站还有不近的一段路,他担心淋坏了包里的东西,便寻找避雨的地方,抬头看到了铁路立交桥,紧走几步,钻了进去。

雨水在天地间拉开了灰白的巨网,往常交通繁忙的立交桥下,此刻竟冷冷清清。这里地势低洼,立交桥下既是车辆与行人的通道,也是洪水的通道。马路上的雨水哗哗地泄进来,桥下明晃晃一片。王四站在水里,寻找比较干燥的地方,这样他就站在了那几根既把立交桥下的空间分割成两半又支撑了立交桥的粗大钢筋水泥支柱之间。他放下行李,从口袋里摸出手绢擦干脸上和脖子里的雨水,然后掏出烟、打火机。打火时,一条狗在他背后恐怖地叫了几声。他的打火机喷出的火苗可能把狗吓了一跳,狗的叫声把他真正地吓了一跳。他抬眼去寻找那条狗时,猛然发现,在对面那根支柱旁边,站着一个身穿墨绿色长裙的女人。

他又一次点燃打火机,在背后那条狗的叫声中,仔细地观看这个距自己只有三米远的女人。

她穿着一条质地非常好的墨绿色长裙,肩上披着一条网眼很大的白色披肩。披肩已经很脏,流苏纠缠在一起,成了团儿。她脚上穿着一双棕色小皮鞋,尽管鞋上沾满污泥,但依然可以看出这鞋子质地优良,既古朴又华贵,仿佛是托尔斯泰笔下那些贵族女人穿过的。她看起来还很年轻,最多不会超过二十五岁。她生长着一张瘦长而清秀的苍白脸庞,两只既忧伤又深邃的灰色大眼睛,鼻子高瘦,鼻头略呈方形,人中很短,下面是一张红润的长嘴。她的头发是浅蓝色的,湿漉漉地披散在肩膀上。其实,上述这些,王四当时并没真正看清楚。当时,在打火机微弱光芒的照耀下,最先映入王四眼帘并使他感到突然袭来了莫名兴奋的,是女人怀里抱着的那束鲜花。

那束花叶子碧绿,花朵肥硕,颜色紫红,叶与花都水灵灵的,好像刚从露水中剪下来的一样。王四没有太多的花卉方面的知识,从花枝上生长着的粉红色的硬刺上,他猜测那束花是月季或者蔷薇。

那束花约有十余枝,挑着七八个成人拳头般大小的花朵和三五个半开的、鸡蛋大小的花苞。她用双手搂着花束,因裙袖肥大而褪出来的雪白胳膊上,有一些红色的划痕,分明是花枝上的硬刺所致。花朵团团簇簇地拥着她的下巴,花瓣儿鲜嫩出生命、紫红出妖冶,仿佛不是一束植物而是一束生物。

火光映照着那些花朵也映照着她的脸,她的眼睛里射出善良而温柔的光彩。好像花儿渐渐开放,她的脸上渐渐展开了一个妩媚而迷人的微笑,并且露出了两排晶亮如瓷的牙齿。她的牙齿白里透出浅蓝色,非常清澈,没有一点瑕疵。

王四的心紧起来,持续燃烧的打火机突然烫了他的手。他晃灭打火机,一时感到六神无主。桥洞里黑幽幽的,洞外雨雾漫漫,洞口垂挂着一道雨水的青白帘幕,水从他的脚下响亮地流过去。他并不感到恐惧,只是感到思维迟钝,女人在鲜花丛中绽开的笑脸像一束黄色的火焰在他的脑海里燃烧着。

他不由自主地又一次打着打火机。蓝色的火苗跳跃起来。女人保持着适才的姿势,连一丁点儿也没移动。在他手中光明的照耀下,女人又绽开了迷人的微笑。王四觉得自己的整个精神都被那花朵中的笑容俘虏了。他再也不愿熄灭手中的火焰,好像打火机一熄灭,自己就要从美梦中惊醒一样,但耗尽气体的打火机还是毫不客气地熄灭了。他掰着灼手的齿轮打火,噼嚓噼嚓噼嚓,除了有一些细小的火星从打火机中溅出外,火苗儿再也无法喷出了。他懊恼地将这个烫手的小玩意儿扔到面前的水中。他听到了打火机灼热的金属部分在冷水中发出的嘶鸣。

女人无声的笑容像一道灿烂的闪电,随着打火机的熄灭而熄灭了。这时,暴雨中响起了沉闷的雷声,遥远的闪电把微弱的蓝光抖动着投射到立交桥下,仿佛引燃了女人头上浅蓝色的头发,一大团幽蓝的光模模糊糊地辉映着她苍白的脸和那些紫色深重的花朵。一列火车冒着大雨从桥上通过,车轮压迫钢轨的声音、汽笛撕裂潮湿空气的声音在空旷的桥洞里被放大了,仿佛即刻就要天崩地裂一样。

王四在这巨大的轰鸣声中,思维突然清晰起来。他感到被雨淋湿的衣服冰凉地粘在身上,寒意从内脏里生发出来,凉透了四肢和体表。一股热烘烘的、类似骡马在阴雨天气里发出的那种浓稠的腐草味儿扑进了他的鼻道和口腔,而这种味道,竟是从那怀抱鲜花的女人身上发散出来的。尽管他也嗅到了从阴暗地沟中滚滚流过的雨水的腥味和那束鲜花清冷的植物气味,但都压不住女人身上的味道。王

四的老爹曾当过生产队的饲养员,饲养棚里有一铺热炕,王四考进高
中前一直跟着爹在这铺热炕上睡。每逢阴雨天气,牲口身上的腐草
味道像一只温暖的摇篮、像一首甜蜜的催眠曲使他沉沉大睡。现在
他闻到这味道,感到这个陌生女人与自己之间建立了一种亲密的联
系,他产生了与她对话的欲望。

"你在这里避雨吗?"话一出口,他就觉得这句话既枯燥乏味又浅
薄无聊,但他的确又找不到别的什么话好说了。

幽暗中的女人没有说话,凭着一种古怪的感觉,不是用眼睛,而
是用心灵,他感受到了女人脸上再次绽开了那灿烂的微笑。

女人没有说话,那条一直躲在柱子后边的狗却汪汪地叫起来,好
像它是女人的代言人。王四感到这条狗的存在非常多余,转念一想,
又觉得它的存在非常必要。

"你不是本地人吧?"王四说,"我感到你肯定不是本地人。"

女人似乎在那儿动了一下,因为王四听到了花叶的窸窣声。

暗处的狗再次接着王四的话头吠叫。

"你有什么困难需要我帮助吗?"王四说,"你不要怕,我是解
放军。"

他感到女人在暗中微笑,听到狗在暗中狂叫。

他开始讨厌这条狗,但也没有转到柱子后边驱逐它的念头。

这时有一辆载重卡车大开着车灯从上坡路上冲下来,雪亮的灯
光照耀着被油烟熏黑的洞顶和附着在洞壁上的几蓬嫩黄的草,车轮
溅起来的水花直飞到灯光里去,宛若一簇簇秋菊。车上好像拉着许
多铁笼子,笼里关着的动物可能是鸭子,他听到呷呷的叫声,自然他
没忘记借助光明观察面前的女人。王四觉得她始终在对着自己微
笑。她的目光专注,没有去看汽车,更没有看洞壁。

雨声渐小,洞口的水帘破裂,先变成几根水线,一会儿就只余下
淅淅沥沥的滴水了。一道阳光照进来。在洞里他还看到了东南方向
的天际上挂起了一道彩虹。王四又问了那女人几句无关痛痒的话,

依然只有那条狗回应着。似乎再也没有理由待下去了,他提起行包,蹚着淹及脚踝的水,走出了立交桥。这时,那条一直没有露面的狗竟闪电般从后边蹿出来,在他的脚脖子上咬了一口。

王四脚上一阵奇痛,扔掉行李,口出哎哟之声,猛回了头,看到那条黑色的瘦狗电一般地蹿回立交桥的幽暗之中,随即消逝,无影无踪,无声无息,宛若鱼儿钻进了深潭。清凉的穿堂风从桥洞里吹出来,振动着他的衣角。他弯腰查看脚踝,发现狗牙仅仅在踝骨上留下了两个紫红的斑点,没有破皮,更没有出血。查看完伤势,愈觉得那种奇痛不可思议。他做出进洞的决定前犹豫了一会儿。他知道那条黑得像抹了焦油的狗如果再次发起突袭,自己仍然是猝不及防。被狗咬破皮肉完全有可能感染上狂犬病。据说县供销百货大楼钟表部那个专门卖小闹钟的男售货员就是被狗咬伤得了疯狗症死掉的,他的未婚妻就接替了那人的位置。桥洞中的巨大诱惑无法抵抗,他小心翼翼再走了进去。

那条狗躲在柱子背后吠着。它的叫声里似乎并无特别的恶意。狗的比较友善的叫声在潮湿的洞壁中碰撞着,好像几只洁白的乒乓球来回弹射。洞里的光线明亮了许多倍,彩虹的一部分被洞里积存的雨水反射上来,更增添了洞中的柔和气氛。王四非常清楚,自己再次进洞的目的并不是为了打狗报仇。

她还站在原地,仿佛连一毫米都没有移动。现在不必借助打火机的火焰他就清楚地看到了她的一切,她的鞋她的裙她的鲜花她的脸。当然那种浓郁的腐草味儿更重新包裹了他的身心。

王四问:"小姐,这狗是你养的吗?"他对着发出吠叫的地方指了指,又接着说:"它咬伤了我的腿。"

女人把怀中的鲜花用右臂搂住,腾出左手,捂住嘴巴,哧哧地笑起来。她笑出的声音不大,但因笑而引起的身体活动的幅度却很大。她身体前倾后仰着,那块肮脏的披肩像一块灰白的云片,沿着肩背滑落在地上。她的半个洁白如玉的嫩绿肩膀突然刺进了王四的心脏。

他呼吸急促,眼睛像两只羽翼丰满的家燕飞出巢穴附着在她的肩膀上。她的锁骨与脖子之间那个蓝幽幽的燕窝状的窝窝,恰好依偎得下一对家燕。他的眼睛凉森森的,心中却有熊熊的黄色火焰燃烧起来。

他用激动的发着颤的声音说:"好啊!……你这个调皮鬼……小坏蛋……支使你的狗咬了我,你还笑,看我怎么治你……"

他知道自己心中充满了邪念,但却用一种仿佛纯粹玩笑的外衣把邪念遮掩起来。他不知道自己是迈着什么样的步伐扑到了她的身边,并且用灼热的嘴吻了她光滑的肩头和那软绵绵的燕窝。她的皮肤凉森森的,有一股淡淡的青草味道,使他的嘴唇和鼻子都感到极其舒适。他吻她肩膀时,她笑得浑身颤抖,仿佛那儿就是她身上最敏感的部位。

"你还笑?我让你笑!"王四得寸进尺地把嘴印到她的脖子上、面颊上,一瞬间他感到花枝上的硬刺扎破了他的上衣,刺痛了他胸前的肌肤,花朵上的水珠也弄湿了他的下巴。但当他的嘴紧密地粘到了她的嘴上后,花朵和花枝便不存在了。她的嘴唇厚墩墩的,弹性很好。从她的嘴里喷出来的那股热烘烘的类似谷草与焦豆混合成的骡马草料的味道几乎毫无泄漏地注入他的身体并主宰了他的全部器官。王四昏沉沉地感觉到阴雨天气里生产队饲养室里那滚烫的热炕头、灶旁蟋蟀的鸣叫声、石槽旁骡马咀嚼草料的嘎巴声、骡马打响鼻的嘟噜声、铁嚼链与石槽相碰的银铛声……都在他的感觉里响起来。女人嘴里的味道源源不断地输送出来,像给打火机充气一样,注满了王四身体内的所有空间。后来王四回忆起来,与其说自己的嘴巴凑到了她的嘴巴上,毋宁说她的嘴巴扑到了自己的嘴上。

他们的吻应该持续了相当长的时间。

后来,他感到筋疲力尽,小肚子却一阵阵上抽着隐痛。女人的笑比刚才要露骨多了,那种像隐没在纱幕之后的神秘之美被他的嘴撕破了。他感到与这个女人的距离突然逼近。她原本如同一个路人,与王四毫无牵连,王四想理她就理她不想理她就可以抽身走开,但经过这一吻,王四觉得自己欠了这女人许多债,当然他也可以抽身跑掉,但他发觉自己的良心不安。

通过立交桥的车辆多了起来,他感到那些司机都在好奇地打量着自己,于是他决定,无论如何也要离开了。他尽量淡化着与女人接触的印象,为自己开脱着:她的狗咬了我,我在她脸上轻轻地咬了一下,我根本不欠她什么,是的,什么也不欠。他说:"你还敢不敢调皮了? 小丫头,快回家去吧!"

说完那句话,他故作轻松地离开桥洞,提起扔在路边的行包,慢慢走到拐弯处,然后,就像要逃脱警察追捕的逃犯,在那条通往公共汽车站的小斜路上跨开了大步。疾走了大约有十几分钟,他感到提着行包的双臂又酸又麻,额头上、腋窝里沁出了热汗。雨后的毒日头很快把湿漉漉的地面晒热。他在一家卖五金材料的小店铺外堆满了钢筋的法国梧桐树下放下手中的东西。钢筋上长满铁锈。那棵法国梧桐只有茶碗口粗,树冠蓬着,如一支火炬,在地上投下一团黯淡的阴影。树干上用刀子深刻着四个莫名其妙的字:"明根沐法",他看了不解其意。路上有几条狗在懒洋洋地散步,几个苍老得好像有几百岁的老人在烈日下合伙编织着一块巨大的苇箔。他感到如释重负地叹了一口气。

上尉还没来得及第二次从头到尾地回忆桥洞里的艳遇,就嗅到自己的背后洋溢开了那绿裙女人嘴中的气息。他惊诧万分地跳起来,回头就看到她果然亭亭玉立地站在自己背后,中间只隔着那堆钢筋。那条极其油滑的黑狗蹲在女人的身后,双眼眯缝着。冰凉的汗水在一分钟之内就布满了他的面孔。汗水浸眼,他抬起衣袖擦了一把。面对着好像一直就站在自己身后的女人和那条不知道是不是她养的黑狗,上尉张口结舌,脑子里一片灰白。

他终于从这种狼狈状态中清醒过来,心中如烧如烤,脸上却尽量表现出冷静。他打量着站在明媚阳光下的女人,心中那种大祸降临的感觉竟然减轻了许多。这女人的确不同凡响。阳光把她的墨绿色长裙照耀得泛出鹅黄色,那鞋那发那肩窝那胸脯都光辉夺目。当然,那束紫红色的鲜花是她身上的画龙点睛之笔,好像如果没了这束花,一切都不存在一样。他嗅到花朵的若有若无的清新味道,看到那些紫红的肥厚花瓣上挂着一层淡薄的白霜。

她自始至终对着上尉微笑。她的嘴巴微张,喷吐着草料香气;牙齿半露,闪烁着珠玑之光;嘴唇颤抖,表示着接吻的热望。上尉差一点又心猿意马起来,但已经西斜的太阳向他提出了警告:两天之后,将是他与那个闹钟姑娘举行婚礼的日子。想到此,尽管面对着这个几乎落入嘴中的熟透鲜桃,他也不敢再动嘴了。

那间小五金商店的窗玻璃上,似乎贴上了几张扁平的脸。那边编织着苇箔的老头们也把头颅向这里转动。上尉低头看看自己引人注目的制服,又看女人、鲜花和黑狗,恍然觉得自己置身于一幅图画中。既是图画,就无法不让人欣赏。于是他便仓惶着要逃出图画了。

他从上衣口袋里摸出一张面额五十元的人民币——上尉知道这样做很不光彩——用两个指头夹着递到女人面前,说:"对不起,算我冒犯了你——如果不是你的狗咬了我,我也绝对不会再回到桥洞里去……跟你开那些玩笑……请收下,算我对你的赔偿。"

女人的眼睛始终没有离开过上尉的脸。她双手搂着鲜花,脸上的笑容永远。上尉隐隐约约地感觉到这个女人将给自己的生活带来巨大的麻烦,她不理睬这五十元臭钱是完全正常的。他抱着一线希望,忍痛又摸出一张五十元币,两张同时递给她,说:"再加五十行了吧?"

他发现把钱递到这女人面前如同把钱递到牛面前一样,牛盼望有人递给它一把鲜嫩的青草,她盼望什么呢?

上尉有些恼怒上来,提高了声音说:"你打算干什么?告诉你,你这种女人我见过,就算'打你一炮',也不过五十元钱,你高贵,一百元总可以了!"

话一说出口，上尉感到很后悔，他觉得这种脏话不仅亵渎了女人也亵渎了自己。虽然他看到过在港口周围晃动的那种女人，但也就是看看罢了，"五十元一炮"，听人说过的。

"我真诚地向您道歉，"他对着女人鞠了一躬，"请您不要跟我这种下作的人一般见识，高抬贵手，放我一马！"

道歉完毕，他觉得自己鼻子发酸，连眼泪都快流出来了。他提起钢筋上的行包，垂着头，不敢看女人和黑狗，胆战心惊地往前走。

上尉多么希望怀抱鲜花的女人就此放了自己，领着她的黑狗回到她的桥洞或者到别的什么地方去，只求她不要像幽灵一样跟随着自己，但事与愿违。他始终被女人的味道包围着。无论他怎样疾走，也逃不出这气味的追逐。女人的脚步声细碎而且轻曼，那条黑狗更是悄无声息，仿佛一股油在地上流淌。他不用回头就看到了女人怀中鲜花的红光，她离自己只有一步之遥。黑狗距她也是一步之遥。路过那个积着水的小池塘时，在碧绿浮萍的间隙里，他看到了上尉、女人和黑狗的充满浓郁诗意的倒影。他知道再拐一个小弯公共汽车站就会突然出现在面前，在那里他很可能会碰到熟人，因此无论如何也要在这里把她和她的狗甩掉。

上尉站住脚，把行包扔在地上，咬牙切齿、使自己发起狠来，他虚张声势地压低了喉咙说："如果你胆敢继续跟踪我，我就把你推到池塘里去淹死！"

他满以为女人会对这句话有所反应，即便不表示出恐惧表示出愤怒也好，他此时最惧怕的就是她那种似痴似迷、高深莫测的微笑。

女人在微笑。

上尉恼怒地说："你不要以为我是吓唬你！现在我喊数，当我数到三时，你如果还不转身，我就用刀子先捅了你，然后再把你沉到池塘里去！"他从腰间皮带上摘下一把大号的水果刀，打开刀子，对着她的胸脯比划着。他喊道："一——二——三——"她依然在微笑。

池塘里出现了三只洁白的鸭子，呷呷地叫着，悠闲地游动。它们粉红的脚掌在透明的水中像桨一样划动着,撩乱了水上的浮萍,也搅动了他们的倒影。

上尉暴怒起来,但她的绝对友善的微笑使他不能发狠。这时他看到了那只实为罪魁祸首的黑狗。上尉的恼怒终于有了发泄口。他攥着刀子朝黑狗扑去。

黑狗不龇牙也不咆哮,机警地一闪,就让气势汹汹、头重脚轻的上尉扑了空。他差不点儿就跌到池塘里去,皮凉鞋上沾满了紫色的淤泥。他回过头来,看到黑狗已经蹲在适才他站着的地方,而他站着的位置,恰是刚才黑狗蹲踞过的。上尉的凶猛一扑,起到的作用是人与狗交换了位置,并且还使女人将身体旋转了九十度。她那可怕的微笑在脸上绽开着。上尉又向黑狗扑去,黑狗还是悄无声息地机警一闪,女人轻俏地旋转九十度,人与狗又一次交换了位置。紧接下来上尉连续发起的十几次凶猛进攻,结果都是一样。他气喘吁吁地站着,女人和狗却都是呼吸平稳,没有丝毫的恐慌和紧张。

上尉握刀子的手紧张地痉挛起来。现在,女人的微笑对他再也不是琼浆玉液,而是致命的毒药。他感到眼前全是那微笑化成的赤红的火焰,而那十几朵鲜花则是火焰中央最炽烈的部分,女人身上那绿裙子也像绿色的火苗在抖动。他觉得自己伸出去的手臂和刀子正在火焰中熔化着。

上尉大声抽泣着说:"小姐,求求你,饶了我吧!我从今之后保证改过,无论在何时何地,再也不敢占便宜了……"

泪水沿着上尉的面颊流进了上尉的嘴里。他尝到自己的泪水竟然也是一股腐草味道了。

女人在微笑。

路上已站了十几个红男绿女,一边观看,一边议论着。

上尉拎起行包,大步流星地朝汽车站窜去。他知道女人和狗在后边追赶,但似乎拉开了五六步的距离。

公共汽车站门口的路两侧,排开了两列贩卖花生、瓜子、水果、点心之类的小摊贩,只要想进汽车站的售票和候车大厅,就必须从摊贩造成的夹道中通行。上尉进入夹道,一个扁脸的女摊贩伸手就抓住了他的左臂,非要把瓜子卖给他不可。他挣扎着想逃走,女摊贩死抓着他不放。上尉想腾出右手对准那张扁脸捅一拳。但此刻他的右臂也被右侧一个女摊贩死死地拽住了。右侧的女摊贩嘴唇上生着一层疮,说起话来鼻子嘟嘟哝哝的。

上尉拼命挣扎着,女人们的手却像铁箍子一样难以挣脱。当然他真正想挣脱的并不是这两个女摊贩。危险来自后方。他像只小鸟一样蹿跳着,最后竟大声叫骂起来。

周围的摊贩们一个个嬉皮涎脸地笑起来了。

这时,饱含着骡马草料味道的温暖气流又从后边吹拂着他的耳朵了。

上尉的叫骂声变成了哭喊:"放开我,放开我,我买还不行吗?"

那条黑狗闪电般跳起来,咬了左侧女摊贩的手脖子。随即它又一个腾跃,咬了右侧女摊贩的手指。两个比拦路抢劫的强盗还要霸蛮的女摊贩怪叫着松开了手。

上尉提着行包,不敢回头也不敢旁顾,在震耳的嘈杂声中,穿过摊贩夹道,跳了十八层台阶、扑进了公共汽车站售票与候车兼用的大楼的弹簧大门。

他听到弹簧门在身后响亮地合上了,心中略感宽松。售票厅里人如蚁群,你挤进来,我挤出去,好像每一个人都在钻来钻去。上尉野蛮地用手中的行李碰撞着阻拦他的人,似乎招来了许多的闲言冷语,他知道这些闲言冷语都正确得要命,要说不对是上尉的不对,但他根本不在乎了。

上尉钻到一个人群最稠密的角落蹲了下来,这里有一堆垃圾,放着两个肮脏到极点的破墩布。素爱清洁的上尉连丝毫犹豫都没有,就把脊背靠在了墙角上,现在他的背后再也不会有女人的微笑了,他的面前则是无数条移动的或不移动的腿。他机警地摘掉大盖帽,抽掉了支撑帽子圈的蛇皮弹力架,将松松垮垮的帽子与蛇皮弹力架塞进旅行包。随后他又脱掉上衣,照样往旅行包里塞。旅行包太满,他毫不犹豫地拽出两盒糖果,腾出空间,把军装塞了进去。

上尉吐了一口气,心里感到轻松无比,进而感到全身松松垮垮,好像骨头架子散了。

他的眼前移动着各种各样的腿,粗的细的生毛的不生毛的黑毛的黄毛的光滑的粗糙的白的黑的沾着泥土的糊着牛粪的布满疤痕的静脉曲张的……蓝裤子黑裤子黄裤子绿裤子白裤子红裤子……各色裙子没有墨绿色裙子,他舒了一口气。……各种各样的脚……各种各样的鞋袜没有半高跟半高靿古朴华贵的棕色小牛皮鞋,他舒了一口气。他的周围浪潮般涌动着各种味道,没有那种别具一格的骡马草料味道,他舒了一口气。

持久的蹲踞式使上尉的腿不由自主地颤抖起来,他一咬牙,屁股坐在了那几块湿漉漉、黏糊糊的破墩布上。血液立即在全身顺畅地循环起来,他感到了从未有过的舒适,宛若躺在随着轻浪起伏的甲板上沐浴阳光或是仰望明月与繁星。他的目光抬高了一点,看到了频繁移动着的人们的臀部之下的部分。他发现其实通过观察人们臀下的部分,就基本可以了解一个人的出身、地位、性格甚至脸上的表情。那个腿肚子上布满盘结蚯蚓一样的曲张静脉、脚上的破胶鞋沾着干牛屎的人绝对是个五十岁左右的农民。那条白皙但滞重的、腿肚子发达的腿的主人应该是纺织厂的一个中年女工。那个屁股在牛仔裤里紧绷着翘着脚上穿着冒牌子运动鞋的是个年龄不超过二十三岁的姑娘,应该是个爬杆比猴子还要快的女电工。那个屁股上的裤子被木板凳蹭得发了亮、脚上穿一双比较干净的布鞋的男人应该是某家工厂的一个中年会计员。那条沾满柴油的绿军裤的主人是个复员兵,拖拉机手。那个屁股肥大的毛料裤子是个乡镇的小干部,绝对不是乡镇的主要领导。那条在红裙子中轻轻踮动的白腿花袜高跟凉鞋是个胸脯干瘪的基层供销社女售货员。那扎着的裤管下两只套在黑布鞋里的尖脚是哪个村的一位老大娘,她有一个女儿嫁到了县城。那挽着的黑裤管下裸露着的瘦腿跐着车轮胎缝成的简易凉鞋、脚趾甲里积满黑垢的是像我父亲一样的老农,上尉有点心酸地想。他觉得人的思想岁月都在腿上脚上充分地表现出来,屁股上的表情基本上也就是脸上的表情。

他猛然想起,应该买一张去马庄的汽车票。看看腕上的表,已是下午四点,正好还有一趟五点的车。他让一条百褶的白裙从眼前晃过,那趾高气扬的白塑料凉鞋说明这是一个滚刀肉一样难缠的女人。他放过一条灰的确良裤子裤缝如刀不知天高地厚的小干部子弟。他抓住了那只沾有蓝墨水的裤角,递上去一张十元人民币,恳求着:"老师,我的腿坏了,劳驾您代我买一张去马庄的票,五点的。"说着,他把那两盒包装精美的糖果举上去,说:"这是两盒糖,送给您的小孩吃。"

"这怎么好意思……"上边客气着。

"拿着吧。"

"要不……我拿一盒……"

"真的别客气。"

"这……真不好意思,举手之劳……"手还是拿了糖,说,"您等着,我帮您去挤。"

蓝墨水的裤脚消逝在腿的密林里,上尉一点都不担心蓝墨水裤脚会拐款潜逃,尽管他根本没抬头看他的脸。在嗡嗡的人声里,几十只苍蝇围绕着他飞舞。上尉眼皮黏涩昏昏欲睡,他果然就打起了瞌睡。

"同志,同志。"蓝墨水裤角用食指戳着他的肩头说,"同志,您的票,马庄一张,票价一元四角,余款八元六角,请查收。"

上尉接了票,连声道谢。

蓝墨水裤脚关切地问:"同志,您的脸色很难看,是不是病了?"

上尉忙说:"没有,没有,我很好,谢谢您的关心。"

蓝墨水裤脚善意地嘟哝了一句什么,挤到腿林中去了。

上尉看看票上标着的检票时间距现在只有二十多分钟,他仔细地把面前的腿脚辨别一番,确信没有危险了,便整理好行包,想站起来挤到候车室里去。然而就在这一瞬间,他看到那条狡猾的黑狗像泥鳅一样从腿的缝隙中游刃自如地钻过来。

上尉痛苦地把身体蜷缩起来,脑袋深深地埋在双膝间。但随即他就意识到,即便钻到垃圾堆里去,也难以逃脱这条狗的跟踪,而摆脱不了这条狗,也就摆脱不了那个女人。于是他抬起了头,攥紧了拳头,牙齿错得格格响,腿弓起,做跃跃欲试状,他想那狗一旦钻到面前,便像猎犬一样扑上去,扼住他的咽喉,咬断他的喉管。但那件绿裙子已经从天而降般地挡住了他的视线,黑狗毫无疑问地蹲在了她的背后。她的味道逼退了所有的味道,把上尉笼罩起来。他丧失了抬头看她脸上微笑的勇气。她的绿裙如一泻瀑布,到小腿肚中央时却突然中止,然后是肉色丝袜,然后是托尔斯泰的女人们穿过的华贵皮靴。上尉不得不看到女人修长得令人惊讶的双腿,这是应该令人爱慕的两条腿,但在上尉的心里,更多的是对这两条腿的恐惧。

上尉想起了许多惊险电影中摆脱跟踪的办法,但一个也不能用。他又想与其坐以待毙不如活动起来。活动创造机会。

他提着包站直身体,脸几乎擦着了她胸前的花束。女人的微笑和渴望一如既往。她吸引了无数的目光,因为她站在这肮脏的售票大厅里如同孔雀站在家鸡群中一样显眼。那无数面孔中似乎有许多似曾相识。上尉侧着身子绕过女人。在他的眼前竟然闪出了一条狭窄的甬道。他立刻明白了女人和她的狗紧紧在跟随着自己,这道路正是为她所让。上尉想自己正扮演着《狐假虎威》中那只狐狸,形式上类似,但心境大不一样。售票大厅与候车室之间有一个过道,过道两侧有两间杂货铺,还有两间厕所。上尉眉头一皱,计上心来。他紧走几步,钻进了男厕所,上尉进了厕所,提着包打量着墙壁、窗户、塑胶天花板。墙壁无门,天花板无缝,窗户上钉着比大拇指还粗的钢筋。正在厕所里解决问题的人好奇地看着他。而此刻,门响,女人像一片绿色的云闪了进来。她视一切若无物,其实她什么也不看,只要一找到上尉的脸,她的视线和脸上的表情便凝固了。男人闯进女厕所问题严重复杂,一个怀抱鲜花的美人闯入男厕所竟没人吭气。他跑出了男厕,听到里面几个男人把女人搂抱了起来,黑狗竟然没有动静。

上尉分明看到它跟进了厕所。这是他难能再逢的脱身良机了。他急匆匆跑了几步,但难以忍受的巨大痛楚使他再也挪不动半步,女人灿烂的微笑、洁白的肩膀、柔软的长嘴、丰满的乳房,还有绿色长裙、夺目鲜花、修长双腿以及那醉人的气味突然涌进他的脑海。他听到厕所里的挣扎声。他扔掉行包,撞开男厕所的门,看到男人们几乎就要把她按倒在汪着尿水的地面上了。上尉正要冲上去,那条黑狗已经耸着肩上的毛,像几道纵横交错的黑色闪电,把几个男人咬翻在地。

女人的脸上挂着几滴晶莹的泪水。看到上尉她立即破涕为笑,然后对着上尉扑上来。上尉在一瞬间冷静了。他伸出手握住了她的腕子,没容许她像颗肉弹一样扑进自己怀中。

经过这番磨难,上尉觉得自己与女人疏远了的情感又突然被拉近了。他看到了她的泪水,知道她不仅仅会微笑。她是会哭又会笑的女人,不是妖精。上尉对自己的英雄行为感到满意,对女人的欠债感消逝了。现在,他感到自己像一个心胸正直的大哥哥,而女人则是一个傻乎乎的小妹妹。他用手指梳顺了她的长发,整理了她怀中的鲜花,拉平了她的裙裾。在这个过程中,他感到自己的心里泛着淡淡的忧伤。女人笑着,睫毛上挑着几点水珠。

上尉无可奈何地叹了一口气,然后说:"小妹妹,你不要跟着我啦,我后天就要结婚,你这样跟着我,将给我带来无法收拾的后果,你听明白我的意思了吗?"

女人微微地点着头,脸上挂着微笑。

上尉说:"带着你的狗回家去吧,世上坏人太多。"

说到狗,一个疑团在上尉心中升起:为什么这条狗只有当我返回厕所时才跳起袭击正对它的女主人施暴的男人们,而在这之前,它好像一直在观望。它的袭击好像是专门做给我看的,或者,它是故意让女人的挣扎声拖我回去……想到此,上尉心中紧张,这条狗简直是一个深刻的阴谋家。它蹲在女人身后,眯缝着眼睛,一条平凡的黑狗,并无任何惊人之处。

这时,悬在墙上的喇叭催促去马庄的旅客赶快检票上车,说汽车即将开走。

上尉握了一下她的手腕,说:"求求你,好姑娘,快回家去吧!"

他拎起包,匆匆跑向马庄的检票口。从兜里摸出车票时,他无限欣慰地想到,女人和她的狗没有车票,站口的检票员会拦住她,等她买来车票——看样子她身上也不会有钱——况且也不会允许黑狗登车——那时我已坐在汽车上,疾速地远离了这个女人同时也疾速地逼近了那个闹钟姑娘。

检票口的铁栅栏内已经没有旅客,只有一位身穿蓝制服,满脸蝴蝶斑、神色倦怠的女售票员倚在门边。

上尉递过票,她接了,略看一眼,吧嗒剪了一钳子,说:"马庄,快点,要开车了。"而这时那条黑狗擦着检票员的裤脚溜了进去,她竟然毫无知觉。上尉看到售票员脸上闪出了惊愕的神情,他知道这神情是为了她而不是为了自己。他想说什么。售票员反掌在他背上推了一把,他已经进了站。

上尉跳上空空荡荡的汽车,拣了一个位置坐下。他看到司机趴在方向盘上打瞌睡。那条黑狗无影无踪。他知道它绝对在车上。他想如果售票员拦住她,单独一条狗跟到马庄就变成了好事,干掉它,剥它的皮,吃它的肉。他回头,透过车后的玻璃,看着检票口。她怀抱着鲜花,面带着微笑走了进来。美女从来不买票。

她上了车,选了个座位坐下。她侧着身子,把微笑和鲜花献给上尉。

喇叭放出了为汽车送行的音乐,司机抬起头来,扫了一眼车内的旅客,一脚蹬开发动机,拉了一下气动门的开关,呱哒一声响,门关上了。汽车缓缓爬行,上尉闭上了眼睛。

二

公共汽车到达马庄。红日西沉。王四下了车,女人也下了车。那条黑狗在他们后边跳下来。

这里离王四的家还有三里路。一下车王四就遇到了小学时期的同学马开国。马开国现在是镇供销社的经理。马开国说这不是王四兄吗? 王四说是我。马开国说你怎么弄成这副模样? 像刚从垃圾堆里钻出来的一样。王四说伙计,一言难尽! 马开国的目光已经被站在王四身后的女人吸引去了。王四说马开国! 马开国! 马开国羡慕地说王四兄,这位就是四嫂子吧? 王四说我正为这事犯愁呢,伙计。马开国说老兄真有两下子把洋妞儿弄回来了! 什么时候请我们喝喜酒呀! 你这小子,也不替咱介绍介绍。王四说你他妈的住嘴听我说,我根本不认识她! 马开国说你这小子捣什么鬼! 王四说我真不认识她。她跟着我非跟着我不行。马开国哈哈大笑着说行了行了你看看嫂子在笑你呢!

王四一回头,女人的微笑依旧。

马开国说:"四兄,四嫂子,再见!"

王四拉住他,恳求道:"马兄,帮帮我,把她带到你们供销社饭店住一夜。"

马开国说:"别假正经了。改天我去看你们。嫂子,再见。"

"马开国你别走!"王四喊着。

马开国骗腿上了自行车,在车上笑着回头说:"四兄,真有你的!"

王四绝望地看着马开国被夕阳照红了的背影消失在一条巷道里,很多人在路上走动。他生怕再碰上熟悉人,便转身下了公路,爬上了一道河堤,望见了他的老家李家庄和与李家庄毗连着的他未婚妻闹钟姑娘的老家桥头堡。

王四不想引人注目地站在这里,他下了河堤,沿着泥泞的河滩行走。河滩上生长着一些细弱的高粱,还有茂盛的杂草,再往里去,则是一大片与河水相连的高大茂密的墨绿色芦苇,女人紧紧地跟着他,裙子的下摆在野草的梢头摆动。黑狗在杂草里一耸一耸地蹿跳着。

王四渐渐地进入了芦苇丛。柔软的苇梢在他的身体和手中的行包的碰撞下焦躁地晃动着,并且发出哗哗啦啦的声响。苇叶边缘上的锯齿状硬刺在他的脸和耳朵上拉出了一道道血口子。他感到那些伤口火辣辣在发着烫,但没有丝毫痛楚。血红的夕阳洒在部分苇叶和苇秆上,渲染出一种类似悲壮的气氛。王四自认为很像一条胡碰乱撞的野狗,但回头看到那墨绿长裙与芦苇浑然一色、一束鲜花妖艳、满脸微笑灿烂的女人和那条泥鳅般滑溜地在粗壮的苇秆间钻来钻去的黑狗时,他立刻修正了前边的假设,认为自己更像一匹被猎人和猎犬追逐着的狐狸。猛回头时,一柄芦苇的剑叶锋利地锯了他的眼睛,呆钝的剧痛使他的脑袋突然膨大许多,黏稠的热泪凸出眼眶。他不由自主地呻吟起来,手中的行包跌落在地,双手捂住了眼睛。钝痛由眼睛进入鼻腔、进入双耳,他感到自己正在体验着比导致痛哭的痛苦还要痛苦若干倍的痛苦。黏稠的液体沾满了手指,他惧怕地想到:坏了,眼球破了!黑暗的浓重阴云爬上了他的心头。他感到自己十分悲惨,非常可怜。他放下捂住眼睛的手,困难地睁眼睛。眼皮异常沉重,但终于在忧虑重重中开了一条缝。一道强烈的光线像箭一样刺进眼球,眼皮又疾速地合拢了,眼泪又汹汹涌出。既然还能感受到光线,说明眼睛还没瞎。这个惊喜的念头明亮地驱逐了他心头的黑暗。因为眼睛遭受的苦痛他感到了一种还清债务般的轻松。他粗野地转身,身体夸张地推搡着芦苇,睁开绝对红肿了的眼睛,大声地吼叫着:"我的眼睛瞎了!瞎了!你现在总该满意了吧?"

橙黄色的阳光还是那么强烈地刺激着他受伤的眼睛,泪水不绝,酸麻胀闷的感觉持续着。他确凿地知道自己的眼睛没有瞎,但是他又一次吼叫着、特别地强调着:"我的眼睛瞎了!"

他的眼睛没有瞎,但视物模糊。无边的芦苇弥漫成一道幽蓝的高墙,那女人竟如同一块镶嵌在墙上的浮雕,狗蹲在她身体右侧,轮廓模糊,只有两只狗眼红红的,像绿墙壁上的两颗红光斑。

后来那道壁立的绿障渐渐涣散了,橙黄的阳光如同一股股轻清的烟雾、一道道明亮的洪水,在芦苇间流淌着、游荡着。那些芦苇棵棵笔挺、荷剑肩戟,仿佛一群群散乱的、密集的士兵。

女人脸上挂着两行蓝色的泪珠,鲜花灿烂,鲜花枝叶灿烂,仿佛用金箔、银片、贝壳镶嵌拼贴而成。狗是一匹黑色的冰凉玻璃狗。她的嘴唇哆嗦着,好像要说什么似的,但她终究没开口。王四意识到,要想让这个女人开口是比登天还难的事情。他说:"我警告你,你如果继续跟踪我,我真要杀死你了! 你不要以为我是吓唬你,"他指划着左右前后,继续说,"这里是前不靠村,后不靠店,打死你,然后把你扔到河里,没有人会知道!"

女人入迷地盯着他的嘴唇,笑容绽开,味道放出,顿挫了王四的嚣张气焰。他清楚地知道自己绝对不是那种能够对女人下狠手的男人,尤其是对面前这个女人。他无可奈何地打量着周遭芦苇,愈来愈重的暮气、被芦苇分割了的缓缓流动的河水,河中的水腥味儿、芦苇的微辛味道在黄昏时分格外浓重。这时他看到在女人和狗的后方,在芦苇丛中,有一团暗红的蓬松乱毛在微微抖颤着,他辨别出那是一只红毛狐狸并随即嗅到了狐狸的臊气。他本能地把狐狸和女人联系在一起,把神话与现实联系在一起。一切的关于女人的令人困惑不解之处,似乎都可以从狐狸身上找到答案:这女人是狐狸变成的。她是一匹狐狸精。王四想起自己当水手时在舰船的潮湿舱房里躺在那狭小的铁床上摇摇晃晃地阅读《聊斋志异》的情景,那时多么希望有一位美丽温柔的狐女来到自己的身边。现在,狐女近在咫尺,如影随形般地跟着自己,理想变成现实,结果却是如此痛苦。王四自我解嘲地想：我是他妈的真正的"叶公好龙"！他有些胆怯，但并不恐惧，甚至又一次感到轻松。王四被一个女人跟踪是丑事，但王四被狐狸精跟踪着却是奇谈、是美谈，不但不必掩饰，甚至可以大肆地自我宣扬。被狐狸精迷过的男人是有仙气、有灵气的男人，舆论不谴责这种男人，纪律不制裁这种男人。王四感到自己真正地轻松了。他的视力在轻松心情下飞快地恢复了。他看清了狐狸那优美的线条，那狭长的鼻梁和弯曲在身后的扫帚尾巴。他尤其感到狐狸的眼神与女人的眼神完全一致。他感到自己一天来的狼狈逃窜是一场虚惊，问题早就应该如此解决——他从旅行包中摸出了一节用火鸡肉制成的大火腿肠，撕掉缠裹的油纸，炫耀似的对着女人晃了晃，他笑着说："我现在才明白你为什么要跟着我了。我知道你是狐狸，但我不怕你。给。"他把火腿肠扔到狐狸眼前。狐狸惊恐地跳起来，用那小巧的蓝鼻子去嗅火腿。王四心中十分得意，但情况突变，把他的得意撕得粉碎：一直蹲踞在女人身侧的黑狗凶猛地跳起来，一口就咬翻了狐狸。狗晃动着头颅，耸动着颈上的毛，喉咙里发出低沉的呜噜声，狐狸发出凄厉的鸣叫，在狗的嘴底滚动着，像一个火红的绣球。一股极其难闻的味道突然挥发出来，熏得他想呕吐。黑狗松了嘴，团团旋转，狐狸叼起火腿肠，一溜红光，消逝在芦苇丛中。

潮湿的泥地上，留下了几撮金黄的狐狸毛，女人姿态依旧，对适才发生的一切仿佛没有看见。王四悲哀地想：狐狸就是狐狸，女人就是女人，想凭借鬼狐故事解救自己出困境的幻想彻底破灭了。

天色愈暗，有一些水鸟在草丛中鸣叫。他抬眼望望在晚风中波浪般翻滚的芦苇，想起了八路军打游击的若干故事。凭借着青纱帐的掩护，他自信一定能够把这女人甩掉。主意拿定，他盯着女人的脸，缓缓蹲下身去，悄悄地抓起两把泥土，又慢慢地站起来。他高叫一声："看好！"然后猛扬起左右手，把两把泥土打在女人的脸上。

王四弯着腰，用张开的手掩护着眼睛，用头颅开道，在芦苇丛中疾速地穿行着。他感到芦苇柔软的秆儿在自己的身体四周弯曲着让开道路,又随即合拢。他感到脚下的泥土越来越黏稠,如果不是鞋带紧系,鞋子早就被泥巴吸掉了。他看到了河水,并且看到了水中那些绚丽的晚霞倒影。在大口的喘息中,他想起了泥土在女人脸上炸开的情景。他感到水中冰凉,开始为自己的残忍后悔。当然这后悔也仅仅是活跃在一闪念间,因为身后的芦苇响声向他表明:女人和狗随后就到。

他惧怕回头,但无法不回头。女人满脸污泥,显得既可怜又可憎。一股狠劲在王四心中蠢蠢欲动,他的双手因紧张而痉挛起来。女人一笑,脸上的泥往下脱落。王四咬牙切齿地说:"我掐死你这个狗娘养的吧!"

王四扑上去,双手准确无误地抃住了女人的脖颈。女人嘴巴张开,像一个蓝幽幽的洞穴,一声青蛙鸣叫般的叫声伴随着强烈的腐草味道从洞穴中冲出来,直扑他的面颊,刺激得他的眼睛酸麻,泪水浸出。这时他的双手的虎口部位异常敏锐地感觉到了女人脖颈上的滑腻和温暖。他产生了手捧着初生绒毛的鸟雏的感觉,温柔、善良、恻隐、法律、道德……千头万绪涌上了他的心。他松了手,看着女人颈上的红痕,悲凉之雾从他身后的河水中蒸腾起来。他叹息一声,转身,一个鱼跃,钻进了河水中。

王四是带着自绝的念头跳进河水中的。在身体下沉的过程中,他的手脚并拢,没做丝毫的挣扎。缓缓流动的河水轻轻地冲击着他的身体,使他感到舒适。这种冲击类似一种爱抚。在下沉的过程中他一直流着泪。越往下沉越凉,沉到河底时,他昏沉沉的头脑在冷水的刺激下清醒起来。他睁开眼,先看到黄澄澄、雾蒙蒙的一片,耳朵里隆隆地响着,继而则出现幽蓝的水底颜色,十五年的水上生活培养了他对水的适应性和在水底察言观色、辨别方位、冷静思索的能力。他看到有几匹犁铧般的大鲫鱼在几蓬水草间游动着,吐着一串串扶摇上升的水泡泡。他趴在河底,双手穿透浅薄的淤泥,插在沙土中。他想到了水上那丰富的生活,感到投水自尽是很愚蠢的行为。天无绝人之路,既然连死都不怕,还怕什么呢？他感到胸口发闷,知道血液中的氧气已经不足。一条弯弯曲曲的水蛇在他头上游动着,他打算浮出水面了。他把固定身体的双手从沙土中抽出来,身体立即在移动中上浮,这时,一个惊喜的计谋突然产生了。逃犯之所以难逃法网,多半是因为气味被狗鼻子追循。聪明的逃犯常常借助河水消灭气味,摆脱狗的追踪。王四之所以甩不掉女人,吃亏就吃在那条黑狗身上。这真正是歪打正着的一个妙招。王四大口地喝了两口腥腥的河水,屏住呼吸,施展水底功夫,箭一般向下游蹿去,这是顺水行舟,毫不费力,逃脱追踪的强烈愿望鼓舞着他尽可能地往远里游,尽可能长地在水下潜行。一直坚持到胸口胀满、耳膜压痛时,他才靠在水边,手把着两株芦苇,把脑袋慢慢地伸出水面。他做得很好,几乎没发出任何声响。清新、浓郁、无比珍贵的空气从他张开的嘴巴和鼻孔中扑入他的身体,他顿时感到轻松了。

王四抹掉障眼的河水,满怀希望地扫视着金光闪闪的河面。他希望水平如镜,果然是水平如镜。这次脱险像电影故事一样漂亮,他轻松地想,十几年的海军没有白当。河上细波如鳞,狗在芦苇丛中鸣叫。王四提高警惕,把身体尽量地往下搐,又撕了一把水草,顶在头上,只露出眼睛观察,只留下鼻孔喘气,他感到河边的水热乎乎的,身下的淤泥滑溜溜的,这样潜伏着甚至是一种幸福。

王四的幸福总是来得快去得也快,他最不希望发生的事情眼见着发生了：那个女人,突然出现在他的视野里,就在河的上游方才他跃入水中的地方,身着绿裙、怀抱鲜花的女人径直向河中走去。她全身笼罩在金黄的暮色里,显得庄严神圣。河水淹没了她的膝盖后,绿色长裙便在水面上漂浮起来,黑狗也开始鸣叫,它躲在芦苇丛中,王四只能听到它的叫声但看不到它的身影。愈往河心走,绿裙浮起越大,终于成了一团大莲叶。水淹没了她的腰,裙裾缓缓地转到了她的左侧,随着流水的走向,摇曳成一束宽大的海带形状。渐渐地淹至胸脯了,王四的心揪了起来。她的鲜花好像植根在她的胸脯上,不上升,不下垂,水无法改变它们的形状。满河金黄流水,半截碧绿女人,一束艳丽鲜花,背景如烟似雾,构成一幅油画,很美很辉煌。她继续前行,河水使她的身体晃动了,披肩长发漂起来,狗叫声里有了焦急的情绪,河水淹没了女人的头颅。

王四又一次流了泪,他知道自己的潜伏已经没有了意义。女人在河中心沉浮着,时而露出一朵花,时而举起一只手。他爬到芦苇与河水的交界处,呆呆地看着,一切似乎都解决了。女人与河水一起流着,一寸寸地流到他的面前,狗叫声也渐渐地响到了他的眼前。他突然大声呜咽起来,因为他已下定决心让女人从自己面前漂过去。看起来女人是自己走进河中,实际上是我引她到了河中。她在水中挣扎着,她在生与死的分界线上浮沉着。世上难道还有比见死不救更可鄙的吗?何况不单纯是见死不救。王四动摇起来。他感到这女人的精神太可贵了,太难得了。她为了我勇敢地选择了死亡。我要么自杀,要么救她。

女人漂到了王四面前,狗站在他的身旁对着河水鸣叫。狗眼里有闪闪的水花,说明连狗都哭了。好像为了响应狗的召唤似的,女人的一只手突然伸出了水面。粉红的手,金黄的手,宛若一枝兰花。她的手指间好像生着一层透明的薄膜。

王四没有再犹豫,他奋力一跃,久经训练的身段潇洒俊美,拖着绸带一样美丽的光弧,刺入了水中。这条河不宽,几下子他就到了河心。那只手又高擎起来,他经验丰富地从反面攥住了她的手脖子,让她的手指无法抓住自己。借着这股劲儿,女人的身体像一条大鱼,打着挺蹿出水面。王四提防着她用另一只手抓捞自己——这是一般的规律,许多救人者因此而与落水者同归于尽———一旦如此,他准备照惯例对准她的太阳穴轻击一拳,让她暂时昏厥,然后拖着她的头发,拖她上岸。但女人的另一只手死死地搂着那束花,没有丝毫放弃的意思。王四松开拳头,叹息一声。他不忍心去揪她的头发了,只攥住她的手脖子,奋力地踩着水,借着流水的劲儿,向滩涂靠拢。在水里,他头脑清醒,四肢灵活,俨然一个英雄。他再次感到了军人的骄傲和光荣。这时,那条一直在芦苇中哀鸣的黑狗,竟然也奋勇地跳入河水,向他和她游过来。王四看到,它的跳水姿势不错,但游泳技术实在糟糕。要不人们为什么把初通游泳者的笨拙泳姿叫做"狗刨"呢,他想着,几乎要笑起来。狗只露着鼻头和眼睛,脊背成了一条线,尾巴淹在水里,像一张简笔画。王四骂道:"他妈的,我不跳下来,你也不跳;看到我跳下来,你也跳下来。学英雄也不是你这种学法!"

狗游到她身边,张嘴咬住她的裙裾,立即呛了水。它吐掉裙裾,啪啪地打着响鼻。王四鄙夷地看着它那张狗脸,啐了一口。他加紧动作,只几下,脚就触到了河底的淤泥。他站直身体,一手揽着女人的颈,一手托着她的腿弯子,把她平托到岸上。他感到自己的腿在淤泥里陷得很深,几乎不能自拔。

走到比较干燥的地方,他放下女人,感到腰酸腿软。试试女人的鼻孔,有气息喷出,他放了心。女人还昏迷着,绿裙长发鲜花,凌乱在地。她的腹部膨大,他知道原因何在。这时黑狗狼狈地靠过来,毛儿贴在身上,尾巴拖着,可怜又可厌。王四狠狠地踢出一脚,黑狗猝不及防,翻了一个滚,鸣叫着,滚起来,抖擞身体,抖出几百滴水。此时王四感到自己在精神上绝对优越,压倒了女人,更压倒了这条落水狗。

王四掮起女人,让她的腹部压在自己肩上,颠动着向前走。走了十几步,一股清水,从她的嘴里喷出来。因为她的头颅垂在他的胸前,她的头发有的粘连纠缠在她的脖子上,有的直垂挂到他的膝盖处,所以那些水一半吐在他的肚腹上,一半吐在她自己的头发上,淅淅沥沥地落了他两脚。

他掮着她走了十分钟,女人喷了三次水。他感到她的肚子瘪了下去。女人身体丰满,比较沉重,王四奔波一天,身体疲倦,两方面的因素,使他气喘吁吁,难以支持。他把她仰放到芦苇间。自己也一屁股坐在她旁边。女人呻唤几声,睁开了眼睛。她的那几乎永恒的迷人(有时也是可怕的)微笑绽开了,王四感到很温暖。

已是垂老的黄昏了,金黄满世界。女人的裙子紧紧地贴在肉上。裙裾凌乱,露出了她雪白的大腿一条和另一条大腿的内侧。一股热血翻腾着冲上他的脑袋,他感到自己的头变成了一把沸腾着热水的带响哨的壶,发出吱吱的鸣叫,喷着灼人的蒸气。他忍不住地往她身体上看去,所有的苦难都淡忘了。他的手颤抖着触到了她的光滑的大腿。如果不是落水狗在他面前又一次抖擞身体,把冰凉的水点甩到他发烧的脸上,王四就要犯严重的错误了。

他的手仿佛被火烫着似的从她的腿上跳开,他看了一眼湿漉漉的黑狗,扯开裙子,把她的腿盖住了。

王四摇摇晃晃地站起来,他感到极端疲倦,又头晕又恶心,心脏和肠胃一阵阵地痉挛、绞痛。他特别想抽一支烟。他打开旅行包,从尽底下找出了那个金光闪闪的、原准备送给大舅子的强力防风打火机,又拆开一包硬盒“万宝路”,咔,按火机,在咝咝的蓝色火苗中点着烟,贪婪地吸着。他渐渐地安定了。

王四不看女人看着芦苇,哀伤地说:“好姑娘,咱俩前世无怨。我招惹了你,也救过你两次,将功折罪,你放了我吧!”

他收拾好行包,站起来,往前走。脑子里晃动着绿裙里的风光。他心里矛盾重重,走出芦苇地,无法不回头,回头看到狗和女人也走出了芦苇地。

三

他在通往李家庄的那道黑色的石桥边站定了,夕阳如血,映照着哀愁的河水,狭窄的高粱叶子忧悒地低垂着,蝼蛄在泥土中凄凉地鸣叫。上尉感到无限的辛酸涌上心头,泪水流到颊上。他用手抓住她冰冷的肩头,晃动着她的身体,说:“姑娘,你是哑巴吗!你是聋子吗?你如果不是哑巴也不是聋子,就请你告诉我,你叫什么名字?你家住哪里？你为什么一个人站在桥洞里？你这样死死地追着我，究竟要达到什么目的？你告诉我！你告诉我！"

上尉粗暴地推搡着她，对着她吼叫。她的嘴唇颤抖着，眼眶里盈满泪水。她那副温顺可怜的样子唤起了上尉心中的柔情，他松开了她的肩膀，说："我知道，你也许是个好人，但你知道，我后天就要结婚，如果我把你这样一个身份不明的女人带回家中，结果会怎样？求求你一千遍地求你，带着你的狗，回去吧！"

女人的泪水扑簌簌地滴到湿漉漉的花朵上，上尉说："求你了，小姐！"他转身走上桥头。暮气沉重，河上闪烁着暗红色的光辉，他看到自己的影子长长地倒在河里。没有女人的影子，也没有黑狗的影子。一种类似孤独的滋味爬上他的心头。他骂着自己：混蛋，你不能再去招惹她了！你为她度过了一生中最悲惨的一个下午。年久失修的小桥在他的脚下晃动起来。他每前进一步就感到莫名的痛苦加重了一分。走到桥头上，他无法控制自己，回过头去。她站在桥的那头，身旁是那片瘦弱发黄的高粱，好像一片鹅黄的云。那花那人那狗都如涂了一层釉，闪闪地放着光彩，河面上升腾起一团团雾气，血红的大月亮，宛若一匹红马驹，从广阔的地平线上跳跃出来，河上立刻出现了月亮长长的红影子。上尉心中的温情又恶性膨胀了，女人那无法言表的妙处又一次涌上他的心头。他感到自己是个卑鄙无耻的小人，不是一个敢爱敢恨的男人。多少浪漫故事在他的脑海里浮现，勇气在心中陡然翻腾起来，他迈步向桥走去。

上尉仅仅走了两步，那条静静地蹲踞着的黑狗就蹦跳着欢呼起来。狗为先导，女人紧跟着，飞上了黑色的小石桥。她的绿裙的后摆飘扬起来、她的那些浅蓝的头发也飘扬起来。这是他的幻觉，其实她的头发粘在颈肩上，她的裙子则纠缠在双腿间。她张着双臂，高擎着鲜花，朝上尉飞来。一瞬间上尉热血澎湃，把功名利禄抛到脑后，竟然也张开双臂，扑向飞来的女人。他与她在桥中央那块摇摇晃晃的桥石上相遇，四臂交叉，嘴唇相接。他感到女人的身体无处不跳动，好像她身上生着一百颗心脏。她的嘴贪婪得可怕,上尉觉得自己嘴里漾开了淡淡的血滋味。灰白的恐怖感又从他脑后渐渐扩散,他感到自己的热情之火渐渐熄灭了。他试图挣脱出来,但女人紧紧地贴在他的身上。他又后悔了。月亮已脱离了河面,悬在那些高粱的梢头,银色的光辉洒在河中,也洒在他们身上。上尉觉得身上发冷,他用力把女人推开,说:"行啦,姑娘,咱俩相识,算是冤家聚头。咱们的关系到此为止。我后天就要结婚,今晚上你就到马庄镇饭店住宿,明天该回哪里就回哪里吧。"

女人痴迷地站着,怀中的花朵瓣瓣如玉片雕成。黑狗静静地蹲着,宛若一尊雕像。

上尉跑回桥头,提着行包进了村,街道上悄无人迹,村子里千家灯火,间或有孩子的哭声和狗的叫声从这家屋里那家院里传出来。

上尉的脑子里好像钉上了一幅画:一轮明月当空照耀,月下的小石桥,桥上怀抱鲜花的女人和黑色的狗。

他暗暗地骂着自己:你是个无赖!懦夫!狗都不如的东西!

靠近家门一步,对自己的痛恨和对女人连同那条黑狗的担忧就增强一分。

上尉跨进了家门。

迎接他的是他父亲的一记耳光!

上尉被扇得头昏脑涨。他大声地、外强中干地争辩着:"为什么打我?"

他的父亲铁青着脸说:"混账东西,你干的好事!"

尽管他早就考虑到事情可能会暴露,但没想到会如此迅速。

四

王四费尽了口舌,也无法把事情向他的父亲、母亲解释清楚。坐在粉刷一新、贴满了剪纸、摆着四个闹钟、挂着六块电子钟的洞房里,他感到饥寒交迫、头晕眼花。他的父亲还在骂:"党白白教育了你!无病鬼上身? 你不去招惹她她会跟上你? 天大的一个县,比你俊的青年成千上万,她不跟别人为什么偏偏跟着你?"

他的患有肺病的母亲喘息着、唠叨着:"孽障,你这不知道深浅的东西! 好事不出门,丑事传千里。话没有腿跑得比马还快! 半过晌就有人把话传回来了,说你在汽车站上勾搭上了一个女妖精,还有一条黑狗! 作死吧你……"

父亲说:"桥头堡上怕是早知道了,这年头人心奸怪,谁不想看热闹? 谁肯把话烂在肚子里? 要是人家知道了,这婚也就甭结了,这门亲事也要散了!"

"散了就散了吧!"王四烦恼地说。

"你吃了灯草灰!"父亲愤怒地说,"说得轻巧,花了多少钱就别去说了,这丑名要顶几辈子? 走到哪儿都让人戳脊梁骨,这人还怎么活?"

"行啦,我求求你们饶了我吧!"王四用拳头死命地捶打着自己的头颅说,"就算我犯了死罪,横竖也不过一个枪子儿,你们也不能这样折磨我!"

母亲嘤嘤地哭起来。

父亲走到院子里,喀喀地吐痰。

王四像堵墙壁一样倒在炕上,感觉到房子在团团旋转。十只钟表步伐凌乱地跑着。清冷的月光照进窗户。王四拉过一床被子蒙住脑袋,他感到自己正向无底的黑暗深渊坠落。

五

黎明时分,昏昏沉沉的上尉被一阵雨点般的棍棒打醒。他睁开眵眼,看到手持棍棒的父亲和颤成一团喘成一堆的母亲。

"孩子呀……快起来吧……了不得了……那个妖精堵了咱的门

口了……"母亲哆嗦着、喘息着说。

父亲又一次举起了棍棒,劈头盖脸打下来。有一棍子恰好打在上尉鼻梁上。他感到鼻子酸痛,两行热泪,两股鼻血,平行着淌出来。上尉从炕上跃到地下,一把夺过父亲手中的棍棒,愤怒地掷之于地,说:"你没有权力这样打我!我是国家干部!犯了罪自有国法处置,要枪崩我也轮不到你动手!"

父亲脸色苍白,坐在了地上。

上尉用手捂着鼻子,走到大门口。

怀抱鲜花的女人怀抱着那束鲜花站在大门口那株刺槐树下,黑狗蹲在她身旁。朝霞万道,上射云天,太阳正在喷薄,门外的水沟里和沟外的田野里氤氲着袅袅白雾。女人浑身上下都被露水打湿,鲜花不例外,黑狗也不例外。

上尉此时没有了惧怕,女人的不屈不挠的精神虽然给他带来了无穷的麻烦但也确实让他感动。他把手从鼻子上放下来,鼻血又汹涌地蹿出来。

女人眼里的清明泪珠滚滚地涌出来。她扑上来,伸出舌头,一下下地舔着上尉的鼻血。他感触到了她温暖的仿佛生着细刺的舌头和冰凉的嘴唇,并且当然也嗅到了那股从她口腔里涌出来的骒马草料的味道。

黑狗低沉地呜咽着,好像一个男孩在哭泣。

父亲的毒打激发了上尉的仇恨,仇恨在女人口腔中味道的催化下,又变成了勇气。他拉住她的手腕,一直把她牵引到那间有十只钟表的新房里,黑狗寸步不离地跟随着。

他感到她的手像冰块一样。

母亲泪眼婆娑地说:"闺女呀,你快走吧,你不能把俺一家子都毁了啊!"

上尉说:"问题没那么严重!"他对女人说:"你坐着,我搞点东西吃。"

他从饭橱里找出一把挂面,放到锅台上,从水缸里舀了两瓢水倒进锅里,盖上锅盖,蹲在灶前烧火。

母亲说:"好闺女,吃点饭你就快走吧,俺儿明日就结婚,他媳妇一会儿就要过来看他,你要是不走,俺的日子就过不下去了!"

父亲愤怒地说:"你跟她啰嗦什么? 正经人家的闺女哪能有这样的? 不是婊子,也是娼妓!"

上尉从灶前站起来,铁青着脸说:"爹,你不要胡说!"

"我胡说?"父亲尖利地笑着,"我胡说? 我怎么能养了你这么个逆子?"

上尉说:"事情是我做下的,该杀该剐由我一人承担!"

父亲怒骂着走出了家门。

女人和狗来到灶旁蹲下,时而看着灶里跳动不止的火苗,时而看看上尉沾满鼻血的面孔。她时而微笑时而流泪,狗也一样。她颤抖不止,狗也一样。

母亲哀求着:"儿啊,你快点把水烧开,煮熟了面条,让她吃了,就打发她走,再晚就来不及了。你媳妇一来,就塌了天陷了地了。"

上尉说:"娘,你甭操心啦,砍头不过碗大个疤,我豁出去了。"

母亲说:"你豁出去可以,但这名声可就臭大了! 你媳妇的叔叔是你哥的领导,你要和人家散了,又是为这种事散了,你哥的日子可怎么过哟! 闺女,这些话也是说给你听的,你怎么不说话? 该不是个哑巴? 儿呀,你是被糊涂油迷蒙了心,放着那伶牙俐齿的媳妇不要,竟跟个哑巴勾搭连环……"

上尉心中一动,觉得母亲的话也有道理,他说:"娘,其实我跟她并没有什么真事,她只是我的一个好朋友,燕萍来了,我向她解释就是。"

母亲说:"糊涂儿啊,只怕你浑身是嘴也说不清楚哟。"

上尉看着女人,心中也犹豫了。

这时,父亲带着一个穿警服的人闯进来。

这是一个高个子青年,黑眉虎眼,很是威严。上尉认出他是自己那位在镇派出所当副所长的堂弟。

上尉站起来,女人和狗也站起来。

堂弟冷笑一声,嘲笑地说:"好一个上尉四哥,真有本事,一个四嫂子还不行,又勾来一个二房?"

上尉恼怒地说:"你胡说什么!"

堂弟道:"别生气!俺大伯管什么都告诉我了,你还狡辩什么!这就是那个女流氓?"堂弟从腰里摸出一副亮晶晶的手铐,向女人逼过去。

上尉挺身挡住女人,说:"你要干什么?"

堂弟一伸胳膊,把上尉推到一边,说:"干什么?我要铐起她来!"

上尉扑上去,抓住了堂弟的手。两个人撕扯着,都累得气喘吁吁。

堂弟说:"四哥,你松手!"

上尉说:"你把手铐收起来。"

堂弟说:"好,我收起来。"

堂弟收好铐子,说:"四哥,你哪里出了毛病?你堂堂的海军上尉,怎么能干这种丢人现眼的事?你看看这个女人,像个正经东西吗?未定是哪儿流窜来卖淫的呢?"

上尉说:"你给我滚!"

堂弟说:"大伯,俺四哥护着她,我也没有办法啦!"

父亲啊啊地哭起来。

看着老人苍白的头颅,上尉心中难过。

堂弟说:"四哥,你简直是个混蛋,要不是你比我大,我非扇你的嘴巴不可!"

上尉说:"爹您甭哭了,我跟她并没有什么了不起的事,待会儿让她走就是。"

堂弟说:"四哥,你的心太慈了,对这样的女流氓还客气什么!"

堂弟虎虎地逼住女人,大声问:"你叫什么名字?从哪里流窜来的?"

女人抖抖颤颤地向后退着,一直退到墙角上。

堂弟拍了一下腰上悬挂的手铐,说:"说!不说我铐起你来!"

女人双手搂着那束鲜花,求救地望着上尉。那条黑狗躲在她的绿裙下颤抖。

上尉心如刀绞,上前拉住堂弟的手,说:"你不要这样吓唬她,她没有罪!"

"四哥!"堂弟甩开上尉的手,说,"你是不是打算跟她结婚啊?真要这样我就不管了,我犯不上得罪我四嫂子呀!"

"我的事不要你管了!"上尉挡住女人,伸出双手,说,"请吧!"

堂弟说:"大伯,大娘,恭喜你们了,双喜临门,外带一条黑狗!"

堂弟冷笑着走了。

上尉蹲下烧火,女人和狗又围上来。他苦笑着说:"姑娘,吃过饭你必须走了!"

她的眼里又涌出泪水。

爹提着一把镐头闯进来,掀掉锅盖,抡圆镐头,砸进了锅里,铁锅破了,半开的水飞溅出来,烫了上尉的手和脸。灶里的火被水浸灭,白色的烟灰和水汽一直冲上房顶。

母亲跪在了女人面前,哭着说:"求求你,走吧,求求你,走吧!"

上尉拉着女人的手站起来,说:"你必须走了。"

女人定定地望着他,脸上又是那种微笑。

上尉说:"你都看到了,为了你我已经狼狈透顶,你再不走就没有道理了。"

女人微笑着,狗蹲在身旁。

六

已是中午时分,来看热闹的村人走了一拨又来一拨,孩子们则始终挤在院子里。女人现在跟上尉是寸步不离,那条狗与她寸步不离。

上尉走动她跟着走动,上尉止步她对着上尉微笑。狗跟着她走动,或是蹲踞在她身旁。

上尉的父亲已经离家出走。上尉的母亲已昏倒在地。上尉把母亲抱到炕上,她站在上尉身后,狗蹲在她腿边。

上尉走到院子里,她跟着,狗跟着。上尉愤怒地对看热闹的村人说:"都走都走!王四勾搭了一个女妖精,有什么好看的!"村人们窃窃私语着,并不离去,好像上尉、女人和狗是铁笼中的猛兽,尽管龇牙咧嘴吼叫,但并不能伤害参观者。上尉甚至追打那些顽童们,她跟着他跑,狗跟着她跑,那些孩子像猴子一样灵活,跳来跳去地跟他周旋着,院子里的人们发出叽叽嘎嘎的怪笑声。

上尉回到那间洞房,她跟着,狗跟着。顽童们也拥进屋子。有一个男孩用木棍子捅黑狗,黑狗嘤嘤地叫着,把头藏进她的裙裾。

对女人的怜爱,好像逐渐地减弱了。上尉简单地回顾了这二十多个小时的经历,痛感到这是一生中最悲惨的一段时光,所谓的黑暗地狱也不过如此了。遭此炼狱般煎熬的根本原因是自己的荒唐。他想自己不应该去吻她,不应该去厕所救她,应该把她从河中救上来,但不应该在桥头鬼迷心窍般地回首,更不应该赶走前来搭救自己的堂弟。现在他侧着脸闭着眼对她说:"小姐,你已经差不多把我搞得家破人亡,对一个男人最重的惩罚也不过如此了,你应该走了,带着你这条可恶的狗!"

女人却把脸来对着他的脸,并伸出舌头舔他的嘴。

上尉趁着自己还没被她口腔中的草料香气弄得昏头涨脑时,将头扭到一边,并迅速抬手,抽了女人一个耳光。

黑狗在女人裙下哀鸣起来。

女人低沉地呻吟一声,眼里盈出泪水,脸上竟然还挂着微笑。

上尉心里又可怜起她来了。她的洁白的腮上凸起了四根红红的指痕。巴掌打在女人脸上,却痛在上尉心里。他强忍住想去抚慰她脸上的伤痕的热望,大声吼着:"滚滚滚!统统给我滚!"

七

傍晚时分,闹钟姑娘在两个强健男人的护卫下来到上尉的家。她面色如铁,一声不吭,走进洞房,把十只钟表收进一只提包,然后对着上尉、女人和狗啐了一口,转身就走了。两个男人一左一右保护着她。

收尽了钟表的房间突然变得十分安静,上尉哀伤地看到清冷的月光又一次照在窗户上。

几个男人把他的奄奄一息的父亲从不知什么地方抬进来,放在锅灶旁的柴草上,然后悄悄地走掉了。

看热闹的人也散尽了,院子里静悄悄的。夏末秋初的凉风从田野里源源不断地刮来,院子里的扁豆架上,响亮着一片虫鸣。

精力耗尽的上尉坐在洞房的炕沿上,借着月光,专注地看着女人。女人也在看着他。上尉觉得她的眼里一会儿射出温柔可人的爱之光,一会儿又喷吐着磷光闪闪的地狱之火。那束怪异的鲜花不知在什么时候已经枯萎了,女人仍死死地抱着它。

上尉想起了那条在这场悲剧中扮演了重要角色的黑狗,用眼睛去女人裙边寻找,却没有发现它的踪影。他的脸上露出了一种古怪的微笑。他有气无力地说:"我们被它给玩弄了。"

女人放下枯萎的花束,在月光下缓慢地脱下了绿裙,赤身裸体站在他的面前。她身上磷光闪闪,寒气逼人,宛若一条冰河中的青鲤。上尉的心脏猛烈地跳动起来,一股腥冷的味道包围了他。他莫名其妙地想到了初登舰艇时的情景——一个身材高大的、姓崔的炮手抱着一颗金光闪闪的大炮弹,狡猾地说:"小心着点,滑手必炸!"那个大个子炮手青铜一样的脸色竟与女人身上的颜色极其相似。他知道自己对女人毫无兴趣,但他还是很急地走上前去,搂抱了她赤裸的身体。女人的舌头冷冰冰地伸进了上尉嘴中。上尉感到血液都冻结了。他疲倦地随着女人倒下去。在最后那一刻,他模模糊糊地听到一条狗在黑暗中悲鸣不止。第二天,村人发现上尉和女人紧紧搂在一起死去了。为了分开尸体,人们不得不十分残忍地弄坏了他们的口舌,折断了他们的手指。

(一九九一年三月于高密)

白 棉 花

楔子：围绕着棉花的闲言碎语

人类栽培棉花的历史悠久，据说可上溯一万年。我想可能不止一万年也可能不足一万年，这问题并不要紧。棉花用途广泛，一身都是宝，关系到国计民生，联系着千家万户，是一类物资，由国家控制，严禁黑市交易，这东西很要紧。知道炸药吗？就是董存瑞举着炸碉堡那种东西，那东西里有一种重要的配料，就是从棉花里边提炼出来的。

我们高密县是中国小有名气的产棉县，因为棉花我们县受到过周恩来总理的表扬。说有一年朝鲜领导人跟中国要棉花，周总理给高密县长打了一个电话，说高密县，你们弄点棉花支援一下朝鲜吧。高密县就把全县的棉花集中起来，往朝鲜运。刚运去一半，那边就说，够了够了，不用运了，再多就没地方放了。周恩来很高兴，说高密县真是好样的。全县人民至今还为此事感到骄傲。

关于棉花我自认为是半个专家，从种植到加工，这期间的每一个过程我都清楚。因为我曾亲自干过这些事，而且干了很久，请允许我啰嗦一会儿，关于棉花。

　　农历三月中旬,由于太阳开始向我们靠拢,地温上升,河水开冻,蜷缩了一冬天的农民们,从窝里钻出来,抻抻胳膊舒舒腰,人都仿佛长高了几寸。遍身死毛的牛马也从圈里拉出来,沾着满尾巴满屁股的稀屎,扭动着刀刃一样的脊梁骨,拖着耙子,忧虑重重地走向一望无际的原野。春天的原野其实十分美好,头上是碧蓝的天,脚下是黑色的地,鸟儿在天地间痛苦地鸣叫着,刺猬耸立着枯草般的毛刺在水渠边睡意未消地寻找着甲虫与爱情。蜥蜴在爬行。熬干了脂肪的蛤蟆在水边蹲着叫,叫声和身体都锈迹斑斑。被寒风吹尽了浮土的道路上,我们与牛在行走。棉花地去年秋天就耕过了,冻了一冬,现在很暄,都说春天的地像海绵,有几分相似。我们要在牛的帮助下把地耙平,使坷垃破碎,使水分保持,准备播种。当我们站在铁耙上,肩上搭着长约三米的使牛鞭,手扯着与牛鼻子相连的驭牛绳,身体晃动着,随铁耙波浪式前进时,心中充满希望,很想仰脸歌唱,对着那无情而深情的天空和辽远的大地与天空的接合部,至今我也难以从感情上接受地球是圆的并且绕着太阳旋转的事实,我更愿意天圆地方,"天似穹隆,笼罩四野",然后是"天苍苍,野茫茫,风吹草低见牛羊"。地球是方的,宇宙是有限的,人活着才有点意思。但即使地球真是方的,宇宙真是有限的,人活着也不容易。田间小憩时,看着疲倦的牛僵立着反刍。一团乱草从牛的喉管里涌上来,逼着它运动嘴巴咀嚼。如果它不咀嚼,就标志着它不正常,于是,郭老肚子便命令我,把一泡热尿滋到牛的鼻孔里,刺激它反刍,这法子有时挺有效,有时根本不灵。此法不灵时,郭老肚子便命令我用鞭杆敲打牛角,试图唤醒牛的反刍意识。这很有点像临济宗的当头棒喝。此法有时灵有时亦不灵。如果它实在不反刍,就说明它确实有病,不能继续使役了。我总想,应该有一些生性狡猾的牛钻这个空子,强忍着不反刍,然后得到休息的机会。幸亏牛们不如我这般坏,否则,人类役使牛类的历史就该结束了。

　　铁耙晃悠悠荡过去,牛的蹄印被耙平,松软的土地露出新鲜的层

面。大地犹如毛毡,布满美丽而规则的波浪形花纹。郭老肚子说种
地应该和绣花一样。在棉花加工厂工作时,有时我站在数十米高的
棉花垛上,常常放眼眺望,希望能看到五湖四海。五湖四海是看不到
的,绣毡般的大地却尽收眼底。隔着棉花加工厂那道两米高的砖墙,
我感到自己产生了一种进了笼子的幸福。人并不总是想在广阔天地
里有大作为的。我看到熟悉的田地上,蠕动着星星点点的农人。我
知道他们很辛苦。但在文人骚客眼里,这一切却像诗、像画,这些家
伙都是些不生孩子不知道肚子痛的坏蛋。棉花被霜打掉大部分叶片
后,棉桃成熟开裂,洁白的棉絮膨胀出来,一片片的棉花,像蔚蓝天空
中的片片白云。河流看不出流动,村落像一些玩具,这是我登高远望
后精神境界的一次飞跃,怪不得人说站得高看得远呢!这里是成堆
的白,外边有青翠的绿,鲜艳的红萝卜,金黄的豆叶,一行行耸立在渠
道边像火炬般的杨树。秋天的气息沁人肺腑。站在棉花垛上看棉花
地很好,但我真怕回到棉花地里去干活。

春天,我们赶着牛耙地时,村里的女人就围坐在生产队的大仓库
里,一粒粒地筛选棉籽。成熟的、颗粒饱满的放在大箩筐里;干瘪的、
不成熟的放在小箩筐里。这是一种富有情趣的、应该算是愉快的劳
动,因为劳动的强度不大,女人聚堆,又都是结过婚的女人,于是百无
禁忌,谈话的中心总是围绕着两腿之间那点物事,欢声笑语震动
四壁。

有一天,郭老肚子让我去找保管员领二两麻给牛套上搓一根鞅
绳,我便到仓库里找。到了那里我增长了不少知识。

"嫂子,把你那家什给我用一下。"

"你的家什呢?"

"我的家什满了。"

"你那个家什就那么小?"

"你那个家什大!"

"保管员进去正好!"

于是便哄堂哈哈笑。

其他如硬、软、粗、细、长、短、上来、下去等等，都变成与性有关的隐语。据说有一李姓的中年女人，浪得厉害，男人们也都说她性大。有一次她说浪话说上了劲，坐在棉花籽上，把一条裤子都尿湿了。几年后，我在棉花加工厂工作时发现，一群大姑娘聚了堆，浪起来不比娘们差，只不过稍微含蓄，不那么赤裸裸罢了。

棉籽选好以后，要用温水喷淋，然后堆在一起发热，让硬壳变软，以利胚芽破壳而出。等到新芽努嘴时，即用剧毒的"3911"药液拌种，以毒杀土壤中的害虫。棉花这东西特喜欢招虫，什么蚜虫、红蜘蛛、造桥虫、象鼻虫、棉铃虫，简直是虫出不穷。芽苗一出土，就得喷药，一直喷到八月老秋，一群姑娘、半大小伙子在一位技术员的带领下，天天背着沉重的喷雾器，喷洒农药，一干就是三个月。这事儿我干得很够了。起初喷药时，还能嗅到药味，喷几天就什么味道也嗅不出了。六十年代刚兴起农药时，喷药的人要带上防毒面具、乳胶手套、穿长袖衣服，不暴露丁点皮肤。我姐姐她们喷药时都这样。后来，到了我们这拨接过喷雾器时，所有的禁忌都被破坏，即便是喷洒剧毒的"1059"、"1605"之类高效有机磷农药，我们也不在乎。姑娘们因为胸脯珍贵，都穿着半袖衬衫保护。口罩是绝对不戴，谁戴谁遭耻笑。手套更不戴，生产队里没钱给买，偶尔买一副也珍藏起来，舍不得戴。我们男孩比姑娘们要彻底多了。既然没有秘密要遮掩，穿衬衣干什么？说实话，那时我们谁也不把衬衣叫衬衣，况且农民从来就不穿衬衣，我们冬天一件棉袄，其余的时间一件小褂。什么背心、衬衣、毛衣之类，跟农民没关系。现在当然也有关系了，农民富起来了嘛。穿衣服层次多了第一是麻烦，第二是不利于坦白襟怀。现在都说农民变刁滑了，是不是跟穿衣服层次太多有关系呢？我一进棉花加工厂时，厂党支部书记训话：同志们，我们穿的棉衣、绒衣、衬衣，都是棉花的儿女。这话深刻得我至今不敢忘记。

我们光着背，赤着脚，只穿一条裤头，背着五十斤重的喷雾器，喷洒剧毒农药,与棉花的敌人也就是我们的敌人战斗。我们光背小子挣的工分跟姑娘们一样多。她们有意见,因为她们的衬衣被喷雾器磨破了。我们很流氓地说:"你们也光背呀!"她们不敢光背。据说,乍兴起农药时,那药厉害得很,能毒三辈,就是说毒死的耗子被猫吃了猫也中毒而死,中毒而死的猫被人吃了人也被毒死。中毒而死的人没人吃。农民把自己的尸体看得比性命还珍贵,深深地埋葬,狗吃不了,否则也许还能毒死狗。后来,毒药不灵了,把棉铃虫放到号称剧毒的农药里浸泡半小时,那虫子照活。也有人说不是药不灵,而是人和害虫的抵抗力大大增强。与我一起喷药治虫的方碧玉是一位大眼睛小嘴巴的俏姑娘,我虽然比她小四岁但也经常想要她做媳妇。她很有力气。她从小没娘,由她爹拉扯成人。这家伙的爹会武术,曾经一个"二踢脚"踢死一条恶狗。这家伙从小跟她爹练武,压腿打飞脚,能把脚踢得比脑袋还高。小伙子们都馋她,但怵她的拳脚,只能口头上过过瘾,谁也不敢动手动脚。所以这家伙在棉花加工厂做临时工前,绝对是个处女。这家伙跟我一起在生产队喷药时,不知为什么事想不开了,竟然喝了半瓶子"马拉硫磷",居然没死,只迷糊了几天,据说打下了几条蛔虫,就又背起了喷雾器。别人问她为什么要寻短见,她说谁寻短见了?你不寻短见喝毒药干什么?我为了治肚里的蛔虫呢!这家伙,比蒙古大夫还野。

这家伙留给我的印象最深了。坦率地说,这十几年俺运气不错,见了几个质量蛮高的女人,但没有一个能与我记忆中的方碧玉相比。用流行的套话说:这家伙具有一种天生的、非同俗人的气质。这家伙有一根长得出众的脖子,有一段时间我们给她起了个诨名:白鹅。这几年我学了不少文化,知道天鹅和白鹅相比,天鹅更文绉绉、更优雅些,所以很后悔当初没有叫她天鹅。但"癞蛤蟆想吃天鹅肉"这句话我当时也知道呀!我真是个"傻帽儿"。光滑的脖子下边,这家伙那一对趾高气扬的乳房,也超过了一般姑娘。农村姑娘以高乳为丑、为羞,往往胸脯一见长时,便用布条儿紧紧束住,束得平平的,像块高地。一般农村姑娘的胸脯是高地,方碧玉那家伙的就如同喜马拉雅山啦。这家伙胳膊长腿也长,肤色黝黑。别的部位我无福见到,只能靠想象来补充了。

我经常回忆起二十年前在生产队的数千亩棉田里与方碧玉她们给棉花喷药灭虫时的情景,那是多么浪漫的岁月呵,哎哟我的姐方碧玉!你额头光光,好像青天没云彩;双眉弯弯,好像新月挂西天;腰儿纤纤,如同柳枝风中颤;奶子软软,好像饽饽刚出锅;肚脐圆圆,宛若一枚金制钱——这都是淫秽小调《十八摸》中的词儿,依次往下,渐入流氓境界。那年棉花疯长,雨水充足,花棵子足有一米半高。清晨,大雾弥漫,一块块的红太阳从雾中显出来,天地间仿佛拉起了一幅无边无缘粉红色纱幕。我们瑟瑟缩缩地到达田间。技术员从井里打上水,用玻璃吸管往水里兑药液,再把搅拌均匀的药水灌到我们的喷雾器里。方碧玉抱着光胳膊说:这么浓的雾,棉花枝叶上全是水,喷上药液不就立刻流下来了吗?技术员是个双眼角永远夹着眼屎的中年人,在生产队里以胡搅蛮缠著称,队长见了他都惧怕三分。他斜着眼说:"流下来有地承接着,你操什么心?"方碧玉便不再言语,撅着屁股,一起一伏地往喷雾器里打气。她胳膊有劲,上身起伏的速度特别快。我有时站在她对面,有时站在她背后,经常因为专注地看她打气而忘记往自己喷雾器里打气。看她打气是假,看她身上的故事是真。对于一个情窦初开的大男孩,女人周身都是迷人的故事。为此我挨了技术员很多次冷嘲热讽和咒骂。但我恶习难改,只要看到那两瓣饱满的屁股、那弯下腰就显出来的乳谷时,便如痴如醉,想入非非。虽然知道这样想有悖道德,但女人的力量对我来说实在比道德更有吸引力。当然这都是过去的事情了。

我们钻到棉花地里,横枝逸出的棉棵子已经把垄沟交叉住,只要一走动,露水便纷纷落下,几分钟后,全身上下便湿透了。即便是夏天的清晨气温也低得令人发冷,何况遍身被凉露浸湿。喷到棉棵上的药水很快又落到我们身上。所以与其说是喷药杀虫,不如说喷药杀我们自己更准确,幸好我们都有了抗毒性。有一次我头上生了虱子,方碧玉想了个高招,用喷雾器喷了我一头剧毒农药,虱子消灭得干干净净,我安然无恙。我们全身的每个毛孔都往体内吸收剧毒农药。我猜想我的血液里至今还掺着些剧毒农药,几十年来,我身上再也没生过寄生虫,蚊虫也从不咬我,大概就沾了血里有毒药的光吧。所以当社会号召公民献血时,我从来不敢报名,不知情的人还以为我觉悟不高呢。

打完一筒药,我们又汇集到田头井边,让技术员为我们灌药水。这时好光景便展览在我的眼前。这时候往往也是阳光驱散浓雾的时候。灿烂阳光普照大地,未被我们搅动过的棉花地白露珠点点如珍珠在叶片上镶着,像处女般圣洁和纯净。被我们搅动过的棉花地,叶子翻背,颜色深绿,形成鲜明的界限,就像处女与少妇有着鲜明的区别类似。这比喻既不妥又很流氓,这是跟我们一起喷药的一位青岛下乡知青说过的。

更好的风景自然不是在棉花地里,更好的风景在姑娘们身上,尤其是在方碧玉身上。前边我说过,她只穿一件粉红色的短袖衬衫,下身穿一条用染黑了的日本尿素化肥袋子缝成的裤子。上述服装被露水打湿后,紧紧地贴在皮肉上。她已跟赤身裸体差不多。通过看这种情景下的方碧玉,我才基本了解到,女人是什么样子。还有一景应该写。"日本尿素"几个黑体大字,是尼龙袋上原本有的,小日本科技发达,印染水平高,我们乡下土染坊的颜色压不住那些字,现在,那几个黑体大字,清晰地贴在方碧玉屁股上;左瓣是"日本",右瓣是"尿素"。于是方碧玉便有了第三个诨名:"日本尿素"。

后来她知道了这风景,便再也不穿那条裤子,但诨名却叫了很长一阵子。一般的玩笑难让方碧玉发火。可这家伙一旦发了脾气,真是雷霆闪电,暴风骤雨,骂起人来嘴像机关枪一样。

有一年棉铃虫猖獗,把几乎所有的棉桃儿都咬了。棉桃遭咬,很快就脱落,而落了桃的棉花等于白种。队长着急,动员全队,老婆孩子齐上阵,提着大瓶子捉虫。二百条虫一个工分。眼尖手快的一上午能抓两千多只。队长一看开出工分太多,就改了价码。由两百条虫一工分改成五百条虫一工分。那些肉虫子花花绿绿的,什么颜色都有。一下工大家就在路上数虫子。队长看不过来,由点数改为称斤两。二两虫子一分。怕虫子爬回地里去,也怕私心重的人捣鬼,队长让大家把虫子提到生产队仓库里,由保管员过秤。有人把过了秤的虫子提回家喂鸡,鸡吃了几只后,就抻着脖子呕吐,连鸡都消受不了的虫子,其恶可知。

跟我们一起抓虫子的有一位王大娘,面目慈祥。她早年信过基督教,抓一条虫子念一声阿弥陀佛,基督教徒口宣佛号,又是一个中西合璧的活证据。她说,这是些神虫,抓不尽的,到庙里做点法事吧。有青年人斥她为老迷信,她说,不怕你们年小的嘴硬,有你们求神找不到庙门的时候。

还是回过头来说说种棉花的情景吧。天道轮回,旱一阵涝一阵。六十年代涝雨成灾,房顶上挂浮柴。七十年代来了旱魃,地干得像窑,种棉花要用水。先打井,好累的活啊。犁开沟,挑着担子担水,往豁开的垄沟里浇。一桶水倾倒,嗞啦一声就没有了。旱得冒青烟了。挑一天水,肩膀肿得像馒头,遭老了罪了。赤着脚,冷、硌、扎,也得赤着,省鞋。方碧玉戴着一副帆布垫肩,墨绿色的,荷叶状,显得脖子更长,如同一支莲蓬,从荷叶间高挑出来。因为她习练过武功,气力非凡,所以,她的劳动富有表演意味。这家伙挑着两桶水大步流星,扁担颤颤悠悠,水桶悠然晃动,宛若小鹰展翅,也可能我太迷恋这方碧玉了,所以她的一切我都陶醉。小青年最初的恋人多半都是比自己大的女人,孩子半大不小,青杏半熟,有酸有甜,既需要母爱又需要性爱,大女人正好一身二任。

我还忘了说啦,给努芽的棉籽拌"3911"时节,多半刮东南风,潮湿、轻柔的东南风把极其难闻的毒药味儿吹到家家户户,吃饭也不香,睡觉也不宁,但心里却莫名其妙地兴奋,在漆黑的夜里,在毒药的熏陶下，我感到心里不宁，惴惴不安，幸福加上点恐怖。剧毒农药催开了我的情窦。开始往脸上抹一点"葵花"牌香脂，偷我大姐的。大姐发现了就和我吵架，骂我：不害羞！ 小厮也学着浪。大姐骂我时我父亲就用深恶痛绝的目光剜我。吃罢晚饭我蹿出家门，像条小公狗一样在灰白的大街上奔跑，满口的革命样板戏，因为处在变声期，嗓子沙哑，不利索，高音总上不去，很不得意。跑一阵便在方碧玉家门前徘徊。她家门前是一块空场，有一些草垛、棉花柴、玉米秸什么的。一条公狗在草垛边磨磨蹭蹭，不知道搞什么鬼名堂。我当时穿得很单薄，站半夜竟不觉得冷，冷也不撤退，总幻想着奇迹出现：心有灵犀的方碧玉脸上擦着香喷喷甜丝丝的"葵花"牌香脂，上身穿着水红紧身衣、酱红针织衫、红毛衣、灰卡其布褂子，下身穿着红花布裤衩、酱红绒裤、蓝布裤子，脚上穿着花格尼龙袜子，塑料底紧口布鞋，袅袅婷婷地、转弯抹角地来到了我的身边。她从没如过我的愿。其实这家伙一定能够感觉到我对她的爱慕，只是不愿搭理我就是了。

还要给棉花剪疯枝，掐顶心，喷矮壮素，喷催熟剂。过了中秋节，头茬棉花就要开放了。

摘棉花也不是轻松活儿。采茶姑娘们绝对没有电影《刘三姐》里那么浪漫。腰疼着呢！

关于摘棉花，故事很多。不过也真有首《摘棉歌》，作者不知何人。曲调我无法表现，歌词是这样：

八月里来八月八
姐妹们呀上坡摘棉花
眼前一片白花花
左右开弓大把抓、抓、抓、抓
……

我是半拉子劳力，队长分派我跟女人们一起去摘棉花。当时感觉很窝囊,现在想来很浪漫。摘棉花论斤数记工分,所以大家死命地摘。

方碧玉自然也是摘棉花的快手。

因为有了方碧玉,什么腰痛、手痛,全都抛到九霄云外。

摘棉花的季节跟煮熟的红薯、腌红萝卜条、大葱、豆瓣酱有联系。为了抢摘,我们的午饭都在地里吃。

棉花运到生产队仓库里,由老太太们择去沾在花絮上的草,摊在秫秸箔上晾晒,然后装包,由男劳力们装上大车小车,送到棉花加工厂里卖掉,而这时,棉花加工厂里的好戏就开始了。

1973 年,我和方碧玉一起,到离我们家二十里的棉花加工厂里去干季节性合同工。这是个美差。我能去棉厂是因为我叔叔在那厂里干会计。方碧玉能去棉厂,是因为她已成为我们大队支部书记国家良那个疤眼儿子国忠良的未婚妻。

第一章

那年我十七岁,方碧玉二十二岁。我们怀揣着大队里的证明信,背着铺盖卷儿,走出了从未离开过的村庄,踏上了通往县棉花加工厂的车马大道。支部书记的疤眼儿子国忠良像个跟屁虫一样跟在我们背后。他完全有理由跟在我们背后,因为他和方碧玉订了婚。在我们那儿,订婚契约似乎比盖着大红印章的结婚证书还要重要。我不清楚国忠良的准确年龄,估计将近三十岁吧。我恨这个家伙。我几乎把他看做了我的情敌。当然,这字眼既抬举了他也抬举了我自己。我用仇恨的目光斜视着这个身躯高大、俨然一座黑铁塔的我们村的太子。他马牙、驴嘴、狮鼻,两只呆愣愣的大眼,分得很开,脸上布满了青紫的疙瘩,眼皮上有一堆紫红的疤痕,据说是生眼疖子落下的。离村已有五里远了,他还没有丝毫回去的意思。方碧玉突然站住,半侧着身子,眼睛注视着路边那些生满了毒虫的疤癞柳树,像木头一样用木头般的声音说：

"你甭送了。"

国忠良血液上冲，脸皮变紫，眼皮上那堆肉杂碎变得像成熟的桑葚。他那两只小蒲扇一样的大手下意识地搓着崭新的灰布制服，口唇扭动，发出吭吭哧哧的声音。

"你回去吧。"方碧玉说。

"俺……俺娘……俺爹……让俺往远里送送你……"

"回去跟你爹娘说，让他们放心。"方碧玉大步向前走去。

我有些同情地看了一眼还在搓衣裳的国忠良，尾随着方碧玉往前走。我甚至无耻地说：

"忠良大哥，碧玉姐让你回去，你就回去吧。"

昨天夜晚的情景如同翩翩的蝴蝶飞到我的眼前。我家那只芦花公鸡学母鸡叫，好运气降临，我的福气逼得家禽都性错乱。爹对我说：

"支书终于开了恩，放你去棉花加工厂了。吃过晚饭你到支书家去趟，说话小心点，别惹他老人家生气。站着，让座你也别坐，听仔细了没有？"

我牢记着爹的话，衣袋里装着母亲给我的十个鸡蛋，忐忑不安地往支书家走。十个鸡蛋，让我心疼。支书家的黑狗猛扑上来，吓得我丧魂落魄，紧贴在墙边。是国忠良喝退了黑狗，并把我引进了他的家。玻璃罩子灯明亮。支书盘着腿坐在炕上，像一尊神秘的大佛。我喉咙发紧，说话不利索。支书睁开眼，轻蔑地打量着我，使我小肚子下坠，想蹲茅坑。俺爹……说你……叫俺……我说着，看到他摆摆手说你坐下吧，果然是嗓音洪亮，犹如铜钟。老人们说有大造化的人都是声若铜钟。我忘了爹的嘱托，忸忸怩怩地坐在一把木椅子上。支书说，小子，看在你叔的面子上，我放你一马。我感激不尽，胡乱点头。你们家出身老中农，土地改革时你家门上贴过封条，你知道吗？你堂叔一九四七年逃窜到台湾你知道吗？我吓得直冒冷汗，支书继续说,我能放你出去就能揪你回来,你不要忘了姓什么! 我连连点头。支书说,方碧玉跟你一起去。她是什么人你知道吗? 我连连点头。知道就好,你给我看着她,有什么情况立即回来跟我说,她出了事我找你。我夹着尾巴逃回家,裤裆里湿漉漉的。衣袋里黏糊糊,十个鸡蛋碎了八个。母亲痛骂我,并抢起烧火棍敲打我的头。爹宽宏大量地说:算了,别打了,明天他就要去棉花加工厂了。

我竟成了国支书派到方碧玉身边的坐探,真卑鄙。他哪里知道我早就迷恋上了方碧玉,他妈的。

一只碧绿的蚂蚱落到国忠良裤腿上,裤子也是新的。这个高大魁梧的男人满脸哭相,跟着我们往前走。我距离方碧玉五米近,他距离我五米远。我离方碧玉近,他离方碧玉远。我暗暗得意。我插在了这一对未婚夫妇之间。道路两边全是一望无际的棉田,经霜的棉叶一片深红,已经有零星的棉桃绽开了五瓣的壳儿,吐出了略显僵硬的白絮。新棉就要上市了。我再不用弯着腰杆子摘棉花了。方碧玉也一样。她穿着一身学生蓝的军便服,显得英俊而潇洒,像个知识青年,只可惜衣兜盖上没别上一支钢笔。

就那样保持着距离又走了一会儿。方碧玉又一次站住,等到我和国忠良磨蹭到身边,她说:

"回去问问你爹娘,要是不放心就弄我回去。"

国忠良脸上的变化同前次一样,手的动作也一样。终于他说:

"那你……走吧……俺爹说,你在他手心里攥着呢,他能弄你出来,也能弄你回去。"

我看到方碧玉一脸激动的表情。她什么也没说,转身就走。果然是自小习练武功的人,腿脚矫健,腰肢灵活,仿佛全身都装着轴承和弹簧。

我紧着腿脚追赶方碧玉,累得气喘吁吁,浑身臭汗。走了好远,我一回头,发现国忠良还站在那儿,手掌罩在眉上,望着我们。阳光照耀着他,使他通体发亮,仿佛一个刚从窑里提出来的大釉缸。

为什么一表人才的方碧玉会跟疤癣眼子国忠良订婚？对此村里传闻很多，有说方碧玉的爹要攀高枝；有说方碧玉要借机跳出农村；有说方碧玉早就被支书睡了，老支书为子辛劳，等等。这些流言蜚语不可不信也不可全信。方碧玉要嫁给国忠良，对我是一个沉重的打击又似乎无所谓。我沉浸在离开农村进工厂的巨大幸福中，尽管是临时工、季节工。

第二章

棉花加工厂有一个很大的门口，有两扇底下装着铁轮子的花格子铁门。门旁的空地竖着红漆大标牌，写着"严禁烟火"之类与政治无关的口号和"严防阶级敌人破坏"之类与政治有关的口号。门口里侧有两间警卫室。有一个穿着一件破旧军衣的瘦男人，搂着一杆锈迹斑斑的"七九"步枪，坐在门边一把椅子上，时而打瞌睡，时而目光如电，追逐着面前马路上来往的行人。我和方碧玉走到门口时，看门人握紧枪杆盘问我们。我发现他的目光搜索着方碧玉周身上下。我感到他的目光如一双贪婪的手，把方碧玉身上的衣服剥得干干净净。他根本没把我放在眼里。他的脖子随着方碧玉移动。他撇腔拿调地讲着令人周身起鸡皮疙瘩的普通话。后来我们知道这条把门虎是一位复员兵、正式工，吃国库粮，是棉花加工厂党支部委员，厂保卫组组长，姓孙名禾斗，已婚，老婆在农村。孙组长奇瘦，眼贼大。

进大门后的第一排房屋是厂办公室，门口挂着红字标牌。我和方碧玉都认几个字，冲着办公室便进。方碧玉适才与那看门人对答时就一扫在路上那种沉闷忧悒的情绪，精神抖擞、容光焕发，仿佛换了一个人。

办公室里有六张桌子，每张桌子前都坐着一个或两个人。后来我们知道，那两位对弈的胖子一为厂长一为书记。他俩一边下棋一边斗嘴，互相挖苦，妙语如糖球山楂葫芦串。还有一部笨重的老式手摇电话机蹲在棋盘旁边,很威风。

"同志,谁管登记?"自然是方碧玉问话。

我看到了我叔,坐在一张桌子前,埋头打算盘记账,心中竟升起一种自豪感。我感到自己的条件比方碧玉优越。

叔叔抬起头,看到了我们。他没搭理我,却冲着方碧玉很热情地打招呼。叔叔把我和方碧玉介绍给书记和厂长,他们胡乱应付了几句,低头继续斗棋。屋子里其他人的目光却被方碧玉吸引住了。她的脸稍微红了一下。一个四十多岁的男人说:

"到这边来登记。"

我们把村里的证明信交给男人,后来知道他姓蔡。据说他本该转成正式工人,所有的表格都填了,但最终被人告了,说他老婆有神经病。满嘴脏话的采购员周鸣说:老蔡真冤枉,转你的正,又不是转你老婆的正,老婆有神经病碍你转正屁事?老蔡你当时怎么不去县里找一找,没准就找回来一只铁饭碗,一辈子甭发愁,你真是个老实人。老蔡呀!

老蔡推给我们一个簿子,递过一支圆珠笔,让我们按着栏目填写。什么籍贯姓名性别年龄是否党团员家庭成分社会关系等等。一本正经,跟工人阶级沾点边就是不一样,激动得我和方碧玉手指捏不住笔杆手心里冒汗。

"你二大爷的,你那个马什么时候跳到这儿来的?"高个胖子说。

"二大爷我的马早埋伏在这里等着你啦!走呀!走!看你还有什么高招。"矮个胖子说着,将自己的一颗棋子砸在对方的一颗棋子上。

"同志,俺该填虚岁还是填实岁?"方碧玉问。

"你实岁多少虚岁又多少?"老蔡问。

"实岁二十二,虚岁二十三,属大龙的。"

"按实岁填吧。"老蔡说。

填完了表格,交给老蔡。老蔡指着一位独臂小伙子说:

"你们吃饭的事去问他。"

那小伙子面色苍白，人很清秀，不知怎么少了一只胳膊，别人说笑，他不吭气，神色忧悒地盯着墙壁。很快我们就知道了他姓秦名山，有喜欢念别字的人把他的名字念成"泰山"后，大家便叫他"泰山"了。他那条胳膊是锯齿剥绒机切掉的，算是工伤，厂里照顾他，让他担任了生活会计，挺轻松挺有油水的一桩美差。他垂着一只空荡荡的衣袖，乍一看挺别扭，看惯了也不觉得他身上缺什么东西。他冷冷地告诉我们只要我们把粮食投到食堂里，就能换到饭票，如要吃菜可以拿钱买菜金，一元兑一元，一角兑一角。

十几分钟工夫，该办的事就办完了。有一位一直在观看棋战的秃头男人说：

"毛，送他们去宿舍吧。"

秃头是副厂长。毛是正式工人，办公室打杂的，留着一个菊花头，穿一双又黑又亮大皮鞋，经常夸张地捋着袖子看手表，那时候戴手表的人还非常少。我不喜欢这小子。他名叫毛红灯，挺革命的一个名字。

我们正要走时，门外一阵自行车铃响。一个高个子男人打着哈哈进来，后边跟着一个扁脸的姑娘，矮胖，一脸雀斑。我突然认出了这个男人，在水利工地上认识的。这男人是公社团委书记，跟我们村里的刘三姐有点黏糊，刘三姐的二女儿，跟他是大脸剥小脸。下棋的二位胖子丢开棋，站起来与团委书记握手，打哈哈。团委书记说："这是我妹妹。"又对他妹妹说："这是金书记，这是于厂长。"还介绍了几个人。我感到很愤怒。书记说："毛红灯，找几把椅子来！"毛红灯立即去找椅子，把我们晾在门口。厂长挤着一脸肥肉，笑得眯缝着眼儿跟扁脸姑娘说话。"叫什么呀？"她羞涩地玩弄着辫子梢儿，酸溜溜娇滴滴麻酥酥地回答："孙红花。""啊，好名好名，好听，有意义，骑马要骑千里马，戴花要戴大红花嘛！在家干什么来着？"厂长问。孙红花轻飘飘文绉绉地回道："在家治虫。""治什么虫呀？""哟，多着呢，主要是棉铃虫。"呸！不就是背着喷雾器喷药么,还"治虫"哩。我看了一眼方碧玉。她脸上看不出什么表情。这时毛红灯拎着两把椅子进来,一看我们还在门口站着,便说:"你们自己去吧,喏,就那排房子。"

那是一排高大的青砖瓦房,有十几间,分两个门,门上很可能是那位毛红灯用狗爬似的红漆大字写着"男宿舍"、"女宿舍"字样。我先陪着方碧玉进了女宿舍。

这是全中国独一无二的女宿舍。房间宽六米,靠着墙用木桩子、高粱秸、苇席捆扎搭架起两排大通铺,上下三层。最后一层在房梁之上,离地足有三米高,有固定的简易木梯子可以爬上爬下。两排通铺之间的地面崎岖不平。我看到铺下生长着几堆小蘑菇,还有一条破裤头,这一定是去年的女临时工留下的东西了。

屋子里已经有了几十个姑娘,或忙碌或静坐。她们妍媸不一,但穿着几乎清一色的蓝布衣服,个别的穿着花衬衫。我第一次嗅到了由女人的群体发出的气味。这气味并不美妙,但富有诱惑力。我分辨不出是谁发出了什么气味,就像猫分辨不出一盆鱼里究竟是哪条鱼发出了哪种腥味一样。对了,女宿舍里有一股子臭咸鱼的气味。

一位黑瘦脸庞的姑娘站起来跟方碧玉打招呼。我恍惚在邻村见过她,大概也是个书记的女儿或儿媳之类的人物。

"方碧玉,你也来了?"她很高兴地问。

"宋金鱼呀,"方碧玉上前拉着她的手说,"你也来了?"

"来当几天工人过过瘾呀,"她说,"俺爹说每个月能挣三十多元钱,交生产队一半,还剩十几块钱呢。挣到钱,什么不买也得先买五尺花布,缝件小褂穿穿。"

她很小,顶多十八岁,脸上的五官团聚在一起,似乎还没有长开呢。

我很入迷地盯着她的娃娃脸,她瞪我一眼,说:

"你看我干什么? 你是不是也要扯花布缝褂子?"

这句并不好笑的话竟让十几个姑娘咯咯地笑起来。

宋金鱼问:"方碧玉,你住上铺还是住下铺?"

方碧玉问:"你呢?"

"我正犯犹豫呢,睡上铺吧,太高,爬上爬下的,成猴啦。我睡觉不老实,万一从上边骨碌下来,还不把腰跌断?睡下铺呢,不吉利,万一上铺有个尿床的,不正好流到我脸上了吗?"

"那你就睡中铺吧!"

"好,听你的,我睡中铺,你呢?"

方碧玉想了想,说:

"我睡上铺。"

这时候毛红灯拎着孙红花的花铺盖卷儿,引导着团委书记和他的妹妹,朝着女宿舍这边来了。

"马成功,你自己去占铺吧,我能安顿自己。"方碧玉对我说着,一只手提着铺盖卷,一只手把住梯子的横梁,矫健地攀到上铺上去。铺上立即嘎嘎吱吱地响起来。

我进了隔壁的男宿舍,发现里边的格局跟女宿舍一模一样,所不同的只是更脏一些。

几十个男人,多数是青年,围着一个略有口吃、文质彬彬的小伙子。后来我知道他名叫李志高,会写文章,会唱吕剧,尤其会唱《李二嫂改嫁》中"李二嫂眼含泪关上房门,对孤灯想往事暗暗伤心"那一段。当时他正在那儿吹牛,吹周恩来总理如何把支援朝鲜棉花的任务交给高密县,高密县如何完成任务,受到了表扬。吹得神乎其神,听得有滋有味。

我想我必须与方碧玉睡在相同的高度上,所以我爬到上铺。这里举手就可触摸瓦房的檩条、秫秸笆。麻雀隔着一层瓦在我头上唧唧叫,我能听到它们细小的脚趾行走在瓦片上时发出的声音。当时我没有在麻雀身上浪费太多的时间,这个崭新的热闹世界里值得我谛听观察的东西太多太多,更何况,我知道方碧玉与我仅有一墙之隔,十厘米厚的墙,上边涂抹着淫秽的图形和语言,无疑是去年的或前几年的临时工们留下的杰作。隔壁的上铺也在嘎嘎吱吱地鸣叫着,我知道,那是方碧玉在展开她的被褥。虽然隔着一堵冰冷的墙,但我感到她的呼吸正在抚摸着我的面颊。

第三章

三百多名男女季节工陆续入厂。男、女宿舍内,上、中、下三层铺,镶满了人。因为要洗脸、刷牙、洗衣服,井台上挤满了人。于是便有了打了水回宿舍涮洗的,宿舍里的地面很快便泥泞一片。入夜,呼噜声、梦呓声、放屁声、喘息声、通铺嘎吱声汇合成复杂的乐章,充满气体和力量。所有的人都压在一起,我担心房屋被胀破,担心大通铺支架被压断,我感到惶恐,幸好,方碧玉就在我的身边,隔着墙壁,我也能感受到她的温度。

我们入厂后的工作,是在一位名叫"铁锤子"的正式工人领导下清除院内杂草,铺设垛底,等待新棉上市。"铁锤子"罗圈腿,驼背,眼睛不停地眨动,走起路来像只母鸭,说起话来像只公鸭。不是我有意要丑化他,因为他的水平太凹。李志高气哄哄地说:

"把这样的人渣转成正式工人,领导真是瞎了眼!工人阶级领导一切,呸!就他那样!? 领导个鸡巴!"

"铁锤子"大号郭海,"铁锤"是郭海的乳名,"铁锤"后边加一个"子",就有大不敬的意思了。郭海是厂里的业务组长,领着垛棉花的一拨人,身边有几个亲信,有一个名叫"一撮毛",有一个名叫"坐山雕",前呼后拥,很是神气。

棉花加工厂占地五百亩,远离村庄,周遭用坟砖圈起一道墙。那年头煤炭紧张,砖窑无法开火,连公家搞建筑都要用坟砖。破除迷信,生活艰难,老百姓积极扒祖坟卖砖换钱。老祖宗遭了殃。有几个堂兄弟为争一座坟,打得头破血流。我们割草,平地面,用石头、棉籽皮、苇席铺成一个个长方形大垛底。棉花收购淡季里,厂内空地里种了些花生、玉米之类,长得不好。收花生时男工女工都吃,吃得满嘴白沫、拉稀跑肚的可不少。

在等待新棉上市的过程中,我知道了如下事情:

(1)棉花加工厂准确的名称是棉油加工厂,属县商业局管辖。它负责收购农民的棉花,把棉花跟棉籽分离,棉花打成件外运,棉籽经过锯齿剥绒机三遍脱绒,然后在榨油车间榨取棉籽油,定量卖给棉农食用。这种黏稠的黑油起初不做任何技术处理即食,后来导致了许多莫名其妙的病症。党和政府为了保证农民身体健康,便在棉油里放了火碱在大锅里烧煮、沉淀,熬成清清的卫生油让农民吃,怪病也随即消失了。棉短绒据说是制造炸药的基本原料,珍贵得了不得,严禁向帝修反出口,免得他们用中国人生产的棉短绒制造屠杀中国人的弹药。棉籽壳可以喂牛。棉籽饼也可喂牛。尽管牛吃了棉籽饼粪便带血,但人还是喂,牛也还是吃。所以说棉花一身都是宝,"人民公社一定要把棉花种好",这是最高指示,"铁锤子"在为我们训话时严肃地说。他训话时眼睛眨动得频率更高。有一位大家都叫她"电流"的姑娘咯咯地浪笑。"铁锤子"说:"不准笑,严肃点。""电流"只管笑。有人说"电流"是公社党委副书记的女儿,正儿八经的高干子弟,何人敢惹?"铁锤子"算什么?

(2)棉花加工厂有一个皮辊车间(主车间),一个打包车间(把皮辊车间加工出来的皮棉打成件),一个维修车间,一个榨油车间,一个红炉组,一个财会组,一个业务组(负责把收购来的棉花码上大垛用苇席和篷布封好),一个炊事班,一个警卫班,一个动力组(柴油机工和电工)。大概就是这些了。

棉花加工厂没有自来水,只有一眼大口井,井里吊着几只潜水泵,井边挂着十几只漆成红颜色的消防桶和十几只大红颜色的泡沫灭火器。我们入厂一星期后在井边发生了一场大热闹。起因是前边说过的那位差一点捧上铁饭碗的老蔡的老婆来找他。那天正逢集,老蔡的老婆从集上回来,胳膊上挎着个二升笸斗,笸斗里盛着几根老黄瓜。女人约有四十多岁,梳着飞机头,眼睛水汪汪的,一副风流相。孙禾斗拦住她问:"找谁?"她说:"找俺儿!"其实禾斗知道她是老蔡的老婆,却故意大声嚷叫:"老蔡,你娘来看你了!"那女人也不分辩,只手掩着口笑。老蔡慌慌张张跑出来,不满意地说:"你来干什么?"女人道:"来看看你。"老蔡道:"我好好的,看什么!""看看你有没有勾搭大闺女。"禾斗道:"老蔡天天搂着大嫚困觉。"女人说:"死鬼!今日饶不了你!"说着就扑上来,一弯腰,熟练而准确地攥住了老蔡的睾丸,嘴里说:"我让你这个小和尚馋嘴!"老蔡干嚎一声,腰弓头垂四肢勾勾,脸色如同黄土。禾斗忙上前把女人拉开。女人躺在地上打滚撒泼,惊动了厂长。厂长用火柴棍剔着牙走出办公室,训斥道:"闹什么闹什么? 这是工厂。怎能胡闹?"老蔡一看惊动了厂长,十分恼怒,热血冲懵了头,不计后果,一把抄过孙禾斗肩上的破大枪,哗啦一声推上大栓,对着女人吼:"我这辈子就毁在你手里,今日我毙了你吧!"说罢就搂了扳机,震天动地一声响,这支打过日本鬼子的老枪拼着老命放了一响,也不知子弹钻到哪里去了。女人哇啦一声叫,也不打滚了,也不疯了,爬起来,捂着头,跑着,喊着:"救命啊! 救命! 反革命杀人喽!"老蔡端着大枪追。厂长一九四七年时当过民兵,有点胆量,喊道:"快,捉住他,先下了狗日的枪!"禾斗到底当过几天兵,有军事经验,高一脚低一脚地去追老蔡。我们正在空地上拔野草,听到大门口响了枪又看到一群人追过来。"铁锤子"兴奋得嗷嗷叫。老蔡的老婆一看老蔡虎虎地追来,吓得屁滚尿流,一头扎到井里去了。老蔡追上井台,嚎啕大哭着:"孩他娘哟,我活着也没有什么奔头啦,跟你一路去吧!"把枪往井台上一扔,头朝上脚朝下,立正着跳到井里去了。众人乱纷纷围在井口,一看老蔡和他老婆在井里折腾得紧,不救必定淹死,忙扛来一架竹梯子,沿着井壁顺下去。大家都抢着下去救人。禾斗愤怒地说:"闪开闪开,我是军人出身,让我下去。"只好让他下,又找了些粗绳子,把老蔡夫妇拉上来,都没喝多少水,把肚子里的水往外挤了挤,就好了。一男一女两个落水鸡似的,对着眼睛看了一阵,竟搂着脖子哭起来,厂长气得大骂:"混蛋老蔡,不是看咱在一村的面上,非开除你不可!"老蔡和厂长是一个村的人。正好食堂里的伙夫江大田来挑水,"铁锤子"说:"得了,喝老蔡他娘的黑蛤蜊鲜汤吧!"厂长说:"老蔡,罚你和你老婆把井水淘干净!"老蔡的老婆泪眼婆娑地说:"表叔,让俺两口子说会儿话再淘吧。""呸!"厂长啐了一口唾沫,走了。走两步又回头骂孙禾斗:"孙禾斗,你的军人的不是,废物的一堆!"禾斗不满地问:"你凭什么说我军人的不是?"厂长说:"军人,武器是第二生命,可你他妈的竟让老蔡一把就将大枪抢了过去,你算什么军人?"孙禾斗不服气地说:"谁知道这个屌人要夺枪呢?今儿个老蔡你要把老婆毙了,老子也要跟着倒霉,你奶奶的,蔫人一个,三脚踢不出一个响屁来的货色,使起武器来,竟然十分的麻利!"

孙禾斗带着几个小伙子给我们表演怎样使用泡沫灭火器,并当真喷了一阵泡沫,嗞嗞的,喷出去十几米远,落在地上,像一摊摊烂棉花。孙禾斗在训话、表演的过程中念念不忘盯着方碧玉,不过别人发现不了罢了。

对了,还有一个棉花检验组,负责给棉花定等级,挺要紧的一个部门。检验组长是一位名叫赵虎的小伙子,正式工人,皮肤很白,留着大背头。

还应该提一下炊事班长江大田,这是位青岛知青,细高挑身材,洁白牙齿,浓眉大眼号称棉花加工厂第一美男子。他去井台挑水时,总是能碰到一些在井台上洗涮的姑娘。姑娘们直着眼看他。他很得意,用悦耳的青岛腔跟她们调笑。"铁锤子"醋兮兮地提醒她们:"你们要小心,要透过现象看本质,漂亮的男人没有一个是好东西。"姑娘们没人睬他。所有的人都知道,"铁锤子"这家伙三十多岁了,狗屎猫屎还没见着,馋女人,馋得发了疯。

新棉上市,皮辊车间开工。我沾了叔叔的光,干了件轻松活:司磅。方碧玉被分派到皮辊车间看轧花机。在她的面前,棉籽和棉绒因为被两只飞速旋转的皮辊挤压和牵拉而分离。

第四章

中秋节后第一天,第一车新棉出现在加工厂门口,是一辆马车,拉着十包棉花。棉花包有两米长,两搂粗,赶车的是个老头,跟车的是几个中年妇女。门口的警卫冯结巴在保卫组长孙禾斗的指挥下,收了车把式的火柴、烟袋,交他一个牌,出厂时换回吸烟家什。洁白的花包在阳光下耀眼,检验组的扦样员赵一萍提着袋上去开包扦样。门卫冯结巴家庭贫寒,贫寒到家无过夜粮的程度。他舅是公社党委组织委员,所以他干了轻松差事。赵一萍很清秀,嘴角有一粒痣,痣上有三根毛,外号"一撮毛"。业务组有个男的也叫"一撮毛",是"铁锤子"的亲信。女"一撮毛"她爹是县水利局的头头,所以她也受优待。

新棉入厂时,我很激动,因为我们很快要各就各位,不用跟着"铁锤子"干杂活了。方碧玉跟我说她很讨厌"铁锤子",说他两只眼贼溜溜的,明显是个色鬼。

一群人拥到大门口看新棉。送棉的人竟然是我们村的。赶车的老头是我们队的王九,跟车女人里有国忠良的叔伯嫂子崔月桂。

"是我们村的!"我兴奋地对大家说。

王九阴沉沉地说:

"马成功,当了工人啦,抖起来了!挣了多少钱?请你九爷去喝盅烧酒?"

"还没开工资呢。"我说。

"瞧瞧,也开工资吃工资了!"王九邪恶地笑着说。

我知道村里人对我来棉花加工厂干活眼红,嫉妒,也就不说什么。王九是老贫农,惹不起。

方碧玉跟车上的女人打了个招呼,国忠良的叔伯嫂子笑着说:

"碧玉,吃了两天工人饭,脸白了不少哩!"

方碧玉说:"白个屁! 剥我一层皮也是黑的。"

那嫂子从屁股下揪出一个满嘟嘟的花布书包,说:

"碧玉,给,这是你婆婆托我带给你的。"

方碧玉一愣,脸发了红,上前接了包,很窘的样子。

我看了一下周围,所有的目光都集中在方碧玉身上。有门口保卫组长孙禾斗的目光,有业务组长"铁锤子"的目光,有杰出青年李志高的目光——经过一段接触,我开始和他熟起来。他能吹能拉,我挺服他。

办公室有人出来干涉:

"都围在门口干什么? 没见过棉花是不是? 有你们看够了的时候!"

业务组长"铁锤子"扯着公鸭嗓吼起来:

"走走走,快去干活! 想吃鸡蛋就去找个男人!"

众人散开。方碧玉拎着那只花书包,一副茫然无措的样子。"铁锤子"涎着脸凑上去说:

"小方,给我个鸡蛋吃?"

方碧玉想都没想,把书包递到他面前,冷冷地说:

"给,全拿去!"

"铁锤子"愣着,方碧玉已经把那一包鸡蛋投到他的怀里。他狼狈地说:

"这,这不好意思……"

旁观者哈哈大笑,冷言相加:

"'铁锤子'真有造化。艳福不浅,白捡个大便宜,吃吧,好吃难消化,当心噎死。"

"小方,我不要,我随便说说……""铁锤子"说。

方碧玉已经走到垛底那儿,抄起扫帚,清扫垛沟里的浮土和杂草。

孙禾斗凑上来,悄悄地说:

"'铁锤子'你小心点,人家可是有婆家的人。"

"铁锤子"反唇相讥:

"看门狗,眼红了吧?"

"铁锤子"突然问我:

"马成功,方碧玉她男人是干什么的?"

"解放军团参谋长!"我恶狠狠地说。

"哎哟我的亲娘!""铁锤子"叫一声苦,说,"军用品,一类物资,动不得。"

他把那一书包鸡蛋递给我,说:

"马成功,你和她是一个村的,求你把这包还给她吧。"

"我不管。"

"求你啦,小兄弟。"

"给你吃你就吃吧!"

"我不是不想吃,我是领导,又是正式工人,领导阶级,哪能随便吃你们临时工的东西?吃了影响不好。求你啦。"

考虑到司磅员归他这个业务组长管,我不敢得罪他,便接过书包。

孙禾斗在大门口乐得哼小曲儿。

第五章

吃过晚饭后,红日西沉,气温宜人。男工女工们都结伴出去,号称"散步"。第一次跟着人们去"散步"时,看到道路两侧田地里的农民在埋头劳动,我心中忐忑不安,感觉到自己是在犯罪。散步散到中秋节后,已经心安理得,并且产生了一丝丝优越感。终于我也高人一等了,哪怕是临时的。

李志高邀我去散步,使我受宠若惊。我们爬上河堤,看到洁白的棉田和正在弯腰摘花的妇女儿童,笼罩在火红晚霞下的棉花加工厂和烟雾腾腾的村庄。

走了一会儿,李志高掏出一包香烟,撕开口,弹出一支,请我抽。他的礼遇让我加倍地受宠若惊。

他自己也点了一支,熟练地喷了几个烟圈。他这些小动作令我佩服,想摹仿又有点不好意思。他背靠在一株柳树上,深沉地注视着河道中清澈的流水,说:

"小马,你想知道我的经历和我胸中的抱负吗?"

"想,您说吧。"

他晃了一下脑袋,用十分流行的潇洒动作把滑到额头上那绺黑发甩到头顶上,说:

"我自幼聪明,五岁即能背诵唐诗三百首。上小学时,我的作文曾荣获过全县小学生作文竞赛第一名。我会拉京胡、板胡、二胡,会吹笛子,弹风琴。我识简谱,会唱歌。我曾在县毛泽东思想宣传队工作过。啊!那是多么浪漫的岁月啊!充满激情和幻想……"

晚霞照在他的脸上,使他的双眼像两粒火星,闪烁着熠熠神采。我感觉到我深深地被他煽动了,激情似火,想展翅飞向天空。

他的语调一转,表情也变得深沉而严肃:

"可是,我空有满腹才华,却没有地方可以施展!我是怀才不遇。'自古英雄皆寂寞,惟有饮者留其名'。等开了工资,你我兄弟一定要去饭店开怀畅饮一次,借杯中之物,浇胸中块垒。这真叫'抽刀断水水更流,借酒浇愁愁更愁'。"

他停顿了一下,又一次点火抽烟。月光已经上来,照耀得满河流金泻玉,看着被火光映红的那张脸瞬息又淹没在朦胧中,我感觉到周身寒冷,牙齿打战,我知道这不是气候的缘故。说实话,他这番话我不能很好地明白,但却让我心跳失常,这就足够了。他突然高声说:

"老弟,等着瞧吧,我李志高是人中龙凤不是凡夫俗子,天生我材必有用!这小小的棉花加工厂,如何容得下我?我是'勉从虎穴暂栖身',总有一天会'说破英雄惊煞人'!什么'铁锤子'、孙禾斗,一伙社会渣滓,不过凭着运气好,或者是有后门,转了个正式工,就神气得了不得,颐指气使,俨然人上之人,狗屁!老子压根儿就瞧不起他们。还有那什么'电流'、孙红花、赵一萍之类,凭着父兄的官职也来狐假虎威。老子不理睬她们。这样的女人。白送给我都不要!"

"李大哥,你真伟大!"我由衷地说。

"伟大谈不上,但绝不渺小。"他自信地说。

"你是非常伟大,李大哥。你要是有朝一日混出了头,别忘了我。"

"'苟富贵,勿相忘'!"他坚定地说,"但有一条,从今之后,你要听大哥我的调遣。"

"放心吧大哥。从今之后,你要我向东我不向西,你要我打狗我决不去吓鸡!"

"好,老弟!"他拍了一下我的肩膀,说,"'君子一言,驷马难追'!"

"'驷马难追'!"我说。

"我问你,"他压低了嗓门说,"方碧玉真的有了婆家?"

"李大哥,你问她干什么?"我有些惊恐地问。

"随便问问。"

"真的有了。来棉花加工厂之前订的婚。"

"刚订婚?"

"是。"

"男方真的是解放军团参谋长?"

"狗屁!那是我瞎编了吓唬'铁锤子'的,"我很难受地说,"她男人是我们村支部书记的儿子,疤瘌眼子。"

"好!"

"好什么呀,李大哥,"我说,"方碧玉嫁给他可真叫'一朵鲜花插到牛粪上'喽。"

"你把方碧玉的一切都告诉我。"

"你要听这些干什么?"

"你甭管,快告诉我。"

我开始为他讲述方碧玉的故事,不知出于何种心理,在讲述过程中,我把方碧玉会武术这一点做了大大的夸张,难道我希望方碧玉打谁一顿吗?

我们边说边往回去,晚风清凉,月光如水,河里水声潺潺,河边秋虫唧唧,真如同走在诗里走在画里走在梦里。被繁重的劳动和艰难的生活消磨干净了的种种幻想,在这个月光之夜复苏了。我感到自己与李志高一样,也是个怀才不遇的天才,总有一天,我也要像李志高一样,乘长风破万里浪,干出惊天动地的大事情来。

但"电流"、赵一萍、孙红花这几位结伙散步的官宦人家的富贵小姐粉碎了我甜蜜的梦幻,她们在河堤上排成横队,像一伙拦路抢劫的女强盗。

"李志高,你跟谁一块散步了?"

"吃过晚饭我们就去找你!"

"你为什么不陪我们散步?"

"这个小鼻涕孩是谁?"

"马成功,跟方碧玉一块来的。"

"方碧玉,哈哈,送给'铁锤子'一书包煮鸡蛋!"

"要是让她男人知道了……哈哈哈。"

"李志高,你不能回去,你陪我们散步去。"

"好好好,诸位俏妹妹,"他媚声媚气地说,"我陪你们。马成功,你自己回去吧。"

他在她们的簇拥下回去了,我独自一人往前走,走了两步,回头站定,看着他与她们逐渐模糊的身影,听着他与她们的说笑声,我突然感觉到受了很大的侮辱。

"臭娘们,等着瞧吧!"我对准柳树踢了一脚,塑料凉鞋的襻儿断了。"哎哟我割了一个月野薄荷才换来的凉鞋呀!"我提着破鞋,似乎感觉到了,浪漫是既费钱又费力气的活儿。

回到棉花加工厂,我爬上空中楼阁,听到隔壁那边有响声。我用巴掌拍了拍墙,轻声说:

"碧玉姐,你的书包和鸡蛋还在我这儿呢。"

我听到方碧玉叹了一口气,然后说:

"你吃了吧。"

第六章

中秋节后,连刮了几天金风,天高气爽,大批的棉花如潮水般涌进加工厂,收购旺季终于到来。与此同时,皮辊车间六十台皮辊轧花机一齐开动,棉花加工厂在135马力柴油机的巨大轰鸣中颤抖起来。女工们两班倒换,每班十小时,不大容易看到方碧玉了。业务组长"铁锤子"手下只剩下三十几个人,且多是被车间里挑剩下来的"人渣"。

我整天坐在那只磅秤前,拿着一支圆珠笔,一把算盘。过磅,填斤数,退包皮,算出皮棉数字。经常想入非非,经常出错,经常挨结算组长和过磅组长的训斥。我知道,如果不是看在我叔叔的面子上,早就把我撵去抬大篓子了。

一个个高达数十米的棉花大垛拔地而起,满眼的洁白,满世界的洁白。我从来没有想到过,人竟能把如此多的棉花堆积到一起,高密一个县的棉花就能满足朝鲜一国的棉花需求,看来绝非妄语。李大哥的话句句都是真呀。

那些天通往棉花加工厂的道路上挤满了除机动车外的各种车辆,交通堵塞。从凌晨到黄昏,车声、牲畜鸣叫声、人的呼叫声,此起彼伏。道路上布满被践踏得没了模样的马粪驴粪骡子粪。我一坐一整天,全身发硬,脑袋发昏。有一天因为压住了一个农民的单据挨了一耳光,其实那单据是传单员压住的,责任并不在我。"铁锤子"不为我撑腰却站在那人的立场上,原来那人是他的堂叔。他的堂叔人高

马大,胳膊比我的腿还粗,我不敢还手。我跑回宿舍爬到我的三层铺上哭泣,惊动了上夜班正睡觉的方碧玉,隔着墙壁她问我:

"哭什么?"

"'铁锤子'……他堂叔打我……"

"为什么打你?"

"说……我压住了他的单子……"

"是你压住了?"

"不是我……"

"那他就打你?"

"嗯……"

"你没还手?"

"我打不过……他有两米高……"

"'铁锤子'没护你?"

"他向着他叔,说我该打……"

我听到她坐了起来,说:

"走,看看是个什么东西!"

"碧玉姐,别去了,他太壮了。"

"少啰嗦,下去,在门口等我!"

第七章

那场精彩的打斗相信所有的目击者都不会忘记,这是继老蔡夫妇跳井之后的第二件热闹事。

我听到方碧玉从三层铺上一跃而下,一定是漂亮加潇洒,宛若一只飞鸟。我战战兢兢地从三层铺上爬下来,急急忙忙跑出去,方碧玉已在男宿舍门口等我。

"走!"她扯了我一把。

"碧玉姐……算了吧……反正已经挨打了,剥不下来了……"我结结巴巴地说。

"窝囊!"她说,"咱是来做工的,不是来受欺负的!"

我带她走到我的磅位旁。

"铁锤子"眨着眼睛训我:

"你他妈的干什么吃的?!扔下工作不管了?这么多棉农在等着你!你是不是干够了?"

"我挨了打……"我委屈地哭起来。

"活该!挨打是你找的!打得轻了!"

方碧玉冷冷地盯着"铁锤子"看。

"是哪一个打了你?"她问我。

那个熊一样的壮汉扛着一包二百斤重的棉花踩着颤悠悠的木板往棉花垛上走。他腿不软,腰板直。他虎背熊腰。

"就是他。"我指指那汉子。

方碧玉一声不吭,抄着手站着。

那男人踩着陷没膝盖的棉花,一直爬到垛的顶尖。扔下花包,扯着包角,把棉花抖搂出来。他把花包搭在胳膊弯上,仰着脸,一步步走下棉花垛。他的四方脸有棱有角,像一块铁坯子。

方碧玉一声不吭,抄着手站着。

她用闪电般的速度,扇了那汉子两记耳光。左一耳光,右一耳光。响声清脆,传得很远。在场的人都呆了。

那男人怪叫一声,扔下花包,抬手捂住了脸。这就是方碧玉家祖传的绝技:反正锅贴。

一般的人经不起这两下子。

这两个"锅贴子"贴得像刀刃一样快。

那汉子两腮立即胖了。

"走!"方碧玉命令我。

汉子吼叫一声,骂道:

"臭娘们!哪里走!俺活了大半辈子,都是俺打人,从没挨过打,今日是头一遭。"

他攥着拳头,张牙舞爪地扑上来。

方碧玉只一跳,就闪到一边,让他的凶猛拳头捅到虚空里去。

没等到他转回身来,方碧玉已凌空跳起,在空中踢出两脚,一脚端在那男子下巴上,一脚端在那汉子小腹上。

他嚎叫着坐在地上,双手捂住腹,垂着头,呜呜有声,好像是在哭。

棉花垛上的临时工齐声喝起彩来。

孙禾斗手提着那杆破大枪跑来,一边把大栓推得哗啦啦响一边喊叫:

"不许武斗要文斗。"

"铁锤子"呵斥他手下的临时工:

"喊什么?看他娘的什么热闹?快给我干活!"

孙禾斗傻乎乎地问:

"谁跟谁打?怎么不打了?'铁锤子',怎么回事?"

"铁锤子"骂道:

"操你妈!"

"你怎么骂人?"孙禾斗问,"你骂谁?"

"骂你!""铁锤子"凶凶地说。

"你敢骂我?"孙禾斗一拉枪栓,"我毙了你这个小舅子!"

"你毙吧,""铁锤子"拍着胸脯说,"有种你往这里打!"

孙禾斗端起枪来,说:

"你以为我不敢打是怎么着?老子在珍宝岛打死过一个班老毛子,还不敢毙了你这个驴日的?"

"孙禾斗,你要干什么?!"厂长像只坛子一样风急火燎地滚过来,喘息不迭地说,"你要行凶杀人?"

"我不过是吓唬吓唬他,"孙禾斗拉开枪栓说,"枪里根本就没有子弹。"

厂长说:"没有子弹也不许这样,万一把撞针弹出来也能伤人,再说枪口哪能对准革命同志?"

孙禾斗讪着脸,把大枪抢到肩上,说:

"这小子整个一个反革命'五一六'分子!"

"怎么回事,怎么回事?"厂长问。

"铁锤子"指指我和方碧玉,说:

"问他们俩吧! 玩忽职守,殴打棉农!"

厂长说:"你们是不是干够了? 干够了立刻给我回去,我这儿什么都缺,就是不缺人。"

方碧玉说:"回去就回去,离了你这门口俺就活不了怎么的!"

我却说:"都怨我不好。"

第八章

打架事件后,方碧玉成了公众人物。亲眼目睹了打架过程的人,在向别人转述时,都毫不吝啬地添油加醋,把方碧玉几乎描绘成了侠女十三妹。

那两巴掌两脚实在是太漂亮太过瘾了。两巴掌名曰"反正锅贴",两脚名叫"鸳鸯脚"又叫"二踢脚"。方碧玉的爹曾用"鸳鸯脚"踢翻一条恶狗,她却踢翻一个高大凶猛的男人。

方碧玉被全厂注目,无论在饭堂里排队打饭还是在井台上洗脸刷牙,大家都用敬畏的目光看着她。她的英雄本色再也掩饰不住,她也不再掩饰。她恢复了与我一起打药时的风采。她昂首挺胸。她扬眉吐气。她全身上下好像重新装满了弹簧。

几天后,厂里召开全厂工人大会,正式工、临时工统统参加。露天会场,在打包车间的水银灯下。打包车间是个二层楼,水银灯安装在楼顶上。那是我看到的最亮最高的一盏灯。光亮普照全厂,波及农民的庄稼地。光是浅蓝色的,照得人脸靛青。几百人聚在灯下,如同一群活鬼。

支部书记先念了一篇《人民日报》社论,内容是关于批《水浒》反对投降派的。接下来厂长训话,他首先批评有人在棉花垛旁大小便,又批评有人用皮棉擦血。厂长说这事与男工没关系是女工干的。女工都垂着头不说话。公社党委书记的女儿"电流"大声说:

"与我们干部女儿没关系,我们有专用器材抢险救灾。"

众人龇牙咧嘴怪笑。

"防洪排涝!"一个男工说。

"电流"说:"是农村来的女工干的,让我们跟着受牵连。"

方碧玉站起来,冷冷地说:

"你这样说有什么证据? 是哪个农村来的女工干的? 休要一网打尽满河鱼。另外厂长说的也不对,男工碰破皮肉、走火流鼻血不也用皮棉擦吗?"

厂长怒冲冲地说:"方碧玉,我正要说你,你自己先跳出来了! 你殴打棉农,破坏工农联盟,破坏治安,目无领导,厂里决定开除你! 你明日找会计算账,卷铺盖回家吃你娘做的吧。你武功很好,但我这里不是瓦岗寨!"

临时工们吓坏了,不敢吭气。正式工也他妈的不放一个屁。几个大蛾子死劲碰水银灯的罩子。这时更像一群鬼,我们,在一座庙里。

几十年后我想我当时应该跳起来,像个男子汉一样拍着胸膛说:

"这事不怨方碧玉,怨我,要开除就开除我吧。"

但我没有这样做。实际上我永远是个懦夫,永远是个患得患失的小人。

方碧玉站起来,平静地说:

"我可以卷铺盖回家,但要把事情说清楚。厂长你不能不分青红皂白,轻信一面之辞。说到底俺是个农民,死乞白赖来干这份临时工,无非是想来挣几个钱,扯几尺布做几件新衣裳。俺没那么高的觉悟,照顾什么'工农联盟'。我打了那黑熊,不过是女农民打了个男农民,这事公安局都懒得管。路不平大家踩,马成功跟俺一块来的,他受欺负,别人看热闹俺不能看热闹。还有,厂长,正式工也不是祖宗给挣下来的皇粮,干部女儿也没长四个鼻孔眼!棉花加工厂是共产党的,也不是你们家的祖业。我拿着介绍信入的厂,你一句话打发不了我,你让我走我偏不走,你不让我走没准我自己走了。"

李志高青白着脸站起来,也许是激动,也许是恐惧使他声音又尖又细:

"方碧玉不能走……她打得好!打得妙!打出了临时工的威风。临时工也不是你们锅里煮的地瓜,愿意怎么捏就怎么捏。我的话讲完了。"

有人怪声怪气地嚷了一句样板戏台词:

"老九不能走!"

好多人都嚷:

"老九不能走!"

我也跟着嚷了一句。

厂长气得浑身肥肉哆嗦,巴掌拍着屁股说:

"反了你们!反了你们!"

"我们不干了,受这个窝囊气,不拿我们临时工当人!"有人大声煽动。

支部书记一看事不好,连忙安抚打圆场说:

"方碧玉坚持正义,不畏黑大汉,敢于斗争敢于胜利,教训了刁民,打出了棉花加工厂的威风,基本上是件好事。厂长说开除你不过是开个玩笑吓唬你,要你不要再跟男人打架,怕你吃了亏。临时工正式工包括干部子女大家都是阶级兄弟,来自五湖四海,为了一个共同的革命目标走到一起来了。要团结不要分裂,要光明正大不要搞阴谋诡计。今天的会就开到这里,方碧玉你不要胡思乱想好好干活厂里不会亏待你。散会吧散会吧散会。"

方碧玉冲着支部书记鞠了一躬,说:

"天大地大不如您的恩情大,谢谢您。"

我叔叔说支部书记回到办公室把厂长训了一顿,说他差点惹出大乱子,这年头闹出个罢工事件咱都得倒血霉。厂长说这个方碧玉真不是盏省油的灯。

我叔叔骂我不成器,狗屎抹不上墙,死猫扶不上树,天生是个出大力的材料。

两天之后,"铁锤子"对我说:

"马成功,不用你司磅了,到皮辊车间找郭主任吧,以后你归他管。"

郭主任是个满脸麻子的半老头,正式工人。他会唱京剧《苏三起解》,咣采咣采咣咣采! 还带锣鼓家什呢。麻主任说:

"小兄弟,抬大篓子去吧。"

第九章

据说现在的棉花加工厂都安装了吸风设备,只要把粗大的铁筒子插到棉花垛上,棉花便会源源不断地进入车间,再也不用抬大篓子了。

那种大篓子用竹片编成,长方形,宽约一米半,长约三米,高约一百二十厘米,两头缀着铁鼻子,中间横穿一根大杠子。单看看这套家什就吓你一跳。抬一天大篓子可挣一元三角五分钱。

都怨我自己不争气,得罪了"铁锤子",也可能连带着得罪了厂长,丢了好差事,由脑力劳动者变成了体力劳动者。幸好我是苦出身,干活干惯了。同时被贬到车间抬大篓子的还有李志高,毫无疑问他是因为在大会上为方碧玉辩护才丢了在维修车间磨皮辊的好差事的。

他深刻地对我说:

"小马,你感觉到了没有? 这是一场尖锐复杂的斗争,是正义与邪恶的斗争,是真理与谬误的斗争。"

我激动万分地说：

"李大哥，我感觉到了。"

"你真的感觉到了？"他怀疑地问道。

"真的感觉到了，"我急忙说，"跟着你，我可是天天都在进步。"

"好，好。"他说，"斗争刚刚开始，要奋斗就会有牺牲，你怕不怕？"

"不怕。"我说。

他拍拍我的肩膀，说：

"好样的！"

"李大哥才是好样的呢！"我说。

老天开眼——也许是郭麻子的有意安排，我们和方碧玉一个班。这个班的时间是晚九点到凌晨六点，零点时休息半小时，食堂有热玉米面粥卖。

我不知道李志高心里怎么想的，反正我心里挺高兴。

夜里就要上班抬大篓子啦，尽管我在当司磅员时多次看到那装满棉花的大篓子像山一样压在两个健壮男子的肩上，压得他们趔趔趄趄，像两只醉酒的小狗，知道这碗饭不好吃，是绝对苦力的干活，但一想到能够时时见到方碧玉，便生出无数的渴望来。

我睡不着。我知道方碧玉与我只隔着十厘米，从看不见的缝隙和能看见的缝隙里，我听到方碧玉均匀的呼吸声。她在睡觉，为上夜班做准备。

李志高也没睡着，就着高吊在梁上那盏昼夜不熄的电灯泡的昏黄灯光，他趴在被窝里，只露着脑袋和一只手，一个小本子摆在枕头上，他在写什么东西呢？李大哥绝非久屈人下之人，他那么深刻，那么有思想，脑袋瓜子生得那么圆……跟他拜了兄弟，肯定要沾光……

我还是迷迷糊糊地睡过去了。

警卫班冯结巴披着黑大衣抱着破步枪踢开门，大声叫：

"起……起床……该……该换班了……"

警卫班负责提前半小时把上夜班的人叫醒。

用枪托子捣着女宿舍的门板,冯结巴继续叫:

"起……起床……该……换班了……"

第十章

十一年后,我与成了一级厨师的冯结巴冯飞扬在火车上邂逅相遇。他又白又胖,穿着一身呢子制服,手腕上戴着一块足有三两重的大手表。

通过简短交谈,我知道他后来在舅舅的安排下,去了滨海油田,成了正式工人,先当炊事员,又进烹饪技校,去过香港、新加坡,回来评上一级厨师,娶了党委书记的女儿,生了一个胖儿子。话题自然转到棉花加工厂,他说:

"那时过的真是狗都不如的日子,想想过去,看看现在,我很知足。你不知道我们家当时有多么穷。别人还从家背点玉米面投到食堂里,正儿八经地拿着粮票打几个窝窝头吃,我们家里连地瓜干子都吃不上。背着人,啃点菜团子,喝点开水,就算一顿饭。看到那些正式工吃馒头,馋得我呀,他妈的,眼泪鼻涕一块儿流。不瞒你说,有一次,实在饿极了,我跑到榨油车间去喝过棉籽油,一次喝一铁瓢。肚子受不了,肛门没了约束,不知不觉就流了油……"

我们一起笑了。

这小子现在是头发乌黑,像在油里浸过一样。我们忆着苦,思着甜,话题自然转到方碧玉身上。

"她死得好惨……"我说,"那么好的一个人,落了个粉身碎骨的下场……"

"你认为她死了吗?"冯结巴问我。

"怎么? 难道她没死?"我惊异地问。

"她死在什么时候,你还记得吗?"

"永远不会忘记!"我说,"她死于那一年的一月二十五号,那天正好是腊月二十三,'辞灶日',过小年。"

"我认为方碧玉没死。"冯说。

"她的身子都被清花机给打烂了,你还说她没死。"

"她没有死,像她这样的女人决不会自杀!"

"别说梦话了。"我说。

"你还记得那个被皮辊绞死的女工吗?"

"记得。"

冯说:"问题就在这里。"

第十一章

深秋的夜晚,天很凉了。我感到浑身哆嗦。

站在车间里,郭麻子手指着那一片皮辊机,对我和李志高说:

"你们俩负责供应这三十台车的棉花,误了找你们。"

柴油机轰鸣起来。地沟里,镶着铜牙的柴油机工孙师傅拿着铁撬棍往主传动轴上挂皮带。几十个身穿白围裙、头戴白帽、嘴上捂着白色大口罩的女工各就各位,面对着自己的轧花机。我毫不费力地认出了方碧玉。车间里灯光明亮,胜过白昼,她那两只黑色大眼在雪白衣帽和四周棉花的映衬下,蓝幽幽地放光,像狸猫一样。我看到她在注视着我和李志高。我认为她在对我们表示同情和关注。她在鼓励我们。她一定在为能与我们上一个班感到高兴。你的高兴就是我们的高兴呀,方碧玉。我在心里大声说。

传动皮带猛然抽紧,并发出尖利的摩擦声。传送轴轰轰转动,几十部轧花机皮辊旋转,除籽栅前后推拉,巨大的噪声立即充满车间。姑娘们抱起棉花,放在机前平板上,然后左右开弓,双手抓花甩动,让棉花均匀地落在两只皮辊之间。方碧玉的动作最迅速、最准确、最优美。

"还不快去抬棉花!"郭麻子对着我们大声吼叫。

机器的力量使人兴奋,我和李志高一前一后抬着大篓子,向棉花垛跑去。

另外两个抬大篓子的老手,看着我们笑。其中一个对另一个说:"这两小子是热锅上的蚂蚱,蹦跶不了多会儿。"

他们笑得有道理,他们说得更准确。

垛在一起的棉花,竟然变得如此坚硬,这是我始料不及的。从垛上往篓里装棉花,其实是非常艰苦的过程,棉花挤压在一起,纤维粘连,拽着如同胶皮,插手难进。要想使棉花松软能抱,第一是用铁钩子把棉花扯下来,第二是爬到垛上去,坐下,用两个脚后跟找到层次,把棉花像揭饼一样蹬下来,这是抬大篓子的伙计们艰苦摸索后得到的经验。当时,我们在那儿扯呀,撕呀,有货装不到篓子里去,仅装了半篓,就气喘吁吁,汗流浃背了。

"你们俩小子,要磨洋工是不是?"郭麻子跑到垛边来骂我们,"几十台车等着吃!你们知不知道两个班在比着干?"

"主任,不是我们不急,是干着急拽不下来。"李志高说。

"笨蛋,用钩子往下抓,上去用脚往下蹬!"郭主任告诉我们。

上去一试,果然有效。很快满了篓。一抬,不起,再一挺,起来了。李在后,我在前,互相看不见。脊梁杆子弯曲,腿哆嗦,不拿准,一路歪斜,扭秧歌一样。顾不上说话,听到郭麻子郭主任在我耳旁说:

"小子,尝尝滋味吧!你们以为一天一块三毛五分钱就那么好挣?!"

进了车间,地上棉花绊脚,正扭着,感到后边猛一沉,李志高没招呼就扔了杠子。全身骨节一阵嘎巴,脸一仰,我一腔就坐在地上。幸好有些棉花垫着,没跌坏尾巴骨。姑娘们哧哧地笑我们,因为我们俩算公认的秀才。我也不知怎么就糊糊涂涂地成了秀才。站起来,哥俩顾不上埋怨,喊声号子,去倒大篓子,忘了抽杠子,倒不出来,又翻过来抽掉杠子,再翻回去,像屎壳郎翻屎蛋,狼狈透了。正想喘口气,郭麻子又吼:"快去抬呀,操你们二大爷! 没看到在跑空车吗?"顾不上回操郭麻子的三姑或二姨,抬起篓子就跑,现在李在前我在后,跑急了篓子碰腿。磕磕碰碰,到了垛前,手刨脚蹬,死活不顾,装满一篓,速度大提高。抬起来一溜小跑,在运动中求平衡,实践出真知。郭麻子说:

"这样干还差不多!"

一个小时过去,跑了十趟,抬进去十篓,汗流干了,浑身酸软,想歇歇,坐下就起不来了。躺在棉花上,什么也不想就想死。感到只躺了不到一分钟,车间里又告了急。郭麻子拿着小竹竿抽打着我们的屁股,脏话像吐鲁番的葡萄,一串一串的。没法子,强挣着爬起来,死干吧,干死吧,往死里干吧。感到像干了一个世纪似的。夜怎么会这么长? 问李大哥几点了,李大哥几点了? 李大哥从腰带上摘下手表,凑到鼻子尖上看了看,说十二点不到,就算到了十二点才算一小半,我的亲娘,什么时候才能熬到下班。车间里的轰鸣声好像把地球都震动了,那几十台皮辊机像几十只张着大口的巨兽,贪婪地吞食着,吞食着棉花,吞完了棉花就吞食我们……车间里白雾蒙蒙,细小的绒毛飞舞着,白炽灯泡上沾满花绒,像白色的猴头蘑菇。尘土和细绒已经改变了方碧玉她们的模样,她们的工作服和口罩变厚了,她的眼睫毛上沾满了花绒毛,像结满了冰霜的树枝。她们在拿着小竹竿的郭主任的催促下,机械地重复着那些动作,郭主任用小竹竿抽打着她们的屁股,催促着:快点,快点,薄撒,均匀,宋春花,你睡着了吧? 大个子邹,你想把机器噎死? ……室外星光灿灿室内尘绒弥漫。起初我还感到鼻孔发痒,直打喷嚏,现在我连喷嚏都打不动了。我们再也不敢停止手脚的运动了,而且事情正在起变化,不知从什么时候开始,肢体的疼痛和疲倦消逝了,感觉迟钝,伟大的麻木状态开始。这时候人的思维十分节约,我不知道我的李大哥如何,我只知道我自己的脑袋里只有黄豆粒那么大小一块明亮的地方,其他的部分都混混沌沌,处于半休状态。就是在那一点黄豆大小的明亮里,装着一只竹编的大篓子、一根大杠子和又白又硬又凉丝毫也不松软也不温暖的像毒蛇一样无情地纠缠在一起的棉花。直到十几年后的今天,一想起棉花,立刻便有那又白又硬又凉的感觉像蛇一样爬进我的脑海,使我万分地惊悚。

郭麻子吹响下班哨子时,红色的霞已经满了天。柴油机工孙师傅熄了机器,天地间突然安静,这安静产生了巨大的压力,压迫着每个人的耳膜,肉体,甚至是灵魂。我的耳朵嗡嗡地响着,突然感到眼前的一切都丧失了原来的模样。霞光怎么会是这样?晨风怎么会是这样?路面上的石块为什么会是这样?

我们哥儿俩扔掉大篓子,栽到垛旁凌乱冰凉的棉花上,我想应该说一句:“同志们,永别啦!”然后悲壮地合上眼睛。

方碧玉毫不客气地踢着我的屁股:

“马成功,起来,起来,这样睡下去是要落病的!”

“李志高,老李,起来,起来,回宿舍去睡!”

我们在爱的催动下,拼着最后一丝力气,回到了宿舍,爬上我的三层铺,如同攀登珠穆朗玛峰。

第十二章

开工资的日子到了,掐指一算,来到棉花加工厂已经三个月。据说正式工人每月发一次工资,临时工三个月发一次工资。但总算发工资了。什么叫上等人?上等人就是每月发工资。我们三个月发一次工资,处于上等人与下等人之间,可以算做中等人。下等人永远不发工资。

我记得那天晴空万里,阳光明媚,厂外的柳树脱光叶子,垂着柔软的枝条,像一排排默默肃立的革命英雄。棉花收购旺季已过,田野里的棉花擎着五瓣的淡黄色花壳,显示出即将牺牲的悲凉与轻松。

厂里的柴油机被一个姓张的小子戳弄坏了,需要大修,车间放假,我们都准备拿着工资回家看看。

办公室外拥挤着二百多人,女多男少。都穿着自己最好的衣服,脸上涂了一层气味逼人的雪花膏、香脂之类。我既无新衣好换,又无东西往脸上抹,心中不甘不漂亮,便偷挤了李志高一些"白玉"牙膏抹到脸上,脸上又麻又痒,着风一吹凉飕飕的,感觉很好;还用热水洗了头发和脖颈,用一块锋利的碎玻璃刮了刮牙齿上的黄垢,刮得牙龈破裂,满嘴血腥。李志高打扮得风度翩翩,满头的乌发与脚上的皮鞋上下呼应,闪闪发光,宛若优质煤炭。我当然发现他吸引了姑娘队里的许多目光。孙红花磨磨蹭蹭地就和李志高靠在了一起,咯咯地笑着。她的笑声令我厌恶,使我生出许多流氓的思想,使我想起村子里那个老光棍的经验之谈:人浪笑,猫浪叫,驴浪巴咂嘴,狗浪跑断腿。我通过观察,确认这是真理。那么,孙红花对着李志高我的李大哥如此浪起来,说明她对我李大哥有意思。只要李大哥要她,她一定脱不迭裤子。想到此,不由我全身发热,像犯了罪一样,偷偷窥视那些与我一起排队领工资的人,生怕他们看到了我心中那些不高尚的想法,尤其不能让方碧玉看破我的内心啊。她站在那里,面上神情淡漠,不和任何人搭腔,像一棵黑色的树。

负责发放工资的,是那位满脸布满纵横皱纹的老蔡。自从开枪、跳井后,他仿佛又老了十岁。他拖着长腔,按照工资表呼叫人名。

终于呼叫到我的名字了。我分拨开众人,挤进办公室,兴奋得有点手脚无措。厂长、书记,还有那些大小头目正式工们,都坐在那里,目光灼灼,盯着我也一定盯着每一个前来领取工资的临时工。我突然感到心里空虚,好像我来领取的不是艰苦劳动的报酬,而是他们的施舍一样。

厂长严厉地说:

"马成功,拿到了钱,要好好想想,党给了你们这些钱,你应该拿出点行动来答谢党的恩情!"

"我好好干活,死命抬大篓子。"我嗫嚅着。

厂长与支部书记对视片刻,支部书记点了点头,说:

"发给他吧。"

厂长对老蔡说:

"发给他吧。"

老蔡说:"过来过来,靠前点。"

他照着册子念道:

"马成功,实干工日八十五个,日工资一元三角五分,应得工资一百一十四元七角五分,扣除水电住宿费八元五角,实发工资一百零六元二角五分。"

他把一大摞钱推到我面前,说:

"这里边含有交生产队的钱,原则上是交队里一半,队里给你记一个整劳力工分。具体交多少,你自己回去跟生产队里协商。"

紧紧地攥住钱,我走出办公室。初次拿到这么多钱,心中充满幸福感。即使是交队里一半,也有五十三元多钱归我所有。我想我应该去买一件蓝卡其布军便服上衣,买一条灰布裤子,再买双紧口白底青年鞋,最好再配上一双花格尼龙袜子。应该买包香烟,高级一点,"金叶"或"玉叶",每盒两毛九,不要"勤俭"和"葵花",每盒九分钱。还应该买柄牙刷,买管"白玉"或"分外香"牙膏,我也要刷牙,像李志高大哥那样,嘴里插着一把牙刷,满嘴吐着白沫,说话呜呜噜噜,显得那么有派头,有文化,有地位,有身份。买了牙膏牙刷,还应该买个红塑料香皂盒,买一块高级的"罗锅"牌香皂,再配一条花毛巾,洗脸时,一定要用毛巾擦,像电影里那些干部。把这一切配齐了,我还应该买辆"金鹿"牌自行车,买块上海产全钢防震十九钻手表,配上两条表链子,一条铁的,一条皮的。夏天用铁表链,冬天用皮表链。那时我一定转成了正式工人,我骑着崭新的自行车,戴着光灿灿的手表,穿着灰涤卡衬衣,挽着袖口,衬衣的下摆一定要扎到腰带里,不要像老农民那样打着伞。裤子,一定要那种深蓝色混纺华达呢,裤线要有缝,没有熨斗,可用装满热水的玻璃瓶子代替。坚决买双皮鞋,要牛皮的不要猪皮的,猪皮毛眼子粗,擦不亮。还要什么呢?足了,什么都不要了。那时我可以每个月开工资,歇星期天也照样开钱。忘了一件大事:要对一个象。方碧玉,方碧玉我还要吗?不要,坚决不要。要找个月月开工资吃国库粮的,要长得漂亮,要有文化,最好会唱歌,会唱那首著名的抒情歌曲,"小河的水清悠悠庄稼盖满沟",然后是"解放军进山来帮助咱们闹秋收"。实在不会唱歌会跳舞也凑合,"南飞的大雁请你快快飞"……那时候,正式工人马成功,这位英俊潇洒的小伙子,携着她的手,昂着头,挺着胸,分花拂柳,沿着河堤漫步。他口中吟诵着唐诗宋词,手持纸折扇,与美人同行,犹如羊群里的两匹骆驼,鸡群里的两只仙鹤,那些在堤下棉田里摘棉花的女人,都直起腰,看直了眼,看走了神,嘴里发出啧啧的感叹声:瞧人家,郎才女貌,才子佳人,天生的一对,地设的一双,弯刀对瓢切菜,生子当如马成功!我携着她走进棉田,她穿着一条火红的裙子,迎风招展,像一面鲜艳的红旗飘进棉田,犹如天仙下凡。洁白的棉花与她火红的裙子形成鲜明的对照。她皮肤光滑,唇边两个小酒涡,性格温柔,待人礼貌。大娘婶子姑娘姐妹们,像一群蜜蜂,或者一群蝴蝶,把她当然也把我包围在中央。大娘伸出生满皱皮的老手,把她的手抓住,赞不绝口:瞧瞧这手,瞧瞧这手,像剥了皮的葱白一样,尖溜溜,滑溜溜,溜光水滑呀溜光水滑……姑娘们捧着她的裙子,反复欣赏,有一位还把脸贴到她的裙子上。这时候,我应该拉着一位老大娘的手,对她嘘寒问暖,态度和蔼可亲,要把她感动得热泪盈眶,把我当成县里来的干部或是省里来的演员……我们终于摆脱了这群农村妇女,互相搀扶着,表现出相亲相爱、相敬如宾的样子攀登上大河高堤,在攀登的过程中,最好她的手能被锯齿形的草叶拉开一条血口,不要太深也不要太浅,太深则疼痛,太浅则做作。她轻轻地呻吟一声,我紧紧地抓住她的手,用嘴巴去吮吸她的伤口。这一幕多么亲切感人,会把那些大娘婶子们羡慕得要命,感动得半死,我们知道她们一定在眼巴巴地看着我们,但我们故意不回头,不要让她们错以为我们是表演给她们看。我们是天生成一对情侣,情侣一对天生成,我们的亲密举动源于火一样的从骨髓里榨出来的从血管里奔涌出来的真爱情……我吮完她手上的伤口,从衣袋里掏出一条绣着几朵鲜红凌霄花的洁白手绢,替她包扎,然后我像托一只小鸟一样,右手揽着她的屁股,左手揽着她的脖颈,她双手紧紧地搂着我的脖子,把那颗血红的脸蛋儿埋在我的胸膛里……她的秀发如瀑布顺着我的胳膊弯子一泻千里,犹如万丈长缨,要把鲲鹏缚。我左手如抱泰山,右手如托婴孩跌跌撞撞往上走,幸福之火熊熊燃烧,烧得我头晕眼花。我们忘情地拥抱在一起,我寻找着那两片玫瑰花瓣一样芳香扑鼻秀色可餐之唇……我们互相怀着感恩戴德的心情,依依偎偎拉拉扯扯搂搂抱抱拍拍捏捏向前走,革命道路艰难崎岖仿佛永远没有尽头。突然,前方垂柳树下站定一个人,黑干加枯瘦,好像一棵严冬的树。方碧玉终于出现了,在马成功的故事里,没有她的出现,整个故事将变得枯燥无味,犹如一潭死水。这时,我,翩翩青年马成功,应该仪态潇洒地走过去,主动伸出我那只腕上戴表的右手,镶着红点儿的秒针快速游走,表壳在夕阳余晖下闪烁温柔祥和之光。我的手细腻,她的手粗糙。我白,她黑。但是我绝不骄傲。我握住她的手,轻轻地一握,然后稍微一低头,彬彬有礼地说:"碧玉姐,您好!"她一定满面愧色。我对她介绍我的她:碧玉姐,这是我的妻子,学名凌霄花,俗名爬山虎。然后再反过来介绍:爬山虎——对,应该叫她小爬或小虎——这是我在农村时的同伴,方碧玉。这两个女人会怎么样表现呢?她们会互相打量一番,然后必然是方碧玉自惭形秽,爬山虎醋溜兮兮。方碧玉,你现在该后悔了吧?我向你求爱,你竟敢嫌我小,嫌我没出息。现在你还怎么说?当然,我马成功不是那种得意忘形的势利小人,富贵不忘贫贱交嘛。我对你方碧玉也是辗转反侧心念旧恩呀!呀!呀!呀!乌鸦要归巢了,我们也该回家啦……亲爱的,让我们紧紧拥抱……

"马成功!"

我听到有人在耳边喊叫,并感到有人在拍打我的肩膀。努力定神,摆脱幻觉,才发现我正搂着一棵糊满了干牛屎的柳树啃树皮。我满脸都是幸福的泪水。

方碧玉惊讶地看着我,问:

"你得了失心疯了是不是?"

我羞得要命,支吾道:

"我故意出洋相逗你笑。"

"吓我一跳,我还以为发了几个钱把你欢喜疯了呢。"

"瞧你说的,碧玉姐,我马成功再没出息也不会到那种程度。"

"好吧好吧,"她说,"咱结个伴回趟家吧。"

"我在这儿就是为等你的嘛。"

"走吧。"

"走。"

踢着石头往前走。

"碧玉姐,你每天开多少钱?"

"一元二角五分。"

"你呢?"

"一元三角五分。"

"你们抬大篓子出大力。"

"挣钱多的不出力,出力多的不挣钱。"

"你知道孙红花她们几个干部子女挣多少?"

"我不知道。"

"一元三角。"

"比你们多,你不是技术能手吗?"

"那管什么用?"

我们悠闲自在地向前走,其实我并不悠闲,一方面适才那场梦幻的余毒尚未完全清除,我还把一半身心浸泡在幸福的药酒里——或者说我的脑袋还在天上身体在地上——幸福的感觉像发了疯的狗一样追逐着我狂吠,使我不能很实事求是地与这位被我臆造出来的爬山虎姑娘枪毙掉的方碧玉交谈——爬山虎犹如天边的彩霞渐渐消散,只剩下一团模糊的暗红存在于我的意识之中——另一方面我的靠心脏部位的衣兜里装着三个月劳动换来的人民币,我强烈感觉到它的存在,感觉到它对我的心脏乃至神经系统所施加的巨大压力。它使我精神沉重肉体轻飘。上述两方面都证实了我与方碧玉同行的第一阶段我是一个精神与肉体分裂了的二元论者。

走着走着就晚霞满天了。爬山虎已融进晚霞,与我脱离了假想的夫妻关系。土路上有迈着沉重的步伐自田野返回的农民。他们脸上都蒙着一层厚厚的尘土。我和方碧玉与他们擦肩而过时,感到他们用仇恨的目光斜视着我们。我下意识地按按衣袋,人民币一沓全在。田野已基本光秃秃了,只有一小片一小片的棉花柴还没拔。偶尔也有一棵树在路边挑着碧绿的叶子,生出许多妖气来,因为别的树都已落叶惟独它不落叶。那次给我印象最深至今难以忘记的是一个体重足有二百斤的大胖子开着一辆用十二马力柴油机组装成的小拖拉机。他端坐在驾驶座上,俨然一座巍巍肉山。车后的小挂斗上,竟插着八面大红旗,显得诡怪而神秘。开车的大胖子是我小学的同学,他把拖拉机的油门开到最大,黑烟滚滚,红旗猎猎,十分英勇悲壮。我和方碧玉向他打招呼。他对我们的招呼不屑一顾。他严肃的面孔在我们眼前一闪而过。

我跟方碧玉相视一笑,顿时觉得周身通电,精神振奋,如同中了魔法。我们同时转身同时说:

"追上他!"

道旁的百姓害怕这挂着旗子的车如同害怕一车烈火,纷纷闪到路边,有急忙中扭了脚的也不足为奇。有一头毛驴受了惊吓,拖着地排子车蹿到路沟里去了。赶车的农民扯着嗓子骂,不知他是骂驴还是骂车。那天的情景经常像电影一样在我脑海里闪出:一辆妖怪车在前跑,两个傻男女在后边追。

追呀追呀追呀追！

追上了。

大胖子刹住车,挪下车来,问我们：

"你们追我干什么？有事吗？"

我不满地说：

"开这么个破车,老同学叫着都不答应,要是开上吉普车,连你爹叫你也不会应。"

"老同学,你胡咧咧什么？"他弥勒佛一样笑着说,"我光顾聚精会神开车了,目不斜视,哪能看到你们？方碧玉你说对不对？"

方碧玉嘻嘻地笑起来。

"你开这车干什么去？"我问。

"不干什么。"他认真地回答。

"那你把我们送回家去行吗？"方碧玉问。

"当然行啦。"他说,"只要你大妹妹开了金口,甭说送到家,送到北极去都行。"

他站在车下拧着方向盘调转了车头,说：

"上来吧,你们。"

他跨上车,说：

"坐稳,走啦。"

扑扑通通一阵响,机器冒着黑烟,吭吭哧哧往前爬。

我说："跑快点嘛。"

他说："你别吵吵好不好？嫌慢坐炮弹去。"

忽听背后有人喊叫：

"方碧玉——方碧玉——小方——"

原来是李志高。

我说："等等他。"

胖子说："就你啰嗦,让他追就是了。"

李志高追上来,一个蹿跳上了车,跟方碧玉坐在一起,气喘吁吁

地说:

"一转眼就不见了你们,我到处找,有人说你俩结伴回家啦,把我急得呀,在门口转呀转,一转眼看到你们在车上。"

"你不回家?"方碧玉冷淡地问。

"我没有家,"李志高说,"革命者四海为家嘛。"

"找我有事?"方碧玉问。

"没什么事,"李志高脸皮有点红,说,"反正我无家可归,想送送你们。"

"方碧玉武功超群,八个小伙子也近不了她的身,还用你送?"我说,"李大哥你回去吧。"

他说:"送送吧,这么威风体面的红旗车,我坐会儿过过瘾。"

夜色渐渐洇上来,一钩新月在西南方很矮地挂着。棉花加工厂那盏水银灯亮了,碧绿碧绿,像魔鬼的眼睛。胖子把车灯打开,本来有两只灯,坏了一只,只亮一只,独眼龙,一道略呈绿色的白光,照着崎岖的路面。

走了一会儿,胖子停车,说:

"你们下去吧,快到村了。"

"胖子,送人送到家。"我说。

"不行不行,我有任务,耽误了不得了。"

"下吧下吧,"方碧玉跳下来说,"你快回吧,耽误你工夫真不好意思。"

李志高也跳下来。方碧玉说:

"你就别下了,顺便坐回去吧。"

"不,不,"李志高说,"我愿意走走。"

胖子调过车头,一加油门,窜了。

方碧玉说:"老李,你快回吧,俺到村了,没法招待你。"

李说:"没事没事,我侦察过你们村的地形,村头有个麦草垛,垛上有一个大窟窿,送你们到村后,我钻到草垛里去睡一夜,明早你们回厂时叫我一声,咱们一块走。"

"你这人有神经病吧?"方碧玉说。

"我这人喜欢冒险,喜欢干别人不敢干的事情!"他说。

方碧玉再也没有吱声。

到了村头,李志高果然钻到草垛里去了。

方碧玉站在草垛前,想说什么又没说出来,星光洒下来,一切都朦胧,失去了真面目。

第十三章

后来我一直在想,如果李志高不英勇地夜宿草垛,就不会有紧随其后的浪漫故事。我猜想,事情发展到危急关头,方碧玉也许会捶打着李志高的胸膛,悲愤交集地哭诉:为什么? 你为什么要在那麦草垛里过夜? 到了这步田地,你又软了,熊了,像受了惊吓的鳖一样,把脖子缩了回去!

第十四章

"多少缠绵曲折的男女爱情故事,都沉痛地证明和宣告:女人的爱情之火一旦燃烧起来,就很难扑灭;而男人,在关键时刻总是像受了惊吓的鳖一样,把脖子缩了起来。"十八年后,我喝了一大杯酒对着与我对饮的李志高说。

李志高头发根部颜色红黄,一看就知道是染过了的。他已是县棉油厂副厂长,四十多岁的人了。他喝了一口酒,用筷子挑挑拣拣夹了一根碧绿的菜梗放到嘴里,愁苦满面地说:

"活到如今,我只信命,别的什么都不信了。"

我正准备激烈地反驳他时,他的十八岁的女儿李棉花穿着一身艳丽的衣裳闯了进来。这姑娘很像孙红花。她咕嘟着嘴对李志高说：

"爸爸，我要改名字！"

"为什么？"李志高问。

她说："你给我起了这么个破名字、丑名字、土名字，同学们都笑话我。"

"我跟你妈是在棉花加工厂里相识、结婚，然后有了你，所以叫你'棉花'。"李志高说。

她反驳道："在棉花加工厂里相识就叫我'棉花'，要是在化肥厂里相识就该叫我'化肥'，在橡胶厂里相识就该叫我'橡胶'是不是？"

李志高苦笑着说："胡搅蛮缠！你打算改成什么名字？"

她说："我准备改成李口百惠子！"

李志高说："随你自己的便吧，你改成山本五十六我也不管了。"

第十五章

我相信，方碧玉和李志高的浪漫史上最幸福、最富有爱情特征的一夜，也是李志高夜宿草垛的一夜。过了这一夜，他们的关系便突飞猛进，迅速发展，很快把事情推向高潮，同时也推向深渊。

那天，他沾着一头麦糠与我们同归棉花加工厂。在冉冉上升的朝阳里，他头上的麦壳像黄金，他的微笑也像黄金一样灿烂。

经过一夜的思想斗争，我虽然痛苦但却清楚地意识到：方碧玉与李志高才是天生的一对，我不是李的势均力敌的对手，我缺少夜宿草垛的勇气。我决定退居二线，发扬风格，为他们二人穿针引线，搭桥铺路，充当一个光荣、高尚的第三者。在我还年轻的时候，能做到这一点很不容易。

方碧玉从她的花书包里掏出四个热得烫手的红皮鸡蛋，分给我和李志高每人两个。拿着鸡蛋，我的灵魂在哭泣。我意识到这鸡蛋是为谁而煮。虽然都是同样的红皮鸡蛋，但李志高那两颗重若泰山，

我这两颗轻如鸿毛。一个早起捡狗屎的老头满脸冰霜地看着我们，
吓了我们一跳。

她用我认为是充满了似水柔情的眼睛抚摸着李志高那张棱角分
明的脸。他毫不客气地往口里塞着鸡蛋，鸡蛋黄噎得他泪流满面。
她笑起来，并且用半握的拳头捶打了一下他的背。这一拳是他们爱
情的定音鼓。一锤定音。这一拳看起来打在李志高背上，实则打在
我的心脏上。完了，我已经被淘汰了。李志高大笑起来，鸡蛋残渣在
笑声中喷出，好像横飞的弹片。随着笑声，他的头颅在抖动，头上蓬
松的黑发跳跃，宛如啼鸣雄鸡尾巴上的翎毛。那时候已经流行留长
发，那时候留长发是反社会反传统的鲜明标志。我听棉检室的"一撮
毛"赵一萍说过，男人留长发是吸引女性的需要。她举了两个富有说
明力的例子来论证她的理论。她说国外有一位科学家做过这样的试
验：剪掉雄狮头颈上的长毛，那雄狮身边的雌狮立刻离它而去，去寻
找头颈上有长毛的雄狮。剪掉雄鸡尾巴上的卷曲高扬着的翎毛，雄
鸡便被母鸡们啄死。由此可见，毛发对雄性是多么的重要，这不但关
系到吸引配偶，而且关系到生死存亡。我摸了一下自己光秃秃的头
颅，在自惭形秽的同时，暗下决心要像爱护生命一样爱护头发，即便
吸引不了方碧玉，也要吸引别的雌狮和母鸡。

一路说了许多话，其实都是废话。对话的内容对陷入情网的男
女来说变得毫无意义，这时传递性与爱的信号的载体是他们各自的
声音。我也说了不少话，看起来我们三人的话是一个和谐整体，实际
上我的话是对他们互相传递爱情信号过程中施放的干扰。

第十六章

李志高提出跟我调换铺位。他的理由是下铺太吵，影响他思考
一些重大问题。他拍着他那个红皮笔记本对我说，他正构思一部反
映农村阶级斗争的长篇小说，比《艳阳天》还厚，比《金光大道》还长。

他说这部小说一旦写成必将轰动全国,成为名著。他说:

"老弟,我需要安静。这部著作的后记中,我将写上你的名字。"

他的目光深邃,像深不可测的海洋,能为这样一位未来的大人物做点什么是我的幸运,我还有什么个人利益不能牺牲?还有什么私心杂念不能抛弃呢?尽管我知道他到上铺去是为了与方碧玉建立某种秘密联络,但我还是果断地说:

"好,李大哥,为了你的伟大事业,别说让我从上铺挪到下铺,就是让我挪到猪圈里去,我也不会有丝毫犹豫!"

李志高激动地抱住我,抑扬顿挫地说:

"'人生得一知己足矣,斯世当以同怀视之'!"

第十七章

我和李志高抬大篓子抬出了经验,抬出了技巧,肩膀上磨出了老茧。二百五十斤重的一大篓子棉花上了肩,再也不左右摇晃、举步维艰了。现在我们抬着大篓子一路小跑。我们头上冒着热汗,嘴里唱着小调。前边说过,李志高多才多艺,吹拉弹唱,样样在行。他会唱吕剧、京戏,会编顺口溜,会写打油诗。我唱的小调都是跟他学的。我们边跑边唱,车间的女工都看着我们笑。车间主任郭麻子是个戏迷,好乐,好热闹,他开始喜欢我们。他非常喜欢我们。他对厂长说:

"那两个小伙子真不赖,满肚子艺术,干着那么累的活,不发牢骚不叫苦,革命乐观主义精神,带动了全车间的积极性。建议给他俩每天加五分钱。"

听我叔叔说郭麻子正在领导面前说我们的好话,我挺感动。我想别看郭麻子的嘴巴刁,其实是个爱憎分明的好人。我把情况告诉了李志高,李也说郭麻子还不错。

我们俩一抬上大篓子就才思泉涌,我想很可能是艺术细胞就像吸了水的棉花一样,杠子一压,艺术就流出来了:

火红的太阳落了山，
三百斤棉花上了肩，
抬着大篓子来回蹿，
抬着棉花进了车间。
一眼看到了女婵娟，
遮着头来盖着脸，
只露着两只毛毛眼，
让我怎能不心酸。
……

多数都是诸如此类的词儿。

我跟李志高发明了歌唱工作法。歌唱是我们的馒头，是我们的麻药。我们猛抬一小时，便可以休息半小时。休息时，我们或是躺在棉花垛上数星星，或是坐在车间的墙角，看那些女工，重点是看方碧玉。

姑娘们被我们埋在棉花里。她们很愿意我们在她们身左身右身后堆满棉花，因为这样可以节省她们弯腰抱棉花的力气。另外，把身体埋在棉花里还可以抵御寒风的侵袭。我们总是先把方碧玉用棉花埋起来，让她省力，让她温暖。别的姑娘吃醋，骂我们。谁骂我们我们就不埋谁，让她不断地弯腰从身后很远处抱棉花，让她在后半夜的寒风中打哆嗦。

"李大哥，马大哥，快把我埋起来吧!"姑娘们求我们。

我们欣赏着白色的皮棉像瀑布一样、像连绵不断的白云一样从两只皮辊间倾泻出来，落在皮辊机前的储棉箱里。收皮棉的姑娘推着皮棉车在两排轧花机中间来回奔跑。皮棉车其实是个四四方方的竹编大篓子，篓下安装着四个轴承，跑起来咯隆隆脆响。车间的尽头有一个起重装置。皮棉车推上支架，推皮棉车的姑娘按一下电铃，楼上打包车间的临时工按住刹把，把皮棉车吊上去，皮棉倒在打包箱里,再把空车吊下来。

棉花的绒毛是种讨厌的东西,它那么喜欢沾人,往我们的衣服上沾,往我们头发上沾,往我们眉毛睫毛上沾,往我们鼻孔喉咙里钻。它撕不掉扯不掉,只有用刷子往下刷用海绵往下擦。走在大街上,它向人们证明我们的身份。

满目的白色令我们视觉疲惫不堪,农历十一月初,鲜红的血染红了白色的花。

那天夜里,照老例我们把姑娘们用棉花埋起来,然后躺在车间边角棉花上看景。那晚上加工的是一级棉,棉絮肥大蓬松。因为特别冷,我们在方碧玉周围倒了四大篓棉花,埋住了她胸脯之下的全部身体,紧靠方碧玉的那位长辫子姑娘,人很好,我们也把她埋得很深,也该当有事,一阵风刮掉了她的工作帽,盘在帽里的辫子突然松开,这时她正转过头来抱棉花,两只飞速旋转的皮辊把她的辫子吃了进去。我们听到一声惨叫,就看到姑娘仰面朝天躺到机器上。所有的人都愣了。鲜红的血四处迸溅,周围的棉花上血迹斑斑。郭麻子大叫:停车停车停车!他向柴油机房跑去,两条腿像弹簧一样起起伏伏。女人们尖叫着想逃离机器,我们堆在她们周围的棉花阻碍着她们的行动。一刹那间全车间乱纷纷,女工们像陷在流沙中一样,手脚并用,连滚带爬地从棉花中挣脱出来。

那姑娘的辫子连同着全部头皮,从皮辊机中吐出来,吐到皮棉箱子里,她的头变成了一只令人又恶心又恐怖的光葫芦,满脸血污,分不出了眉眼。一群女工尖叫着窜到车间外,弯着腰在寒风中呕吐。

柴油机突然停了,厂领导和那些正式工们喘着粗气跑进车间。郭麻子双手抱着头坐在棉花上,好像死人。厂长破口大骂:

"郭麻子我操你祖宗!"

享受着临时工中最优惠待遇的卫生员"电流"虚张声势地背着一个药箱子跑来。一见长辫子的模样,她扔掉药箱,叫了一声"妈",一屁股坐在棉花上,昏了。

支部书记吩咐人把长辫子姑娘往临近的医院抬。她像一只掐了头的虫子一样在棉花上扭动,扭到哪里哪里红。我第一次感到棉花是那么肮脏,那么令人生厌。

正式工都怕被鲜血染脏了手,躲躲闪闪往后退,女工们多半逃出了车间。支书是个大胖子,拉了长辫子姑娘一把,随即跌倒在棉花上,沾了一手血。他生气地说:

"都来呀,救人要紧。"

不是我为了拔高方碧玉而故意让她英雄。当时在场的人都会证明方碧玉英雄无畏。是她继支部书记之后扑上去,抱起了长辫子姑娘,并急中生智,用大团的皮棉包住了长辫子姑娘鲜血淋漓的头颅。她把那生命垂危的姑娘从棉花堆里拖出来,胸前的白围裙沾满了鲜血。

支部书记说:"来人呀,快送医院。"

方碧玉说:"李志高、马成功,快把大篓子抬过来。"

我们立即执行她的命令,把大篓子抬到她的面前。

"快往篓子里抱皮棉!"她说。

我们抱了两大抱皮棉放到篓子里。

她把那个姑娘放进大篓子,一挥手,命令我和李志高:

"抬起来,跑,去医院!"

我和李志高的抬篓技巧在危急时刻超水平发挥。从棉花加工厂到公社卫生院约有三里路,我们跑了八分钟。方碧玉手把着篓子沿,帮我们维持着篓子的平衡。

我们在前边跑,后边跟着一群人,拖拖拉拉,像败兵一样。

第二天早晨,长辫子姑娘死了。

长辫子姑娘姓许,棉花加工厂附近村里人。许姑娘是个孤女,跟着远房叔叔长大成人。让她来棉厂做临时工,是村里对她的照顾。这人沉默寡言,郁郁寡欢,很爱惜那两根辫子。我对她印象不坏。想不到她竟死在那两根辫子上。

她的远房叔叔来闹,不流泪,光数说为抚养她长大花了多少钱。

数目自然大得惊人。厂里给了她叔叔三百元钱，嫌少，又追加二百，还嫌少，又加了五十元。她叔叔拿着五百五十元钱走了。临走时说，死尸他不要了，是烧是埋厂里处理吧。

那时火葬刚兴起来，厂里想，去火葬又要雇车又要买骨灰盒，既麻烦又费钱，还扩大了不良影响。索性就掘坑埋了吧。埋葬时堆起了一个坟头，在那儿埋上块白石条做纪念。

老蔡在白石条上写了五个红漆大字：许莲花之墓。

厂里如此草草处理了许莲花的后事，临时工们尤其是女临时工们都觉得挺寒心。有七个女工打起铺盖卷回了家。没走的女工也情绪低落，胆战心惊。一时间厂里听不到欢声笑语，生产大受影响。

出了人命事故，厂里在县里商业局里丢了丑。厂长、书记挨了剋，整天灰溜溜的。过了几天，厂里意识到：出了大事故，更要抓生产抓进度，否则要赚更大的丑。只要能把生产抓上去，上级就会原谅。厂里召开了党员会，正式工人不是党员的也旁听了会议。各车间、小组的头头向会议反映了工人们的情绪，有个别良心发现的正式工还向领导提了意见，希望厂里花点钱，做点安抚人心的工作。

厂里决定为许莲花召开追悼会。追悼会在许的墓前露天进行，厂长主持追悼会，支部书记致悼词。追悼会结束前，支部书记还对方碧玉、我、李志高提出了表扬，书记说我们三人在抢救伤员时表现英勇，行动神速。书记号召全厂职工向我们学习。为了表彰我们的事迹，厂里决定出一期黑板报，并奖给我们每人十元人民币。

第十八章

那一段时间，是我们的黄金岁月。厂里给了我们荣誉，我们感动得要命，于是便努力工作，处处带头。有一些临时工嫉妒我们，风言风语地说我们三个人关系不正常。正式工如"铁锤子"之类，见面便对我们冷嘲热讽。方碧玉警告他，如果再敢胡说，就砸他的黑石头。

他这才老实了点,见了我们双眼眨巴得像饿鸡啄米一样,不知道又在想什么坏主意。我们说领导真是瞎了眼,竟把这等社会渣滓转为正式工人,败坏工人阶级的队伍。后来又有传言说厂里要把我们三人转为正式工人,我兴奋得一夜未眠,第二天赶紧告诉方碧玉,方碧玉说:你别做梦了。

我们的好日子很快就结束了。表彰着我们英勇事迹的黑板报的粉笔字也被一场雨夹雪抽打得模模糊糊。许莲花之死留给临时工们的惨烈印象也逐渐变得模模糊糊了。

第十九章

又开了一次工资。

这次回家,方碧玉没跟我一起,我约她,她说有事,不想回去。过后我听说她跟李志高一起下饭馆吃饭喝酒了,我感到很生气,因为他曾说过要跟我一起喝酒的,有了方碧玉,他就把我淘汰了,这个重色轻友的家伙。

我回家那晚上,国支书派人把我叫了去,向我打听方碧玉的情况。我说她表现很好,在厂里威信很高。国支书严肃地问:

"李志高是个干什么的?"

我说:"跟我一样,抬大篓子,出苦力气。"

国支书冰冷地说:

"你捎个信给碧玉,让她回来趟,说我有事找她。"

第二十章

"碧玉姐,"我同情地说,"你公公国支书让你回去一趟,说有事找你。"

她脸色灰白,端着一盆水木在井台上,好一会,才问:

"他还说别的没有?"

我支吾了一会儿,决定还是如实相告:

"他还问起了李志高李大哥的情况。"

"你怎么说?"

"我说他跟我一样,抬大篓子,出苦力气。"

她两眼泪汪汪地说:

"马成功,好兄弟,这些话就烂在你肚子里吧。"

她两眼泪汪汪,我也两眼泪汪汪。我说:

"碧玉姐你放心,你和李大哥的事我心里明白,你们俩对我好,我永远维护你们。"

她说:"其实也没有什么了不起,大不了就是个死。"

我说:"碧玉姐你千万别这么想,天无绝人之路,实在不行你们俩就跑了吧。"

她说:"其实我跟他什么事都没有。"

第二十一章

李志高跟我交换铺位后,我一直未忘记观察他。每当上铺的人像死猪一样沉沉入睡后,我就听到笃笃的敲墙声。听到这敲墙声我的心便碎了,复杂的情绪像毒药一样在我的血液中循环着。我想嚎叫,我想骂人,但我既不能嚎叫也不能骂人。我拉起油腻的被子蒙住头,腥臭的味道使我窒息,但那笃笃的声音穿透被子似乎更加清晰地传进我的耳朵。我用全部身心感受着这敲墙声。我仿佛看到墙对面的方碧玉折起身来,悄悄地穿好衣服,不,她根本就没脱衣服,她在等待着李志高的信号,笃笃!笃笃笃!声声如重锤敲鼓震动着我体内密如蛛网的神经。她瞧瞧身旁已沉沉睡去的同伴,轻快无声地从梯子上滑下来,她像一只花猫像一只蝴蝶像一片彩云从梯子上飘下来。她穿上鞋,踮着脚尖,溜到门边,拉开门,一闪身,站在夜气浓重之中,寒星满天之下。李志高笨手笨脚地爬下梯子，大模大样地向门口走，好像要出去小便，一只手胡乱摸索着裤扣不知是在解还是在系。他拉开门，一阵冰冷的空气灌进这臭烘烘的宿舍。一切复归平静。我掀开被头，把脑袋露出来，那盏昼夜长明的二十五瓦灯泡把哀伤的微弱黄光浓一块淡一块地涂抹在房间里的物件上，满地臭鞋子，一汪汪结着薄冰的水，还有从昏暗中发出的各式各样的鼾声。我知道我无法入睡了。

那天夜晚当笃笃的联系信号又响起时，一个念头在我心中闪烁：我是国支书派来监视方碧玉的人，监视方碧玉是村党支部书记交给我的任务，我没有必要躺在被窝里辗转反侧地想象他跟她幽会的情景，我完全可以心安理得地跟踪他们，像侦察员跟踪图谋不轨的敌特。我非但不卑鄙，而且很高尚。

我尾随着李志高，竟然没有发现方碧玉的踪影。他走到厕所那儿，在墙根处撒了一泡尿。难道是我胡猜乱想？难道是我神经过敏？正犹豫着，看见李志高一闪身消失在厕所与伙房之间那条幽暗的夹道里。我紧张起来，跟过去，我是高尚的不是卑鄙的。那夹道由围墙和伙房的房山构成，墙边有几株挑着秃枝的泡桐树，地上有一些被风卷过来的枯黄树叶和沾满杂草的棉絮，水银灯光照到这里已变得暗淡而微弱。我看他贴着围墙边缘，走到打包车间外边那一片山一样的棉花件附近，一闪又消逝了。跟踪监视他们是村党支部书记交给我的光荣任务，我是高尚的。我钻过去，左右都是长方形的棉件，两垛棉件之间有一条幽深的小巷。从这里出去，是一堆破旧的机器，秋天时我曾看到这些机器上红锈斑斑，很高的杂草在机器缝里生长着，那是秋天，现在它们干枯着。越过机器，便是棉花加工厂的露天仓库了，数十个长约五十米、宽约三十米、高约二十米的棉花大垛整齐地排列着，在夜色中巍巍峨峨，如同沉睡着的巨兽，如同停泊在港湾里的巨轮。穿过几条浅浅的垛沟，我看到一个轻悄的人影从垛后闪出来，果然是方碧玉。我的心痛苦地痉挛着。我突然感到这两个人十分严重地伤害了我的感情,我像一个十足的傻瓜被他们耍弄了。他们低声嘀咕了几句,手拉着手,机警地四下望望,然后飞快地向紧靠着围墙的那个一级棉花大垛溜去。我尾随着他们,没有半点羞愧。

棉油加工厂面积广大,这里距车间足有半里路。车间里机器的轰鸣声飘到这里时已变得舒缓如白云。打包楼上的水银灯使每个棉花大垛把自己的巨大暗影投射到另一个大垛上,垛与垛之间,像山涧般幽暗。

我当司磅员时,知道这个垛上的棉花洁白松软,绒长平均三十一毫米。垛前的白木牌上写着:"29号。等级:131。存量:28万斤。"

按理说应该首先加工一级棉花,后来听说这垛棉花是留着保种的。保种棉要等到所有棉花加工完毕后才能加工。这个大垛保留时间将是最长的,他们真狡猾啊。

紧靠着29号垛的30号垛,只有半垛棉花,棉花等级与29号垛一样,也是保种棉。

30号垛没有封席,上边用两扇大篷布遮掩着。

他们携着手,穿过9号垛和8号垛之间的峡谷;跳过道路,进入19号垛和18号垛之间的幽暗通道;再一跳,进入29号垛与30号垛之间的幸福夹道。

我躲在18号垛的阴影里,看到水银灯的碧绿光芒把他们俩的脸照得像植物的绿叶,一股寒冷的腥气从我的记忆中挥发出来。他们俩相隔有一米远,脸对着脸。似乎有一层绿色的磷火在方碧玉的脸上哗哗叭叭地燃烧着,爬行着,让我纤毫毕现地看着她的睫毛她的眼睛和她眼睛里那种绝望的光芒。我为她感到悲哀起来,好像我已看到了她的尸首。

他和她相持着,把阴暗影子重叠在一起。水银灯的光芒突然抖动起来。光芒抖动,如同信号,他和她扑在一起,同时扑向对方,分不清谁先谁后。我的眼泪奔涌而出,咸咸地流了一嘴。

他俩死去活来地拥抱着,痛苦的呻吟声从方碧玉的嘴里冒出来。

还有李志高咻咻的喘息声。没有一句话。他们抖动着,喘息着。嘴唇相接的滋喷声像杂乱无章的音乐在29号棉花大垛的爱情峡谷里轰鸣,也在我心里轰鸣。这一阵生死搏斗般的亲吻拥抱持续了足有十分钟。后来,他们筋疲力尽地分开了。水银灯抖颤不止的光芒继续往他们身上挥洒着,从东南方向的棉花大垛上,传来一个男子凄凉、喑哑的歌唱声,如其说他在歌唱,不如说他在吼叫:

"收了工啊,吃罢了饭哪,老两口儿坐在床前……"

我知道歌唱者是我与李志高的同行——抬大篓子的弟兄们。想不到一个人的歌唱会如此洪亮,想不到凄凉冬夜里男人的歌唱会使人心灵如此感动,不管他歌唱的是什么词儿。

李志高和方碧玉怔了一下,随即又拥抱到一起。后来他们依偎着坐到30号垛的大篷布上。篷布上有一层亮晶晶的东西,是霜。后来他们解开了系在垛边铁环上固定篷布的绳子,解开了一根又一根,一共解开了六根。然后他们扯着篷布的一角,把篷布撩上去。在这个过程中,他们动作迅速、准确,不说一句话,好像两个夜间行窃的盗贼。十万斤一级棉花暴露出来,暴露在绿色的水银灯下,闪烁着模模糊糊的蓝幽幽的光辉。我嗅到了棉花苦涩的气息。感觉到了棉花垛里发散出来的潮乎乎的热气。我正要研究他们撩开篷布的意图时,两个人已经蹿到棉花上,对面跪下,急剧地把眼前的棉花挖起来,扬到身边去扬到身后去,在他们面前,很快出现了一个洞。他们的身体起伏着,胳膊晃动着,像两只挖掘巢穴的绿狐狸。扬起的棉花如一团团蓝色的朦胧火苗,冲激着水银灯抖动的光线,一团一团,又一团,他们移到洞里去了,只有那些从洞中飞出的蓝色的棉花,表示着他们还在为营造爱巢继续劳作。

棉花不再从洞中飞起了。他们站在洞里,露出肩膀之上的身体,一个面朝东,一个面朝西,各自把适才挖出来的棉花往洞里扒。我明白了他们的意图,他们要用棉花把自己盖起来。

现在,棉花垛上,只露着两个头颅。两个头颅那么紧密地挤在一起,时而亲嘴,时而喁喁低语。后来我想,如果他们把白色的工作帽戴在头上,遮住绿油油的头发,哪怕人走到垛边,也不会发现他们。我还想,如果猛然地看蓝汪汪的白棉花上突兀地冒出两颗燃烧着磷火的头颅,这头颅还说话、眨眼、亲嘴,那将是一幅多么恐怖的情景。

虽然我亲眼目睹了他们用棉花掩埋自己的过程,但当他们只余下头颅在棉花上转动时,还是有一阵彻骨的寒意迅速地流遍了我的全身。他们是人还是鬼? 我自小就怕鬼,尽管科学告诉我世界上并没有鬼,但我还是怕鬼,怕到见了坟墓和松树就头皮发麻的程度。

一只绿油油的野猫在围墙上油滑地流动着,它发出阴风习习的嗥叫声,那两只眼绿得格外强烈,像电焊的火花。

这时我听到棉花垛上那颗女人头颅哭叫了一声:

"李大哥……我豁出去了……"

这颗头颅扑到那颗头颅上,在吧吧唧唧的啮咬声中,棉花在头颅下翻腾起来,蓝幽幽的白棉花像冲到礁石上的海水,翻卷着白色与蓝色混杂的浪花,两颗头在浪花里时隐时现,后来两个身体也浮起来在浪花中时隐时现,好像海水中的两条大鱼。他们的动作由慢到快,我的耳畔回响着哗啦啦的声响,当方碧玉发出一声哀鸣之后,浪潮声消失了,浪花平息了。他们的身体淹没在棉花里,只余两只头颅,后来竟连这两只头颅也沉没在棉花的海洋里……

第二十二章

腊月初八,厂里上午放假,下午开大会。支部书记念了一篇《人民日报》社论,纵谈了国际国内形势,总结了厂里生产情况,表扬了一些人,批评了一些人。接下来厂长讲话,厂长说春节就要到了,大家要鼓干劲、争上游,创生产新纪录。厂长说眼下正加工的这批棉花是准备支援阿尔巴尼亚兄弟们的,他们是欧洲的惟一一盏社会主义明灯,如果这盏明灯熄灭了,欧洲就会一团漆黑。虽然他讲的话令人生疑,但很生动很活泼,我们都爱听。厂长说这批棉花很重要,一丁点儿也不能马虎,为什么要停产开会呢? 就是为了提高同志们的思想认识,用最大的努力,把这批棉花加工好。这也是国家交给我们的严肃的政治任务,厂长说,为了减少棉花里的杂质,特意安装了清花机。厂长还说:

"同志们,今天是传统节日,腊月初八,为了鼓干劲,掀高潮,厂里决定,今晚上免费供应一顿腊八粥,大家放开肚皮喝,一文钱也不收,一两粮票也不要!"

我们齐声欢呼。

独臂的生活会计"泰山"说:为熬这顿腊八粥,食堂准备了大米一百斤,小米五十斤,绿豆三十斤,豇豆三十斤,豌豆三十斤,黄豆十斤,花生米三十斤,大枣二十斤,总共八样三百斤,加水十桶,用那口炼油大锅熬,保证人人喝足。

第二十三章

傍晚时分,棉花加工厂里漾开了腊八粥的香气。我们围在那口大锅旁,拿着搪瓷碗、盆,用勺子敲打着边沿,焦急地等待着这顿不花钱的晚餐。美男子江大田穿着工作服,操着大铲子,搅拌着锅里愈来愈黏稠的粥,馋急了的人说江大田甭搅和了,凑合着喝吧,再熬就糊了锅底了。江说急什么急什么心急喝不得热黏粥。那天晚上没有风,不甚冷,为了热闹红火,电工在锅旁拉上了几个大灯泡,照得周围一片雪白。香气愈来愈浓,锅里的白蒸气滚滚上升。"铁锤子"端着一个脸盆,双眼放凶光,像一个要动手打劫的强盗。又熬了一会,江大田对支部书记和厂长说行了,可以喝了。人群嗷的一声怪叫,拥了上去,支部书记说不要挤不要抢人人有份,管饱管够。但大家还是往前挤。保卫组长孙禾斗大喊:

"再挤就开枪了！"

没人理睬他的恫吓，大家都知道抢粥喝不犯法，更犯不了死罪。厂长说：

"我来掌勺，一个个来，挤什么，发扬点风格好不好？"

谁也不听他的，都去抢勺子，一边挤一边笑一边吵一边叫，像一群蚂蚁一窝蜂。厂长差点被挤到锅里去。有人骂"铁锤子"你他妈的怎么把盆伸到锅里去了，你又洗屁股又洗脚，盆上的灰二寸厚，就这么脏乎乎地伸到锅里别人还喝不喝了。"铁锤子"已经得逞端着脸盆往外挤：

"烫着！烫着！我长眼盆不长眼，烫着谁我不管。"

"操你妈！'铁锤子'烫坏我了！"

"哎哟娘！哎哟爹也不行。"

"铁锤子"端着半盆粥出来，一抬头正碰上支部书记愤怒的目光。"铁锤子"有些窘。支部书记说：

"老郭你几辈子没吃过饭了？正式工觉悟怎么这么差，还不如个临时工。"

李志高和方碧玉没有挤，端着碗在外边耐心等待。"铁锤子"尴尬地站着，一副受难的样子。抢到粥的开始喝，烫嘴，咻咻地吹，转着碗边喝，谁都怕喝慢了。江大田给方碧玉盛了小半碗，说盛得少喝得快，因为越少凉得越快。这真是一个令人激动的大场面，很多平日里拿拿捏捏的姑娘这时都拼了老命，都烫得嘴里没了黏膜，都喝着碗里的瞅着锅里的。喝喝喝，快喝快喝，喝慢了就被别人喝光了。锅里的稀粥依然沸腾，炉灶里大劈柴燃烧，火光熊熊，香气扑鼻。我们喝得紧张喝得高兴。九点钟，喝粥进入尾声，男的和女的，肚子都大了，像蜘蛛像葫芦，行动不便，肚子里的粥呃呃地溢上来，胀得昏头涨脑。厂长高声说：

"同志们，喝饱了没有？饱了就好。好好干活，白班的睡觉去，夜班的准备准备，今夜要创新纪录。"

第二天有人发现许莲花碑前供了一碗腊八粥。

第二十四章

喝完腊八粥。我感到眼皮沉重,爬上铺就睡。恍恍惚惚中听到那幽会的暗号又笃笃地响起,但我实在是没力气去跟踪了。蓝幽幽的棉花在我脑海里翻腾着,在我的梦里翻腾着,李志高和方碧玉的头颅像两颗绿油油的西瓜,在棉花上漂浮着。

"起……起床……该……该换班了……"冯结巴又用大枪捣门了。

我努力睁开眼睛,搓掉眼睫毛上的眵目糊,穿好衣服,上中下三层铺上都有人在穿衣服,床铺嘎嘎吱吱地响着。

"李大哥,李大哥!"我喊叫着,但上铺上没人应声。

我爬到上铺一看,李志高的被子卷着。

我心中泛起一种说不清的味道,一个人往7号垛走去。我知道李志高和方碧玉又到30号垛上钻洞去了。

我们同班抬大篓的伙伴王强和刘金果已经到了。刘金果在垛沟里响亮地撒尿,王强爬到垛上去往下蹚棉花。

"老李怎么还没来?"王强在垛上问我。我没有吱声,他蹚着棉花说,"他不来就不热闹了。"

135柴油机轰鸣起来,随即车间里几十台轧花机也咔嗒咔嗒地运转起来。王强和刘金果抬着一篓子棉花颠颠地朝车间跑去,一边跑一边唱。我和李志高创造的"歌唱工作法"已在我们这些抬大篓子的伙伴里推广了。

半个小时后,李志高还没来。

车间主任郭麻子来了。一见就我骂:

"马成功,狗日的,你们想闹罢工是不是?"

我没有吱声。他问道:

"李志高这个狗日的呢?"

我说不知道。

郭麻子气得跺着脚骂:

"狗日的,哪里去啦? 狗日的方碧玉也不见了,让老子替她当了半天班!"

初八的月亮惨淡地挂在西南方向,颜色苍白。

郭麻子喊叫:

"王强、刘金果,你们俩先往北半边抬几篓子!"

王强嘟嘟哝哝,刘金果哑着嗓子问:

"凭什么让我们替他们抬!"

郭麻子说:"再不抬轧花机就要空转了,抬吧,把他们俩的工资扣了,给你们俩补上,快抬! 马成功,你给我快把李志高和方碧玉这两条浪狗找回来!"

我大声说:"我到哪里去找?"

郭麻子蛮不讲理地说:

"我不管你到哪里去找,反正我要你去把他俩找回来!"

正吵嚷着,李志高从垛后边蹿了出来,边跑边喊着:

"来啦来啦!"

郭麻子骂道:"我操你姨李志高,你耍大嫚不要紧,可别误了我的活呀!"

李志高说:"我……我……"

郭麻子说:"少啰嗦少啰嗦,快抬棉花,赶明儿再跟你个兔崽子算账!"

李志高对我说:"对不起你老弟,我来晚了!"

他四肢并用往棉花垛上爬去,爬到半腰哧溜一下滑下来,很狼狈地跌了个屁股蹲儿,讪讪地骂了一句:

"他妈的!"

转身又往垛上爬。这次总算爬上去了。

　　我一声不吭,发着狠往篓子里抱棉花。杠子一上肩,就感到非常别扭。往常杠子一上肩,我们的嘴巴就自动张开,各种油腔滑调便源源不断地流出。今天夜里我们没了歌唱的兴致。今天夜里,杠子上肩,嘴巴张开,喘气不迭,步伐凌乱,双腿拌蒜。往常我们一溜小跑,配合默契,两个人好像一个人。今天我们你扯我拉,东倒西歪。进了车间,扑通扔下篓子,满肚子没好气。抽掉杠子,刚要扳倒篓子,郭麻子喊:

　　"他妈的,匀开点倒!"

　　女工们身后已经空空荡荡,我们已经造成了生产损失。

　　方碧玉已站在她的位置上,今天我不想多看她。

　　郭麻子跟着我们的篓子跑,追着我们的屁股骂,也没法使我们加快搬运棉花的速度。今夜我们唱不出来了。我们忙得团团转,我们越抬越别扭,王强和刘金果在郭麻子的逼迫下,支援了我们五大篓子棉花,解救了一下燃眉之急。过去的陈旧幻觉今晚又栩栩如生了:几十台皮辊压花机,像一排张着大嘴的怪兽,想把我们吞食进去,使我们的骨头和皮肉分离。

　　杠子又上肩,别别扭扭往前摇,忽觉背后猛一沉,腰杆子嘎巴了一声。回头看到,李志高软在地上,满脸透明的汗珠。

　　他可怜巴巴地说:

　　"兄弟,我一丝力气也没有了。"

　　车间哨响,二十四点,女工们拥出来,到食堂喝粥。李志高沉重地倒在垛下松软的棉花上,闭着眼睛,连呼吸声都没有,满脸冷汗,像具僵尸。我也感到空前的疲倦,受挫的脊椎隐隐作痛,一头栽到棉花上,闭上眼,眼前绿油油,那棉花翻卷犹如蓝色浪潮的景象,又在我脑海里浮现出来。

　　我感到棉花里包含着的蓝色汗液和天上降下来的蓝色冰霜正缓缓地滋入我的体内,损害着我的健康,我清楚地知道应该跳起来,活动活动筋骨,最好到食堂里去喝上碗玉米糊糊,用柴油机排出的热水洗把脸,咬牙,瞪眼,干完后半夜六小时,然后钻到被窝里,一觉睡到天黑。但我的身体动不了,我的所有的想法都凝聚在大脑深处那一点空间里,好像凝聚在一大块岩石中的一个透明的气泡。我知道这个气泡一旦破裂,我就会永远地睡去。我听到自己的鼻腔和喉咙里发出呼噜呼噜的鼾声,我的肉体已经沉沉入睡。

车间里哨子响,柴油机又轰鸣起来,这些声音似乎真实似乎虚幻,很远很远很远……很细很细很细……郭麻子死劲儿踢着我,也不会不踢李志高。头脑深处那一点光明渐渐地扩大,驱赶着沉重驱赶着黑暗驱赶着寒冷。我睁开眼,看到团团簇簇蓝色的棉花在寒星下闪烁着耀眼的光芒。

我终于爬了起来,李志高也爬了起来。

郭麻子的怒骂把树上夜宿的麻雀都惊动了,它们扑棱棱飞起,像几块黑石头,滑到棉花加工厂外那广大的黑暗中去了。

郭麻子监督着我们,甚至动手帮我们往篓子里装棉花,感动得我够呛。

杠子一上肩,我的腰椎一阵奇痛。我肩膀一歪,杠子滑下,刚刚离地的大篓子又沉重地落在地上,李志高像一堆肉,软在篓子后。

"他娘的,这是咋弄的?"郭麻子说,"昨夜还是一对生龙活虎,今夜就成了尿包软蛋?睡大嫂了?闯老婆门子了?搞破鞋了?他娘的,你们还干不干了?"

李志高哭丧着脸,棉花的蓝色光芒辉映着他脸上的粒粒冷汗。他说:

"郭主任……我们俩……犯了乏……"

"我不管你怎么着,反正你们俩用头拱也得把棉花给我拱到车间里去!"郭麻子风风火火地跑回了车间。

李志高低声说:"马成功,好兄弟,我和她的事无论瞒得了谁也瞒不了你。我知道你喜欢她,我跟她好了,你心里不痛快。咱兄弟俩情同手足,不要为个女人伤害了感情,天下好女人多如细砂,待几年等你长大了,大哥我保证帮你找个胜过方碧玉五十倍的姑娘给你做媳妇!"

他这一席话说得我心里暖融融的,满肚皮的怨恨顿时消解,我说:

"李大哥,只有你才配方碧玉,我不配。"

"别说傻话了,咱死了也要把这台戏唱下去,惹急了郭麻子,我跟方碧玉都要倒霉。"他羞愧地说,"你担待点,我跟她闹那事闹得凶了,腿酸胳膊疼……"

他把隐秘告诉了我,不但没激起我的嫉妒,反而使我心情舒畅,我说:

"李大哥,装篓的活我包了,你只管抬就行!"

"一块干。"他说。

我把腰带煞进去两扣,往手里啐口唾沫,伸开胳膊,如狼似虎,扑向那些一团团、一摊摊、仿佛由无数只蓝幽幽的眼睛积聚成的棉花群体。它们像海绵像橡胶像盘蛇像浮游在海洋中的海蜇皮,我搂抱住它们时,全身腻起了一层鸡皮疙瘩,眼前一片绿,喉咙里味道腥甜,但我咬牙发狠搂抱它们,在一个瞬间里,我觉得搂抱棉花的感觉也就是搂抱方碧玉的感觉……

抬着它们向车间奔跑,像抬着一篓阴冷的蓝蛇,它们在篓里鸣叫着,纠缠着,令我脊背阴凉,为了逃避它们,我必须快跑。

对棉花的厌恶和恐怖恶性地提高了我们的工作效率,为了躲避它们,我必须用最快、最狠、最准的动作把它们搂抱起来,把它们投进竹篓。在车间里,踩着它们我感到它们在蠕动,这感觉逼着我快跑,大步快跑,让脚板尽快踩到坚实的土地。为了甩开,必须接触;为了逃避,必须进入。这个夜晚是蓝幽幽的夜晚,是我与这可怕的棉花生死搏斗的夜晚,我没有疲倦,没有痛楚,只有阴冷、粘腻、蠕动的逼迫与追击和我的反击与进逼。

凌晨四时,那些蓝色的、唧唧嗞嗞的东西已经在女工们身左身右成为峻岭,紧靠墙壁外有一线路。最后一篓子抬进来时已无法行走,我们拖着它们沉重粘腻,脚踩着它们沉重粘腻,腿陷在它们里的沉重粘腻,最后在顶峰上把它们倒出来,依然沉重粘腻。

看一眼陷在沉重粘腻中的姑娘们:蓝幽幽的光芒中,她们帽子蓝幽幽,口罩蓝幽幽,看不到她们脸上的表情,只能看到她们金黄色的神秘眼睛、粉红色的怪异耳朵,和那些像鲜红菊花瓣儿一样点点划划频繁舞动着的手指……我忽然觉得,这些女人已经和棉花融为一体,她们的头颅是棉花的头颅,她们的肢体是橡胶是海绵是盘蛇是淤泥是浮游在海洋里的海蜇皮……

这时,在我们身后响起郭麻子的胜过嘉奖的大骂:

"你们这两个王八羔子,想把我埋在棉花里憋死吗?"

第二十五章

早就留了心的孙禾斗和"铁锤子",终于把李志高和方碧玉从棉花垛里抓出来了。抓贼拿赃,抓奸拿双,方碧玉和李志高只穿着小衣裳站在办公室里发抖。孙禾斗端着那杆老掉了牙的破大枪,时而指着方,时而指着李,指方的机会比指李的机会多。他的两只眼珠子像耗子一样往方碧玉身上乱钻。孙说:

"看你们还跑! 狐狸再狡猾也斗不过好猎手啊!"

"铁锤子"大喊大叫:"书记呢? 厂长呢? 快来看看你们培养的模范人物!"

又跑到男女宿舍门口大声吼:

"来呀,看肏腚的啦,白看不要钱。"

当时正是晚上十点多钟,我正在床铺上似睡非睡,李、方敲墙相约而出我知道,所以"铁锤子"一吼我就知道他们的事发了。宿舍里炸了营,都想看热闹看稀罕,便提着裤子趿拉着鞋蹭出来,围在办公室门口。说什么的都有。孙红花等几个干部女儿,骂方碧玉破鞋,骂李志高流氓。李志高垂着头,方碧玉却渐渐昂起头。"铁锤子"抱着

李、方的裤子,得意洋洋地对人们宣讲:

"我早就看出这两个家伙眉来眼去的不地道。我和孙禾斗跟踪了好久,滑得像泥鳅一样,三转两转就没了影。这两个家伙,打起地道战来了,在30号垛那儿挖了一个秘密地道,一直钻到垛中间里去,暖暖和和的,真会找地方。"

这时候,正在小伙房里喝酒的书记和厂长闻讯起来,都跑得气喘吁吁。一见屋里情景,两人都愣了。"铁锤子"把怀里抱的衣裳往地上一扔,恶狠狠地说:

"二位领导,看看吧!"

厂长一拍桌子,说:

"胡闹!"

也不知他是说"铁锤子"和孙禾斗胡闹,还是说李志高和方碧玉胡闹。

支部书记对门外的人说:

"看什么看什么? 有什么好看的? 都回去! 回去!"

支部书记关上门,说:

"穿上衣服穿上衣服。"

我们都趴在窗上看。李志高匆匆忙忙穿上衣服。方碧玉不紧不慢地穿上衣服。穿完了衣服还对着人笑。

"你还有脸笑! 你们干这种事,对得起爹娘吗?"厂长拍着桌子说。

"我豁出去了。"方碧玉说。

"电流"在窗外说:

"听听,真不要脸!"

支书拉开门,十分生气地说:

"回去,都回去!"

往宿舍里走。我感到很难过,很压抑,心中莫名地产生了对"电流"的仇恨。趁着黑暗,摸起一块半头砖,掷到她的腰上。

"电流"哇啦一声叫,紧接着哭,但没人理睬她。

第二十六章

当夜里,李志高和方碧玉没有上班,方碧玉的位置找了一个女工顶替。我跟李志高的大篓子由另外两个男工抬。我被分配到清花机上。这活儿很累,很脏,要用铁叉子把棉花拨到清花机里。所谓清花机,实际上就是一个大铁皮壳里装上一只缀满手指那么粗、筷子那么长的铁齿大滚筒,用一台功率很大的电动机拉着,一转起来轰隆隆响,像威力巨大的坦克车。我对这玩意有点发怵,生怕一不小心被卷进去,吐出来就是一堆杂碎。

挑着抱着拨着这些蓝色的精怪棉花,我挂念着李志高与方碧玉。我的心情挺复杂的,因为我从心里喜欢方碧玉。他们俩的头颅漂浮在棉花中的情景不断地出现在我眼前。我恨透了"铁锤子"这个王八蛋。

厂里会不会把李志高和方碧玉开除呢?

第二十七章

厂里没开除方碧玉,也没开除李志高,只是给他们调换了工作。李调到维修车间红炉组抢大锤打铁,方调到食堂里烧火、挑水。大家都说他们因祸得福,因为这两件差事都比他们原先的活儿轻松,而且不用上夜班。

据说支部书记把孙禾斗和"铁锤子"骂了一顿,骂他们不懂政策。

"铁锤子"眨巴着眼骂:

"他娘的,厂里保护破鞋流氓,这是谁的天下?"

第二十八章

中午开饭时,我们村支部书记和他儿子国忠良带着几位精壮的

民兵,拿着棍子、绳子闯了进来。国支书站在伙房外边,双手叉着腰,气势汹汹地说:

"去,把那个骚狐狸揪出来!"

国忠良满脸赤红,喃喃着:

"爹……算了吧……"

"窝囊废! 要你有什么用?"国支书骂道。

"你们去!"国支书命令民兵。

民兵们面有难色,互相看着。

国支书很生气地说:

"看什么? 去呀,出了事我兜着!"

临时工有不言语的,有靠边看热闹的,"电流"她们欢欣鼓舞。我缩在人堆里不敢伸头。

几个民兵拿着棍子要往伙房里闯。

美男子江大田挺着胸脯站在门口,大声说:

"你们想干什么? 还有没有王法了?"

"你是谁? 我找我的儿媳妇,你管得着吗?"国支书靠上来,蛮横地说,然后又对民兵们下令,"进去,抓她出来!"

江大田亮出两把菜刀,一手攥一把,堵在门口,说:

"我看看你们哪个敢进?!"

国支书说:"给我先把这个小子拿下!"

几个民兵提个棍子凑上去。

厂支部书记来了,说:

"光天化日,闹起土匪来了!"

国支书说:"你放屁!"

厂支部书记说:"原来是你? 这里是国家的工厂,不是你的一亩三分地,把你那些威风找块棉花絮包包搁起来!"

国支书说:"什么国家工厂,是妓女院!"

厂支部书记说:"滚! 你再闹我就给县里打电话。"

国支书说:"你把我吓出一舌头汗水! 先把这个老混蛋抓起来!"

孙禾斗领着几个警卫提着大枪跑来。跑来,站定,拉着枪栓,吼:"谁敢动俺书记一根汗毛,就打他个透气窟窿!"

方碧玉从江大田身后挤出来,说:

"我一人做事一人当,走吧!"

有人说:"方碧玉会武术! 打他个四仰八叉!"

国支书冷冷地说:"你干的好事!"

方碧玉说:"是干了!"

国忠良说:"碧玉,你跟我回去吧,咱成亲,过日子。"

方碧玉说:"你晚了,我已经和别人困了觉了。"

国忠良呜呜地哭起来,哭着用拳头捶自己的头。

国支书骂道:"窝囊废! 打,打死她,爹再给你找个好的!"

国忠良说:"爹,她……我不打……"

国支书说:"你不是我的种,早知你这么窝囊,还不如一生下来时放尿罐里淹死你……"

方碧玉说:"国忠良,你打吧!"

她把头伸到他的面前。

国忠良捂着头蹲下,哭得像个小孩子一样。

国支书从民兵手里夺过一条棍子,一棍打到方碧玉的腰上。她一声没吭,摇摇晃晃地跌倒了。

国支书扔下棍气咻咻走了。

国忠良也被民兵拖走了。

好多人说这个大个子男人真窝囊。

江大田把方碧玉扶起来。

江大田喊:"李志高! 李志高到哪里去了?"

第二十九章

我去找李志高。

　　他坐在18号垛旁的一捆苇席上抱着头哭,孙红花站在旁边,轻言曼语地劝他。她手里捏着一方小手绢,双眼红红的,好像也哭过了。

　　我说:"李志高,你怎么躲起来了? 方碧玉被他公公打倒了。"

　　孙红花瞪着眼对我说:

　　"你吵嚷什么? 没看到他在哭吗?"

　　我骂道:"操你们的娘,哭什么,他又没挨打!"

　　"他心里比挨打还难过。"孙红花说着,掏出一条花手绢给李志高擦眼泪。李志高拨开孙红花的手,响亮地擤了擤鼻涕,问我:"兄弟,方碧玉怎样了?"

　　我说:"你还好意思问! 她的腰被国家良打断了!"

　　李志高猛地站起来,脸色灰白,眼睛直直的像个痴人一样。呆了一会,泪水从他的眼里沁出来,他用手啪啪地抽着自己的脸,说:

　　"我混蛋呀我混蛋呀!"

　　孙红花搂住他的胳膊,哭着劝:

　　"别打了呀,别糟蹋自己!"

　　他推开孙红花,大声嘶叫着:

　　"别拦我! 别拦我! 我好汉做事好汉当! 我要去找国忠良,替方碧玉报仇!"

　　孙红花扑上去抱着他的胳膊,鼻涕一把泪一把地说:

　　"不能啊你不能去……他们一群人,拿着绳子拿着棍……你一个秀才,怎么能打过他们……"

　　李志高头发凌乱,遮住了额头,发疯一样地晃动着身体,却怎么也挣脱不了孙红花的羁绊,拖拖拉拉来到井边。刚看完一场热闹的临时工们,听到动静,又蜂拥到这边来看热闹。

　　李志高更来了劲,不但肩摇脚踢,甚至张嘴去咬孙红花的手。孙红花大叫着:

　　"你咬吧,狠心的,你咬吧,咬死我我也不会松手……"

　　江大田用冰凉的刀背拍了拍孙红花的头,冷冷地说:

"小姐,松手吧,让他去,他应该去。"

孙红花被那冰凉一压,脖子一搐,胳膊松开。李志高呆呆立着,像只斗败的公鸡,说:

"我李志高其实配不上方碧玉。方碧玉,我死了后,你该嫁谁就嫁谁去吧!"

说完后跑上井台,像宣誓一样说:

"爹呀,娘呀,我可是再也见不到你们了!"

江大田一把扯住他,说:

"伙计,你别糟蹋我了,你跳下去,我们捞上你来,你没事了,我可来事了,淘井! 想死还不容易,跳楼、摸电、拿菜刀抹脖子,千万别跳井,全厂几百口子人,还要吃这井里的水呢。"

孙红花无畏地抱住李志高,说:

"你跳井我跟着,反正我也是你的人了!"

孙红花这最后的表白把我打懵了。

第三十章

李志高和孙红花双双调走了。李调到公社通讯报道组,孙调到公社妇联。

这一天方碧玉躲在她的三层铺上放声大哭,还用拳头不停地捶打墙壁。

我把自己的铺盖搬到李志高腾出来、原本属于我的铺位上。看着墙壁上那些李志高留下的痕迹,听着方碧玉嘶哑的哭叫,我的泪水一串串流到嘴里。

我敲着墙壁酸涩地说:

"碧玉姐,别哭了……你别哭了……"

我的叔叔在铺下喊我,叫着我的乳名。我擦擦眼泪,从铺上爬下来。一下铺没能站定,当着众多临时工的面叔叔扇了我一个耳光。

"为什么打我?"我怒吼着。

"你给方碧玉和李志高通风传信拉皮条,国支书已经把咱家的成份由中农改成上中农了!"叔叔气愤地说。

我一句话也说不出来,静静地又挨了叔叔一记耳光。朦胧着泪眼,看着叔叔顺着墙像小鼠一样溜走了。

第三十一章

方碧玉哭了一天。第二天大家又看到她一趟一趟地去井台挑水。我瞅了个机会跟她说:

"碧玉姐,想开点吧,李志高这种人,早晚要倒霉。"

她笑着说:"别咒他。"

过了腊八,眼见就是春节。厂里已放出口话,说腊月二十九放假,并说要辞退一批临时工。我想我和方碧玉都在辞退之列。我回去就回去,方碧玉回去后日子怎么过? 我带着我的担心问她,她说:

"别犯愁,只要想活就会有办法。"

第三十二章

腊月二十一傍晚,阴云密布,刮过一阵料峭的小西北风后,稀疏的大雪花轻飘飘地落下来。

吃晚饭时,我与方碧玉在食堂墙角相遇,她轻轻地对我说:

"晚饭后到 30 号垛等我,我有话跟你说。"

我的眼前一片蓝光闪耀。

我寻找了几百条理由,证明我必须到 30 号垛去等方碧玉。我胆战心惊地沿着隐蔽路线到达了爱情峡谷,抬头看到蓝色的美丽雪花在水银灯的绿色光芒里飞舞,爱情的味道扑进我的鼻子与口腔。

我看到那扇大篷布又把棉花遮住了,他们的爱情巢穴已被孙禾斗和"铁锤子"彻底捣毁了吧？这时篷布的一角翘起，从底下伸出一个碧绿的头颅，头颅上沾着两絮蓝棉花，头颅上生着金色的眼睛，粉红的耳朵，紫色的嘴唇，是方碧玉的头颅！她吓了我一跳。

"快钻进来！"她焦急地对我说。

我四周望着，犹豫不决。

她说："如果你害怕就回去吧。"

"不不不，我不害怕。"我表白着，从她的身体支撑起的空隙里，像条小狗一样钻了进去。

她在后边把篷布放下，绿色的光芒消失了，眼前一片漆黑。她越过我的身体，轻轻地说：

"跟着我爬。"

她伸出一只冰凉的手摸了摸我的手。

原来我以为篷布会死死地压在我们身上，现在才发现，篷布是悬着的，她在棉花垛上挖出了一条交通壕。

我跟着她向前爬，漆黑一团，什么也看不见，靠鼻子嗅着她的味儿跟着她。交通壕直通到棉花垛的腹心，我估摸着有七八米长，她在黑暗中说：

"到了。"

我摸索着感觉到这是个两米见方的大坑，抬起胳膊，戳到了篷布。

她说："坐下吧。"

我顺从地坐下来，心脏突突地跳动。

有两根钢笔杆粗细的绿色光线透下来，我知道这是篷布上的两个窟窿，这窟窿既是光明的通道又是空气的通道。

眼睛逐渐适应了黑暗，我看到四周的棉花放射着白森森的光芒，看到了方碧玉那张俏脸的大概轮廓。我听到了她的呼吸，嗅到了她身上那股有点酸、有点咸，还有点香的混合气味。我从初懂人事起就迷恋着的方碧玉就坐在离我不到三十厘米的地方，伸手即可触摸，但是我不敢触摸。我感到冷，上下牙打战，响声很大。她不吱声，她在想什么？我结巴着问：

"碧玉……姐……你叫我来干什么……"

她叹息一声，用响亮的声音说：

"我在这个地方跟他睡了九次！"

她的声音碰到棉花上，立即被它们吸收了。在这九次欢爱当中，它们吸收了他们多少声音，多少气味，多少眼泪？

"在这里，我用棉花……我到底还是用棉花擦了血！"

棉花吸收了她的处女血。

女人的秘密向我彻底敞开了。

我十八岁了。

她突然大声哭泣起来。我伸手寻找她的手，找到了一只，攥住了，我说：

"碧玉姐，别难受，李志高这个王八蛋丧了良心，等他和那饼子脸孙红花生个孩子没屁眼！"

她抓起一把棉花塞到嘴里去，又冷又腻扯不断撕不烂的怪物堵住了她的嘴，它们贪婪地吸收着她的唾液、她的哭泣，它们把自己又苦又腥的味道释放在她的嘴里，我的嘴里又苦又腥。

她的哽咽之声让我心痛。她的颤动的身体让我愤怒。我用最恶毒的语言咒骂着李志高，她吐出棉花，说：

"求求你，别骂他了。"

"你还向着他？你还忘不了他？"

"是忘不了他。"

那两道抖动的绿光已经把这个爱情巢穴通通照得蓝幽幽了。我听到头上的篷布索索细响，是雪花打击它的声音，是雪花的声音也是篷布的声音。

"你很早就想着我，是不是？"她幽幽地问我。

"是。"我坦率地说，"从我懂了男女的事时就迷你，疯你，想你……我……爱你……碧玉姐。"

"可惜我已是破鞋了。"她幽幽地说。

"我不嫌你。"

"你迟早会嫌我的。"她说,"男人都一样。"

"我跟李志高不一样。"

"现在还不一样。"

"将来也不一样。"

她凄凄地一笑,说:

"你想了我这么多年,怪不容易的,今晚上我就如了你的愿吧。"

我浑身打起哆嗦来。

"你害怕了?"

"我……我……不怕……"

"你不怕国忠良?"

"不……不怕!"

"其实你也用不着怕,"她说,"今晚上的事只要你自己不说,就只有鬼知道了。"

"我不说。"

"说了也不要紧。"她说着,把上衣的扣子解开了。

"你也脱了吧!"她搂过我的头,在我的嘴上亲了一下。我觉得有一股刺骨的寒气猛地流遍我的全身,首先渗入我的骨髓,然后渗入我的大脑。

蓝色的光布满她的全身。

她的声音蔫蔫的,像一簇簇忽明忽灭的小火苗。

"你怎么还不脱?"

她用金黄的眼睛盯着我,她的蓝色的牙齿像透明的水晶,嘴巴里一片紫罗兰。她跪着,那双我在清晨给棉花喷药时就云里雾里看见过的耀武扬威的乳房挺着,像两只咻咻喘息的小兽。她伸出鲜红的手指,解开了我的衣服,脱光了我的衣服。

她把我抱在怀里时,我周身僵硬,又一次像极度疲劳后一样,脑子里只有一点光明。我觉得我沉入一个冰窖之中,四周堆满蓝色的、蠕动的、吸收一切的、冰冷腻人的棉花。先是她与这种怪异的棉花融为一体,后是我与她融为一体,与她融为一体也就与棉花融为一体……

她按着我的心口,悲哀地说:

"兄弟,你太小了,我对不起你……"

第三十三章

冯结巴把我们吼起来,让我们准备接班。我穿上衣服,走到门口,正碰上方碧玉。她穿着工作服,戴着大口罩,只露着两只眼。

她说:"兄弟,回去睡个好觉吧,姐姐替你一个班。"

我说:"不用不用,你忙了一天,够累了。"

她说:"明日上午,你替我回趟家,要过年啦,捎点东西给俺爹。"

我说:"那也不用。"

她推我一把,说:

"你跟我还客气什么!"

我还要争执,她已经往车间走去。

后半夜里,朦胧中听到吵嚷声,我爬起来,听到有人大声喊:

"出事了出事了,方碧玉让清花机给搅碎了!"

我的头嗡的一声大了。

清花机旁血肉模糊,一群人围着一丝不挂、周身窟窿、脑袋像烂冬瓜一样的方碧玉。所有的人都不说话,浑身哆嗦着,宛如狂风暴雨中绿油油的树叶。远处传来雄鸡的喔喔啼声,天就要亮了。

第三十四章

大年夜里,正在门口值班的孙禾斗看到一个白色的影子远远地

飘来,他厉声问:

"谁?站住,再不站住就开枪了。"

那影子嘻嘻地笑着逼过来。孙禾斗感到有一股凉气突然包围上来,使他手不能动,口不能言,借着那盏水银灯碧绿的光芒,他看到来者周身粘满白棉花,满脸鲜血,不是别人,正是方碧玉!孙禾斗双腿一罗圈,跌坐在地上,屎尿一裤裆。

同一夜里,喝得醉眼朦胧的"铁锤子"出外撒尿,突然感到有一只冰凉的手叉住了他的脖颈,他硬着舌头说:

"别、别闹!"

这时他的脑后响起凄厉的笑声,他一回头,看到了方碧玉沾满鲜血的脸。

事发之后,在棉花加工厂过年值班的人,都回忆起仿佛听到过车间里有女人凄厉的哭嚎声。

尾　声

我仿佛从极高处跌落下来,落在一个棉花的海洋里。我的身体四周无数棉花像洁白的雪浪花一样,缓慢地飞腾起来,又缓慢地跌落下去。飞腾和跌落都静悄悄的。无数瓣棉絮像漫天大雪飘飘而落,渐渐地埋没了我的身体,刚开始我还能从棉花的缝隙里看到天上的太阳,南飞的雁阵,后来只余下苍白。我想我已经被棉花埋葬了。我为自己的葬礼哭泣,泪水沿着两腮流下。一个人清醒地看到自己的葬礼是很幸福的事情,尤其是当你看到心爱的人儿为你的死亡而哭泣的时候。方碧玉在为我哭泣,她的眼睫毛上挑着晶莹的露珠。她身着一袭轻纱,飘飘欲仙,真是亭亭如玉立,款款如柳烟。她手抓着棉花,一瓣瓣往我脸上洒。马兄弟,安息吧!我在棉花里哭泣……下雨啦下雨啦!有人在我脸旁喊叫。我奋力从棉花梦里挣扎出来,感到有一些热乎乎臊烘烘的液体滴到脸上。抬眼上望,头上的席缝正往下渗水,原来是上铺的人尿了床。遭殃的四五个人齐声骂起来,上铺的人一声不吭,好像死了一样。天亮后才知道尿床的人是打包车间的杨贵,一个极其健壮的大汉。听他村里人讲,杨贵这样一条车轴汉子,竟讨了个身高不足一米的侏儒为妻,否则只有打光棍。我看过杨贵发火,相当可怕。起因是打包车间的李结实拿他的侏儒妻子开玩笑,杨贵双眼血红,双手卡住了李结实的脖子,不是众人死力相救,李结实就死在他手里了。

冯结巴夜里站岗巡逻,到了半夜时分,腹中饥饿难熬,便背着大枪,转悠到食堂附近,想找点东西吃。食堂锁着门,进不去,想撬锁又不敢,叹一口气,晃晃悠悠往前走,忽然想起食堂外有一席棚,席棚里有一口大锅,是专为给临时工煮地瓜安的。也许能找到块地瓜吃。弯腰进了席棚,闻到了地瓜油的味道,感受到尚未散尽的热量。忽听到有细微的声响,吃一惊,摸出手电筒,刷一道白光射出,罩住了灶前柴草上两个没穿裤子的人。仔细一看,原来是赵虎和赵一萍。冯结巴认真地说:"你……你们别怕,接着干,我给你们……站……站岗。"这两个人急忙穿上裤子。赵一萍弯着腰跑了。赵虎和冯结巴套近乎。冯结巴说:"我饿得慌,没工夫跟你啰嗦!"

赵虎说:"我那儿有饼干,你等着。"一会儿工夫,赵虎果然给冯结巴送来一斤饼干。

"以后我每天夜里都想去席棚里去找饼干吃,人家再也不去了。"冯结巴笑着说。

列车鸣着长笛,冲过一座铁桥。

打包车间临时工张洪奎负责踩包——把棉花倒在那个高两米半、宽八十厘米、长七百五十厘米、外包铁皮的木箱里踩实,然后推到打包机那个可上下升降的挤包栓上。张洪奎换班前踩了半包棉花,疲倦袭来,竟坐在箱里睡着了。换班的前来,以为此箱已踩好,便推到打包机上,开动机器,铿铿地挤上去。挤着挤着,箱缝里哗哗地流出血水来,知道大事不好,开箱一看,张洪奎已经变成一张肉饼了。

方碧玉的尸体用白布层层包裹起来,埋在许莲花墓旁边。她死后,厂党支部书记找我去了解情况。我如实汇报。有人说她是自杀,因为她有自杀的理由:丑事败露、遭公公棍打、李志高叛变。大家都痛骂李志高不是东西。连"电流"、"一撮毛"这些素与方碧玉为敌的干部子女也骂。

厂里派我回村报告方碧玉的死讯。

国支书说她死活已与国家无关。

方碧玉的父亲听到女儿死讯,悬梁自尽。

她的后事只好由厂里处理。

女工宿舍里哭声震天。

孙禾斗、"铁锤子"灰溜溜。大家都说方碧玉是被他俩逼死的。

闹鬼之后,孙禾斗神经失常,送到精神病院里去。"铁锤子"大病一场,差点送了命。两人出院后都死活不在棉花加工厂干了。

李志高到方碧玉坟上祭奠、痛哭。他头发凌乱,眼窝凹陷,看样子是真悲痛。也有人说他在演戏,假惺惺。

我没有想到方碧玉死后竟招来了那么多的同情。方碧玉一死,女工们罢了工,厂里只好提前发工资,提前放假。领到工资的女工们,不约而同地拥向商店,每人扯了一块花布,齐集方、许墓前,用花布盖住她们的坟头。

腊月二十四,二百余名女工,背着自己的铺盖,沉默地走出棉花加工厂大门,跟刚入厂那种欢喜情景成为鲜明对照。她们走后,棉花加工厂死气沉沉,那些尚未加工的棉花大垛,像巨大的坟包一样肃然兀立着。

春节过后,女工们都拒绝回厂。方碧玉显魂吓仇人的事传得很远。没加工完的棉花只好装车外运。

棉花加工厂里到处有鬼。正式工们都要求调离。厂长命令电工把所有黑暗角落里都拉上电灯,国家电一停,立刻开柴油机自己发电照明。看来厂长也害了怕。

在隆隆行进的火车上,冯结巴对我说:

"哥们儿,方碧玉是个有勇有谋的奇女子,她把所有的人都糊弄了。她在腊月二十二夜里,一个人偷偷地把许莲花的尸体起出来,放到棉花垛里藏好。腊月二十三晚上,她替你到清花机上去顶班。这时她已经把许莲花的尸体转移到离清花机很近的地方。她上班时一声不吭。也许谁也没注意到是她在顶你的班。十二点吃夜餐时,她关掉清花机旁的灯,趁着没人,她用推棉籽的车子把棉花盖住的女尸推到清花机旁掩藏好。你知道,运棉工在吃夜班饭前总是把清花机旁堆满棉花,为的是可以悠闲喝粥,车间开机后还可以休息一小时再去抬花。这一段时间内,遮盖着清花机的大席棚里只有方碧玉一个人。她把一切准备就绪后坐在清花机旁等待。当清花机与车间里的机器一起隆隆运转时,她站起来,先把一部分棉花扔进清花机,然后拖过许莲花僵硬的尸体,把尸体上的衣服剥得干干净净,剥下来的衣服团成一包放在身边。凭着练过武功的有力胳膊,她托着许莲花的尸首,扔进清花机的大口。清花机怪叫着把尸首吐出来后,她把自己傍晚时剪下来的头发和自己被同伴们所熟悉的内衣、外衣、鞋子、工作服、大口罩一起扔进清花机。然后她把早就准备好的红颜色水洒在棉花上、清花机上、许莲花的尸体上。做完了这一切,她拿着从尸体上剥下来的衣服鞋子,抽身离开现场,隐藏在她与李志高幽会的棉花垛里。那里边有水,有食物。她一直隐藏到大年夜里,等周围的村庄里响起了辞旧迎新的鞭炮声时才出来。她装鬼吓昏了孙禾斗和'铁锤子'后,又跑到空荡荡的车间里大哭了几声,然后跑出车间,施展轻身功夫,翻越围墙,从此远走高飞了。"

我问:"这是你亲眼所见?"

冯说:"我那时正在老家过年,怎么能亲眼所见?我只是猜测。"

我说:"原来是猜测。"

幽蓝的颜色、碧绿的颜色立即在我的脑海里闪烁起来。那具遍体拳头大的窟窿、磷光闪烁的修长尸体如浅滩上的一条死鲨鱼,团团簇簇的棉花宛若翻卷的浪头,宛若唧唧鸣叫的群蛇,涌上来围上来,冲击着,噬咬着……我的鼻腔里洋溢着腥冷的尸臭。我捏住了脖子上的皮肤。

冯问:"你没发现那尸首的蹊跷吗?"

我摇了摇头。

冯说:"我在新加坡学厨时见过一贵妇人,与方碧玉一模一样。"

我胆怯地说:"天下长得像的女人多着呢。"

冯说:"我敢打赌,棉花加工厂那两个坟墓里,只有一具尸骨。不信你就去掘开看看……"

火车怪叫着,钻进了一个幽暗的、长得仿佛永无尽头的隧道。在一片幽蓝的闪光中,棉花留给我的又冷又腻扯不断撕不烂的古怪感觉又一次缠上了我。

(初刊于《花城》一九九一年第五期)

图书在版编目（CIP）数据

怀抱鲜花的女人/莫言著.—杭州:浙江文艺出版社,
2017.10（2023.4重印）
（莫言作品全编）
ISBN 978－7－5339－4904－4

Ⅰ.①怀… Ⅱ.①莫… Ⅲ.①中篇小说—小说集—
中国—当代 Ⅳ.①I247.5

中国版本图书馆CIP数据核字（2017）第137402号

策划统筹　曹元勇
责任编辑　李　灿
封面设计　一千遍工作室
插页设计　何　洁　周伟伟
责任印制　吴春娟

怀抱鲜花的女人

莫言　著

出版　浙江出版联合集团
　　　浙江文艺出版社

地址　杭州市体育场路347号　　邮编　310006
网址　www.zjwycbs.cn
经销　浙江省新华书店集团有限公司
印刷　浙江新华数码印务有限公司
开本　650毫米×970毫米　1/16
字数　272千字
印张　21.25
插页　5
版次　2017年10月第1版　2023年4月第5次印刷
书号　ISBN 978－7－5339－4904－4
定价　59.00元